A ÚLTIMA MENTIRA QUE CONTEI

RILEY SAGER

A ÚLTIMA MENTIRA QUE CONTEI

TRADUÇÃO DE **Nilce Xavier**

2ª REIMPRESSÃO

Copyright © 2018 Todd Ritter

Título original: *The Last Time I Lied*

Todos os direitos reservados pela Editora Gutenberg. Nenhuma parte desta publicação poderá ser reproduzida, seja por meios mecânicos, eletrônicos, seja via cópia xerográfica, sem a autorização prévia da Editora.

EDITORA RESPONSÁVEL
Rejane Dias

EDITORA ASSISTENTE
Carol Christo

PREPARAÇÃO
Carol Christo

REVISÃO
Luanna Luchesi
Bruna Emanuele Fernandes

CAPA E DIAGRAMAÇÃO
Larissa Carvalho Mazzoni
(capa sobre imagens de Nick Adams/Unsplash)

Dados Internacionais de Catalogação na Publicação (CIP)
(Câmara Brasileira do Livro, SP, Brasil)

Sager, Riley
 A última mentira que contei / Riley Sager ; tradução Nilce Xavier. -- 1.ed.; 2. reimp. -- Belo Horizonte : Editora Gutenberg, 2020.

 Título original: The Last Time I Lied
 ISBN 978-85-8235-603-6

 1. Ficção norte-americana 2. Ficção policial e de mistério I. Título.

19-28560 CDD-813.0872

Índices para catálogo sistemático:
1. Ficção policial e de mistério : Literatura norte-americana 813.0872

Maria Alice Ferreira - Bibliotecária - CRB-8/7964

A **GUTENBERG** É UMA EDITORA DO **GRUPO AUTÊNTICA**

São Paulo
Av. Paulista, 2.073, Conjunto Nacional, Horsa I
23º andar . Conj. 2301 . Cerqueira César .
01311-940 São Paulo . SP
Tel.: (55 11) 3034 4468

Belo Horizonte
Rua Carlos Turner, 420
Silveira . 31140-520
Belo Horizonte . MG
Tel.: (55 31) 3465 4500

www.editoragutenberg.com.br

Para Mike, como sempre.

É assim que começa.

Você acorda e dá de cara com os raios de sol se derramando nas árvores do lado de fora da janela. A luz é fraca, opaca, levemente acinzentada. A alvorada ainda descamando o manto da noite. Mesmo assim, já está claro o bastante para fazer você se virar para a parede, ouvindo as molas do colchão rangendo sob seu peso. Com o movimento vem aquele instante fugaz de desorientação, aquele milissegundo em que você não sabe onde está. Costuma acontecer após um sono pesado e sem sonhos. Amnésia temporária. Você olha para as farpas finíssimas nas ripas da parede de madeira, sente o odor remanescente da fumaça de fogueira no seu cabelo, e sabe exatamente onde está.

Acampamento Nightingale.

Você fecha os olhos e tenta voltar a dormir, fazendo de tudo para ignorar os ruídos do despertar da natureza que vêm lá de fora. É um barulho irritante, dissonante – criaturas noturnas digladiando com as diurnas. Você capta o zumbido dos insetos, o chilrear dos pássaros, o último chamado fantasmagórico de uma ave solitária ecoando sobre o lago.

A algazarra do lado de fora mascara o silêncio do lado de dentro. Mas naquela breve calmaria antes que o tara-ta-ta-ta de um pica-pau comece a ressoar, você se dá conta de como tudo está tão quieto. De que o único som que percebe é o ressonar tranquilo de sua própria respiração sonolenta.

Então abre os olhos em um ímpeto, apurando os ouvidos para ouvir mais alguma coisa – qualquer coisa – dentro da cabana.

Nada.

O pica-pau retoma o compasso de batidas rápidas e secas, que faz você tirar a cara da parede e olhar para o resto do cômodo. O espaço é pequeno.

Comporta apenas dois beliches, um criado-mudo onde repousa uma lanterna e quatro baús de nogueira perto da porta. Com certeza pequeno o bastante para não restar dúvidas de que está vazio.

Dá uma olhada no beliche à sua frente; a cama de cima está impecavelmente arrumada, os lençóis não têm nem um vinco. A de baixo é o oposto – cobertas emboladas, algo enterrado embaixo delas formando um calombo.

Confere o relógio no lusco-fusco da manhã e vê que mal passa das 5 da madrugada. Quase uma hora até o nascer do sol. Essa revelação dispara uma corrente subcutânea de pânico que imediatamente instaura uma sensação irritante e perturbadora.

Começa a imaginar que talvez tenha acontecido alguma emergência. Alguém passou mal de repente. Algum problema na casa de alguém. Até diz a si mesma que talvez as meninas tiveram que sair tão apressadas que nem se importaram em te acordar. Ou quem sabe até tentaram, mas você não acordou de jeito nenhum. Ou até acordou, mas não consegue se lembrar.

Você se ajoelha diante dos baús junto à porta, cada um deles tem entalhados os nomes das campistas que já ficaram ali, e abre todos eles, menos o seu. O interior de cada uma das caixas forradas de cetim está abarrotado de roupas, revistas e artesanatos feitos no acampamento. Os celulares de duas delas estão lá, desligados há dias.

Apenas uma levou o telefone. Você não tem ideia do que aquilo quer dizer.

O primeiro – e único – lugar lógico ao qual as garotas poderiam ter ido, você raciocina, são os sanitários. Um retângulo com paredes de cedro logo atrás das cabanas, instalado bem no limiar da floresta. Talvez uma delas tenha precisado ir ao banheiro e as outras a acompanharam. Já tinha acontecido antes. Você mesma já tinha se juntado a expedições semelhantes. Bem juntas umas às outras, esgueirando-se por uma trilha iluminada por uma única lanterna compartilhada por todas.

Mas a cama perfeitamente arrumada sugeria uma ausência longa e planejada. Pior, sugeria que elas nem tinham dormido ali na noite anterior.

Ainda assim, abre a porta da cabana e, nervosa, vai para fora. A manhã está fria e cinzenta, e você se encolhe e cruza os braços para tentar se aquecer enquanto vai até os sanitários. Lá dentro, checa todas as cabines e os chuveiros. Vazios. As paredes dos chuveiros estão secas. As pias também.

De novo lá fora, para no meio do caminho entre os sanitários e a cabana e inclina a cabeça, apurando os ouvidos para escutar, em meio aos zumbidos, aos gorjeios e ao barulho da água resvalando na margem do lago a cinquenta metros de distância, qualquer ruído que denuncie as garotas.

Nada.

O próprio acampamento está completamente silencioso.

Uma sensação de isolamento pesa sobre seus ombros e, por um momento, você se pergunta se todo o local foi evacuado e só você ficou para trás... Mais cenários horríveis preenchem seus pensamentos. As pessoas saindo às pressas, num frenesi preocupado, e você dormindo no meio de tudo isso.

Então se concentra novamente nas cabanas, andando ao redor de cada uma delas, atenta a qualquer sinal de vida. São vinte cabanas no total, dispostas em um metódico quadrante de floresta desmatada.

Circula cada uma delas, consciente da sua aparência ridícula vestindo somente uma camiseta regata e um par de bermudas boxer, sentindo as folhas secas e pontiagudas dos pinheiros pinicando os pés descalços.

Cada cabana tem o nome de uma árvore.

A sua é a Corniso. A do lado é a Bordo Canadense. Você confere o nome de cada uma delas, tentando escolher uma em que as garotas poderiam ter entrado, imaginando que decidiram dormir fora de última hora. E então espia pelas janelas e abre de leve portas que estão destrancadas, esquadrinhando os beliches em busca de vestígios de outras garotas.

Em uma das cabanas – Abeto Azul –, surpreende uma garota acordada. Ela se senta na cama de baixo do beliche, contendo uma exclamação de susto na garganta.

– Desculpe – você sussurra antes de fechar a porta. – Desculpe.

Então decide ir até o outro lado do acampamento, que normalmente fervilha de atividades do amanhecer ao crepúsculo. Agora, o amanhecer não passa de uma pálida promessa despontando no horizonte. A única atividade em andamento é você marchando na direção do refeitório. Em uma hora, mais ou menos, o aroma de café e bacon frito deve emanar do prédio. No momento, não há cheiro de comida tampouco qualquer barulho.

Tenta abrir a porta. Está trancada. Ao espiar pela janela, só consegue ver o refeitório escuro, as fileiras de mesas compridas com as cadeiras viradas de pernas para cima sobre elas.

Também dá de cara com a porta no prédio de artes e artesanatos.

Tudo trancado. Escuro.

Dessa vez, ao espiar pela janela, vê um semicírculo de cavaletes sustentando as telas ainda inacabadas da aula do dia anterior, na qual você se dedicou a uma natureza morta. Um vaso de flores silvestres ao lado de uma fruteira cheia de laranjas. E agora não consegue se livrar da sensação de que nunca a terminará; as flores eternamente pintadas pela metade, a fruteira para sempre sem frutas.

Ao afastar-se do prédio, pondera sobre seu próximo passo. À direita, fica a trilha de cascalho que leva para fora do acampamento, atravessa a floresta até a estrada principal, mas você se dirige para o lado oposto, em direção ao centro do acampamento, onde fica o prédio de toras de madeira que parece um mamute, bem na extremidade de uma rotatória.

O chalé.

O último lugar onde você espera encontrar as meninas.

Trata-se de um desajeitado prédio híbrido. Mais uma mansão que uma cabana. Um lembrete constante aos hóspedes de seus próprios, diminutos alojamentos.

Ainda está tudo silencioso. Escuro também. A alvorada preguiçosa que nasce por trás da construção deixa a fachada nas sombras, mal permitindo distinguir as janelas chanfradas, a fundação de pedra, a porta vermelha.

Parte de você quer correr até lá e bater na porta até Franny responder. Ela precisa saber que três garotas sumiram. Afinal, é a diretora do acampamento. A responsável pelas garotas.

Você só resiste porque existe a possibilidade de que esteja errada, de que tenha deixado de procurar em algum lugar importante onde as garotas poderiam ter se enfiado, como se tudo não passasse de um jogo de esconde-esconde. E também pelo fato de que está relutante a contar para Franny até que seja absolutamente necessário.

Já a desapontou uma vez e não quer fazer isso de novo.

Prestes a voltar para uma Corniso deserta, algo atrás do chalé chama a atenção. Uma faixa de luz alaranjada um pouco adiante do declive coberto de grama.

O Lago da Meia-Noite, refletindo o céu.

Por favor, estejam lá, é o seu primeiro pensamento. Por favor, estejam seguras. Por favor, deixem-me encontrá-las. É claro que as garotas não estão lá. Não havia nenhum motivo racional pelo qual estariam. Parece um sonho ruim. Daqueles que você menos quer ter ao fechar os olhos à noite. Só que dessa vez o pesadelo é real.

Talvez seja por isso que continua andando ao chegar à beira do lago. Seguindo em frente até adentrar as águas, sentindo as pedras escorregadias sob os pés. Logo a água já bate em seus tornozelos. Ao começar a tremer, não sabe dizer se é de frio por causa da água gelada ou por causa do medo que dá um aperto no peito desde que olhou o relógio ao acordar.

Você gira lentamente dentro da água, examinando os arredores. Atrás está o chalé, cuja frente virada para o lago é iluminada pelo nascer do sol, que tinge as janelas com um reflexo róseo. A margem do lago se estende para longe de ambos os lados, numa linha costeira aparentemente infinita ladeada por pedregulhos e árvores. Seu olhar recai adiante, abarcando a extensão do lago, cuja superfície jaz impassível como um espelho refletindo as nuvens que emergem vagarosamente e um punhado de estrelas que ainda brilham pálidas. E é fundo, mesmo no meio de uma seca que baixou o nível da água, deixando à mostra uma longa faixa de cascalho ressequido ao longo da margem.

O céu brilhante te permite divisar a margem oposta, mesmo que não passe de uma linha parcamente visível em meio à bruma. Tudo isso – o acampamento, o lago, a floresta nos arredores – é propriedade privada, pertencente à família de Franny, e passada de geração em geração.

Tanta água. Tanta terra.

Tantos lugares para desaparecer.

As garotas poderiam estar em qualquer lugar. Você se dá conta disso enquanto está ali parada, com os pés dentro d'água, tremendo violentamente. Elas estão lá fora. Em algum lugar. E pode levar dias até que sejam encontradas. Ou semanas. Talvez nunca sejam encontradas. Essa possibilidade é tenebrosa demais mesmo que não passe de um pensamento e, no entanto, é um pensamento que não sai da sua cabeça. Você as imagina cambaleando pelos bosques densos, desorientadas e sem saber para onde ir, na dúvida se o musgo nas árvores realmente aponta para o norte. Provavelmente estão com fome, com medo e com frio. Imagina as garotas debaixo d'água, afundando na lama grudenta tentando em vão retornar à superfície.

Você imagina tudo isso e então começa a gritar.

PARTE UM

DUAS VERDADES

1.

Pinto as garotas na mesma ordem.
Vivian primeiro.
Então Natalie.
Allison é a última, mesmo que ela tenha sido a primeira a sair da cabana e tecnicamente, portanto, a primeira a desaparecer.

Minhas pinturas geralmente são grandes. Enormes, para dizer a verdade. Randall gosta de falar que são do tamanho de uma porta de celeiro. Mesmo assim, as garotas sempre são pequenas. Marcas inconsequentes em uma tela que é um absurdo de grande. Elas são mensageiras da segunda fase da pintura, depois que já depositei a camada de tinta que compõe o fundo de céu e terra em matizes cujos nomes são apropriadamente sinistros. Preto-aranha. Cinza-sombrio. Vermelho-sangue. E azul meia-noite, é claro. Nas minhas pinturas sempre há uma pincelada de meia-noite...

Então vêm as garotas, às vezes agarradas umas às outras, às vezes espalhadas pelos cantos da tela. Retrato-as em vestidos brancos esvoaçantes como se estivessem correndo de alguma coisa. Normalmente elas estão de costas, de modo que só seus cabelos deixam um rastro atrás de si enquanto fogem. Nas raras ocasiões em que pinto um relance de seus rostos, não passa de um vislumbre de seus perfis, nada além de uma pincelada curvada.

Crio a floresta por último, usando uma espátula para besuntar a tela de tinta, com traços largos e irregulares. Esse processo pode levar dias, até semanas, nas quais fico ligeiramente tonta com o cheiro, à medida que pincelo mais e mais tinta, camada sobre camada, mantendo-a grossa.

Já ouvi Randall se vangloriar a potenciais compradores que minhas telas são como as de Van Gogh, com a tinta formando relevos de até um centímetro sobre a tela. Prefiro pensar que pinto como a natureza, onde superfícies verdadeiramente lisas são um mito, sobretudo nos bosques. As arestas serrilhadas das cascas das árvores. As manchas de líquen sobre as rochas. O legado de folhas de vários outonos acobertando o solo. Esta é a natureza que tento captar com meus arranhões, protuberâncias e espirais de tinta.

Por isso, adiciono mais e mais, cada tela do tamanho de uma parede aos poucos sucumbindo à floresta da minha imaginação. Densa. Proibida. Repleta de perigo. As árvores pairam sombrias e ameaçadoras. As trepadeiras mais do que rastejam; se emaranham, sufocantes. A vegetação rasteira cobre o chão da floresta. Folhas obscurecem o céu.

Pinto até que não reste nem um resquício de tela sem tinta, até que as garotas sejam consumidas pela floresta, enterradas entre árvores e trepadeiras e folhas, até que se tornem invisíveis. Só então sei que uma pintura está terminada; usando a ponta do cabo de um pincel para assinar meu nome no canto inferior direito.

Emma Davis.

Esse mesmo nome, nessa mesma caligrafia quase ilegível, agora ornamenta a parede da galeria, saudando os visitantes que passam pelas enormes portas de correr do antigo armazém no Meatpacking District. Todas as outras paredes estão repletas de pinturas. Minhas pinturas. Vinte e sete delas. Minha primeira exibição numa galeria.

Randall não mediu esforços para o coquetel de abertura, transformando o local em uma espécie de floresta urbana. Há paredes cor de ferrugem e bétulas cortadas de uma floresta em Nova Jersey dispostas em touceiras de muito bom gosto. As batidas etéreas de *house music* ecoam discretamente ao fundo. Pela iluminação se diria que é outubro, por mais que ainda falte uma semana para o dia de St. Patrick e do lado de fora as ruas estivessem cheias de sujeira, e não de folhas.

A galeria, no entanto, está lotada. Tenho de dar o crédito a Randall. Colecionadores, críticos e apreciadores se acotovelam por espaço em frente às telas, taças de champanhe em mãos, esticando os braços para pegar os croquetes de cogumelos com queijo de cabra, toda vez que as bandejas passam. Já fui apresentada a dezenas de pessoas de cujos nomes me esqueci no instante seguinte. Pessoas importantes o bastante para Randall sussurrar em meus ouvidos quem elas são enquanto aperto suas mãos.

— Ela é do *Times* — ele diz sobre uma mulher vestida em tons de roxo dos pés à cabeça. Sobre um homem vestindo um impecável terno de alfaiataria e berrantes sapatênis vermelhos, ele apenas murmura: — Da casa de leilão Christie's.

— Trabalho impressionante — diz o Sr. Christie, dirigindo-me um sorriso torto. — Muito audaz.

Sua voz está carregada de surpresa, como se audácia fosse algo intangível às mulheres. Ou talvez sua surpresa seja oriunda do fato de que, pessoalmente, sou tudo menos audaz. Comparada a outras personalidades expansivas do mundo da arte, eu sou, sem sombra de dúvida, recatada. Nada de trajes unicolores ou sapatos chamativos para mim. O tubinho preto e os sapatos também pretos com salto gatinho são o ápice de sofisticação que consigo alcançar. Passo a maioria dos dias vestindo uma combinação de calça cáqui e camiseta respingada de tinta.

O único adorno é uma pulseira de prata que nunca tiro do pulso esquerdo, com três pingentes, pequeninos pássaros feitos de prata escovada.

Certa vez disse a Randall que me visto tão despretensiosamente porque quero que as minhas pinturas se destaquem, não o contrário. Mas, na verdade, acho que personalidade e estilo audaciosos são pura futilidade.

Vivian era audaciosa em todos os aspectos. E desapareceu mesmo assim.

Durante as apresentações, dou largos sorrisos, conforme fui instruída, aceito elogios e desconverso com falsa modéstia as perguntas inevitáveis sobre o que planejo fazer a seguir.

Assim que Randall esgota seu suprimento de estranhos para me apresentar, afasto-me da multidão, disposta a não checar cada uma das pinturas para ver qual delas têm a plaqueta com o adesivo vermelho de vendido. Em vez disso, cuido de uma taça de champanhe em um canto, sentindo o ramo de uma bétula recém-desmatada bater em meu ombro enquanto olho pelo salão procurando pessoas que realmente conheço. Há várias, o que me faz sentir grata, embora seja estranho vê-las juntas no mesmo lugar. Amigos do ensino médio misturados a colegas da agência de publicidade, colegas pintores ao lado de parentes que pegaram o trem para vir de Connecticut até aqui. Todos, exceto por uma prima, são homens. Isso não é inteiramente por acaso.

Eu me animo um pouco quando Marc chega extravagantemente atrasado, ostentando um sorriso orgulhoso enquanto esquadrinha a cena. Por mais que alegue abominar o mundo da arte, Marc se encaixa perfeitamente nele. De barba, com os cabelos em um adorável desalinho. Um casaco xadrez esportivo jogado por cima de uma camiseta do Mickey Mouse. Tênis vermelhos que angariam uma desapontada segunda olhadela do Sr. Christie. Avançando pela multidão, Marc arrebata uma taça de champanhe e um croquete, que enfia inteiro na boca e mastiga com ar pensativo.

— O queijo é o que salva — ele me informa. — Mas esses cogumelos aguados são uma infração indesculpável.

— Ainda não provei — disse. — Nervosa demais.

Marc coloca a mão em meu ombro para me dar apoio. Exatamente como costumava fazer quando morávamos juntos durante a faculdade de Belas Artes. Todo mundo, em especial os artistas, precisa de alguém que seja capaz de nos acalmar. Marc Stewart é essa pessoa para mim. Minha voz da razão. Meu melhor amigo. E provavelmente seria meu marido se nós dois não gostássemos de homens.

Eu me sinto atraída por romances impossíveis. Mais uma vez, não se trata de mera coincidência.

— Você pode e deve curtir esse momento — ele me diz.

— Eu sei.

— E também pode se orgulhar de si mesma. Não há razão para se sentir culpada. É normal os artistas se inspirarem em suas experiências de vida. Esse é o motor da criatividade.

Marc está se referindo às garotas, é claro. Soterradas no fundo de cada pintura. Além de mim, só ele sabe da existência delas. Eu só não lhe contei por que, quinze anos depois, continuo fazendo com que elas desapareçam repetidamente.

É o único segredo que escondo dele.

Nunca foi minha intenção pintar assim. Na escola de Belas Artes, era atraída pela simplicidade das cores e das formas. As latas de sopa de Andy Warhol. As bandeiras de Jasper Johns. Os quadrados ousados e as linhas pretas rígidas de Piet Mondrian. Até que veio a tarefa de pintar o retrato de alguém que eu sabia que tinha morrido. Escolhi as garotas.

Pintei Vivian primeiro, porque tinha ela mais vívida na memória, com aqueles cabelos loiros dignos de um comercial de xampu. A incongruência daqueles olhos escuros que eram quase pretos dependendo da luz. O nariz arrebitado salpicado de sardas ainda mais evidentes devido ao sol. Eu a retrato em um vestido branco com uma elaborada gola vitoriana estendendo-se sob a linha de seu pescoço de cisne e lhe dou o mesmo sorriso enigmático que ela envergou enquanto saía da cabana.

Você é muito jovem para isso, Em.

Natalie veio na sequência. Testa larga. Queixo quadrado. Cabelos presos num rabo de cavalo apertado. Seu vestido branco tinha uma delicada gola de renda que se estendia pelo pescoço e pelos ombros largos.

Finalmente, veio Allison, com sua aparência saudável. Maçãs do rosto altas e nariz fino. Sobrancelhas dois tons mais escuras que o cabelo castanho-claro, tão finas e perfeitas que pareciam ter sido desenhadas com um pincel. Pintei uma gola elisabetana ao redor de seu pescoço, régia e cheia de babados.

Mas há algo de errado com a pintura finalizada. Algo que me atormentou até a noite anterior à entrega do projeto, quando acordei às 2 horas da manhã e vi as três olhando para mim do outro lado da sala. Vê-las. Esse era o problema. Arrastei-me para fora da cama e me aproximei da tela. Peguei um pincel, molhei em um pouco de tinta marrom e passei sobre os olhos delas. Um galho de árvore que as cega. E mais ramos e galhos se seguem a esse. Então plantas e trepadeiras e árvores inteiras, todas fluindo do pincel para a tela, como se estivessem brotando dele. Ao amanhecer, a maior parte da tela estava sitiada pela floresta. Tudo o que restava de Vivian, Natalie e Allison eram pedaços de seus vestidos brancos, resquícios de pele, mechas de cabelo.

Essa foi a nº 1. A primeira da minha série da floresta. A única em que ao menos uma fração das meninas está visível. Aquela tela, que obteve a nota mais alta da minha turma depois que expliquei seu significado ao meu instrutor, não está exposta na galeria. Está pendurada no meu *loft*, não está à venda.

A maioria das outras, no entanto, está aqui; cada uma delas ocupando uma parede inteira das múltiplas câmaras da galeria. Ao vê-las assim em conjunto, com seus galhos retorcidos e as folhas vibrantes, percebo como todo o esforço é obsessivo. Saber que passei anos pintando o mesmo tema me deixa irrequieta.

— *Estou* orgulhosa — digo a Marc antes de tomar um gole de champanhe.

Ele vira a taça dele de uma vez e pega mais uma.

— Então o que tá pegando? Você parece *incomodada*.

Ele diz isso com um débil sotaque britânico, uma personificação precisa de Vincent Price naquele filme de horror *trash* cujo nome nenhum de nós consegue lembrar. Só sabemos que estávamos chapados quando o assistimos na TV certa noite e uivamos de rir com essa fala. Desde então falamos isso um para o outro com uma certa frequência.

– É que é estranho. Tudo *isso* – gesticulo com minha taça de champanhe em direção às telas que dominam as paredes, às pessoas que se alinham diante delas, a Randall beijando as duas bochechas de um casal europeu magérrimo que acabou de entrar. – Nunca esperei nada disso.

Não estou bancando a humilde. É verdade. Se aspirasse a uma exposição numa galeria, teria dado um título às obras. Em vez disso, só numerei na ordem em que fui pintando. Da n.º 1 até nº 33.

Randall, a galeria, essa recepção surreal – tudo um feliz acidente. Resultado de estar no lugar certo na hora certa. O lugar certo calhou de ser o bistrô de Marc em West Village. Na ocasião, estava no meu quarto ano como artista interna em uma agência de publicidade. O que não era legal tampouco satisfatório, mas pagava o aluguel de um *loft* caindo aos pedaços, mas grande o bastante para acomodar minhas telas de floresta. Depois de um vazamento de um cano no alto de uma parede do bistrô, Marc precisou de algo para disfarçar temporariamente o estrago feito pela água na parede. Então, emprestei a nº 8 porque era a maior tela e capaz de cobrir a maior parte da parede.

A hora certa aconteceu uma semana depois, quando o proprietário de uma pequena galeria a alguns quarteirões dali apareceu lá no Marc para almoçar. Ele viu a pintura, ficou convenientemente intrigado e perguntou a Marc sobre o artista.

A resultante dessa pergunta foi uma de minhas telas – nº 7 – exposta na galeria. Ela foi vendida em uma semana. O proprietário me pediu mais telas. Mandei mais três. Uma delas – a nº 13 da sorte – chamou a atenção de uma jovem amante das artes que postou uma foto da tela no Instagram. Essa foto foi curtida por sua empregadora, uma atriz de televisão conhecida por lançar tendências. Ela comprou a pintura e a pendurou em sua sala de jantar, ostentando-a em um jantar para um pequeno grupo de amigos. Um desses amigos, um editor da Vogue, contou a seu primo, dono de uma galeria maior e mais prestigiosa. Esse primo é Randall, que no momento está zanzando pela galeria, de braços dados com todo convidado que vê.

O que nenhum deles sabe – nem Randall, nem a atriz, nem mesmo Marc – é que essas 33 telas são as únicas obras que eu pintei fora meus deveres na agência de publicidade.

Não há novas ideias se infiltrando no cérebro dessa artista, nenhuma inspiração acendendo a centelha da produtividade. Tentei pintar outras coisas, é claro, mais por pressão do senso de responsabilidade do que por desejo de fato. Mas jamais consigo ir além das desmotivadas pinceladas iniciais. Acabo voltando às garotas toda maldita vez.

Sei que não dá para ficar pintando-as para sempre, perdendo as três na floresta repetidamente. Por conta disso, jurei que não pintaria outra. Não haverá uma nº 34 ou nº 45, ou, Deus me livre, uma nº 112.

É por isso que não respondo quando me perguntam no que estou trabalhando agora. Não tenho resposta para dar.

Meu futuro é basicamente uma tela branca, esperando que eu a preencha. A única pintura que fiz nos últimos seis meses foi a do meu estúdio, usando um rolo para convertê-lo de amarelo-narciso para azul-tiffany.

Se tem alguma coisa me incomodando é isso. Sou um prodígio de uma obra só. Uma pintora audaciosa cujo trabalho de uma vida está nessas paredes.

Como consequência, me sinto indefesa quando Marc sai do meu lado para puxar papo com um lindo garçom do buffet, dando a Randall a oportunidade perfeita de agarrar meu pulso e me arrastar até uma mulher magra estudando a nº 30, minha maior tela até agora. Embora não consiga ver o rosto dela, sei que é alguém importante.

Todos os que conheci essa noite foram levados até mim em vez do contrário.

— Aqui está ela, querida — Randall anuncia. — A artista em pessoa. A mulher se vira, fixando em mim um par de amigáveis olhos verdes que eu não via há quinze anos. É um olhar fácil de lembrar. Do tipo que, ao recair sobre você, faz com que se sinta a pessoa mais importante do mundo.

— Olá, Emma — ela diz.

Fico paralisada, incerta quanto ao que devo fazer. Não tenho ideia de como ela vai reagir. Ou do que vai dizer. Nem mesmo por que está aqui. Imaginava que Francesca Harris-White não queria saber de mim.

Ainda assim, ela sorri calorosamente antes de me puxar para perto até que nossas bochechas quase se encostassem. Um semiabraço que Randall testemunha com inveja palpável.

— Vocês já se conhecem?

— Sim — respondo, ainda pasma com sua presença.

— Há séculos. Emma mal passava de uma garotinha. E eu não poderia estar mais orgulhosa da mulher que ela se tornou.

Ela olha de novo para mim. *Daquele* jeito. E apesar de ainda estar pasma, percebo que estou bastante feliz por vê-la. Não pensava que isso seria possível.

– Obrigada, Sra. Harris-White – eu digo. – É muito gentil de sua parte.

Ela franze o cenho numa expressão de curiosidade.

– Mas que história de "Sra. Harris-White" é essa? É Franny. Sempre Franny.

Também me lembro disso. Ela diante de nós, usando bermudas cáqui e camisa polo. As pesadas botas de trilha que deixavam seus pés comicamente grandes. *Me chamem de Franny. Eu insisto. Aqui, na natureza, somos todas iguais.*

Essa igualdade não durou muito. Mais tarde, quando o que aconteceu estampava todos os jornais do país, era o seu nome completo, formal, que era usado. Francesca Harris-White. Filha única do magnata do ramo imobiliário Theodore Harris. Única neta do barão da madeira Buchanan Harris. Viúva muitos anos mais jovem do herdeiro do tabaco Douglas White. Um patrimônio líquido estimado em quase um bilhão, cuja maior parte é dinheiro antigo que remonta à Era Dourada.

E agora ela está diante de mim, com uma aparência intocada pelo tempo, embora já deva estar beirando os 80. Ela enverga sua idade muito bem. Tem a pele bronzeada e radiante. O vestido azul sem mangas realça sua figura delgada. Os cabelos, de um tom entre o loiro e o cinza, estão puxados para trás em um coque francês, exibindo um colar de pérolas em seu pescoço.

Ela se vira para a tela novamente, esquadrinhando sua largura formidável. É um dos meus trabalhos mais sombrios – somente tons de preto, azuis escuros e marrons terrosos. A pintura se agiganta sobre ela, dando a impressão de que está mesmo diante de uma floresta, prestes a ser engolida pelas árvores.

– É um tanto quanto estonteante – ela diz. – Todas são.

Há um quê em sua voz. Uma nota trêmula e incerta, como se conseguisse vislumbrar as garotas em seus vestidos brancos por baixo do matagal de tinta.

– Preciso confessar que vim aqui sob um falso pretexto – ela diz, sem desviar o olhar da pintura, como se fosse incapaz de parar de fitá-la. – Também estou aqui pela arte, é claro, mas tem algo a mais. Vim pelo que talvez você chame de uma proposta interessante.

Finalmente ela interrompe o contato visual com a pintura, fixando em mim aqueles olhos verdes.

– Adoraria discuti-la com você, quando tiver tempo.

Olho instintivamente para Randall, que está atrás de Franny mantendo uma distância discreta. Ele mexe os lábios e, sem emitir som algum, articula a palavra que todo artista anseia ouvir: *encomenda*.

A possibilidade me faz dizer "Claro" sem hesitar. Em qualquer outra circunstância, já teria declinado.

– Então venha almoçar comigo amanhã. Que tal umas 12h30? Em minha casa? Assim também podemos colocar o assunto em dia.

Eu me pego concordando, ainda sem entender completamente o que estava acontecendo. A aparição inesperada de Franny. Seu convite ainda mais inesperado para almoçar. A assustadora-porém-tentadora perspectiva de ser contratada para pintar algo para ela. É outro toque surreal a uma noite já estranha.

– Claro – repito, lamentando minha falta de recursos para articular qualquer outra palavra.

– Maravilha – Franny sorri.

E deposita um cartão em minha mão.

Letras em azul-marinho sobre um fundo branco aveludado. Simples e elegante. Mostra seu nome, o telefone e um endereço na Park Avenue. Antes de sair, ela me puxa para outro semiabraço. Então, dirigindo-se a Randall e indicando a nº 30, diz:

– Vou ficar com esta.

2.

É fácil encontrar o prédio de Franny. É o que leva o nome da família dela. Harris.

Condizente com seus moradores, o Harris é decididamente discreto. Nada de mansardas ou espigões ao estilo do edifício Dakota que existem por aqui. Apenas arquitetura modesta elevando-se em plena Park Avenue. Acima da porta de entrada, jaz o brasão da família Harris esculpido em mármore: dois grandes pinheiros cruzados, formando um X, rodeados por uma coroa de louros. Apropriado, considerando que a fortuna da família originou-se do desmatamento de tais árvores.

O interior do Harris parece uma catedral de tão sombrio e silencioso. E eu sou a pecadora que adentra na ponta dos pés. Uma impostora. Alguém que não pertence àquele lugar. No entanto, o porteiro sorri e me cumprimenta pelo nome, como se eu morasse ali há anos.

A calorosa recepção continua conforme sou conduzida ao elevador. Lá dentro, outro rosto familiar do Acampamento Nightingale.

– Lottie? – eu digo.

Ao contrário de Franny, ela mudou bastante nos últimos quinze anos. Está mais velha, é claro. E mais sofisticada. A bermuda e a camisa xadrez que trajava da última vez que a vi foram substituídas por calças sociais e um blazer cinza-escuro sobre uma blusa branca impecável. Seu cabelo, antes comprido e castanho bem escuro, agora é preto-azeviche, num corte chanel mais comprido que emoldura com elegância seu rosto pálido. Mas o sorriso ainda é o mesmo. Tem o mesmo brilho caloroso e amigável, tão vibrante agora quanto era no Acampamento Nightingale.

– Emma – ela diz, me puxando para um abraço. – Meu Deus, que bom te ver de novo.

– Você também, Lottie – retribuo o abraço. – Estava me perguntando se você ainda trabalhava para Franny.

– Ela não conseguiria se livrar de mim mesmo se tentasse. Não que ela já tenha tentado.

De fato, as duas raramente eram vistas separadas. Franny, a líder do acampamento, e Lottie, a devotada assistente. Juntas, elas dirigiam não com mão de ferro, mas com luva de pelica, jamais perdendo a benevolente paciência, nem mesmo quando surpreendidas por uma retardatária como eu. Ainda me lembro do momento em que conheci Lottie. O jeito tranquilo como ela emergiu do chalé quando meus pais e eu chegamos horas depois do esperado. Ela nos cumprimentou com um sorriso, um aceno e um sincero *Bem-vindos ao Acampamento Nightingale*.

Agora ela me acompanha ao elevador e aperta o botão de cima. Conforme subimos, ela diz:

– Você e Franny vão almoçar na estufa. Espere só até ver.

Balanço a cabeça, dissimulando animação. Lottie percebe. Ela me olha dos pés à cabeça, medindo minha postura rígida, meu pé batendo, o incontrolável nervosismo do meu sorriso amarelo.

– Não fique nervosa. – ela me tranquiliza. – Franny já te perdoou um milhão de vezes.

Gostaria de poder acreditar nisso. Por mais que Franny tivesse sido extremamente cordial comigo na galeria, a dúvida ainda me remoía. Não consigo me livrar da sensação de que isso é mais do que apenas uma visita amigável.

As portas do elevador se abrem, e me vejo olhando para o vestíbulo da cobertura de Franny. Para minha surpresa, a parede logo em frente ao elevador já tem a pintura que ela comprou na noite anterior. Sem etiqueta vermelha ou semanas de espera para Francesca Harris-White. Randall deve ter passado a noite toda acordado providenciando a remessa da galeria para cá.

– É uma bela tela – diz Lottie sobre a nº 30. – Entendo por que Franny ficou encantada por ela.

Não consigo deixar de me perguntar se Franny ainda ficaria encantada se soubesse que as garotas estão escondidas na pintura, esperando para serem encontradas. Então me pergunto como as meninas reagiriam ganhando residência na cobertura de Franny. Para Allison e Natalie provavelmente não faria diferença. Mas Vivian? Ah, ela adoraria. Pra caramba!

– Pretendo tirar uma tarde de folga para visitar a galeria e ver suas outras pinturas – disse Lottie. – Estou tão orgulhosa de você, Emma. Todas nós estamos.

Ela me guia até um pequeno corredor à esquerda, passamos por uma sala de jantar formal e por uma sala de estar rebaixada.

– Aqui estamos. A estufa.

A palavra não faz jus ao ambiente. É uma estufa tanto quanto a Grand Central é uma estação de trem. Ambas são tão ornamentadas que não cabem nessa definição simplista.

A estufa da Franny é, na realidade, um solário de dois andares construído no que um dia foi o terraço da cobertura. Painéis maciços de vidro sobem do chão ao teto abobadado, alguns ainda com resquícios de neve nos cantos do lado exterior. Do lado de dentro da extravagante estrutura, uma floresta em miniatura. Minipinheiros, cerejeiras em flor, roseiras incendiadas de rosas vermelhas. Um tapete de musgo e gavinhas de hera cobre o chão. Há até mesmo um regato, que flui murmurante sobre um leito de riacho pedregoso. No coração desse conto de fadas, há um pátio de tijolinhos vermelhos. É aí que encontro Franny sentada a uma mesa de ferro forjado já posta para o almoço.

– Aqui está ela – anuncia Lottie. – E provavelmente faminta. O que significa que é melhor eu começar a servir.

Franny me cumprimenta com outro semiabraço.

– Que maravilha te ver de novo, Emma. E vestida tão lindamente.

Como eu não tinha ideia do que vestir, coloquei a peça mais bacana de meu guarda-roupa – um vestido estampado de Diane von Furstenberg que ganhei dos meus pais no Natal. E, no fim das contas, não precisava ter me preocupado em estar mal arrumada. Diante do traje de Franny, calças pretas e um camisão branco de botão, sinto exatamente o oposto. Rígida, formal e angustiada para saber por que fui convocada até ali.

– O que achou da minha estufinha? – Franny pergunta.

Dou outra olhada ao redor, espiando detalhes que escaparam à primeira vista. A estátua de um anjo parcialmente consumida pela hera. Os narcisos brotando ao lado do regato.

– É maravilhosa – eu digo. – Muito bonita para descrever com palavras.

– É meu pequeno oásis no meio da cidade grande. Decidi anos atrás que se eu não poderia viver ao ar livre, então traria o ar livre para viver comigo.

– Por isso comprou a minha maior tela.

– Exatamente. Ao olhar para ela, sinto como se estivesse diante de uma floresta escura, e devo decidir se quero aventurar-me dentro dela. A resposta claro que é sim.

Essa também seria minha resposta. Ao contrário de Franny, no entanto, só iria porque sei que as meninas estão me esperando logo após a fileira de árvores.

O cardápio do almoço é truta com amêndoas e salada de rúcula, acompanhado de um riesling de acidez refrescante. O primeiro copo de vinho acalma meus nervos. O segundo baixa minha guarda. O terceiro aflora minha honestidade e, quando Franny me pergunta sobre meu trabalho, minha vida pessoal, minha família, respondo sem rodeios: odeio, ainda solteira, pais aposentados em Boca Raton.

– Estava tudo uma delícia – elogio quando terminamos a sobremesa, uma torta de limão tão saborosa que até me deu vontade de lamber o prato.

– Fico muito feliz – diz Franny. – Sabia que a truta veio do Lago da Meia-Noite?

A menção ao lago me desconcerta. Franny percebe minha surpresa e emenda:

– Ainda podemos pensar com carinho em um lugar onde coisas ruins aconteceram. Pelo menos eu posso. E penso.

É compreensível que Franny se sinta assim apesar de tudo o que aconteceu. Afinal de contas, é a propriedade da família dela. Quatro mil acres de terra selvagem na base sul das Montanhas Adirondack, tudo preservado por seu avô depois que ele passou uma vida inteira desmatando áreas cinco vezes maiores que essa. Creio que Buchanan Harris pensou que salvar aqueles quatro mil acres compensaria o restante de seus atos. E talvez até tivesse compensado se essa preservação também não tivesse cobrado um alto preço ambiental. Decepcionado por não conseguir encontrar um pedaço de terra por onde passasse um curso de água grande o bastante, o avô de Franny decidiu criar um ele mesmo. Represou o afluente de um rio próximo e, à meia-noite da chuvosa véspera de Ano Novo de 1902, fechou as comportas. Em poucos dias, o que foi uma vez um vale tranquilo se tornou um lago.

Era essa a história do Lago da Meia-Noite, que era contada a cada nova turma que chegava ao Acampamento Nightingale.

– Nada mudou – continua Franny. – O chalé continua lá, é claro. A minha casa longe de casa. Estava lá no fim de semana passado, que foi quando fiquei sabendo das trutas. Eu mesma as pesquei. Os garotos odeiam que eu vá com tanta frequência. Especialmente quando só Lottie e eu vamos. Theo se preocupa por não haver ninguém por perto para ajudar se algo terrível nos acontecer.

Ouvir Franny falando sobre os filhos me dá outro comichão de desconforto.

Theodore e Chester Harris-White. Nomes insuportavelmente brancos, anglo-saxões e protestantes. Assim como a mãe, preferem os apelidos: Theo e Chet. Não me lembro direito do mais novo, Chet. Ele era apenas um menino, não tinha mais do que 10 anos quando eu estava no Acampamento Nightingale. Fruto de uma inesperada adoção tardia. Em algum momento devo ter falado com ele, mas simplesmente não consigo me lembrar. Só recordo de alguns vislumbres do moleque correndo descalço pelo gramado inclinado do chalé à beira do lago.

Theo também foi adotado. Anos antes de Chet.

Eu me lembro muito mais dele. Talvez até demais.

— Como eles estão? — pergunto, embora não tenha o direito de saber. Só pergunto porque Franny me dá um olhar expectante, claramente esperando que eu indague sobre os dois.

— Ambos estão bem. Theo está passando o ano na África, trabalhando com os Médicos Sem Fronteiras. Chet vai terminar o mestrado em Yale na primavera. Ele está noivo de uma garota adorável — ela faz uma pausa, permitindo que eu processe as informações. O silêncio cresce, me dizendo que a família dela está prosperando apesar do que eu fiz para eles. — Pensei que já soubesse de tudo isso. Ouvi dizer que a rádio-peão do Acampamento Nightingale ainda está totalmente intacta.

— Não tenho mais contato com ninguém de lá — admiti.

Não que as garotas que conheci no acampamento não tivessem tentado. Quando o Facebook se tornou uma febre, recebi vários pedidos de amizade de várias ex-colegas. Ignorei todos, não via sentido em permanecer em contato. Não tínhamos nada em comum além de termos passado duas semanas no mesmo lugar no mesmo período infeliz. O que não me impediu de ser adicionada a um grupo do Facebook de ex-alunos do Acampamento Nightingale. Silenciei todos os *posts* anos atrás.

— Talvez possamos mudar isso — diz Franny.

— Como?

— Creio que é chegada a hora de revelar por que te chamei até aqui hoje — ela diz, acrescentando com tato: — Embora aprecie muito a sua companhia.

— Admito que estou curiosa — minha resposta é o eufemismo do ano.

— Vou reabrir o Acampamento Nightingale — Franny anuncia.

– Tem certeza de que é uma boa ideia?

As palavras simplesmente saem, não planejadas. Elas contêm uma ponta de escárnio. São frias e quase cruéis.

– Sinto muito. Não era para sair desse jeito.

Franny estica o braço sobre a mesa e aperta minha mão gentilmente.

– Não se sinta mal. Você não é a primeira pessoa a ter essa reação. E até eu confesso que não é a mais lógica das ideias. Mas sinto que esse é o momento certo. O acampamento já está parado há um bom tempo.

Quinze anos. Esse é o tempo que passou. Parece uma eternidade. Também parece ter sido ontem.

O acampamento encerrou as atividades mais cedo naquele verão, fechando depois de apenas duas semanas e causando um verdadeiro caos na agenda de várias famílias. Um efeito colateral que não pôde ser evitado. Não depois do que aconteceu. Meus pais oscilavam entre simpatia e aborrecimento quando foram me buscar um dia depois que todos os outros. Última a chegar, última a sair.

Sentada no banco traseiro de nosso Volvo, me lembro de olhar pela janela enquanto o acampamento ficava para trás.

Mesmo aos 13 anos, eu sabia que nunca iria reabrir.

Outro acampamento talvez tivesse sobrevivido à investigação. Mas o Acampamento Nightingale não era um acampamento de verão qualquer. Era O acampamento de verão se você morasse em Manhattan e tivesse um pouco de dinheiro. Era o lugar onde gerações e gerações de mulheres jovens de famílias abastadas passavam os verões nadando, velejando, fofocando. Minha mãe foi para lá. Minha tia também. Na minha escola, ele era chamado de Acampamento das Vaquinhas Ricas. Nós falávamos com desprezo, tentando esconder a inveja e a decepção por nossos pais não possuírem condições de nos mandar para lá. Exceto, no meu caso, por um verão.

O mesmo verão que destruiu a reputação do acampamento.

As pessoas envolvidas eram todas notáveis o bastante para manter a história no noticiário pelo resto do verão e outono adentro. Natalie, filha do melhor cirurgião ortopédico da cidade. Allison, filha de uma proeminente atriz da Broadway. E Vivian, a filha do senador, cujo nome geralmente aparecia no jornal com a palavra *problemática* por perto.

A imprensa basicamente me ignorou. Comparada às outras, eu era uma ninguém. Somente a filha de um banqueiro de investimentos negligente e de uma alcoólatra funcional. Uma garota de 13 anos desengonçada, cuja avó tinha morrido recentemente, deixando-a com dinheiro suficiente para passar seis semanas em um dos acampamentos de verão mais exclusivos do país.

Em última instância, foi Franny quem teve a vida devastada pela maior parte da mídia. Francesca Harris-White, a garota rica que sempre desconcertou as colunas sociais recusando-se a jogar o jogo. Aos 21 anos, casou-se com um contemporâneo de seu pai. Enterrou o marido antes de completar 30. Adotou uma criança aos 40 anos, depois outra aos 50.

A cobertura foi brutal. Artigos falando que o Lago da Meia-Noite era perigoso para um acampamento de verão, especialmente considerando que seu marido havia se afogado lá um ano antes da inauguração do Acampamento Nightingale. Alegações de que o acampamento não tinha equipe nem monitores suficientes. Matérias especulativas culpando Franny por ficar ao lado de seu filho quando ele se tornou suspeito. Alguns até insinuaram que havia algum podre por trás do Acampamento Nightingale, de Franny e de sua família

Provavelmente havia um dedo meu nisso.

Corrigindo. Sei que havia.

No entanto, Franny não demonstra má vontade sentada ali em sua floresta artificial, expondo sua visão para o novo Acampamento Nightingale.

– Não será o mesmo, é claro – diz ela. – Não pode ser. Por mais que quinze anos seja tempo o suficiente, o que aconteceu sempre será uma sombra pairando sobre o acampamento. É por isso que vou fazer tudo diferente dessa vez. Criei um fundo de caridade. Ninguém terá de pagar um centavo para ficar lá. O acampamento será completamente gratuito e o ingresso será baseado no mérito, servindo meninas de toda a área tri-estatal.

– Isso é muito generoso – eu digo.

– Não quero o dinheiro de ninguém. Certamente não preciso. Mas preciso ver aquele lugar cheio de garotas novamente, aproveitando o ar livre. E adoraria que você se juntasse a mim.

Engulo em seco. Eu? Passar o verão no Acampamento Nightingale? Isso está muito longe da encomenda que eu esperava receber. É tão bizarro que começo a pensar que não entendi o que ela disse.

– Se pensar bem, não é uma ideia tão estranha assim – Franny contemporiza. – Quero que o acampamento tenha um forte componente de artes. Sim, as meninas vão nadar, fazer trilhas e todas as outras atividades típicas do acampamento. Mas também quero que elas aprendam sobre escrita, fotografia, pintura.

– E você quer que eu as ensine a pintar?

– É claro – diz Franny. – Mas você também terá muito tempo para se dedicar ao seu trabalho autoral. Não há melhor inspiração que a natureza.

Ainda não entendi por que Franny, dentre todas as pessoas, quer que eu esteja lá. Deveria ser a última pessoa no mundo que ela queira ter por perto. Ela percebe minha hesitação, é óbvio. Seria impossível não notar, considerando como estou empertigada na cadeira, remexendo o guardanapo no meu colo, torcendo-o até formar um nó enrolado.

– Compreendo seu receio – ela diz. – Eu me sentiria da mesma maneira se nossos papéis estivessem invertidos. Mas não te culpo pelo que aconteceu, Emma. Você era jovem e estava confusa, e a situação foi horrível para todos. Acredito firmemente em deixar o passado no passado. E desejo de coração ter algumas ex-campistas por lá. Para mostrar a todos que é um lugar seguro e feliz novamente. Rebecca Schoenfeld já concordou em participar.

Becca Schoenfeld. Fotojornalista famosa. Sua fotografia de dois jovens refugiados sírios cobertos de sangue e de mãos dadas estampou primeiras páginas em jornais de todo o mundo. Porém, mais relevante aos propósitos da Franny, Becca também é uma veterana do último verão do Acampamento Nightingale.

Notoriamente, ela não é uma das garotas que me procuravam no Facebook. Não que esperasse que ela fizesse isso. Becca era um mistério para mim.

Ela não era antipática, não necessariamente. Era distante. Quieta, geralmente ficava sozinha, contentando-se em ver o mundo através da lente da câmera que sempre trazia pendurada no pescoço, mesmo quando estava no lago com água até a cintura.

Eu a imagino sentada a esta mesma mesa, aquela mesma câmera balançando na alça de lona enquanto Franny tenta convencê-la a voltar para o Acampamento Nightingale. Saber que ela concordou muda o cenário. Faz a ideia de Franny parecer menos absurda e mais concreta. Mas não com minha participação.

– É um compromisso muito grande – tento desconversar.

– Você será compensada financeiramente, é claro.

– Não é essa a questão – digo, ainda torcendo o guardanapo com tanta força que ele está começando a parecer uma corda. – Não sei se consigo voltar lá novamente. Não depois do que aconteceu.

– Talvez seja precisamente por isso que você *deveria* voltar – diz Franny. – Eu também estava com medo de retornar. Evitei pisar lá por dois anos. Pensava que não encontraria nada além de escuridão e más lembranças. E não foi o caso. Tudo estava tão lindo como sempre. A natureza cura, Emma. Acredito firmemente nisso.

Não digo nada. É difícil falar quando os olhos verdes de Franny estão fixos em mim, intensos, solidários e, sim, um pouco carentes.

– Diga-me que pelo menos vai pensar a respeito.

– Sim. Vou pensar.

3.

Não penso a respeito.
Fico obcecada.
A oferta de Franny domina meus pensamentos o resto do dia. Mas não é o tipo de reflexão que ela está esperando. Em vez de ponderar sobre como seria maravilhoso retornar ao Acampamento Nightingale, penso em todas as razões pelas quais não deveria fazer isso. A culpa esmagadora da qual não consegui me livrar em quinze anos. A boa e velha ansiedade. Tudo isso continua ocupando minha cabeça quando encontro Marc para jantar em seu bistrô.

— Acho que você devia ir — ele diz ao empurrar um prato de *ratatouille* diante de mim. É o meu favorito do menu, fumegante e no ponto, com aroma de tomate e ervas de Provence. Normalmente, já o estaria devorando. A proposta de Franny, no entanto, minou meu apetite. Marc pressente minha inquietação e desliza uma grande taça de vinho para o lado do prato, cheia quase até a borda de *pinot noir*.

— Talvez seja até bom.
— Meu terapeuta me imploraria para discordar.
— Duvido. É o desfecho, o encerramento perfeito.

Deus sabe que não tive muito disso. Houve missas em memória das três, intercaladas durante um período de seis meses, dependendo de quando as famílias abandonavam as esperanças. Allison foi a primeira. Cheia de músicas e drama. Então Natalie, sempre no meio, sua missa foi discreta, só para a família. Vivian foi a última, numa manhã fria e cortante de janeiro. A dela foi a única a que compareci. Meus pais disseram que não podia ir, mas fui mesmo assim. Matei aula para esgueirar-me para o último banco da igreja lotada, distante dos pais chorosos de Vivian. Havia tantos senadores e congressistas que parecia que eu estava assistindo a TV Senado.

Ir à missa não ajudou. Tampouco ler sobre a missa de Allison e a de Natalie on-line. Sobretudo porque havia uma chance, embora pequena, de que elas ainda estivessem vivas. Não importa que o estado de Nova York as tenha declarado legalmente mortas depois de três anos. Até que seus corpos fossem encontrados, não tinha como saber.

– Não sei se o desfecho é mesmo o problema – digo.

– Então qual é o problema, Em?

– É o lugar em que três pessoas simplesmente desapareceram no ar. Esse é o problema.

– Entendido... Mas tem mais alguma coisa pegando. Algo que não está me contando.

– Tá bem – suspiro em cima do meu *ratatouille*, que exala seu vapor sobre a mesa.

– Não pintei nada nos últimos seis meses.

Um olhar afetado cruza o semblante de Marc, como se ele não acreditasse realmente em mim.

– Está falando sério?

– Seríssimo.

– Então você está com um bloqueio.

– É mais que isso

Conto tudo. Como não consigo pintar nada além das garotas. Como me recuso a continuar descendo nessa espiral de esconder suas silhuetas em vestidos brancos com árvores e hera. Como dia após dia encaro a tela gigante no meu *loft*, tentando conjurar a vontade de criar algo novo.

– Ok, então você está obcecada.

– Bingo! – exclamo, pegando a taça de vinho e tomando uma bela golada.

– Não quero parecer insensível – Marc diz. – E muito menos quero menosprezar suas emoções. O que está sentindo é legítimo e eu compreendo. O que não entendo é por que, depois de todo esse tempo, o que aconteceu no acampamento ainda te assombra tanto. Aquelas garotas eram praticamente estranhas.

Meu terapeuta me disse a mesma coisa. Como se eu não soubesse como é estranho ser tão afetada por algo que aconteceu quinze anos atrás e nutrir essa fixação por garotas que conhecia há apenas duas semanas.

– Elas eram minhas amigas – digo. – E me sinto mal pelo que aconteceu com elas.

– Mal ou culpada?

– Os dois.

Fui a última pessoa a vê-las vivas. Poderia tê-las impedido de fazer seja lá que merda elas tinham planejado fazer. Ou poderia ter contado para Franny ou para algum supervisor assim que elas saíram. Em vez disso, voltei a dormir. Agora, às vezes ainda escuto as últimas palavras de Vivian em meus sonhos.

Você é muito nova para isso, Em.

— E tem medo de que voltar para lá faça você se sentir ainda pior — diz Marc.

Respondo pegando a taça, o vinho captura meu reflexo oscilante. Olho para mim mesma e fico chocada com minha aparência. Tão estranha. Será mesmo que estou com uma cara tão triste? Devo estar, porque Marc suaviza a voz ao me dizer:

— É natural ter medo. Suas amigas morreram.

— Desapareceram — corrijo.

— *Morreram*, Emma. Você sabe disso, não sabe? O pior que poderia acontecer já aconteceu.

— Existem coisas piores que a morte.

— Tipo?

— Não saber — retruco. — E é por isso que não consigo pintar nada além daquelas garotas. E não consigo mais continuar assim, Marc. Preciso seguir em frente.

Não é só isso. Embora ele saiba o grosso do que aconteceu, ainda há muitos detalhes que não contei. Fatos que aconteceram no Acampamento Nightingale. Fatos que aconteceram depois. O verdadeiro motivo pelo qual sempre uso a pulseira de berloques, cujos passarinhos tilintam toda vez que mexo meu braço esquerdo. Admitir tudo isso em voz alta significaria reconhecer que é verdade. E não quero confrontar essa verdade. Alguns diriam que estou mentindo para Marc. Para todo mundo. Mas depois do que passei no Acampamento Nightingale, jurei que nunca mais mentiria de novo.

Omissão. Essa é minha tática. Um pecado totalmente diferente.

— Mais uma razão para você ir. — Marc pega minhas mãos. Suas palmas têm calos, os dedos, cicatrizes. Mãos de um cozinheiro de longa data. — Talvez ir para lá seja tudo o que você precisa para começar a pintar algo diferente. É como diz o velho ditado: às vezes a única saída é encarar o problema.

Após o jantar, volto para meu *loft* e fico parada diante de uma tela branca. Seu vazio zomba de mim, como tem feito há semanas. Uma enorme expansão de nada me desafiando a preenchê-la.

Pego a paleta, velha e toda manchada com as cores do arco-íris. Coloco um pouco de tinta e molho a ponta do pincel, tentando me fazer pintar alguma coisa. Qualquer coisa, menos as garotas. Toco a tela com o pincel, as cerdas deslizam, deixam um rastro de cor.

Então dou um passo para trás e analiso a pincelada. Amarela. Ligeiramente curvada. Como um S que foi esguichado. É, me dou conta, uma mecha do cabelo de Vivian, a pincelada loira balançado conforme ela se retrai. Não poderia ser nada além disso.

Pego um trapo ali perto, que fede a aguarrás e esfrego a tinta amarela até que não passe de uma mancha pálida danificando a tela. Lágrimas brotam nos meus olhos quando constato que a única coisa que pintei em semanas é esse borrão indistinto

É patético. *Eu sou* patética.

Enxugo os olhos e o percebo algo no meu campo de visão periférica. Perto da janela. Um movimento. Um flash. Cabelos loiros. Pele clara.

Vivian.

Solto um grito agudo e deixo o trapo cair, levando a mão direita à pulseira no pulso esquerdo. Os passarinhos levantam voo quando me viro para encará-la.

Só que não é Vivian quem eu vejo.

Sou eu, meu reflexo na janela. No vidro escurecido pela noite, tenho uma aparência assustada, fraca e, acima de tudo, abalada.

Abalada porque as garotas ocupam meus pensamentos e minhas telas, mesmo que isso não faça sentido. Porque quinze anos depois, sei a respeito do que aconteceu tanto quanto sabia quando elas deixaram a cabana. Porque nos dias seguintes ao desaparecimento eu só piorei a situação. Para Franny. Para sua família. Para mim.

Finalmente poderia mudar isso. Apenas uma pequena dica sobre o ocorrido poderia fazer a diferença. Não vai apagar meus pecados, mas pelo menos pode torná-los mais suportáveis.

Dou as costas para a janela, pego o telefone e disco o número impresso com esmerado refinamento no cartão que Franny me deu na noite anterior. A chamada cai direto na caixa postal e ouço a voz gravada de Lottie sugerindo que eu deixe um recado.

– Aqui é Emma Davis. Pensei melhor na proposta de Franny, de passar o verão no Acampamento Nightingale... – faço uma pausa, desacreditando no que estou prestes a dizer. – E a minha resposta é sim. Eu topo.

Desligo antes que possa mudar de ideia. Mesmo assim, sinto uma urgência de ligar de volta e retirar o que disse. Meu dedo até coça sobre a tela do telefone, então acabo ligando para Marc.

– Vou voltar ao Acampamento Nightingale – anuncio antes mesmo que ele diga alô.

– Fico feliz por saber que meu discurso motivacional funcionou – Marc diz. – Vai ser bom encerrar essa história, Em.

– Quero tentar encontrá-las.

Silêncio do outro lado. Visualizo Marc pestanejando e passando a mão pelos cabelos – sua reação instintiva diante de algo que não consegue compreender. No fim das contas, ele diz:

– Sei que te encorajei a ir, Em, mas isso não me parece uma boa ideia.

– Boa ou não, é pra isso que eu vou.

– Vamos tentar pensar racionalmente aqui. O que exatamente você espera encontrar?

– Não sei – digo. – Provavelmente nada.

Com certeza não espero achar Vivian, Natalie e Allison. Elas literalmente desaparecem sem deixar vestígios, o que só torna mais difícil saber por onde começar a procurá-las. E também tem a questão do tamanho do lugar. Por mais que o Acampamento Nightingale em si seja pequeno, ele é rodeado por uma área de terra enorme, mais de dezesseis quilômetros quadrados de floresta. Se várias centenas de rastreadores não conseguiram encontrá-las quinze anos atrás, duvido que eu as encontre agora.

– Mas e se alguma delas deixou algo para trás? – argumento. – Algo que indique aonde estavam indo ou o que planejavam.

– E daí? – Marc rebate. – Isso ainda não vai trazê-las de volta.

– Eu sei que não.

– O que traz à tona outra pergunta: por que isso é tão importante para você?

Fico quieta, tentando achar um meio de explicar o inexplicável. Não é fácil, especialmente quando Marc não sabe a história toda. Contento-me em dizer:

– Você já se arrependeu de algo por dias, semanas, até anos depois do que fez?

– Claro – Marc diz. – Acho que todo mundo deve ter pelo menos um grande arrependimento.

– O que aconteceu no acampamento é o meu. Passei quinze anos esperando uma pista, por menor que fosse, do que aconteceu com elas.

Agora tenho a chance de voltar e conferir com meus próprios olhos. Provavelmente a última chance que terei de tentar encontrar algumas respostas. Se eu desperdiçá-la, será mais um arrependimento.

Marc suspira, o que significa que o convenci.

– Só me prometa que não vai fazer nenhuma besteira.

– Tipo o quê?

– Tipo se meter em perigo.

– É um acampamento de verão – eu digo. – Não vou me infiltrar na máfia. Só vou para lá, dar uma olhada geral, talvez fazer algumas perguntas. E quando as seis semanas acabarem, talvez tenha alguma ideia do que aconteceu com elas. E mesmo se não tiver, talvez estar lá seja tudo o que eu precise para começar a pintar algo diferente. Você mesmo disse isso: às vezes, a única saída é encarar o problema.

– Está bem – Marc cede, soltando outro suspiro. – Planeje seu acampamento. Tente achar algumas respostas. Volte pronta para pintar.

Enquanto nos despedimos, tenho um vislumbre da minha primeira pintura das garotas. A nº 1, oferecendo seus vestígios de Vivian, Natalie e Allison. Me aproximo dela, procurando traços de cabelos, pedaços de vestidos.

Mesmo que o galho oculte seus olhos, sei que elas estão me encarando de volta. Como se soubessem o tempo todo que um dia eu retornaria ao Acampamento Nightingale. Só não sei dizer se elas estão me encorajando a ir ou me implorando para ficar.

QUINZE ANOS ATRÁS

— Bom dia, flor do dia.

Não era nem 8 horas da manhã quando minha mãe se esgueirou no meu quarto, com os olhos já vidrados após seu Bloody Mary matutino. Os lábios tinham aquele sorriso que ela sempre exibia quando estava prestes a fazer algo impactante. Eu o chamava de Sorriso da Mãe do Ano. Ele nunca falhou em me deixar nervosa, sobretudo porque em geral havia um abismo entre suas intenções e o resultado final. Naquela manhã, me encolhi debaixo das cobertas, preparando-me para horas de interação forçada entre mãe e filha.

— Já está pronta para ir? — ela disse.

— Ir aonde?

Mamãe me encarou, remexendo na lapela do seu robe de *chiffon*.

— Ao acampamento, é claro.

— Que acampamento?

— O acampamento de *verão* — respondeu minha mãe, com ênfase na última palavra, deixando claro para mim que, o que quer que ela tivesse em mente, não era coisa de apenas um dia ou dois.

Eu me sentei na cama, jogando as cobertas de lado.

— Você não me falou nada de acampamento nenhum.

— Claro que falei, Emma. Falei semanas atrás. É o mesmo lugar ao qual eu e sua tia Julia fomos. Jesus, não me diga que você esqueceu!

— Não esqueci.

Saber que eu seria arrancada do convívio com meus amigos por todo o verão era algo de que eu me lembraria. Era mais provável que minha mãe tivesse apenas pensando em me contar. Em seu mundo, pensar em contar alguma coisa era quase o mesmo que contar de fato. Mesmo assim, saber disso não diminuía minha sensação de ter caído numa emboscada. E me lembrou daquelas intervenções extremas em que os pais contratam centros de reabilitação para vir buscar os filhos viciados.

— Então estou te contando agora — diz minha mãe. — Onde está sua mala? Temos que pegar a estrada em uma hora.

— Uma *hora*? — sinto um embrulho no estômago quando penso que todos os meus planos para o verão foram roubados de mim. Nada de passar o tempo com Heather e Marissa. Nada de escapadelas secretas para Coney Island, como tínhamos planejado no pátio da escola. Nada de flertar com o vizinho, Nolan Cunningham, que não é tão bonito quanto o Justin Timberlake mas tem a mesma malemolência confiante. Além disso, ele finalmente estava começando a prestar atenção em mim, agora que tirei o aparelho.

— Para onde vamos?

— Para o Acampamento Nightingale.

O Acampamento das Vaquinhas Ricas. Era surpresa atrás de surpresa. Isso mudava o cenário. Por dois anos implorei aos meus pais que me mandassem para lá, só para ouvir NÃO como resposta. Agora, de repente, depois que já tinha abandonado todas as esperanças, eu estava indo. Em uma hora. Aquilo superexplicava o Sorriso de Mãe do Ano. Pela primeira vez, tinha uma boa justificativa.

Mesmo assim, me recusava a demonstrar satisfação, pois isso só a encorajaria a me submeter a mais tentativas de compensar o tempo perdido. Tomar chá no Plaza. Compras na Saks. Qualquer coisa que a fizesse se sentir melhor por ter zero interesse em mim nos primeiros doze anos da minha vida.

— Eu não vou — anunciei enquanto me deitava de novo e puxava a coberta sobre a cabeça.

Mamãe simplesmente me ignorou e começou a mexer em meu guarda-roupa, enquanto eu ouvia sua voz abafada.

— Você vai adorar! Vai se lembrar desse verão pelo resto da vida.

Debaixo das cobertas, sentia um arrepio de excitação me percorrendo. Acampamento Nightingale. Seis semanas nadando, lendo e fazendo trilhas. Seis semanas longe desse apartamento entulhado e do desinteresse da minha mãe e dos olhares de reprovação do meu pai quando ela se servia da terceira taça de chardonnay. Heather e Marissa ficariam com tanta inveja. Depois de fingirem estarem bravas comigo por abandoná-las por todo o verão, é claro.

— Que seja — resmungo, com uma bufada de indignação. — Eu não quero ir, mas vou mesmo assim.

Que mentira.

Meu primeiro verão repleto delas.

4.

    Passei a maior parte da tarde na estrada a caminho do Acampamento Nightingale. Quase cinco horas contando as paradas para descanso. Era praticamente uma linha reta sentido norte pela rodovia I-87, entupida de caminhões.

    Da primeira vez que fui, não prestei atenção à duração da viagem, já que passei a maior parte do trajeto encolhida no banco de trás enquanto meus pais culpavam um ao outro por não terem me contado que eu iria acampar. Dessa vez, estou de novo no banco de trás, mas o motorista do carro particular que Franny contratou para mim mal diz uma palavra. O meu nervosismo, no entanto, é o mesmo. Aquele velho frio na barriga. Naquela época, era porque eu não sabia muito bem como seria o acampamento.

    Agora é porque sei exatamente aonde estou indo.

    E quem vou ver por lá.

    Nos meses que antecederam minha partida, não tive tempo para ficar nervosa, pois estava muito ocupada pleiteando uma licença temporária na agência de publicidade e tentando encontrar alguém para sublocar o *loft* enquanto eu estivesse fora. A licença foi aprovada e finalmente encontrei uma conhecida que também era artista para ficar no *loft*. Ela pinta umas paisagens estelares alucinantes com cera derretida em panelas escaldantes de alumínio. Já a vi em ação, cada umas das panelas coloridas borbulhando como o caldeirão de uma bruxa. Espero que ela não taque fogo no lugar.

    Enquanto tudo isso acontecia, eu recebia e-mails semanais de Lottie que me atualizava com os vários detalhes da minha estadia. Os planos do verão de estreia do novo Acampamento Nightingale contavam com nada menos que 55 campistas, cinco supervisoras e cinco instrutoras especializadas, todas ex-alunas do acampamento. Assim como no passado, nenhuma das cabanas tinha eletricidade. O acampamento estava monitorando ameaças de zika, febre do Nilo e outras doenças transmitidas por mosquitos. Eu deveria me lembrar de fazer as malas de acordo com essas orientações.

Dei atenção especial a esse último lembrete. Aos 13 anos, o súbito aviso da ida para o acampamento atrasou nossa partida em horas. Antes de mais nada, foi preciso encontrar minha mala, que estava no armário do corredor, atrás do aspirador de pó. Então veio a árdua tarefa de fazer a mala, pois não tinha ideia do que levar e minha falta de preparação exigiu uma viagem à Nordstrom para comprar os itens que me faltavam. Dessa vez, fui com antecedência à uma loja de artigos esportivos, peguei tudo o que via pela frente, como a heroína de uma comédia romântica numa cena de compras. Muitos itens eram realmente necessários, como várias bermudas, meias grossas, um robusto par de botas de caminhada e uma lanterna LED com alça de pulso. Outros nem tanto, como a capinha à prova d'água para o meu iPhone que mais parecia um preservativo.

Então chegou a hora de falar com meus pais. Por mais que tenham sido negligentes durante minha infância e adolescência, sabia que eles não gostariam da ideia de um retorno ao Acampamento Nightingale. Então não contei a eles. Só liguei para avisar que ficaria ausente por seis semanas e que eles deveriam entrar em contato com Marc em caso de emergência. Meu pai quase não escutou. Minha mãe simplesmente disse para eu "aproveitar muuuuuuuito", com as palavras arrastadas entre os goles do coquetel.

Agora não há mais nada a fazer a não ser domar a ansiedade, repassando todos os dados que coletei achando que seriam úteis em minha busca. Tenho um mapa do Lago da Meia-Noite e dos arredores; uma imagem de satélite da mesma área, cortesia do Google Maps; e uma pilha de velhos artigos de jornal sobre o desaparecimento, coletados na biblioteca e impressos da internet. Até trouxe um velho exemplar de um dos livros da saga da detetive Nancy Drew – *O mistério do bangalô* – para servir de inspiração.

Examino o mapa e a imagem de satélite primeiro. Visto de cima, o lago parece uma vírgula gigante que foi derrubada. Mais de três quilômetros de ponta a ponta, com uma largura que varia de oitocentos a quatrocentos metros. A área mais estreita é a extremidade leste, onde fica localizada a barragem que Buchanan Harris usou para criar o lago à meia-noite daquela noite fria e chuvosa. De lá o lago flui para o oeste, contornando a borda de uma montanha, seguindo o caminho do vale que substituiu.

O Acampamento Nightingale fica ao sul, aninhado no meio da suave curva exterior do lago. No mapa, é apenas um pequeno quadrado preto, sem indicação, como se quinze anos de desuso o tivessem tornado indigno de menção.

A imagem de satélite, cuspida pela impressora da biblioteca, oferece mais detalhes, embora num granulado colorido em tons de verde. O campo em si é um retângulo de vegetação verde, salpicado de edifícios em tons variados de marrom. O chalé é claramente visível, assim como as cabanas, os banheiros e os outros prédios. Dá até para ver o cais se projetando sobre a água e, ao seu lado, os pontinhos brancos que são as duas lanchas atracadas. Uma linha cinza sai do acampamento e segue sentido sul, é a estrada que se estende por cerca de cinco quilômetros até conectar-se com a rodovia que atravessa o condado.

Uma das teorias sobre o desaparecimento das meninas é que elas teriam caminhado até a estrada principal e pegado uma carona. Para o Canadá. Para a Nova Inglaterra. Para suas sepulturas quando subiram na boleia de algum caminhoneiro psicopata.

No entanto, ninguém relatou ter visto três adolescentes na beira da estrada no meio da noite, mesmo depois que o desaparecimento se tornou notícia nacional. Ninguém confessou anonimamente ter dado uma carona a três meninas. Nenhum vestígio de DNA foi encontrado nos veículos de condutores detidos por crimes violentos. Além disso, todos os seus pertences foram deixados para trás, guardados em segurança dentro de seus baús de nogueira. Roupas. Dinheiro. Celulares Nokia coloridos, do mesmíssimo modelo que meus pais disseram que eu era muito jovem e irresponsável demais para ter.

Não acho que elas planejaram ficar longe por muito tempo. Certamente não para sempre.

Deixo o mapa de lado e ataco os recortes de jornal e os artigos da internet; nenhum deles oferece nada de novo. Os detalhes acerca do episódio são tão vagos agora como eram quinze anos atrás. Vivian, Natalie e Allison desapareceram nas primeiras horas da manhã do dia 5 de julho. Seu sumiço foi notado pelos colegas um pouco antes das 6 horas da manhã. Uma grande busca empreendida durante toda a manhã naquela área não resultou em nada. À tarde, a diretora do acampamento, Francesca Harris-White, contatou a polícia do estado de Nova York e a busca oficial começou.

Dada a importância e o prestígio dos pais das garotas – especialmente os de Vivian –, o Serviço Secreto e o FBI se juntaram à batalha. Grupos de busca formados por agentes federais, tropas estaduais e voluntários locais vasculharam a mata. Helicópteros sobrevoavam as copas das árvores. Cães farejadores, ao sentirem o cheiro das roupas que as meninas deixaram para trás, descreveram trilhas em volta do acampamento, seu apurado senso de olfato apenas guiando-os em frustrantes círculos. Pouco foi encontrado. Não havia pegadas na floresta. Nenhuma mecha de cabelo enroscada em galhos baixos.

Outra equipe de busca foi para a água, embora tenham sido bloqueados pelo próprio lago. Era muito profundo para dragar, repleto de árvores derrubadas e outros restos submersos de seus dias como um vale para permitir que se mergulhasse com segurança. Tudo o que podiam fazer era atravessar o Lago da Meia-Noite em barcos de resgate da polícia, sabendo que não havia nada para resgatar. E se as meninas estavam mesmo no lago, só seus cadáveres seriam encontrados. Os barcos retornaram de mãos vazias, como todos suspeitavam.

A única pista que alguém encontrou foi um moletom. O moletom de Vivian, para ser mais precisa. Branco com *Princeton* escrito em laranja no peito. Eu vi que era o mesmo que ela tinha usado quando fizemos a fogueira algumas noites antes do desaparecimento, e foi por isso que pude identificá-lo como pertencente a ela.

Foi encontrado na manhã seguinte ao desaparecimento, caído na floresta, a três quilômetros de distância, do outro lado do lago, numa linha quase reta a partir do Acampamento Nightingale. O rastreador voluntário que o encontrou – um senhor aposentado da região, avô de seis netos e sem razão alguma para mentir – disse que o moletom estava cuidadosamente dobrado em um quadrado, como os que vemos à venda nas lojas da GAP. A análise de laboratório detectou células epiteliais que batiam com o DNA de Vivian. Mas não encontrou nenhum rasgo, resquícios de lágrimas ou traços de sangue que sugerissem que ela havia sido atacada. Ao que tudo indicava, a blusa fora simplesmente descartada, aparentemente por Vivian a caminho de qualquer que tenha sido o destino que se abateu sobre ela.

Mas eis a parte estranha: Vivian não estava usando o moletom quando a vi sair da cabana.

Nos dias após o desaparecimento, vários investigadores me perguntaram repetidamente se eu tinha certeza de que ele não estava amarrado na cintura ou jogado sobre os ombros, com as mangas amarradas ao melhor estilo patricinha de Princeton.

Não estava.

Tenho certeza.

Mesmo assim, as autoridades usaram esse moletom como um farol, que os guiava para as colinas. A busca no lago foi cancelada à medida que todos concentravam os esforços na floresta, vasculhando-a em vão. Ninguém – muito menos eu – tinha um palpite sobre por que as meninas teriam marchado quilômetros de distância do acampamento. Mas nada sobre o desaparecimento fazia sentido. Era um daqueles raros casos que desafiam toda a lógica e razão conhecidas.

A única pessoa considerada suspeita foi o filho mais velho de Franny, Theo Harris-White. Mas não deu em nada. Nenhuma evidência que o incriminasse foi descoberta no moletom de Vivian. Nada incriminador foi encontrado em sua posse. Ele até tinha um álibi – passou a noite com Chet, ensinando o irmão mais novo a jogar xadrez até as primeiras horas da manhã. Sem provas de que um crime realmente tivesse acontecido, Theo não foi indiciado. O que significa que também não foi oficialmente absolvido. Até hoje, uma pesquisa rápida do nome de Theo no Google traz à tona sites sobre crimes reais que sugerem que ele matou as meninas e conseguiu se safar.

A caçada pelas garotas não foi oficialmente encerrada, mas foi perdendo o vigor. Os grupos continuaram com buscas infrutíferas por mais algumas semanas, com menos rastreadores dia após dia, até que acabaram se dissipando. A cobertura jornalística do desaparecimento também evaporou à medida que os repórteres passavam para histórias mais novas e chamativas.

Para preencher esse vazio surgiram as mais sombrias teorias, encontradas nas profundezas do Reddit e de sites de conspiração. Boatos de que as garotas foram assassinadas por um maníaco selvagem que vivia na floresta. Que foram sequestradas – em algumas teorias por humanos, em outras por alienígenas, dependia do site. Que algo ainda mais místico e sinistro teria acontecido com elas. Bruxas. Lobisomens. Desintegração celular espontânea.

Nem as ex-campistas eram imunes aos rumores, o que descubro ao abrir o Facebook pelo telefone e finalmente habilitar os posts de ex-alunas do Acampamento Nightingale. A primeira coisa que vejo é uma foto postada uma hora atrás por Casey Anderson, uma supervisora baixinha de cabelos ruivos que conheci na minha primeira manhã no acampamento. Por acaso, ela também foi a primeira veterana do Acampamento Nightingale a me procurar no Facebook. Embora eu simpatizasse genuinamente com ela, o pedido de amizade foi ignorado como todos os outros. Agora estou olhando para uma foto que ela tirou das cabanas com o Lago da Meia-Noite reluzindo ao fundo.

De volta, ela escreveu. *É como nos velhos tempos.*

A foto já havia recebido cinquenta curtidas e vários comentários.

Erica Hammond: Tenha um ótimo verão!

Lena Gallagher: Owwwwn! Quantas lembranças.

Felecia Wellington: Não acredito que voltou pra esse lugar. Nem se a Franny me pagasse um milhão de dólares eu voltaria.

Casey Anderson: E é provavelmente por isso que Franny não te chamou de volta. Estou feliz por estar aqui.

Maggie Collins: Concordo! Esse lugar sempre me assustou.

Hope Levin Smith: Tô com a Felecia. Essa é uma péssima, péssima, péssima ideia.

Casey Anderson: Por quê?

Hope Levin Smith: Porque esse lugar e esse lago não são coisa boa. Todas nós já ouvimos a lenda. E sabemos que há um fundo de verdade nisso.

Lena Gallagher: OMG, a lenda! Fiquei com tanto medo na época.

Hope Levin Smith: Com toda a razão.

Casey Anderson: Vocês estão sendo ridículas.

Hope Levin Smith: Casey, você era a que mais falava nisso! Só está falando que é besteira agora porque está aí de volta.

Felecia Wellington: Não se esqueça que todas sabemos que o que aconteceu com Viv, Ally e Natalie não foi um acidente. Você mesma disse.

Brooke Tiffany Sample: Quem mais vai estar aí nesse verão?

Casey Anderson: De pessoas que você conhece, eu, Becca Schoenfeld e Emma Davis.

Brooke Tiffany Sample: Emma?!? Caralho!

Maggie Collins: Depois de todas as merdas que ela falou sobre o Theo?

Hope Levin Smith: Uau!

Lena Gallagher: Agora tá ficando interessante.

Felecia Wellington: Adoraria saber como isso aconteceu. Melhor ficar de olhos bem abertos, Casey. HAHAHA

Casey Anderson: Não seja maldosa. Estou animada para vê-la.

Erica Hammond: Quem é Emma Davis?

Fecho o Facebook e desligo o telefone, sem estômago para digerir mais fofocas e teorias malucas. Além de Casey, não me lembro de ter conhecido nenhuma dessas outras mulheres no acampamento. Também nunca ouvi nenhuma história que o lago é amaldiçoado ou assombrado. Que besteira. Tudo isso.

Apenas um dos comentários é realmente verdade. O que aconteceu com Vivian, Natalie e Allison não foi um acidente.

E eu sei porque eu sou a responsável pelo que houve.

Embora o destino final delas continue sendo um mistério, tenho certeza de que o que aconteceu com essas garotas é minha culpa.

5.

Estou deitada no banco de trás, mas levanto com tudo quando os picos das Montanhas Adirondack surgem no horizonte. A visão delas deixa meu coração acelerado – um leve aperto no peito que tento ignorar. Fica pior quando o motorista sai da rodovia principal e anuncia:

– Quase lá, senhorita Davis.

Imediatamente, o carro começa a sacolejar em uma estrada de cascalho. Ambos os lados da estrada são margeados pela floresta que parece ficar mais espessa e mais escura à medida que seguimos adiante. Galhos retorcidos projetam-se pelas laterais, alcançando um ao outro acima de nós, com ramos entrelaçados. Pinheiros imponentes filtram a luz do sol. A vegetação rasteira é um emaranhado de folhas, caules, espinhos. Eu me dou conta de que é como se estivéssemos entrando em uma de minhas pinturas.

Logo estamos diante do grande portão de ferro forjado que é a única entrada do Acampamento Nightingale. Está aberto – um convite para entrarmos. Mas o portão e seus arredores são tudo, menos convidativos. Flanqueando a estrada, um muro de pedra de um metro e meio de altura se estende mata adentro. Um arco ornamentado, também de ferro forjado, dá a impressão de que estamos prestes a entrar em um cemitério.

O acampamento vai se revelando aos poucos. As instalações entrando no campo de visão como se fossem trazidas por assistentes de palco. Todas remanescentes da época em que a propriedade era um retiro privado da família Harris, agora reformuladas para servirem ao acampamento. O prédio baixo de artes e artesanatos, que antigamente abrigava os estábulos, hoje está todo pintado de branco, sua arquitetura agora inclui delicados ornamentos de madeira de estilo vitoriano e tem um canteiro de plantas na frente, com flores de açafrão e lírios-tigrados. Em seguida, vem o refeitório. Menos bonito. Mais utilitário. Um antigo celeiro de feno que se transformou em uma cantina. Uma porta lateral é aberta e vejo entregadores descarregando as caixas de alimentos de um caminhão de entrega estacionado.

À minha direita, mais distante, estão as cabanas, pouco visíveis através das árvores. Vejo pouco além de bordas de telhado pontilhado de musgo e lascas de tapume de pinheiro. Vislumbro garotas se instalando. Pernas de fora. Braços magros. Cabelos brilhantes.

À primeira vista, o acampamento parece o mesmo de quando eu o deixei, quinze anos atrás. É uma sensação estranha, como se tivesse voltado no tempo. Um pé no presente, outro no passado. Mesmo assim, algo ainda parece fora de sintonia. Uma atmosfera de negligência paira sobre tudo, como teias de aranha. E quanto mais tempo estou aqui, mais vou percebendo o que mudou em todos esses anos. A quadra de tênis e o campo de arco e flecha estão em um estado chocante de desuso. Ervas daninhas espinhosas irrompem pela superfície da quadra em linhas irregulares. A grama no campo de arqueria está na altura do joelho, pontilhada na outra extremidade com fardos de feno em decomposição que antes eram os alvos.

No topo do imaculado prédio de artes e artesanatos, um faz-tudo prega algumas telhas na cobertura. Ele interrompe as batidas de seu martelo conforme o carro passa, olhando para mim e eu olho de volta, reconhecendo o rosto redondo e avermelhado da primeira visita. Lembro-me dele rondando pelo acampamento, sempre cuidando ou consertando alguma coisa. Era mais jovem na época, é claro. Mas continuava taciturno como antes, o que intimidava algumas pessoas, e intrigava outras.

Vou meter a mão na ferramenta dele qualquer dia, Vivian disse uma vez durante o almoço, o que fez todas nós revirarmos os olhos.

Aceno para ele, na dúvida se também reconhecerá o meu eu mais velho. Ele retoma o trabalho, levanta o martelo, bate na telha.

O carro então contorna o caminho circular em frente ao chalé. "A casa fora de casa", como Franny a chama, embora qualquer um diria que é muito mais do que uma simples casa. Mas essa era a intenção desde que foi construído por seu avô, na margem do lago que ele também criou. Uma casa de verão para uma família que preferia a natureza a Newport. Como a maioria das estruturas antigas, há uma atmosfera pesada sobre o chalé, uma aura de tristeza. Penso na passagem de todos os anos que ele testemunhou. Todas as mudanças de estações e tempestades e segredos.

– Chegamos – anuncia o motorista ao parar o carro em frente à porta vermelha do chalé. – Vou pegar sua bagagem no porta-malas.

Saio do carro, com as pernas duras e dor nas costas, e sou imediatamente engolfada por uma lufada de ar fresco. Tinha me esquecido desse cheiro. Limpo e com perfume de pinheiros. Tão diferente da fumaça da cidade. Traz à tona tantas lembranças singelas que também tinha esquecido. Caminhadas pela floresta com Vivian ou sentada sozinha à beira do lago, contemplando tudo e nada ao mesmo tempo. O perfume me atrai, me puxando para frente. Começo a andar, sem saber aonde estou indo.

– Já volto – aviso ao motorista, que está ocupado descarregando minha mala e minhas caixas com suprimentos de pintura. – Preciso esticar as pernas.

Continuo andando, ao redor do chalé, descendo a encosta gramada por trás dele. Então percebo onde o ar fresco me trouxe.

Lago da Meia-Noite.

É maior do que me lembrava. Em minha memória, era semelhante ao reservatório do Central Park. Algo contido. Algo que poderia ser controlado. Na verdade, é uma presença vasta e brilhante que domina a paisagem. As árvores que ladeiam suas margens inclinam-se ligeiramente em direção a ele, galhos recurvados sobre a água. Começo a descer o gramado, até chegar ao bonito píer que se projeta sobre a água. Há duas lanchas atracadas no lago. Perto da margem, há dois cavaletes sobre os quais as canoas repousam de cabeça para baixo, empilhadas como lenha.

Sigo caminhando pelo píer, escorregando nas fendas das tábuas, ouvindo o barulho da água. Ao chegar à sua borda, paro para admirar a extremidade mais distante do lago, a quase um quilômetro de distância. A floresta do outro lado é mais densa – uma parede de folhagem que cintila à luz do sol, ao mesmo tempo convidativa e proibitiva.

Ainda estou contemplando a margem distante quando alguém se aproxima. Ouço o farfalhar de tênis pisando na grama, seguido de passos sobre as tábuas do píer. Antes que possa me virar, uma voz se eleva atrás de mim como o gorjeio de um pássaro levado pela brisa.

– Aí está você!

A voz pertence a uma mulher de 20 e poucos anos que vem correndo pelo píer. Atrás dela, ainda em terra, vem um homem mais ou menos da mesma idade. Ambos são jovens, bronzeados e em ótima forma. Se não fosse pelas camisas com o logo do Acampamento Nightingale, ambos poderiam ser facilmente confundidos com modelos da marca J.Crew. Eles têm esse mesmo brilho saudável de peles beijadas pelo sol.

– Emma, certo? – A mulher diz. – Viva! Você está aqui!

Estendo a mão para apertar a dela, mas acabo sendo puxada para um abraço entusiasticamente apertado. Nada de meios abraços estilo Franny com essa garota.

– É tão bom conhecê-la – diz ela, liberando o abraço, ligeiramente sem fôlego após o rompante de entusiasmo. – Sou a Mindy. Noiva do Chet.

Ela indica o homem mais atrás e preciso de um momento até entender que ela está se referindo a Chester, o filho mais novo de Franny. Ele cresceu e se tornou um homem bonito, magro, atlético e alto. Bem mais alto do que eu e Mindy.

Não se parece em nada com o garoto baixinho e magrelo que eu via zanzando pelo acampamento. No entanto, alguns traços juvenis ainda permanecem, como o cabelo castanho claro que lhe cai sobre o rosto, cobrindo um olho, e o sorriso tímido em seus lábios quando ele diz:

– E aí?

– Estava reatando relações com o lago – digo, sem muita convicção. Nada me tira a sensação de que era o contrário, o Lago da Meia-Noite é que estava reatando comigo.

– Oh, sim – diz Mindy, educadamente ignorando como era incomum o fato de eu ter ido direto para a beira da água. – Ele é muito bonito, concorda? Ainda que o clima não esteja ajudando. Não chove há semanas, e o lago parece um pouco abatido, na minha opinião.

Só depois que ela comenta é que eu percebo os sinais indicadores de seca ao redor do lago. As plantas na margem mostram vários centímetros de caule enlameado, áreas que antes estavam submersas. Também houve uma seca da primeira vez que estive aqui. Não chovia há duas semanas. Eu me lembro que um dia fui subir em uma canoa e deixei pegadas em uma faixa de terra exposta entre a margem do lago e a própria água.

Estou observando uma faixa de terra semelhante quando Mindy pega minha mão e me conduz para fora do píer.

– Estamos felizes por ter você de volta, Emma. Franny especialmente. Este verão vai ser incrível. Sei que vai.

Ao descer do píer, vou até Chet e aperto sua mão.

– Emma Davis – eu digo. – Você provavelmente não se lembra de mim.

É o que eu gostaria. Ver confirmada a esperança de que ele não se lembra de nada a meu respeito. Mas a sobrancelha do único olho visível de Chet se arqueia ligeiramente.

– Eu me lembro bem de você – ele diz, sem muita elaboração.

– Antes de se instalar, Franny quer te ver – Mindy diz.

– Aconteceu alguma coisa?

– Há um pequeno problema com a questão do alojamento. Mas não se preocupe. Franny vai resolver tudo.

Deixando Chet para trás, ela passa um braço pelo meu, guiando-me declive acima, até o chalé. É a primeira vez que entro nele e me surpreendo ao constatar que nem de longe ele corresponde ao que eu esperava. Como uma simples campista que só o via do lado de fora, tinha imaginado algo saído direto das páginas da *Architectural Digest*. Algo parecido com os belos retiros rústicos nos quais as estrelas de cinema passam o Natal em Aspen.

O chalé não é nada disso. É antiquado e escuro, o ar lá dentro cheira a séculos de lenha queimada na lareira. O vestíbulo de entrada em que nos encontramos dá acesso a uma sala de estar atulhada de móveis velhos, paredes repletas de chifres, peles de animais e, o que acho bizarro, uma variedade de armas antigas. Rifles, facas de lâmina grossa. Uma lança.

– Tudo é tão antigo, né? – Mindy diz. – Adoro antiguidades, mas alguns desses objetos são centenários. A primeira vez que Chet me trouxe aqui, senti como se estivesse passando a noite em um museu. Ainda não me acostumei, para falar a verdade. Mas se tenho que passar um verão trabalhando em um acampamento para impressionar minha futura sogra, então que assim seja.

Ela claramente é uma tagarela. Cansativa, mas também potencialmente útil. Quando passamos por uma pequena sala à esquerda, eu paro e pergunto:

– O que tem lá dentro?

– O escritório.

Estico o pescoço para dar uma espiada no cômodo. Uma parede está cheia de porta-retratos. Outra contém uma estante. Quando passamos, vislumbro o canto de uma mesa, com um telefone de disco e um abajur Tiffany.

– Uso a tomada elétrica daí para carregar meu telefone – Mindy diz. – Fique à vontade para fazer o mesmo. Só não deixe Franny te pegar. Ela quer que todos nós nos desconectemos para ficar em comunhão com a natureza ou algo do tipo.

– Como é o sinal aqui?

– Horrível – Mindy responde com um gemido dramático. – Só uma barrinha na maior parte do tempo. Sinceramente, não sei como essas garotas vão lidar com isso.

– As campistas não podem usar celular?

– Podem até que a bateria acabe. Não tem eletricidade nas cabanas, lembra? Ordens da Franny.

À minha direita, uma escada, cujos degraus são minúsculos e impossivelmente estreitos, leva para o primeiro andar. Abaixo dela, há uma porta intencionalmente camuflada na parede. Os únicos detalhes que a denunciam são a maçaneta em bronze e a fechadura de modelo bem antigo.

– E o que é isso? – pergunto.

– O porão – diz Mindy. – Nunca fui lá embaixo. Deve estar cheio de móveis antigos e teias de aranha.

Seguimos em frente, Mindy continua bancando a guia turística, fazendo breves comentários sobre várias relíquias de família. Um retrato de Buchanan Harris que, eu juro, deve ter sido pintado pelo famoso pintor da aristocracia, John Singer Sargent, extrai um solene "Isso vale uma fortuna".

Logo estamos no deque da parte de trás, que abrange toda a largura da fachada posterior do chalé. Jardineiras de madeira abarrotadas de flores revestem o parapeito feito de toras. Há várias mesinhas espalhadas pelo deque e as obrigatórias cadeiras do modelo Adirondack, todas pintadas de vermelho como a porta da frente.

Duas delas estão ocupadas por Franny e Lottie.

Ambas estão vestidas com o mesmo conjunto de bermuda cáqui e camisa polo do acampamento que vi em Chet e Mindy. Franny observa o Lago da Meia-Noite do ponto de vista privilegiado do deque. Lottie, enquanto isso, digita na tela de um iPad e olha para cima quando Mindy e eu entramos.

– Emma – ela diz, seu rosto se iluminando quando ela me puxa para o que parece o meu quinto abraço do dia. – Você não tem ideia de como é bom ver você de volta aqui.

– Sim – concorda Franny. – É maravilhoso.

Ao contrário de Lottie, ela não se levanta da cadeira para me cumprimentar, o que me surpreende, até que noto sua aparência pálida e cansada. É a primeira vez que a vejo desde a nossa reunião no almoço meses atrás, e a mudança é desconcertante. Imaginei que estar de volta ao seu amado Lago da Meia-Noite a tornaria ainda mais resistente e saudável. Foi o oposto. Ela parece, na falta de termo melhor, velha. Franny me pega a encarando e diz:

— Vejo preocupação em seus olhos, minha querida. Não pense que não consigo perceber. Mas não tenha medo. Só estou cansada de toda a correria. Tinha me esquecido de como o primeiro dia de acampamento é exaustivo. Nem um minuto a perder. Mas amanhã estarei nova em folha.

— Você precisa descansar — diz Lottie.

— E é o que estou fazendo — Franny responde, ligeiramente exasperada. Eu pigarreio.

— Você precisava falar comigo?

— Sim. Receio que temos um pequeno problema.

Franny franze a testa levemente. É um eco da expressão que vi na minha primeira visita ao acampamento, quando a família Volvo finalmente estacionou diante do chalé quase às 11. Franny nos cumprimentou com o mesmo semblante que vejo agora. *Não estava esperando por você*, ela disse. *Quando não chegou com as demais, pensei que tinha cancelado.*

— Um problema? — repito, a trepidação engrossando minha voz.

— Isso soa muito dramático, não é? — diz Franny. — Creio que é mais uma complicação.

— Sobre o quê?

— Sobre onde você vai ficar.

— Oh — digo, e tenho certeza de que foi a mesma resposta que dei quando Franny me disse algo parecido quinze anos atrás.

Naquela época, meu atraso foi o culpado. Eles já haviam acomodado todas as garotas nas cabanas na parte da manhã, agrupadas por idade. Como não havia mais espaço disponível com meninas da minha faixa etária, fui forçada a dividir o alojamento com aquelas que eram vários anos mais velhas. Foi assim que acabei junto com Vivian, Natalie e Allison, intimidada por seus anos adicionais de experiência de vida, rostos livres de acne e corpos totalmente desenvolvidos.

Agora Franny me explica que o problema é o oposto.

— Minha intenção era dar alguma privacidade aos instrutores. Deixar que vocês tivessem uma boa cabana só para vocês. Mas houve uma falha no planejamento e acabamos recebendo mais meninas do que o inicialmente esperado.

– Quinze a mais – Lottie acrescenta, espontaneamente.

– O que significa que todos os nossos instrutores terão de compartilhar alojamentos com algumas campistas.

– Por que os instrutores não podem ficar todos juntos?

– Fiz a mesma pergunta, Emma – diz Lottie.

– É uma boa ideia em teoria – Franny replica. – Mas há cinco de vocês e só quatro beliches em cada cabana. Uma pessoa teria de ficar com as campistas de qualquer maneira. O que não seria nem remotamente justo com essa pessoa.

– Em vez disso, não poderíamos ficar no chalé?

– O chalé é apenas para a família – Mindy se intromete lá do canto do parapeito, de onde está assistindo a nossa conversa. Ela gira a aliança em seu dedo anelar, chamando a atenção para o enorme anel de noivado. A mensagem não é sutil, mas é clara. Ela é um deles; eu, não.

– O que Mindy quer dizer – diz Franny – é que me encantaria muito ter todos vocês aqui conosco, mas simplesmente não há espaço suficiente. Esta casa engana. Do lado de fora, parece muito grande. Mas a realidade é que não há quartos suficientes. Especialmente para todos os cinco instrutores. E você sabe que não posso favorecer ninguém. Peço desculpas.

– Está tudo bem – digo, quando na verdade não está. Sou uma mulher de 28 anos sendo forçada a passar as próximas seis semanas com estranhas que têm metade da minha idade. Definitivamente não foi esse o combinado. Mas parece que é inevitável.

– Não, não está bem – diz Franny. – É uma situação embaraçosa e sinto muito por colocá-la nela. Não te culparei nem por um segundo se decidir voltar para o carro e exigir ser levada de volta para casa.

Ficaria tentada a fazer exatamente isso se eu tivesse uma casa para voltar. Mas a artista que sublocou o *loft* provavelmente está se mudando para lá neste exato minuto, tudo reservado e pago até meados de agosto. As coisas são como são, como Marc gosta de dizer.

– Posso ao menos escolher minha cabana?

– A maioria das campistas está se instalando agora, mas creio que podemos acomodar seu pedido. O que tem em mente?

Giro rapidamente a pulseira de berloques no meu pulso.

– Quero ficar na Corniso.

A mesma cabana em que fiquei quinze anos atrás.

Embora Franny não diga nada, sei o que está pensando. Sua expressão muda tão rapidamente quanto a luz do sol brilhando no lago, revelando confusão, compreensão e, finalmente, orgulho.

– Tem certeza de que quer fazer isso?

Nem tenho certeza se quero estar aqui, mas confirmo com firmeza, tentando persuadir não só Franny, mas a mim mesma. Franny, pelo menos, parece convencida, porque se vira para Lottie e diz:

– Por favor, providencie tudo para que Emma possa ficar na Corniso – para mim, ela diz: – Você é muito corajosa ou muito tola, Emma. Não consigo decidir qual.

Eu também não. Suponho que, só por estar aqui, sou um pouco das duas coisas.

QUINZE ANOS ATRÁS

À medida que o barulho do Volvo dos meus pais era engolido pelo ruído noturno da floresta, descobri duas coisas: Francesca Harris-White era rica além do que eu podia descrever, e tinha o olhar de uma estrela de cinema.

O fato de ser rica era apenas ligeiramente intimidador. Riqueza obscena estava à mostra em toda parte no Upper West Side. Mas o olhar de Franny? Ele me deixou sem ação.

Era intenso. Dois olhos verdes fixos em mim como holofotes gêmeos, me iluminando, me estudando. Contudo, não era um olhar cruel. Era caloroso. Havia uma curiosidade gentil estampada nele. Nem me lembrava da última vez que meus pais tinham me olhado desse jeito, e me senti tão feliz que nem me importei de ficar ali, completamente imóvel, até ela decidir o que faria comigo.

— Devo admitir, querida, não tenho absolutamente a menor ideia de onde colocá-la — Franny disse, interrompendo o olhar para se virar para Lottie, que estava em pé bem atrás dela. — Existe alguma vaga em uma cabana reservada para as campistas juniores?

— Estão todas cheias — respondeu Lottie. — Três campistas e uma supervisora em cada uma. A única que ainda tem espaço é uma cabana sênior. Poderíamos passar uma das supervisoras para lá, mas não sei se é uma boa ideia, pois deixaria uma cabana júnior sem supervisão.

— O que estou relutante em fazer — disse Franny. — Qual é a cabana que ainda tem vaga?

— Corniso.

Franny me deu de novo aquele olhar de olhos verdes, sorrindo.

— Então Corniso será. Lottie, minha querida, tenha a bondade de chamar Theo para levar a bagagem da senhorita Davis.

Lottie desapareceu na enorme casa atrás de nós. Um minuto depois, um jovem rapaz apareceu, vestindo bermudas largas e uma camiseta apertada; tinha olhos sonolentos e cabelos castanhos despenteados. Nos pés, chinelos que vinha arrastando no chão conforme se aproximava.

— Theo, esta é Emma Davis, nossa retardatária — Franny me apresentou. — Ela ficará na Corniso.

Foi minha vez de olhar fixamente, porque Theo era diferente de qualquer garoto que eu já tinha visto. Não era bonitinho, como Nolan Cunningham. Era gato. Grandes olhos castanhos, nariz proeminente, sorriso levemente malicioso quando disse:

— E aí, retardatária! Bem-vinda ao Acampamento Nightingale. Vamos! Vou te levar até sua cabana.

Franny me deu boa-noite enquanto eu seguia Theo acampamento adentro, o coração batendo tão forte que temia que ele pudesse ouvir. Sabia que em parte era apreensão por estar em um lugar desconhecido com alguém desconhecido. Mas a outra parte do descompasso enlouquecido com que meu coração martelava era Theo mesmo. Não conseguia tirar os olhos dele enquanto me guiava, alguns passos à minha frente. Eu o avaliei da mesma maneira que Franny tinha me avaliando, incapaz de desviar os olhos de sua figura alta, das pernas torneadas e as passadas firmes, das costas e dos ombros largos sob a camiseta velha. Dos bíceps rijos enquanto carregava minha mala. Nenhum garoto que eu conhecia tinha braços assim.

Não achei nem um pouco ruim que ele tenha sido amigável, conversando comigo por cima do ombro, perguntando de onde eu era, de que música eu gostava, se já tinha ido ao acampamento antes.

Minhas respostas eram tímidas, quase inaudíveis sobre as batidas do meu coração. Meu nervosismo ficou evidente quando chegamos à cabana, pois Theo virou para mim e disse:

— Não fique nervosa. Vai adorar aqui.

Então bateu na porta, provocando uma resposta lá dentro.

— Quem é?

— É o Theo. Vocês estão acordadas e decentes?

— Acordadas, sim — a mesma voz respondeu. — Decentes, nunca.

Theo me entregou a mala e deu um aceno encorajador.

— Entre. E lembre-se: elas ladram, mas não mordem.

Então ele se afastou, batendo os chinelos enquanto eu girava a maçaneta e entrava. O interior da cabana estava escuro, iluminado apenas por uma lanterna colocada ao lado de uma janela em frente à porta. Àquela meia-luz dourada, vi dois beliches ocupados por três garotas.

— Eu sou a Vivian — anunciou a que estava esparramada na cama de cima do beliche à minha direita. Ela apontou para o outro beliche. — Essa é a Allison. Aqui em baixo a Natalie.

— Oi — cumprimentei, ainda segurando minha mala dentro da cabana, assustada demais para terminar de entrar.

— Seu baú está perto da porta — disse a garota identificada como Natalie; ela tinha bochechas largas e um queixo formidável. — Pode guardar suas roupas lá.

— Obrigada.

Abri o baú e comecei a transferir freneticamente todas as minhas roupas recém-compradas para ele. Tudo exceto minha camisola, que já mantive fora antes de deslizar a mala para baixo da cama.

Vivian escorregou do beliche de cima, só de calcinha e miniblusa. Vê-la assim exposta me deixou ainda mais consciente do fato de que eu só me despia por baixo da camisola.

— Você é bem nova. Tem certeza de que deveria estar aqui?

Ela se virou para as outras duas, ambas ainda abrigadas em suas camas.

— Não tem uma cabana para bebês para onde podemos mandá-la?

— Tenho 13 anos — falei. — Claramente não sou um bebê.

Vivian me aterrorizava e me deslumbrava na mesma medida. Todas as três. Eles já eram praticamente mulheres. Eu, apenas uma garotinha. Magricela, de joelhos ralados e sem peitos.

— É sua primeira noite fora de casa? — perguntou Allison. Ela era magra e bonita, tinha cabelos cor de mel.

— Não — eu disse, mas era, afinal, um punhado de festas do pijama no apartamento de amigas que moravam a poucos quarteirões de distância não era a mesma coisa.

— Você não vai chorar, vai? — Vivian perguntou. — Todas as novatas choram na primeira noite. Porra, isso seria tão previsível.

Ela falou o palavrão de um jeito tão casual que me deixou sem ação. Tão diferente de quando Heather ou Marissa falavam em suas tentativas desesperadas de parecerem adultas e legais. O palavrão saiu fácil dos lábios de Vivian, deixando claro que ela os falava bastante. Isso me mostrou que essas garotas eram mais velhas, mais espertas e duronas. Para sobreviver, teria de ser como elas. Não havia outra escolha.

Fechei a tampa do meu baú e encarei Vivian.

– Se eu chorar, é porque sou obrigada a ficar aqui com um bando de vacas.

Um momento se passou e ninguém disse nada. Foi só um momento, e mesmo assim pareceu uma eternidade enquanto me perguntava se elas tinham achado graça ou se estavam com raiva, e se eu realmente acabaria chorando – o que, sinceramente, eu estava com vontade de fazer desde o instante em que meus pais saíram do acampamento sob uma nuvem de poeira de cascalho. Então notei que Natalie e Allison tinham puxado os cobertores até o nariz, tentando esconder o fato de que estavam rindo. Vivian sorriu e sacudiu cabeça, como se eu tivesse acabado de lhes dar o maior dos elogios.

– Boa, menina.

– Não me chame de menina – rebati, fingindo ser durona apesar de ainda querer chorar, só que dessa vez de alívio. – O meu nome é Emma.

Vivian estendeu a mão e me fez um carinho na cabeça.

– Bem, Em, bem-vinda ao Acampamento Nightingale. Você está pronta para nos ajudar a mandar nesse lugar?

– Claro – eu disse, não acreditando que alguém tão naturalmente maneiro estava prestando atenção em mim. Na escola, passei meus dias me misturando com Heather e Marissa, todas ignoradas pelas garotas mais velhas. Mas aí estava Vivian, me encarando, pedindo que eu me juntasse à sua panelinha.

– Maravilha! – ela respondeu. – Porque amanhã nós vamos tocar o terror.

6.

Por fora, Corniso tem a mesmíssima aparência que tinha da última vez que a vi. As mesmas paredes marrons e ásperas. O mesmo telhado de telhas verdes, salpicado de pinhas. A mesma placa com seu nome gravado. Não sei por quê, mas esperava que estivesse diferente. Mais velha. Decrépita. Um lembrete inconfundível de que estou a quinze anos e a mundos de distância da garota chorosa que olhou a cabana pela última vez.

No entanto, parece que o tempo não passou entre o passado e o presente, como se a última década e metade da minha vida fossem apenas um sonho. É uma sensação desconcertante. E um tanto assustadora. Mas continuo a olhar para a cabana, sentindo não medo, mas algo além. Algo mais afiado.

Curiosidade.

Eu *quero* entrar, olhar em volta, ver quais lembranças serão dragadas do fundo da minha memória. É por isso que estou aqui, afinal. Mesmo assim, quando giro a maçaneta, percebo que minha mão está tremendo. Não sei o que estou esperando. Fantasmas, eu acho.

Em vez disso, dou de cara com três garotas diferentes, todas muito vivas descansando em seus respectivos beliches. Elas me recebem com olhares surpresos diante da minha súbita intrusão.

– Oi – eu digo.

Minha voz é tímida, quase um pedido de desculpas, como se eu lamentasse invadir o espaço delas, arrastando a mala atrás de mim. Não fico a sós com um grupo de garotas adolescentes desde, bem, praticamente desde que estive no Acampamento Nightingale pela primeira vez. Depois do que aconteceu aqui, gravitei na órbita dos moleques. Tímidos, nerds. Gênios da matemática, geeks loucos por ficção científica e membros do clube de teatro que estavam saindo do armário. Eles se tornaram minha tribo. E ainda são. Me sinto bem na presença deles.

Sim, garotos podem te trair e partir seu coração, mas não com a mesma pungência que as garotas. Limpo minha garganta.

– Sou a Emma.

– Oi, Emma. Sou a Sasha – diz uma das mais jovens, uma menina que deve ter uns 13 anos e está empoleirada na cama de cima do beliche à minha esquerda, com as pernas magrelas balançando.

Ela tem um rosto amigável: sorriso enorme, bochechas arredondadas, olhos brilhantes ainda mais em evidência por um par de óculos de armação vermelha. Começo a relaxar em sua presença. Pelo menos uma delas parece legal.

– Prazer em conhecê-la, Sasha.

– Eu sou a Krystal – diz a garota deitada na cama abaixo dela. – Com K.

Alguns anos mais velha e vários quilos mais pesada que Sasha, ela está praticamente escondida dentro de um enorme agasalho com capuz e bermudas largas. As meias brancas com listras azuis na barra estão puxadas até os joelhos. Ao seu lado, um urso de pelúcia de aparência bem desgastada. Ela segura no colo uma revista em quadrinhos. Capitão América.

– Krystal com K. Entendido.

Eu me viro para a outra garota no dormitório, que está deitada de lado no outro beliche, cabeça apoiada no cotovelo dobrado, me avaliando em silêncio. Seus olhos amendoados exibem uma combinação de desdém e curiosidade. Um pequenino piercing em formato de diamante adorna seu nariz. Ela parece ter uns 16 anos e, como a maioria das garotas dessa idade, completamente desinteressada por tudo.

– Miranda – ela se apresenta. – Peguei a cama de cima. Espero que não se importe.

– A de baixo está ótima – respondo, colocando minha mala sobre a cama, arrancando um gemido das molas do colchão.

Miranda desce do beliche e se espreguiça, seus braços e as pernas são invejavelmente magros. Ela deu um nó na camisa polo no acampamento, revelando a barriga chapada. Outro piercing igual ao do nariz adorna seu umbigo. Continua se alongando, mas na verdade trata-se de uma declaração silenciosa. Ela está mostrando que é a fêmea alfa. Marcando seu território. Deixando claro que é a mais gostosa do cômodo. Um velho truque de Vivian.

Eu me sinto exatamente como da primeira vez que pisei na cabana. Ingênua. Trêmula. Incerta quanto ao que fazer enquanto as garotas me encaram com expectativa. Bem, pelo menos Sasha e Krystal. Miranda sobe de volta para sua cama e se esparrama com um suspiro dramático.

– Eles disseram que eu ia ficar aqui, certo? – pergunto.

– Disseram que alguém ficaria aqui – Krystal me informa. – Mas não disseram quem.

– Nem quantos anos teria – a voz de Miranda vem lá de cima.

– Sinto muito desapontá-las – digo.

– Você é nossa supervisora do acampamento? – Sasha pergunta.

– Está mais para babá – acrescenta Krystal, mas Miranda tem uma melhor.

– Está mais para disciplinadora.

– Sou uma artista – digo a elas. – Estou aqui para ensinar vocês a pintar.

– E se não quisermos pintar? – Sasha pergunta.

– Não precisa pintar, se não quiser.

– Gosto de desenhar – Krystal diz, já se inclinando na cama para pegar vários cadernos de anotações embaixo dela. Ela puxa um deles e abre. – Olha só.

A página tem um esboço de uma super-heroína. Uma mulher com olhos enérgicos e os músculos protuberantes de um levantador de peso. Seu uniforme é azul escuro e colado ao corpo, tem um crânio verde com olhos vermelhos flamejantes no peito.

– Você que fez? – digo, sinceramente impressionada. – Está muito bom.

E está mesmo. O rosto da heroína é perfeito. Ela tem um queixo quadrado, nariz afilado, olhos que brilham desafiadores. O cabelo ondula em cachos escuros. Com alguns traços de lápis, Krystal transmitiu a força, a coragem e a determinação dessa mulher.

– O nome dela é Skull Crusher. Ela é capaz de matar um homem só com as mãos.

– Não esperaria menos que isso – digo. – Como você já é uma artista, vou deixar que desenhe enquanto as outras pintam.

Krystal aceita o acordo com um sorriso.

– Da hora!

Ela e Sasha continuam a me olhar enquanto desfaço a mala, esperando que eu diga mais alguma coisa. Sentindo-me extremamente constrangida, pergunto:

– Então, por que quiseram vir ao acampamento?

– Minha orientadora escolar sugeriu que eu viesse – diz Sasha. – Ela disse que seria uma boa experiência de aprendizado para mim, já que sou muito questionadora.

– Oh? Sobre o quê? – pergunto.

– Hum, sobre tudo.

– Entendi.

– Meu pai queria que eu viesse – diz Krystal. – Então eu tinha a opção de vir ou arranjar um emprego para fritar hambúrgueres em algum lugar.

– Acho que fez a escolha certa.

– Eu não queria vir – diz Miranda. – Minha avó me obrigou. Disse que eu só arranjaria encrenca se passasse o verão em casa.

– E você arranjaria? – indago, olhando para ela.

– Provavelmente – Miranda dá de ombros.

– Escutem – digo – independentemente de vocês estarem aqui ou não, vamos deixar uma coisa bem clara. Não estou aqui para bancar a escoteira-chefe. Nem a babá – olho para Miranda. – Muito menos a disciplinadora. Não quero cortar o barato de ninguém.

Todas gemem.

– O quê? A garotada não fala mais isso?

– Não – Krystal diz enfaticamente.

– Definitivamente não – acrescenta Sasha.

– Bem, seja lá qual for o equivalente atual disso, não é por isso que eu estou aqui. Estou aqui para ajudar vocês a aprenderem, se quiserem aprender. Ou, se preferirem, podemos só conversar. Basicamente, pensem em mim como uma irmã mais velha nesse verão. Só quero que vocês se divirtam.

– Tenho uma pergunta – diz Sasha. – Tem ursos aqui?

– Acho que sim – respondo. – Mas eles têm mais medo de nós do que nós deles.

– Fiz algumas pesquisas antes de sair de casa e li que isso não é verdade.

– Provavelmente não – concordo. – Mas é legal imaginar, não acha?

– E cobras?

– O que tem elas?

– Quantas você acha que tem aí na floresta? E quantas acha que são venenosas?

Olho para Sasha, intimidada por sua curiosidade. Que garota deliciosamente estranha, com os óculos de armação grossa empoleirados no minúsculo nariz, olhos atentos por trás das lentes imaculadas.

– Sinceramente não sei – respondo. – Mas não acho que precisamos nos preocupar muito com cobras.

Sasha empurra os óculos mais para cima no nariz.

– Então deveríamos nos preocupar mais com as dolinas? Li que centenas de milhares de anos atrás, toda esta área foi coberta por geleiras, o que deixou muito gelo acumulado no fundo da terra. Quando esse gelo derreteu, acabou corroendo o arenito das rochas, formando cavernas profundas. E às vezes o teto dessas cavernas desmorona, deixando crateras gigantes, que são as dolinas. Se você estiver em cima de uma quando desmoronar, cairá tão fundo na terra que ninguém nunca vai te encontrar.

Ela finalmente para, ligeiramente sem fôlego.

– Acho que ficaremos bem – digo. – Se quer mesmo saber, o maior perigo são as heras venenosas.

– E ficar perdido na floresta – completa Sasha. – De acordo com a Wikipédia, é muito comum. As pessoas desaparecem o tempo todo.

Eu concordo. Finalmente, um fato que posso confirmar.

E que não posso esquecer.

7.

Na hora do jantar, fico para trás, dando a desculpa de que tenho de terminar de desfazer a mala e vestir a roupa do acampamento. A verdade, no entanto, é que quero ficar sozinha com Corniso, só por um momento.

Estou no meio da cabana, girando devagar, absorvendo cada detalhe. É diferente de quinze anos atrás. Menor e mais apertada. Parece o vagão do trem em que Marc e eu uma vez dormimos em uma viagem noturna de Paris a Nice. Mas as diferenças da cabana são superadas por suas semelhanças. Tem o mesmo cheiro. Pinheiro, terra úmida e um ligeiro odor de lenha queimada. A terceira tábua do assoalho, a partir da porta, ainda range. A guarnição ao redor da única janela ainda tem a pintura em azul-claro. Um toque de capricho que notei em minha primeira estadia aqui.

As vozes das meninas voltam para mim, como um eco distante. Fragmentos aleatórios de lembranças que eu tinha esquecido completamente até agora. Allison fazendo graça cantarolando "I Feel Pretty" enquanto pavoneava pela cabana com sua camisa polo grande demais. Natalie sentada na beira da cama de baixo, com as pernas lambuzadas de loção de calamina.

Esses mosquitos são obcecados por mim, ela se queixava. *Deve ter alguma substância no meu sangue que os atrai.*

Não acho que é assim que funciona, eu disse.

Então por que eles estão me picando e não estão picando vocês?

É seu suor, Vivian declarou. *Insetos adoram isso. Então, meninas, não economizem desodorante.*

Meu telefone apita no bolso, me despertando do meu mórbido devaneio de autocomiseração. Pego o celular e vejo que Marc está tentando fazer uma chamada de vídeo. Com apenas uma barra de sinal, duvido que vai funcionar.

– E aí, Veronica Mars – ele diz quando eu atendo. – Como vai a investigação?

– Estou apenas começando – sento na beira da minha cama, esticando um pouco o braço, para que meu rosto inteiro se encaixe na tela. – Não vai dar para falar muito. O sinal aqui é péssimo.

Marc faz sua expressão de beicinho dramático. Ele está na cozinha do bistrô, diante da brilhante porta de aço inoxidável da câmara frigorífica.

– Como está o Acampamento Crystal Lake?

– Jason e sua máscara ainda não apareceram – respondo.

– Diria que isso é um *plus*.

– Mas estou ficando com três adolescentes.

– Definitivamente não está em sua zona de conforto. Como elas são?

– Eu as descreveria como marotas, mas esse termo provavelmente está fora de moda.

– "Maroto" nunca sai de moda. É como jeans azul. Ou vodca. Isso aí é mesmo um beliche?

– É sim – eu confirmo. – E é tão confortável quanto parece.

A expressão de Marc muda de amuado para horrorizado.

– Meu Deus do céu! Peço mil desculpas por te convencer a voltar para esse lugar.

– Você não me convenceu – digo. – Só deu o empurrão quando eu já estava na beira do precipício.

– Não teria empurrado se soubesse que beliches estariam envolvidos.

Sua imagem estala por um momento. Quando ele move a cabeça, a imagem vira um amontoado de *pixels*.

– Está travando – digo, quando na realidade sou eu. O sinal caiu de uma barra para nenhuma. Na tela, o rosto de Marc fica congelado em nada além de um borrão azul abstrato. Ainda consigo ouvi-lo, apesar da voz cortando, mas só dá para captar uma ou outra palavra.

– Você... liga... entediada... Ok?

O telefone trava e a ligação cai. Minha tela fica preta, substituindo o rosto de Marc pelo meu próprio reflexo. Olho para ele e fico chocada com minha aparência de cansaço. Pior do que cansada. Exausta. Não me admira que Miranda tenha feito piada com a minha idade. Eu definitivamente pareço uma anciã comparada a elas.

Isso me faz pensar em como as outras garotas de Corniso estariam hoje. Allison provavelmente ainda seria bonitinha e delicada como sua mãe, que eu vi há alguns anos em uma remontagem do musical *Sweeney Todd*. Passei o espetáculo inteiro especulando o quanto ela ainda pensava na filha, se havia uma foto de Allison em seu camarim, se ficava triste toda vez que a via.

Suspeito que Natalie teria permanecido fisicamente formidável, graças aos esportes na faculdade.

E Vivian? Tenho certeza de que ela seria a mesma. Magra. Estilosa. Uma beleza que beirava a soberba. Consigo vê-la olhando para mim no presente e dizendo: *Precisamos ter uma conversa séria sobre o seu cabelo. E seu guarda-roupa.*

Enfio o telefone de volta no bolso e abro a mala. Rapidamente, visto uma bermuda e uma das polos oficiais do acampamento que chegaram pelo correio há duas semanas. O resto vai para o meu baú, perto da porta. É o mesmo baú de nogueira da minha estadia anterior. Sei porque ainda tem a mancha acinzentada marcando o forro de cetim.

Fecho o baú e passo as mãos pela tampa, sentindo os sulcos de todos os nomes que foram talhados na nogueira. Outra lembrança me vem aos pensamentos. Minha primeira manhã no acampamento, ajoelhando-me diante deste mesmo baú com um canivete na mão.

Grave seu nome, Allison incentivava.

Toda garota faz isso, Natalie acrescentou. *É tradição.*

Eu segui essa tradição e gravei meu nome. Duas letras maiúsculas contra a madeira escura.

EM

Vivian ficou atrás de mim enquanto eu fazia isso, com a voz suave e encorajadora no meu ouvido. *Deixe sua marca. Deixe as gerações futuras saberem que você esteve aqui. Que você existiu.*

Olho para o outro lado da cabana, para os outros dois baús ao lado da porta. O de Natalie e o de Allison. Seus nomes se desvaneceram com o tempo, quase indistinguíveis de todos os outros esculpidos em torno deles. Em seguida, conferi o baú ao lado do meu. O de Vivian. Ela tinha talhado seu nome no centro da tampa, maior que todos os outros.

VIV

Abro o baú, mesmo sabendo que agora é de Miranda e que lá dentro não estão as roupas, nem os artesanatos de Vivian nem o frasco do perfume Obsession, que ela jurava disfarçar o cheiro do repelente de insetos. Em seu lugar estão as roupas de Miranda – uma variedade de shorts muito justos, sutiãs de renda e calcinhas totalmente inadequadas para o acampamento. Em um canto, uma pilha surpreendentemente alta de livros de bolso. *Garota exemplar, O bebê de Rosemary*, alguns de Agatha Christie.

Mas o forro no interior da tampa é o mesmo. Cetim cor de vinho. Exatamente igual ao meu. A única diferença, além da mancha cinzenta, é o rasgo de seis polegadas no tecido, no lado esquerdo da tampa, paralelo às bordas acolchoadas.

O esconderijo de Vivian, usado para guardar o colar com pingente de coração que ela só tirava para dormir. O medalhão era de ouro e tinha uma pequena esmeralda incrustada no centro.

Eu só sei do esconderijo porque testemunhei Vivian usá-lo ao fim do nosso primeiro dia inteiro no acampamento. Estava procurando minha escova de dentes no meu baú, quando ela se ajoelhou em frente ao dela. Abriu o colar e o segurou por um momento nas mãos.

Que bonito, eu disse. *Uma herança?*
Era da minha irmã.
Era?
Ela morreu.
Desculpe. A apreensão se agitou no meu peito. Nunca tinha conhecido alguém que perdera um irmão e não sabia como agir. *Não era minha intenção trazer isso à tona.*

Você não trouxe, Vivian respondeu. *Eu trouxe. E é saudável falar sobre isso. É o que meu terapeuta diz.*

Mais uma surpresa. Uma irmã morta *e* terapia? Naquele momento, Vivian era a criatura mais exótica que eu já tinha conhecido.

Como ela morreu?
Ela se afogou.
Oh, soltei, surpresa demais para falar algo além disso.

Vivian também não disse mais nada. Simplesmente enfiou os dedos no rasgo no forro e deixou o colar deslizar lá para dentro.

Agora eu encaro o corte no tecido, tocando minha própria peça de joalheria. Ao contrário do colar de Vivian, nunca removo a pulseira de berloques. Nem para dormir. Nem para tomar banho. Nem mesmo quando pinto. O desgaste comprova isso. Cada pequeno pássaro tem arranhões na prata que se destacam como cicatrizes. Resquícios de tinta seca nos bicos.

Tiro a mão direita da pulseira e a enfio no rasgo do forro. Os fiapos do tecido fazem cócegas no meu pulso enquanto estico os dedos e vasculho o interior da tampa. Não espero encontrar nada. Certamente não o colar, pois Vivian o estava usando quando saiu da cabana pela última vez. Só estou bisbilhotando o esconderijo porque, ao verificar, saberei que não há nenhum traço de Vivian deixado ali.

Só que há.

Tem algo dentro da tampa, no fundo, aninhado entre a madeira e o tecido. Um pedaço de papel dobrado ao meio. Passo um dedo ao longo do vinco, sentindo seu comprimento. Então pinço a borda com o polegar e o indicador e o deslizo para fora do forro.

O tempo deu ao papel uma tonalidade amarelada – um tom macilento que me lembra gema de ovo seca. O papel estala quando o desdobro, revelando uma fotografia ainda mais velha aninhada em seu vinco.

Analiso a foto primeiro. É muito antiga. Algo mais provável de ser encontrado em um museu do que numa cabana de um acampamento. Em tons sépia e desgastada nas bordas, retrata uma jovem mulher em um vestido simples. Ela está sentada diante de uma parede vazia, em um ângulo que revela os longos cabelos escuros cascateando pelas costas até não caber mais na foto.

Nas mãos da mulher, uma grande escova de cabelo prateada, que ela segura junto ao peito como uma possessão valiosa. Acho o gesto estranhamente cativante, embora se possa presumir que é a vaidade que a instiga a agarrar a escova com tanta força. Que ela passa os dias penteando aqueles cabelos absurdamente compridos, desembaraçando os fios, alisando as madeixas. A expressão da mulher, todavia, me faz supor que não é esse o caso. Embora ela pareça estar em repouso, seu semblante transmite tudo menos paz. Seus lábios estão pressionados, formando uma linha fina. Seu rosto está tenso. Os olhos, selvagens e escuros, transmitem tristeza, solidão e algo mais. Uma emoção que conheço bem.

Aflição.

Fito aqueles olhos, achando-os perturbadoramente familiares. Já vi essa mesma expressão em meus próprios olhos. Não muito tempo depois que deixei o Acampamento Nightingale pelo que eu achava que seria a última vez.

Viro a foto e vejo um nome escrito no verso, em tinta desbotada.

Eleanor Auburn.
Várias questões se acumulam inquietantes sobre meus ombros. Quem é essa mulher? Quando essa foto foi tirada? E, acima de tudo, onde Vivian a conseguiu e por que estava escondida no baú?

O conteúdo da página desdobrada não fornece respostas. É um esboço bem rudimentar de um desenho feito em um pedaço de papel arrancado de algum caderno de anotações. O ponto focal do desenho é uma figura estranha que se assemelha a uma vírgula gigante. Em torno dela, centenas de barras escuras, cada uma delas traçadas com tanta força, que minha mão de pintura dói só de olhar para elas. Abaixo da vírgula, enfiadas entre as barras, há várias formas irregulares. Não são círculos nem são quadrados. À esquerda, há outra forma irregular. Maior que as outras.

Quase perco o ar quando entendo o que é aquilo.

Por motivos que estão além da minha compreensão, Vivian desenhou o Acampamento Nightingale. A vírgula é o Lago da Meia-Noite, dominando a paisagem, centralizando a atenção. As barras são uma versão abstrata da floresta nos arredores. As figuras irregulares são as cabanas. Conto vinte deles, assim como na vida real. A grande mancha, claro, é o chalé, comandando a margem sul do lago.

Vivian tinha desenhado outra forma do tamanho de uma cabana do outro lado do lago, quase diretamente em frente ao acampamento. Jaz solitária ao lado da água. Mas não há nenhuma outra construção do outro lado do lago. Pelo menos, não que eu saiba.

Assim como a foto, o esboço desafia a explicação. Tento pensar em alguma razão lógica pela qual Vivian o teria desenhado, mas não consigo achar nenhuma. Ela passou três verões seguidos aqui. Certamente não precisava desenhar um mapa para se localizar.

Porque, de fato, é isso o que esse esboço parece. Um mapa. Não apenas do acampamento, mas de todo o lago, o que me lembra da imagem de satélite que estudei na viagem até aqui. Todo o Lago da Meia-Noite em uma imagem acessível.

Trago a folha mais perto do rosto, analisando não o acampamento, mas a área do outro lado do lago. Perto da misteriosa estrutura vejo algo quase imperceptível em meio às barras ao redor.

Um X.

Pequeno, mas visível, perto de um aglomerado de triângulos irregulares que se assemelham a pequenas montanhas desenhadas por um aluno do jardim de infância. Vivian pressionou a mão ao desenhá-lo. As linhas entrecruzadas afundam o papel.

Significa que isso era importante para ela.

Que algo de interesse estava localizado lá.

Dobro a foto dentro do mapa e guardo ambos dentro do meu baú. Então me dou conta de que se Vivian tinha tomado tanto cuidado para escondê-los, então eu deveria fazer o mesmo.

Afinal, era o segredo dela.

E me tornei muito boa em guardá-los.

QUINZE ANOS ATRÁS

— Tem algo que você precisa saber sobre este lugar — Vivian me disse. — Nunca chegue no horário para nada. Ou chegue antes ou então chegue por último.

— Até nas refeições? — perguntei.

— *Especialmente* nas refeições. Você nem imagina como essas vacas ficam selvagens quando o assunto é comida.

Era minha primeira manhã no acampamento, e Vivian e eu acabávamos de sair do banheiro e seguíamos para o refeitório. Embora o sino das refeições já tivesse tocado há quinze minutos, Vivian não demonstrou nenhum sinal de pressa. Ia num ritmo quase lânguido quando passou o braço pelo meu, forçando-me a ir mais devagar também.

Quando finalmente chegamos ao refeitório, notei uma menina de cabelos crespos do lado de fora do prédio de artes e artesanatos com uma câmera pendurada no pescoço. Ela também nos notou, porque vi algo em seus olhos. Reconhecimento, talvez. Ou preocupação. Durou apenas um segundo antes que ela levantasse a câmera e apontasse em nossa direção, a lente azul-escura nos seguindo quando entramos no refeitório.

— Quem foi que tirou a foto? — perguntei.

— Becca? — disse Vivian. — Não ligue pra ela. É uma zé-ninguém.

Pegando minha mão, Vivian me puxou para a frente do salão, onde alguns funcionários da cozinha, com os cabelos presos em toucas, serviam a comida de bandejas fumegantes. Como estávamos entre as últimas a chegar, não foi preciso esperar. Vivian estava certa — não que eu duvidasse dela.

A única pessoa que chegou depois da gente foi uma supervisora ruiva e sorridente com o nome Casey bordado na camisa polo do acampamento. Ela era baixa — praticamente da minha altura — e seu corpo em formato de pera ficava ainda mais evidenciado pelos grandes bolsos de sua bermuda cargo.

— Ora, ora, se não é Vivian Hawthorne — disse ela. — Você me disse no último verão que não aguentava mais esse lugar. Não conseguiu ficar longe?

— E perder a chance de te atormentar por outro verão? — Vivian respondeu enquanto pegava duas bananas, colocando uma delas na minha bandeja. — Nem morta.

— E eu que pensei que seria mais fácil este ano — a supervisora me deu um olhar avaliador. Pareceu surpresa, para não dizer um pouco confusa, ao me ver junto de Vivian. — Você é nova, certo?

Vivian pediu duas tigelas de aveia, mais uma vez dando uma para mim.

— Emma, esta é Casey. Ex-campista, atual supervisora, eterno tormento da minha existência. Casey, conheça Emma.

Levantei minha bandeja para cima e para baixo numa tentativa sofrível de simular um aceno.

— Prazer em conhecê-la.

— Ela é minha protegida — disse Vivian.

— Isso é um pensamento assustador — Casey virou para mim novamente e colocou a mão no meu ombro. — Pode me procurar se ela começar a te corromper demais. Estou na cabana Bétula.

Ela passou por nós e seguiu seu caminho até a garrafa de café e o prato de *donuts* ao lado dela. Antes de deixarmos a fila, também pedi o que eu realmente queria de café da manhã: bacon e torradas. Vivian olhou torto para os acompanhamentos extras, mas não disse nada.

Então cruzamos o refeitório, passando por garotas que tilintavam seus talheres e sorviam suas bebidas acomodadas em mesas cujas configurações eram familiares às da cantina da minha escola. Meninas mais jovens de um lado. As mais velhas de outro. Só que naquele momento eu não fazia parte da minha matilha socialmente aceitável. Algumas garotas da minha idade notaram e observaram com inveja enquanto Vivian me conduzia para o lado do refeitório povoado por garotas mais velhas. Ela cumprimentou algumas e ignorou outras antes de me sentar com Allison e Natalie.

Eu já estava acordada quando as duas saíram da cabana para irem ao banheiro. Apesar de me chamarem para ir com elas, fiquei para trás, esperando Vivian se levantar. Ela era a única que eu queria que me mostrasse o caminho das pedras. Embora Allison e Natalie parecessem legais, elas me lembravam as garotas que conhecia na escola. Versões ligeiramente mais velhas de Heather e Marissa.

Vivian era diferente. Nunca tinha conhecido ninguém tão sem filtros. Para uma garota tímida como eu, sua atenção era tão calorosa e bem-vinda quanto o sol.

– Bom dia, vaquinhas – ela disse para as outras. – Dormiram bem?

– O de sempre – disse Allison enquanto pegava uma tigela de salada de frutas.

– E você, Emma?

– Superbem.

Era mentira. A cabana estava muito abafada, muito quieta. Senti falta do ar-condicionado e do barulho de Manhattan – as buzinas frenéticas e as sirenes agudas ecoando à distância. No Acampamento Nightingale, não havia nada além do ruído dos insetos e do lago lambendo a margem de terra. Deduzi que me acostumaria com isso.

– Graças a Deus você não ronca, Em – disse Vivian. – Tivemos uma garota que roncava ano passado. Parecia uma vaca moribunda.

– Não era tão ruim assim – disse Natalie. Em sua bandeja, duas porções de bacon e os restos de xarope das panquecas. Ela mordeu uma fatia de bacon, mastigando e falando ao mesmo tempo. – Está sendo maldosa só porque não gosta mais dela.

Eu já havia notado a estranha dinâmica entre as três. Vivian era a líder. Obviamente. Natalie, atlética e um pouco rude, era a resistência. A linda e subjugada Allison era a pacificadora, papel que já exerceu naquela mesma manhã.

– Conte-nos sobre você, Emma – ela interveio. – Você não estuda na nossa escola, né?

– Claro que não – Vivian respondeu. – Nós saberíamos se estudasse. Metade da nossa escola vem para cá.

– Estudo na Douglas Academy – disse.

Allison espetou um pedaço de melão, levou-o aos lábios, mas o baixou de volta.

– Gosta de lá?

– É legal, eu acho. Por ser uma escola só para garotas.

– A nossa também é – disse Vivian. – Honestamente, eu mataria para passar um verão longe de algumas dessas vadias.

– Por quê? – Natalie perguntou. – Você finge que metade delas não existe quando estamos aqui.

– Assim como estou fingindo agora que você não está enchendo a fuça de bacon – retrucou Vivian. – Continue comendo desse jeito e ano que vem você vai para o acampamento dos obesos.

Natalie suspirou e deixou cair o bacon meio comido no prato.

– Quer um pouco, Allison?

Allison balançou a cabeça e afastou a tigela de frutas quase intocada.

– Estou cheia.

– Só estava brincando – disse Vivian, parecendo genuinamente com remorso. – Sinto muito, Nat. Mesmo. Você está... bem.

Ela então sorriu, a palavra ecoando como o insulto que realmente era.

Passei o resto da refeição de olho no prato de Vivian, dando uma bocada na aveia apenas quando ela o fazia, tentando equalizar as porções exatamente. Não toquei na banana até ela tocar. Quando ela largou metade da bandeja, fiz o mesmo. O bacon e a torrada permaneceram intactos.

Eu disse a mim mesma que valeria a pena.

Vivian, Natalie e Allison deixaram o refeitório antes de mim, preparando-se para uma aula avançada de tiro com arco. Somente para campistas seniores. Minha programação incluía uma atividade com garotas da minha idade, e já concluíra que acharia todas elas um saco. Isso era o que uma noite em Corniso já tinha feito comigo.

No caminho, passei pela garota com a câmera. Ela veio no meu sentido, me bloqueando.

– O que está fazendo?

– Te avisando – ela disse. – Sobre a Vivian.

– O que está querendo dizer?

– Não se deixe enganar. Ela vai se virar contra você mais cedo ou mais tarde.

Dei um passo na direção dela, tentando ser tão durona quanto na noite anterior.

– Como assim?

A garota com a câmera sorria, mas não havia humor. Era um sorriso amargo, beirando o escárnio.

– Você vai descobrir – ela disse.

8.

Quando chego ao refeitório para o jantar, vejo Franny em pé na frente do salão, já na metade de seu discurso de boas-vindas. Ela tem um aspecto mais sadio do que antes. É nítido que está em seu hábitat, vestida para a vida ao ar livre, exaltando as virtudes da vida no acampamento diante de um salão lotado de garotas. Ela passeia o olhar pelo espaço enquanto fala, estabelecendo contato visual momentâneo com cada uma das meninas, dando-lhes silenciosas boas-vindas. Quando me vê perto da porta, seus olhos se contraem levemente. Quase uma piscadela.

O discurso é bem parecido com o que ouvi quinze anos atrás. Até onde sei, poderia até ser o mesmo, ainda na memória de Franny depois de todos esses anos. Ela já contou a parte sobre como o lago foi formado por seu avô naquela longínqua véspera de Ano-Novo e agora está esmiuçando a história do próprio acampamento.

— Durante anos, essa terra foi um retiro particular da minha família. Quando criança, passei todos os verões, e alguns invernos, primaveras e outonos, explorando os milhares de hectares que minha família teve a sorte de possuir. Quando meus pais faleceram, a propriedade foi deixada para mim. Então, em 1973, decidi transformar o retiro da família Harris em um acampamento para meninas. O Acampamento Nightingale foi inaugurado um ano depois, e já recebeu várias gerações de jovens mulheres.

Ela faz uma breve pausa, apenas para respirar. Mas esse silêncio contém anos de história omitida. Sobre minhas amigas, o escândalo do acampamento, seu fechamento subsequente.

— Hoje, o acampamento recebe vocês de braços abertos — diz Franny. — O Acampamento Nightingale não está aqui para formar panelinhas nem promover concursos de popularidade e muito menos fazer com que alguém se sinta superior. Ele foi feito para você. Todas vocês. Nossa missão é proporcionar a todas e a cada uma de vocês uma experiência para guardar com carinho por muito tempo após o fim do verão. Então, se precisarem de qualquer coisa, não hesitem em falar com Lottie, com meus filhos ou com Mindy, a mais nova integrante da nossa família.

À esquerda, ela indica Chet, que está junto à parede, fingindo não notar os olhares de adoração de metade das meninas no salão. Ao lado dele, Mindy sorri e acena como se estivesse participando de um concurso de miss. Esquadrinho todo o ambiente, à procura de Theo, mas nem sinal dele, para meu alívio e decepção.

Franny junta as mãos e inclina a cabeça, sinalizando que o discurso acabou. Mas eu sei que ainda não. Ainda falta uma parte, completamente roteirizada, mas executada com a maestria de um político de longa data.

– Oh, uma última coisa – ela acrescenta, fingindo ter pensado nisso apenas naquele instante. – Não quero ouvir nenhuma de vocês me chamando de Sra. Harris-White. Me chamem de Franny. Eu insisto. Aqui, na natureza, somos todas iguais.

Mindy começa a bater palmas. Chet também, embora mais relutante. Logo todo o salão está aplaudindo e Franny, a benfeitora, faz outra rápida reverência, e então se retira do refeitório por uma porta lateral aberta por Lottie.

Vou até as estações de comida, onde uma pequena equipe de cozinheiros trajando uniformes brancos prepara hambúrgueres gordurosos, batatas fritas e salada de repolho com tanto molho que o líquido leitoso se acumula no fundo do prato.

Em vez de me juntar a Sasha, Krystal e Miranda, que estão cercadas por outras campistas, vou para uma mesa perto da porta onde oito mulheres estão sentadas. Cinco delas são jovens, definitivamente em idade de faculdade, as supervisoras do acampamento. As outras três variam entre os 30 e poucos anos e quase 60. Minhas colegas instrutoras. Menos Rebecca Schoenfeld.

Reconheço apenas uma – Casey Anderson. Ela mudou muito pouco desde então. Ainda tem aquele corpo de pera e cabelos ruivos que roçam seus ombros quando ela inclina a cabeça em simpatia ao me rever. Ela até me dá um abraço e diz:

– É bom te ver aqui de novo, Emma.

As demais instrutoras acenam para mim. As supervisoras apenas me olham fixamente. Todas elas, percebo, sabem não apenas quem eu sou, mas também o que aconteceu enquanto eu estava aqui.

Casey me apresenta às demais instrutoras. Roberta Wright-Smith, que frequentou o Acampamento Nightingale por três verões, desde sua temporada inaugural, ensina escrita criativa. Ela é gordinha e alegre e me espreita através de um par de óculos empoleirados em seu nariz. Paige McAdams, que esteve aqui no final dos anos 1980, tem cabelos grisalhos, é esbelta e seus dedos ossudos apertam com força minha mão ao me cumprimentar. Ela está aqui para dar aulas de cerâmica, o que explica sua pegada forte.

Casey me informa que foi designada para cuidar das atividades gerais de artes e artesanatos. Ela é professora de Inglês do oitavo ano e estava disponível para vir para cá durante as férias porque seus dois filhos foram para seus próprios acampamentos e é o primeiro verão que ela passa sozinha desde que se divorciou do marido.

O divórcio, aliás, é um tema recorrente entre as instrutoras. Casey queria escapar de seis semanas sozinha em uma casa vazia. Paige precisava de um lugar para ficar até seu futuro ex-marido sair de seu apartamento no Brooklyn. E Roberta, professora de escrita criativa em Syracuse, queria ir para algum lugar tranquilo após a recente separação da namorada poeta. Eu sou a única, pelo visto, que não tem um ex-cônjuge ou parceiro para culpar por estar aqui. Não sei ao certo se isso é libertador ou meramente patético.

Talvez eu tenha mais em comum com as supervisoras, calouras universitárias que ainda não sofreram as decepções da vida. São todas bonitas, sem graça e basicamente intercambiáveis. Cabelos presos em rabos de cavalo. Brilho labial rosado. Rostos esfoliados de pele reluzente. Elas são, percebo, exatamente o tipo de garotas que teriam vindo ao Acampamento Nightingale se ele estivesse aberto durante sua adolescência.

— Quem mais está empolgada com o verão? — diz uma delas. Acho que seu nome é Kim. Ou talvez seja Danica. Esqueci o nome de todas elas cinco segundos depois que fomos apresentadas. — Eu definitivamente estou.

— Mas você não acha estranho? — diz Casey. — Quero dizer, estou feliz por ajudar no verão, mas não entendo a decisão de Franny reabrir o acampamento depois de todos esses anos.

— Não acho que seja necessariamente estranho — eu digo. — Surpreendente, talvez.

— Voto em estranho — diz Paige. — Digo, por que agora?

— Por que não agora?

Isso vem de Mindy, que se precipitou até nossa mesa sem aviso prévio. Eu a vejo atrás de mim, de braços cruzados. Embora não esteja claro o quanto ela ouviu, foi o suficiente para fazê-la produzir um sorriso amarelo.

— Franny precisa de um motivo para fazer uma boa ação? — ela continua, direcionando o comentário para Roberta, Paige, Casey e para mim. — Eu não sabia que era errado tentar proporcionar a uma nova geração de meninas as mesmas experiências que vocês quatro tiveram.

Se essa é uma tentativa de falar como Franny, ela está falhando miseravelmente. Os discursos de Franny até podem ser roteirizados, mas a emoção por trás deles é real. Você acredita em cada palavra que ela diz. O tom de Mindy é diferente, é carregado de uma doçura virtuosa tão hipócrita que não consigo deixar de dizer:

— Eu não desejaria minha experiência aqui a ninguém.

Mindy abana a cabeça com tristeza. É claro que eu a decepcionei. Com a mão sobre o coração, ela diz:

— Eu esperava mais de você, Emma. Franny demonstrou muita coragem ao convidá-la para voltar aqui.

— E Emma demonstrou muita coragem ao concordar em vir — diz Casey, saltando em minha defesa.

— De fato — Mindy responde. — É por isso que achei que ela mostraria um pouco mais do espírito do Acampamento Nightingale.

Reviro os olhos com tanta força que as órbitas doem.

— É mesmo?

— Tudo bem — Mindy se senta em uma cadeira vazia e solta um suspiro que me lembra o ar escapando de um pneu furado. — Lottie me disse que precisamos fazer um cronograma de inspeção das cabanas para o verão.

Ah, inspeção das cabanas. A checagem noturna que os supervisores fazem em todas as cabanas para garantir que estão todas sãs e salvas e longe de encrencas. Naturalmente, era o ponto alto do dia de Vivian.

— Cada noite precisamos de duas pessoas para verificar as cabanas que não tem supervisoras nem instrutoras alojadas nelas — Mindy explica.

— Quem se voluntaria para começar? E onde está Rebecca?

— Deve estar dormindo — Casey responde. — Eu a vi mais cedo, e ela disse que precisava tirar uma soneca ou o *jet lag* ia acabar com ela. Ela estava em Londres e veio direto do aeroporto.

— Creio que podemos inseri-la na escala mais tarde — diz Mindy. — Quem quer fazer a inspeção hoje à noite?

Enquanto as outras discutem o cronograma, vejo Rebecca Schoenfeld passando pelas portas duplas do refeitório. Ao contrário de Casey, ela mudou bastante. As gordurinhas da adolescência e o aparelho ficaram no passado. Ela se tornou mais atlética, esbelta, com um estilo cosmopolita. Os cabelos, antes crespos e domados com um prendedor, agora são lisos e curtos. Ela complementou seu conjunto de bermuda e polo com um lenço de cores vivas. Embaixo dele, sua câmera pende no pescoço, balançando enquanto ela anda. Seus trejeitos também mudaram. Ao invés da adolescente evasiva de que me lembro, ela anda decidida – uma mulher em missão. Atravessa o refeitório até a estação de comida e pega uma maçã. Dá uma mordida, já rumo à saída, parando apenas quando me vê do outro lado do salão.

Não consigo decifrar o modo como ela olha para mim. Não sei dizer se está surpresa, feliz ou confusa com minha presença. Depois de outra mordida afiada na maçã, ela se vira e sai do refeitório.

– Preciso ir – eu digo.

Mindy solta outro suspiro de pneu vazio.

– Mas e a inspeção das cabanas?

– Pode me colocar em qualquer horário.

Saio da mesa, deixando minha bandeja com a comida praticamente intocada. Procuro Becca em todos os cantos fora do refeitório, mas não a vejo em lugar algum. As áreas em frente ao refeitório e ao prédio de artes e artesanatos estão vazias. Ao longe, vejo Franny caminhando lentamente de volta para o chalé com Lottie a seu lado. Além do chalé, na faixa de grama que leva até o lago, vejo o encarregado da manutenção que estava consertando o telhado quando cheguei. Ele empurra um carrinho de mão em direção a um capenga barracão de ferramentas situado na beira do gramado. Várias atividades. Nada de Becca.

Começo a voltar para as cabanas quando ouço meu nome.

– Emma?

Congelo, pois sei exatamente a quem aquela voz pertence.

Theo Harris-White.

Ele me chama da porta aberta do prédio de artes e artesanatos. Assim como o discurso de Franny, nada na sua voz mudou e ouvi-la me traz mais uma onda de lembranças. Dolorosas. Como uma saraivada de flechas no estômago.

De quando vi Theo pela primeira vez, acenando timidamente para mim, enquanto eu tentava não reparar na camiseta justa em seu peito, sem entender por que ao vê-lo senti uma onda de calor me percorrendo.

Theo mergulhado até a cintura no lago, com a pele resplandecendo beijada pelo sol, e eu praticamente trêmula a seu toque enquanto ele me embalava em seus braços, me abaixando na água até que eu estivesse flutuando.

Vivian me cutucando para espiar pela fenda extralarga na parede exterior do banheiro. Pela fresta, ouço o som do chuveiro ligado e Theo cantarolando distraidamente uma música do Green Day. *Vá em frente,* Vivian sussurrou. *Dá uma olhadinha. Ele nunca vai saber.*

– Emma – ele repete, dessa vez sem a inflexão questionadora. Ele sabe que sou eu.

Viro-me devagar, sem saber o que esperar. Parte de mim quer que a marcha para a meia-idade o tenha deixado com rugas, careca e barrigudo. Outra parte de mim quer que ele esteja exatamente do mesmo jeito.

A realidade está em algum lugar no meio do caminho. Ele está mais velho, é claro. Não é mais o garoto robusto de 19 anos de quem eu me lembro. O brilho da juventude transformou-se em algo mais sombrio, mais intenso. No entanto, os anos lhe fizeram bem. Muito bem, para ser honesta. Há, sim, mais massa no seu corpo do que antes, mas é tudo músculo. Os fios grisalhos e a barba leve por fazer combinam demais com ele. O mesmo acontece com as ligeiras linhas de expressão, que se revelam ao redor de sua boca e dos olhos quando ele sorri para mim. Odeio o quanto isso só o deixa mais atraente.

– Oi.

Não é exatamente uma saudação, mas foi o melhor que deu para fazer. Ainda mais quando estou sendo invadida por outra lembrança, que eclipsa as demais.

Theo parado em frente ao chalé, exausto e desgrenhado após um dia inteiro de busca na floresta. Eu correndo até ele, chorando e batendo em seu peito, gritando: *Onde elas estão? O que você fez com elas?*

Até hoje, foram as últimas palavras que disse a ele.

E agora que ele está bem aqui, na minha frente de novo, e espero que esteja zangado ou amargurado pelo que eu o acusei de ter feito anos atrás. Meu primeiro impulso é sair andando da mesma maneira que Becca saiu do refeitório, só que mais depressa. No entanto, fico completamente imóvel enquanto Theo avança e, para meu choque, me abraça. Eu me afasto depois de apenas um segundo, com medo de despertar ainda mais lembranças caso o toque dure mais tempo.

Theo dá um passo para trás, olha para mim, balança a cabeça.

– Não acredito que está mesmo aqui. Minha mãe disse que viria, mas não botei fé que isso iria acontecer.

– Aqui estou.

– E a vida está te tratando bem. Você está ótima.

Ele está sendo gentil. Vi meu reflexo na tela do celular e sei como está minha aparência.

– Você também – respondo.

– Fiquei sabendo que se tornou uma pintora. Mamãe me disse que comprou uma de suas obras. Ainda não tive a chance de vê-la. Acabei de voltar da África há dois dias.

– Franny mencionou. Você é médico?

– Sim. Pediatra – Theo encolhe ligeiramente os ombros e coça a barba. – Passei o último ano trabalhando com os Médicos Sem Fronteiras, mas, nas próximas seis semanas, fui rebaixado para a enfermaria do acampamento.

– Acho que isso faz de mim a pintora do acampamento.

– Falando nisso, estava justamente trabalhando no seu estúdio para o verão – Theo acena com a cabeça na direção do prédio de artes e artesanatos. – Quer dar uma olhada?

– Agora? – pergunto, surpresa por sua disposição em permanecer mais tempo comigo.

– Como dizem, a melhor hora é agora – diz Theo, a cabeça inclinada, o rosto demonstrando algo entre curiosidade e confusão. Percebo que é o mesmo olhar que Franny me deu mais cedo no deque traseiro do chalé.

– Claro – concordo, enfim. – Mostre o caminho.

Eu o sigo para dentro do prédio e me encontro no meio de um espaço aberto e arejado. As paredes foram pintadas num acolhedor tom de azul-celeste. O carpete e o rodapé são verdes como a grama. As três colunas de sustentação que se elevam do chão ao teto foram pintadas para se assemelharem a árvores. As áreas em que se encontram com o teto contêm galhos falsos com folhas de papel que se projetam pelo espaço. É como entrar em um livro de pinturas – feliz e colorido.

À nossa esquerda, uma área para o estúdio de fotografia de Becca, totalmente equipado com câmeras digitais novas, estações de recarga e um punhado de computadores arrojados para tratamento de imagens. O centro do salão é uma elaborada estação de artesanato, cheia de mesas circulares, nichos e armários repletos de cordas, miçangas, tiras de couro e outros materiais. Vejo dezenas de *laptops* para as aulas de escrita criativa de Roberta e algumas rodas de oleiro para Paige.

— Estou impressionada — admito. — Franny fez um ótimo trabalho na reforma.

— Na verdade, é tudo obra da Mindy — diz Theo. — Ela se jogou de cabeça na reabertura do acampamento.

— Não estou surpresa. Ela com certeza é...

— Entusiasmada?

— Eu ia dizer "superexpansiva", mas isso também funciona.

Theo me conduz até o final da sala, onde foi montado um semicírculo de cavaletes. Ao longo de uma parede há uma prateleira com tubos de tintas a óleo e pincéis dentro de potes de vidro. Paletas limpas penduradas ao lado das janelas que permitem a entrada de luz natural.

Percorro a área, passando os dedos na tela em branco sobre um dos cavaletes. Na prateleira de tintas, vejo centenas de diferentes cores, todas organizadas por matiz. Lavanda e verde-chartreuse, vermelho-cereja e azul-royal.

— Coloquei o seu material ali — Theo me informa, apontando a caixa que trouxe comigo. — Imaginei que gostaria de desempacotá-lo por conta própria.

Honestamente, não há necessidade. Tudo o que eu poderia sequer pensar em querer já tem aqui. No entanto, vou até a caixa mesmo assim e começo a retirar meus suprimentos pessoais. Os pincéis bem gastos, tubos de tinta já esmagados. A paleta tão inteiramente salpicada de cores que se assemelha a uma pintura de Pollock.

Theo está do outro lado da caixa, me observando desempacotar. A luz fraca da janela bate em seu rosto, destacando algo que é definitivamente diferente de quinze anos atrás. Algo que não tinha percebido até agora.

Uma cicatriz.

Localizada na bochecha esquerda, é uma linha de cerca de uma polegada na direção de sua boca, somente um tom mais claro que o resto de seu rosto, e é por isso que não a vi antes. Mas agora que sei que está ali, não consigo parar de olhar. Estou prestes a perguntar a Theo como ele a conseguiu, quando ele verifica o relógio e diz:

— Preciso ir ajudar Chet com a fogueira. Te vejo lá?

— Claro. Nunca recuso a oportunidade de comer *marshmallows*.

– Legal. Que você vem, quero dizer.

Theo está hesitante ao sair, seguindo lentamente para a porta. Ao chegar nela, ele se vira e me diz:

– Eh... Emma...

Desvio o olhar de meus suprimentos; o tom repentinamente sério de sua voz me preocupa. Suspeito que ele está prestes a mencionar a última vez que nos vimos. Com certeza, está pensando nisso. A tensão entre nós é como uma corda desgastada, esticada, prestes a arrebentar.

Theo abre a boca, reconsidera o que está prestes a dizer, fecha de novo. Quando finalmente fala, a sinceridade é nítida em sua voz.

– Estou contente por você ter vindo. Sei que não é fácil, mas significa muito para minha mãe. E para mim também.

E então ele sai, e fico sozinha me perguntando o que, exatamente, ele quis dizer com isso. Significa muito para ele porque agrada Franny? Ou porque minha presença o lembra dos dias mais felizes antes que a desgraça se abatesse sobre o acampamento?

Enfim, decido que não é nem um nem outro.

Na verdade, acho que isso significa que ele me perdoou.

Agora tudo o que preciso é achar um jeito de me perdoar também.

9.

Pelo jeito, Mindy entendeu *qualquer horário* como *hoje à noite*, porque após a fogueira eu me vejo cumprindo a obrigação de inspecionar as cabanas. Embora não esteja exultante, achei bom ter Casey como parceira. Juntas, passamos de cabana em cabana, conferindo se todas as campistas estão em seus alojamentos e se precisam de alguma coisa.

É estranho estar do outro lado. Ainda mais com Casey a reboque. Quando eu era campista, ela só dava uma batida rápida antes de escancarar a porta, tentando nos flagrar em algum possível ato de mau comportamento. Nós a saudávamos com piscadelas de pura inocência. Agora sou eu que recebo esses olhares – uma guinada surreal dos fatos que me desperta uma onda de inveja da juventude travessa dessas meninas, e uma pontada de irritação.

Em duas cabanas, encontro garotas encolhidas nos beliches, chorando de saudade de casa. Vivian podia estar errada quanto a todas as novatas abrirem o berreiro na primeira noite, mas algumas realmente choravam. Fico alguns minutos com cada uma delas, dizendo-lhes que, por mais que o acampamento pareça assustador agora, em breve eles vão adorar e nem vão mais querer voltar para casa.

Só espero que seja verdade.

Nunca tive a chance de descobrir.

Depois que checamos todas as cabanas, Casey e eu caminhamos pela faixa de grama atrás dos banheiros. A escuridão aqui se torna ainda mais opressora pela proximidade com a floresta, que está a cerca de um metro de distância. As sombras se avolumam nas árvores, quebradas apenas pelos vaga-lumes que dançam entre as folhas. As luzes utilitárias afixadas nos cantos dos banheiros atraem enxames de insetos.

Casey puxa um cigarro de um pacote amassado escondido em sua bermuda cargo e o acende.

— Nem acredito que estou fumando escondida. Sinto como se tivesse 14 anos novamente.

— Melhor isso do que enfrentar a ira de Mindy.

— Quer saber um segredo? — Casey diz. — O nome verdadeiro dela é Melinda. Ela usa Mindy só para agir como a Franny.

— Tive a impressão de que a Franny não vai muito com a cara dela.

— Não me surpreenderia. Ela é o tipo de garota que me faria desviar o caminho só para não cruzar com ela no ensino médio — Casey solta uma baforada de fumaça e nós a observamos flutuar languidamente no ar da noite. — Honestamente, porém, acho bom que ela esteja aqui. Sem ela, a inauguração recairia toda nas costas do coitado do Chet. E essas garotas o comeriam vivo.

— Mas elas são todas tão jovens.

— Sou professora — diz Casey. — Acredite em mim, garotas nessa idade estão com os hormônios em fúria tanto quanto os meninos. É só lembrar de como você era na época. Eu via o jeito como você bajulava o Theo. Não que eu te culpe. Ele era mesmo um gato.

— Você já viu como ele está agora?

Casey dá um aceno lento e consciente.

— Por que é que só os homens ficam melhores com a idade? É tão injusto.

— E ele continua tão amigável quanto antes — comento. — Por essa eu não esperava.

— Por causa do que você disse para ele da última vez que esteve aqui?

— E por causa do que as pessoas estão dizendo agora. Vi alguns comentários no seu post no Facebook e eram bem cruéis.

— Não dê bola praquilo — Casey faz um gesto casual, como se espantasse a fumaça do cigarro. — A maioria daquelas mulheres não passam de versões adultas das adolescentes cínicas que eram quando estiveram aqui.

— Algumas delas mencionaram que esse lugar era de dar arrepios — eu digo. — Algo sobre uma lenda.

— Ah, é só uma história boba que a gente contava na fogueira.

— Então você conhece?

— Era eu que *contava* — diz Casey. — Mas isso não significa que acho que a história seja verdadeira. Sério mesmo que você nunca ouviu o conto?

— Acho que não passei tempo o bastante por aqui.

Casey olha para mim, com o cigarro entre os lábios, semicerrando os olhos por causa da fumaça.

— Diz a lenda que havia uma aldeia aqui — ela começa. — Antes de o lago ser feito. Alguns dizem que estava cheia de surdos. Eu ouvi dizer que era uma colônia de leprosos.

— Uma colônia de leprosos? Ficar no antigo cemitério indígena era clichê demais?

— Não fui eu que inventei a história — Casey rebate. — Agora, você quer ouvir ou não?

Eu quero, por mais ridículo que seja. Então a incentivo a continuar.

— Aldeia de surdos ou colônia de leprosos à parte, o resto da história é igual — Casey prossegue. — E diz que o avô de Franny viu este vale e decidiu que era o lugar perfeito para criar o seu lago. Mas havia um problema. A aldeia ficava bem no meio no vale. Quando Buchanan Harris abordou os aldeões e ofereceu comprar suas terras, eles recusaram. Eram uma comunidade pequena e muito unida, isolada do resto do mundo. Esta era sua casa e eles não iriam vendê-la. Harris ficou furioso, pois era um homem acostumado a conseguir o que queria. Por isso, quando ele aumentou a oferta e os aldeões novamente a recusaram, ele comprou toda a terra que circunda o vale. Então, construiu a represa e inundou o vale à meia-noite, sabendo que a água arrasaria a aldeia e que todos que viviam ali se afogariam.

Ela baixa a tom da voz, falando mais devagar. Modo contadora de histórias completamente ativado.

— A aldeia ainda está lá, no fundo do Lago da Meia-Noite. E as pessoas que se afogaram agora assombram a mata e o lago. Seus espíritos aparecem à meia-noite, saem da água e vagam pela floresta. Qualquer um que tiver o azar de encontrá-los é arrastado para o fundo do lago e se afoga rapidamente. E então se torna um dos fantasmas, amaldiçoado a passar a eternidade na floresta procurando mais vítimas.

Olho para ela, incrédula.

— E isso é o que as pessoas acham que aconteceu com Vivian, Natalie e Allison?

— Ninguém acredita nisso pra valer — diz Casey. — Mas é fato que coisas ruins aconteceram aqui, sem explicação. O marido da Franny, por exemplo; ele era campeão de natação. Quase foi para as Olimpíadas. E, mesmo assim, se afogou. Ouvi dizer que a avó da Franny, a primeira esposa de Buchanan Harris, também se afogou aqui. Então, quando Vivian e as outras desapareceram, algumas pessoas disseram que tinham sido os fantasmas do Lago da Meia-Noite. Ou então os sobreviventes.

– Sobreviventes?

– Dizem que um punhado de aldeões escapou das águas e fugiu para as montanhas. Lá, vivendo da terra, reconstruíram a aldeia em uma área remota da floresta, onde ninguém os encontraria. Mas guardaram rancor contra a família Harris, que foi passando de geração em geração. Seus descendentes ainda estão lá, escondidos em algum lugar. E, nas noites de lua cheia, eles se esgueiram para a terra que lhes pertencia em busca de vingança. Vivian, Natalie e Allison teriam sido apenas três de suas vítimas.

Descubro que Casey é especialista em contar causos, pois, quando ela termina, sinto um frio pairando no ar. Um arrepio que me faz olhar para os bosques atrás dela, meio que esperando ver uma figura fantasmagórica ou algum mutante emergindo no limite das árvores.

– O que você acha que realmente aconteceu com elas? – pergunto.

– Acho que elas se perderam na floresta. Vivian estava sempre perambulando pelo mato – Casey joga a bituca de cigarro no chão e a amassa com a ponta do tênis. – É por isso que sempre me senti meio responsável pelo que aconteceu. Eu era uma das supervisoras do acampamento. Meu trabalho era garantir que todas vocês estivessem seguras. E me arrependo de não ter prestado mais atenção em vocês e no que estava acontecendo naquela cabana.

Olho para ela, surpresa.

– Havia alguma coisa acontecendo e que eu não sabia?

– Eu não sei – Casey responde, revirando o bolso atrás de outro cigarro. – Talvez.

– Como o quê? Você era amiga da Vivian. Com certeza notou se havia algo diferente.

– Eu não diria que nós éramos amigas. Eu era campista sênior no primeiro verão que ela veio para cá; e então voltei para trabalhar como supervisora dois anos depois. Ela sempre foi encrenqueira, mas era charmosa o bastante para se safar.

Oh, disso eu sabia muito bem. Vivian era mestra em seduzir. Jogar charme e mentir eram suas duas maiores habilidades.

– Mas algo nela parecia diferente no último verão – Casey continuou. – Não era nada de mais. Nada que alguém que só a conhecia por cima notaria. Mas ela não era a mesma. Parecia perturbada.

Penso no estranho mapa que Vivian desenhara e na estranha foto da mulher de cabelos longos.

– Pelo quê?

Casey encolhe os ombros e olha para longe novamente, parece ligeiramente irritada ao soltar mais baforadas.

– Eu não sei, Emma. Como eu disse, nós não éramos tão próximas.

– Mas você notou essas diferenças.

– *Pequenas* diferenças – diz Casey. – Notei que ela sempre andava sozinha pelo acampamento, o que nunca fez nos verões anteriores. Mas Vivian estava sempre cercada de gente e talvez só quisesse um pouco de paz. Ou talvez...

Sua voz desaparece quando ela dá uma última tragada no cigarro.

– Talvez o quê?

– Talvez estivesse aprontando alguma – diz Casey. – No segundo dia de acampamento, peguei Vivian tentando entrar no chalé. Ela estava pendurada nas escadas do deque traseiro, pronta para pular lá dentro. Disse que estava procurando Franny, mas não acreditei.

– Por que ela iria querer invadir o chalé?

Casey encolhe os ombros novamente. O gesto contém uma nota de aborrecimento quase como se ela desejasse não ter tocado no nome de Vivian.

– Seu palpite é tão bom quanto o meu – ela diz.

Minha última parada na inspeção das cabanas é em Corniso, onde encontro as três meninas já nas camas, telefones nas mãos, rostos iluminados pelo azul frio da luz das telas. Sasha já está debaixo das cobertas, óculos empoleirados na ponta do nariz enquanto desperdiça tempo jogando Candy Crush ou qualquer outro jogo igualmente frustrante. Uma cacofonia de apitos e sinais sonoros eclode de seu telefone.

No beliche, abaixo dela, Krystal se trocou e está vestindo uma calça de moletom bem larga, abraçada ao urso de pelúcia enquanto assiste a um filme da Marvel em seu telefone, a trilha sonora vaza dos fones de ouvido, baixa e estridente. Ouço os ruídos de tiros e pancadaria.

Do outro lado da cabana, Miranda está reclinada na cama de cima do beliche, agora usando um top apertado e shorts pretos que se fossem só um pouco mais curtos não poderiam ser chamados assim. Ela segura o telefone perto do rosto, fazendo biquinho enquanto tira várias fotos.

– Vocês não deveriam estar usando o telefone – digo, por mais culpada que fosse de estar fazendo o mesmo mais cedo. – Economizem suas baterias.

Krystal tira os fones de ouvido.

– O que mais nós vamos fazer?

– Nós poderíamos, sei lá, conversar – sugiro. – Vocês podem não acreditar, mas é verdade que as pessoas faziam isso antes de todo mundo passar o tempo todo com a cara grudada numa tela.

– Eu te vi conversando com Theo depois do jantar – diz Miranda, com um tom que oscila entre inocente e acusatório. – Ele é seu namorado?

– Não. Ele é...

Realmente não sei como definir Theo. Vários rótulos diferentes se aplicam.

Meu amigo? Não necessariamente.

Uma das minhas primeiras paixões? Provavelmente.

A pessoa que acusei de fazer algo horrível com Vivian, Natalie e Allison? Definitivamente.

– Ele é um conhecido.

– Você tem um namorado? – Sasha pergunta.

– Não no momento.

Tenho muitos amigos homens, mas a maioria é gay ou socialmente desajustado demais para considerar um envolvimento romântico. Quando namoro alguém, nunca é por muito tempo. Muitos homens curtem a ideia de se relacionar com uma artista, mas poucos realmente se acostumam à realidade da situação. Os horários pouco convencionais, as crises existenciais, as mãos manchadas que fedem a tinta a óleo mais frequentemente do que seria o ideal. O último cara que namorei – um contador de uma agência de publicidade rival que fazia o estilo atrapalhado adorável – conseguiu aguentar por quatro meses antes de terminar tudo.

Ultimamente, minha vida romântica consistia em flertes ocasionais com um escultor francês quando ele estava na cidade a negócios. Nós nos encontrávamos para tomar uns drinques, bater papo e fazer um sexo que, quanto menos frequente, mais ardente era.

– Então, como você conheceu o Theo? – diz Krystal.

– Quando fui campista aqui.

Miranda morde a novidade como um tubarão abocanhando um filhote de foca. Um sorriso malicioso se abre em seu rosto e seus olhos se iluminam. Isso me lembra tanto de Vivian que até sinto um aperto no coração.

– Então você já esteve no Acampamento Nightingale? – ela diz. – Deve ter sido há muito tempo.

Em vez de me ofender, sorrio, impressionada com a furtividade de seu insulto. Ela é astuta. Vivian teria amado essa menina.

— Já — admito.

— E gostou daqui? — Sasha diz enquanto a música bombástica apita de seu telefone e vejo o reflexo de pedaços de doces explodindo nas lentes de seus óculos.

— No início sim. Depois, nem tanto.

— Então por que você voltou? — Krystal pergunta.

— Para assegurar que vocês tenham férias melhores que as minhas.

— O que aconteceu? — Miranda quer saber. — Alguma tragédia?

Ela se inclina para frente, deixando o telefone temporariamente de lado enquanto espera minha resposta. Isso me dá uma ideia.

— Telefones desligados — eu digo. — Pra valer.

Todas as três gemem. Miranda é a mais dramática, mas, assim como as outras, desliga o telefone. Eu me sento no chão cruzando as pernas em borboleta, com as costas apoiadas na borda do meu beliche. Dou tapinhas no piso ao meu lado até que as garotas juntem-se a mim.

— O que estamos fazendo? — Sasha pergunta.

— Um jogo. Chama-se Duas Verdades e Uma Mentira. Cada uma vai falar três afirmações a seu respeito. Duas devem ser verdadeiras e uma falsa. As outras têm que adivinhar qual é a mentira.

Nós brincamos muito disso na minha breve estadia em Corniso, inclusive na noite da minha chegada. Nós quatro estávamos deitadas nos beliches, na escuridão da cabana, ouvindo o coro de grilos e sapos do lado de fora da janela, quando Vivian disse de repente, *Duas Verdades e Uma Mentira, senhoras. Eu começo.*

Então ela começou a proferir três declarações, assumindo que já sabíamos como jogar ou simplesmente não se importando se sabíamos ou não.

Primeira: já conheci o presidente, ele tinha a palma da mão suada. Segunda: meus pais iam se divorciar, mas desistiram quando meu pai foi eleito. Terceira: uma vez, de férias na Austrália, um coala cagou na minha cabeça.

A terceira, Natalie disse. *Você contou essa ano passado.*

Não, não contei.

Claro que contou, Allison confirma. *Só que você disse que o coala mijou em você.*

Era assim todas as noites. Nós quatro no escuro, compartilhando segredos que nunca revelaríamos à luz do dia. Construindo nossas mentiras de modo que parecessem reais. Foi assim que descobri que Natalie uma vez beijou uma colega do time de hóquei e que Allison tentou sabotar uma matinê de Os miseráveis, derramando suco de uva no figurino de sua mãe cinco minutos antes da cortina se abrir.

Era o jogo favorito de Vivian. Ela dizia que as pessoas sempre se revelavam mais nas mentiras do que nas verdades. Na época, não concordei. Mas agora concordo.

– Eu começo – diz Miranda. – Número um: uma vez eu dei uns amassos com um coroinha no confessionário durante a missa de Natal. Número dois: eu leio uns cem livros por ano, principalmente mistérios. Número três: uma vez eu vomitei depois de andar no Cyclone em Coney Island.

– A segunda – diz Krystal.

– Definitivamente – acrescenta Sasha.

Miranda finge estar irritada, mas percebo que intimamente ela está satisfeita consigo mesma.

– Só porque sou gostosa não significa que sou analfabeta. As garotas atraentes também leem.

– Então, qual é a mentira? – Sasha diz.

– Não vou contar – Miranda dá um sorriso travesso. – Vamos apenas dizer que nunca fui a Coney Island, mas sempre vou à missa.

Krystal vem em seguida, nos dizendo que seu super-herói favorito é o Homem-Aranha; que seu nome do meio também é Crystal, mas escrito com C; e que ela também vomitou depois de andar no Cyclone.

– A segunda – dizemos em uníssono.

– Era tão óbvio?

– Sinto muito – diz Miranda –, mas Krystal Crystal? Nenhum pai seria tão cruel.

Quando chega a vez de Sasha, ela empurra os óculos para cima nervosamente, enrugando a testa para se concentrar. É evidente que não está acostumada a mentir.

– Hum, minha comida favorita é pizza – ela começa. – Essa é a número um. Número dois: meu animal favorito é o hipopótamo-pigmeu. Três: acho que não consigo brincar disso. Mentir é errado, meninas.

– Está tudo bem – eu lhe digo. – Sua honestidade é louvável.

– Ela está mentindo – Miranda intervém. – Não é, Sasha? A número três é a mentira?

Sasha encolhe os ombros, fingindo inocência.

– Eu não sei. Você vai ter que esperar pra ver.

– Sua vez, Emma – diz Krystal. – Duas Verdades e Uma Mentira.

Respiro fundo, enrolando. Mesmo sabendo que ia chegar minha vez, não consegui pensar no que dizer. Há tanto que eu poderia revelar sobre mim mesma. Mas tão pouco que eu realmente quero expor.

– Primeira: minha cor favorita é azul-pervinca – anuncio. – Segunda: eu já fui ao Louvre. Duas vezes.

– Você ainda precisa nos contar a terceira – diz Miranda.

Enrolo mais um pouco, ponderando as possibilidades, finalmente estabelecendo-a em algo entre a ficção e os fatos.

– No verão do meu décimo terceiro aniversário, fiz algo terrível.

– Com certeza a última – Miranda diz, ao que todas as outras concordam. – Tipo, se você realmente fez algo terrível, não iria admitir durante uma brincadeira.

Sorrio, fingindo que elas estão corretas. O que nenhuma delas entendeu é que o objetivo do jogo não é enganar os outros com uma mentira.

O objetivo é enganá-los dizendo a verdade.

QUINZE ANOS ATRÁS

Minha segunda noite no Acampamento Nightingale foi tão insone quanto a primeira. Possivelmente pior. A falta de eletricidade na cabana significava falta de ar-condicionado, falta de ventilador, falta de qualquer escudo contra o calor do fim de junho. Acordei antes do amanhecer, suada e desconfortável, sentindo uma umidade quente entre minhas pernas. Quando enfiei o dedo indicador em minha calcinha para investigar, ele voltou manchado de sangue.

Fiquei em pânico, sem saber o que fazer. Eu sabia o que era menstruar, é claro. As meninas da minha classe já tinham sido "instruídas" no ano anterior, para o alívio geral de minha mãe, que foi poupada do constrangimento. Disseram-nos por que isso aconteceria. Disseram-nos como aconteceria. Mas minha professora de ginástica – a gentil e sem noção senhorita Baxter – só se esqueceu de nos dizer *quando* aconteceria.

Ignorante e temerosa, me arrastei para fora da cama e desajeitadamente subi a escada para a cama acima da minha, com medo de separar demais as pernas. Em vez de subir um pé de cada vez, agarrei a lateral da escada e levantei os dois pés de uma vez, subindo os degraus com saltinhos que sacodiam todo o beliche. Quando cheguei ao topo, Vivian já estava meio acordada. Seus olhos pestanejaram sob os cabelos loiros que lhe cobriam o rosto como um véu.

– Que diabos está fazendo?

– Estou sangrando – sussurrei.

– O quê?

– Estou *sangrando* – repeti, enfatizando a segunda palavra o máximo que pude.

– Então pegue um curativo.

– É entre as minhas pernas.

Vivian abriu os olhos completamente e tirou o cabelo do rosto.

– Você quer dizer...

Confirmei balançando a cabeça.

– É a sua primeira vez?

– Sim.

– Cacete – ela suspirou, em parte por aborrecimento e em parte por dó. – Vamos. Tem absorventes internos no banheiro.

Segui Vivian para fora da cabana, andando que nem uma pata pelo caminho de terra que levava aos banheiros. Em certo ponto, ela olhou para mim e disse:

– Pare de andar assim. Parece uma boba.

Dentro do banheiro, Vivian acendeu o interruptor de luz perto da porta e me conduziu até a cabine mais próxima. No caminho, pegou um absorvente no suporte preso à parede. Eu me enfiei na cabine, ouvindo as instruções que ela me sussurrava do outro lado.

– Acho que coloquei certo – sussurrei de volta. – Não tenho certeza.

– Você saberia se tivesse colocado errado.

Permaneci na cabine, abatida, humilhada, não sabia como me sentir. Tinha oficialmente me tornado uma mulher. Tal percepção me encheu de tristeza. E medo. Comecei a chorar todas as lágrimas que tinha conseguido segurar na noite anterior. Não pude evitar.

Vivian, é claro, me ouviu e disse:

– Você está chorando?

– Não.

– Não uma ova. Tô entrando.

Antes que eu pudesse protestar, ela estava na cabine, fechando a porta atrás de si e me empurrando de lado com os quadris para se juntar a mim no assento do vaso sanitário.

– Ai, vamos – ela disse. – Não é tão ruim assim.

– Como pode saber? Você é só três anos mais velha do que eu.

– O que na nossa idade é uma vida inteira. Pode acreditar em mim. É só perguntar para sua irmã mais velha.

– Sou filha única.

– Que pena – disse Vivian. – Irmãs mais velhas são incríveis. Pelo menos, a minha era.

– Sempre quis ter uma irmã – admiti. – Alguém que pudesse me ensinar as coisas.

– Tipo como enfiar um chumaço de algodão na periquita todo mês?

Então eu ri, apesar do medo e do desconforto. Na verdade, ri tanto que momentaneamente me esqueci dos dois.

– Isso, assim é melhor – disse Vivian. – Chega de chorar. Eu proíbo. E, já que cumpri bem mais do que minha obrigação aqui, vou aproveitar para oferecer meus serviços de irmã mais velha substituta. Nas próximas seis semanas, você pode falar comigo sobre qualquer bendita coisa que quiser.

– Até sobre meninos?

– Oh, acontece que tenho bastante experiência nessa área – ela soltou uma risada pesarosa. – Vai por mim, Em, eles dão mais dor de cabeça do que valem a pena.

– Quanta experiência?

– Se quer saber se eu já fiz sexo, a resposta é sim.

Eu me encolhi, de repente intimidada. Nunca tinha conhecido uma garota que já *tinha* feito antes.

– Você parece escandalizada – disse Vivian.

– Mas você só tem 16 anos.

– Que já é idade o suficiente.

– Você gostou?

– Amei – Vivian disse com um sorrisão malicioso.

– E você o amava?

– Nem sempre é uma questão de amor – ela me disse. – Às vezes é só de ver alguém e querer essa pessoa.

Pensei em Theo na mesma hora. Em como ele era bonito, com músculos em todos os lugares certos. Como só de olhar para ele eu me senti deliciosamente abalada. Ali, naquela cabine apertada com Vivian, foi que me dei conta de que eu tinha experimentado a minha primeira descarga de desejo.

Essa constatação quase me fez chorar novamente. Só o que me impediu foi o som da porta do banheiro sendo aberta, seguido pelo barulho de chinelos batendo no chão de ladrilhos. Vivian espiou pela fresta da porta da nossa cabine. Ela se virou para mim com os olhos arregalados e articulou silenciosamente duas palavras:

– *Puta merda.*

– *Quem é?* – perguntei de volta.

Vivian respondeu com um sussurro animado:

– Theo!

A água começou a cair dentro de um boxe, o da extremidade do banheiro. Fui ficando tonta à medida que meu cérebro se tornava o mesmo caldeirão de emoções da noite anterior. Calor. Felicidade. Vergonha. Estava no mesmo ambiente com um menino que estava tomando banho!

Não, não um menino. Um homem.

E não era um homem qualquer. Theo Harris-White.

– O que fazemos? – sussurrei para Vivian.

Ela não respondeu. Em vez disso, saiu da cabine e foi em direção à porta. Me arrastando consigo, ambas incapazes de empreender uma retirada silenciosa. Vivian começou a rir loucamente. Eu tropecei e bati o ombro no suporte de papel-toalha.

– Ei! – Theo chamou do boxe. – Quem está aí?

Vivian e eu trocamos olhares. Tenho certeza de que o meu foi o de um cervo apavorado. O dela foi de puro deleite.

– É a *Viv-ian* – disse ela timidamente, pronunciando o final de seu nome como uma sílaba extra.

– Ah, oi, Viv.

Theo a cumprimentou tão casualmente que o ciúme floresceu no meu peito. Como Vivian era sortuda. Ser reconhecida por Theo. Ser saudada com uma familiaridade tão íntima. Vivian notou a inveja em meus olhos e acrescentou:

– Emma também está aqui.

– Que Emma?

– Emma Davis. Ela é nova.

– Oh, essa Emma. A notoriamente atrasada e interessante Emma.

Soltei um gritinho, chocada e extasiada por Theo saber quem eu era. Por se lembrar de ter me levado até Corniso tarde da noite. Por ter me notado.

Vivian me deu uma cotovelada nas costelas, me instigando a responder com meiguice:

– Oi, Theo.

– Por que vocês duas estão de pé tão cedo? – ele perguntou.

Congelei, agarrando o pulso de Vivian, implorando silenciosamente que ela não lhe contasse a verdade. Não sabia se uma menina de 13 anos de idade poderia morrer de vergonha, mas com certeza não queria descobrir.

– Hum, indo ao banheiro – ela respondeu. – A verdadeira pergunta é por que você está aqui. Não tem chuveiro no chalé?

– A pressão da água é horrível – Theo explicou. – Os canos são muito antigos. É por isso que eu levanto a bunda da cama bem mais cedo e venho tomar banho antes que qualquer uma das garotas possa vir tropeçar aqui dentro.

– Nós chegamos primeiro – Vivian rebateu.

– E eu ficaria muito grato se finalmente saíssem para que eu possa tomar banho em paz.

Vivian olhou para mim, sorrindo e sussurrando:

– O que ele quer é bater uma.

Aquilo foi tão sujo e inapropriado que não consegui conter uma gargalhada. Theo ouviu, é claro, e disse:

– É sério, meninas. Não posso ficar aqui o dia todo.

– Tudo bem – Vivian disse. – Já estamos indo.

Saímos morrendo de dar risada, eu ainda segurava o pulso de Vivian e nós duas começamos a girar ao raiar da aurora. Giramos até que fiquei tonta e tudo – o acampamento, o banheiro, o rosto de Vivian – se tornou um borrão radiante e feliz.

10.

Demoro horas para adormecer. O silêncio é novamente ensurdecedor para meus ouvidos manhattianos. Quando finalmente consigo pegar no sono, sou atormentada por pesadelos. Em um deles – o mais vívido – vejo a mulher de cabelos compridos da foto que encontrei no baú de Vivian. Olho para aqueles olhos aflitos até que me dou conta de que não estou olhando para uma imagem, mas para um espelho.

Eu sou a mulher na foto. *Meus* cabelos descem absurdamente longos até o chão, são os *meus* olhos nebulosos que estou encarando.

Tal percepção me faz acordar de súbito. Sento-me, com a respiração pesada e a pele coberta por uma fina camada de suor. Também sou pega pela vontade de fazer xixi, o que me tira com relutância da cama. Com cuidado para não acordar as outras, tateio na escuridão para achar minha lanterna e as botas recém-compradas, nas quais enfio os pés descalços assim que saio da cabana. Antes de ligar a lanterna, permito-me contemplar o céu escuro. Tinha me esquecido de como a noite é diferente aqui. Mais clara do que na cidade. Sem marcas de poluição luminosa e tráfego aéreo constante, o céu se espalha como uma vasta tela pintada de azul meia-noite cravejado de estrelas. A lua está baixa no horizonte, já mergulhando na floresta a oeste. É uma vista tão bonita que sinto a urgência de pintá-la. O que, suponho, já é um progresso.

Dentro do banheiro, acendo o interruptor perto da porta. Lâmpadas fluorescentes zunem ao ganharem vida enquanto me dirijo à cabine mais próxima. A mesma a que, coincidentemente, Vivian me levou naquela madrugada tensa e assustadora.

Até hoje, fico surpresa ao pensar em como entrei no banheiro aquele dia sentindo uma coisa e saí sentindo completamente o oposto. Ao entrar, estava apavorada pensando nas maneiras como meu corpo poderia me trair. Mas saí surfando numa onda de riso, ainda agarrada a Vivian. Eu me lembro de como me senti feliz naquele momento. De como me senti *viva*.

A lembrança daqueles tempos me faz suspirar conforme estou saindo da cabine, mas sou interrompida pelo som da porta do banheiro sendo aberta. A princípio, imagino que poderia ser Theo novamente. Uma suposição triste e boba, pensando bem, mas não totalmente fora do reino da possibilidade, considerando que nós dois estamos de volta aqui depois de todo esse tempo.

Em vez disso, quando espio pela fresta na porta da cabine, vejo uma garota. Pernas longas e nuas. Vejo um relance de cabelos loiros. Ela está diante da fileira de pias ao longo da parede, verificando suas feições no espelho. Eu também as verifico, deslocando-me ligeiramente dentro da cabine para ter um ângulo de visão melhor de seu reflexo. Vejo os olhos escuros, o nariz empinado, o queixo fino.

O ar fica preso na minha garganta quando empurro a porta e saio da cabine, balbuciando seu nome.

– *Vivian?*

Sei que estou errada antes mesmo da garota na pia se virar, assustada. O cabelo dela não é tão loiro quanto eu pensava. Sua pele é mais bronzeada. Quando ela está completamente de frente para mim, vejo o piercing brilhante em seu nariz.

– Quem diabos é Vivian? – Miranda pergunta.

– Ninguém – eu começo a dizer, mas paro no meio da mentira. – Uma campista que conheci.

– Caramba, você quase me matou de susto.

Não duvido. Também me assustei. Quando olho para baixo, vejo que estou segurando a pulseira, os pássaros chacoalhando. Eu me forço a soltá-la.

– Sinto muito – digo a Miranda. – Eu me confundi. Estou cansada.

– Não conseguiu dormir?

Balanço a cabeça em negativa.

– E você?

– O mesmo.

Ela diz isso com uma casualidade forçada, que instantaneamente me entrega a mentira. Sou boa nisso. Fui treinada pela melhor.

– Está tudo bem?

Miranda me responde um aceno positivo que se transforma lentamente em um negativo. O movimento ressalta a vermelhidão dos olhos e as linhas brilhantes que correm por suas bochechas. Lágrimas, recentemente secas.

– O que aconteceu?

— Acabei de levar um pé na bunda – diz ela. – O que é uma novidade, a propósito. Eu é que dou os pés na bunda. Sempre.

Vou até a pia ao lado dela e abro a torneira. A água está abençoadamente fria. Molho uma toalha de papel e a pressiono nas bochechas e no pescoço. A sensação é deliciosa – a água refrescante em contato com minha pele quente, as gotículas deixando uma sensação formigante ao evaporar.

Miranda me observa, silenciosamente buscando consolo. Me ocorre que isso também faz parte do meu trabalho, mas estou completamente despreparada para essa tarefa, embora entenda bem de desgostos amorosos. Bem até demais.

— Quer falar a respeito?

— Não – diz Miranda. Mas, em seguida, acrescenta: – A gente nem tinha nada sério. Só namoramos por um mês. E eu entendo. Vou passar seis semanas fora. E ele quer se divertir no verão.

— Mas...

— Mas ele me dispensou com uma mensagem no celular. Que tipo de idiota faz isso?

— Um que obviamente não te merece – eu digo.

— Mas eu gostava dele de verdade – mais lágrimas brotam no canto dos seus olhos. Ela se recusa a deixá-las cair e em vez disso passa o punho para limpá-las. – Geralmente é o contrário. Normalmente sou eu que não dou a mínima para os caras que realmente gostam de mim. Mas ele era diferente. Você deve estar achando que sou, sei lá, uma bebezinha chorona.

— Acho que está magoada – eu lhe digo. – Mas vai se sentir melhor antes do que imagina. Quando voltar do acampamento, ele vai estar com alguma...

— Periguete – Miranda completa.

— Exatamente. Ele vai estar com alguma periguete, e você vai se perguntar o que é que viu nele, para início de conversa.

— E ele vai se arrepender de ter me dado o fora. – Miranda verifica seu reflexo no espelho, sorrindo para o que vê. – Porque eu vou ficar uma gata com meu bronzeado de acampamento.

— Esse é o espírito – eu digo. – Agora, de volta para a cabana. Já vou em um minuto.

Miranda dirige-se para a porta, e balança os dedos num tchauzinho antes de sair. Assim que ela vai, fico para trás para jogar mais água fria no rosto e me recompor. Mal posso acreditar que momentaneamente pensei que ela era a Vivian. Não quero que isso aconteça novamente. Já superei aqueles dias. Não graças a esse lugar e a todas essas lembranças que insistem em retornar como um hábito ruim.

Vou lá para fora e até o céu é familiar – um tom de cinza-azulado que usei bastante em minhas pinturas. Suave e melancólico, vagamente esperançoso. O céu estava dessa mesma cor quando Vivian e eu saímos correndo do banheiro ao raiar da manhã, rindo sem ligar para nada, enquanto o resto do acampamento estava adormecido e silencioso. Foi como se não houvesse mais ninguém na Terra além da gente.

Mas também havia uma terceira pessoa acordada, como Vivian logo me lembrou.

Venha aqui, ela sussurrou, de pé ao lado do banheiro, o cotovelo dobrado contra a parede de cedro. *Tem algo que eu sei que você vai querer ver.*

Com um sorriso, ela apontou para duas tábuas do lado exterior da parede. Uma delas estava ligeiramente torta, deixando uma fenda grande o suficiente para a luz passar por ela. Ocasionalmente, a luz piscava por um momento, bloqueada por alguém do outro lado da parede.

Aquele alguém era Theo. Ainda no chuveiro. Eu ouvi a água caindo e sua voz cantarolando baixinho uma melodia do Green Day.

Como sabe disso?, eu perguntei.

Vivian sorriu de orelha a orelha. *Encontrei no ano passado. Ninguém sabe disso além de mim.*

E você quer que eu espie o Theo?

Não, Vivian respondeu. *Eu te desafio a espioná-lo.*

Mas é errado.

Vá em frente. Dá uma olhadinha. Ele nunca vai saber.

Engoli em seco, minha garganta subitamente ressecada. Eu me aproximei da parede, querendo ver melhor, envergonhada por aquela vontade. Ainda mais vergonhosa era a minha necessidade de agradar Vivian.

Tudo bem, Vivian sussurrou. *Se você tem a oportunidade de olhar, seria uma boba por não aproveitar.*

Então eu olhei. Mesmo sabendo que era errado. Eu me inclinei e posicionei o olho na fresta; a princípio não vi nada além de vapor e da parede do chuveiro respingada de água. Então Theo apareceu. Pele molhada. Corpo liso em alguns lugares, com pelos escuros em outros. Foi a coisa mais linda e assustadora que eu já vi.

Não o espiei por muito tempo. Após alguns segundos, todo o equívoco da situação se abateu sobre mim e eu me virei, com o rosto vermelho e desconcertada. Vivian permaneceu atrás de mim, balançando a cabeça de maneira tal que eu não saberia dizer se ela achava que eu tinha olhado demais ou de menos.

E então, o que achou? Ela perguntou enquanto voltávamos para a cabana.

Nojento, respondi.

Claro. Ela bateu seu quadril no meu. *Supernojento.*

Estou voltando para as cabanas quando um barulho estranho e repentino chama minha atenção. É um som farfalhante. Como alguém andando pela grama ao meu lado.

Instantaneamente, meus pensamentos se voltam para a história de Casey sobre as vítimas do Lago da Meia-Noite. Quando identifico um vulto de rabo de olho, imagino, por uma fração de segundo, que é um dos fantasmas pronto para me arrastar para uma sepultura aquática. Ou um dos netos sobreviventes empunhando um machado. Ligo a lanterna e a aponto na direção do barulho.

Vejo que é uma raposa se aproximando da floresta, com uma presa na boca – uma criatura que não consigo identificar, agora morta. Tudo que consigo discernir é o pelo manchado de sangue. Sob a luz da lanterna, a raposa faz uma pausa, corpo contraído, olhos brilhando num branco-esverdeado enquanto olha para mim, decidindo se sou uma ameaça. Não sou. Até a raposa sabe disso. Ela segue seu caminho, despreocupada, o membro de sei lá qual criatura morta balançando em sua boca à medida que ela desaparece floresta adentro.

Eu também volto a andar, com um pouco de medo e me sentindo muito idiota. O clima persiste quando chego a Corniso, porque percebo algo fora do comum quando alcanço a maçaneta. Uma luz. Minúscula e vermelha. Queimando como a ponta de um cigarro.

Brilha da parede dos fundos da cabana em frente à nossa. Carvalho-Vermelho, eu acho. Ou talvez Sicômoro. Aponto a lanterna para ela e vejo um retângulo preto escondido no canto onde as duas pontas do telhado se unem. Um fio bem fino desce pela parede até o chão.

Uma câmera de vigilância. Do tipo que se vê em lojas de conveniência. Apago a lanterna e continuo observando a lente da câmera, que continua brilhando na escuridão. Não movo um músculo. A luz vermelha se apaga.

Espero cinco segundos antes de balançar a lanterna sobre a minha cabeça. A luz vermelha se acende novamente, acionada pelo movimento. Presumo que faça isso toda vez que alguém entra ou sai da cabana.

Não tenho ideia de quanto tempo a câmera está fazendo isso. Ou por que está lá. Ou se há outras espalhadas pelo acampamento. Tudo o que eu sei é que Franny ou Theo ou alguém envolvido com o Acampamento Nightingale achou que seria uma boa ideia ficar de olho na cabana.

A ironia da situação me perturba.

Quinze anos depois, sou eu quem está sendo observada.

11.

Não consigo mais voltar a dormir. Visto meu maiô e um robe de seda com uma estampa bem colorida que comprei em uma viagem que fiz há muito tempo para Cozumel, no México. Pego uma toalha no baú e me esgueiro silenciosamente para fora da cabana, determinada a não olhar para a câmera. Não quero ver a luz vermelha ser acionada. Tampouco quero olhar para aquela lente abelhuda. Passo por ela rapidamente, virando o rosto para o outro lado, fingindo que não sei que ela está lá, caso alguém esteja assistindo.

Enquanto me dirijo para o lago, olho furtivamente para as outras cabanas, checando se também têm câmeras. Não vejo nenhuma. Nem nas cabanas, nem nos postes de luz que iluminam debilmente a trilha que leva ao centro do acampamento, nem nas árvores.

Procuro não ficar preocupada com esse fato.

Ao chegar no Lago da Meia-Noite, estendo a toalha na terra craquelada da beirada, tiro o robe e vou entrando devagarinho no lago. A água está fria, revigorante. Nem se compara com a piscina aquecida no clube onde eu nado todas as manhãs. O Lago da Meia-Noite é mais turvo. Embora só esteja com água até os joelhos, meus pés descalços já estão borrados e levemente esverdeados. Quando pego um pouco d'água com as mãos em concha, vejo resquícios de algas.

Respiro fundo e mergulho, batendo os pés com força, braços estendidos na minha frente. Só volto à superfície quando meu peito começa a apertar, os pulmões a arder. Então começo a cruzar o lago. A névoa paira acima da superfície, dissipando-se quando eu a atravesso. Na água, os peixes, poleiros-amarelos, fogem assustados com minha passagem.

Paro quando chego ao meio do lago – provavelmente a uns quatrocentos metros da margem. Não faço nem ideia da profundidade da água nesse ponto. Talvez dez metros, talvez trinta. Penso em como tudo abaixo de mim costumava ser terra seca. Um vale repleto de árvores, rochas e animais. Tudo isso ainda está lá embaixo. As árvores apodrecidas pela água. As pedras felpudas de tanta alga. Os animais extirpados de sua carne pelos peixes, restando nada além de ossos.

Não é um pensamento muito reconfortante.

Lembro-me da história que Casey me contou. A aldeia ainda no fundo do lago, os esqueletos de seus habitantes ainda repousando em suas camas.

Isso é ainda menos reconfortante.

Nadando sem sair do lugar, eu me viro para o acampamento. A essa hora, está quieto e imóvel, banhado pela luz rosada do sol nascente que espreita por cima das montanhas a leste. A única atividade que vejo é uma figura solitária parada na beira do píer, me observando. Mesmo a essa distância, sei que é Becca Schoenfeld. Vejo o lenço colorido ao redor de seu pescoço e consigo distinguir a câmera quando ela a levanta até o rosto.

Becca permanece no píer enquanto nado de volta à margem, a câmera a postos. Tento não me intimidar com os cliques repetidos do obturador que ecoam pela água. Em vez disso, nado mais forte, aumentando as braçadas. Se Becca vai assistir, então vou lhe dar algo que valha a pena assistir.

Eis outra lição que aprendi nesse lago.

Fico de pé a poucos metros da margem e vou andando pela água no resto do caminho. Becca deixou o píer e agora está bem na minha frente, gesticulando para eu parar. Faço sua vontade, permaneço de pé, tragada até os joelhos pelo lago, enquanto ela bate mais algumas fotos.

– Desculpe – ela diz assim que termina. – A luz era tão perfeita que eu não resisti. Que nascer do sol lindo.

Ela segura a câmera na minha frente enquanto eu me seco, passando as fotos para eu ver. Sobre a última, ela diz:

– Essa aqui ficou ótima.

Na foto, acabei de me erguer no lago, a água escorre por meu corpo, iluminado pelo nascer do sol. Achei que Becca iria capturar uma imagem selvagem e empoderadora. Uma mulher emergindo vitoriosa da arrebentação das águas, agora determinada a conquistar a terra. Mas, em vez de feroz, eu só pareço perdida. Como se tivesse acabado de acordar no meio da água, tentando entender como cheguei ali. Sinto-me tão constrangida que rapidamente pego meu robe e me enrolo nele.

– Por favor, apague essa.

– Mas está ótima.

— Tudo bem — eu digo. — Mas me prometa que não vai acabar na capa da *National Geographic*.

Nós nos sentamos na grama e ficamos contemplando a água, que refletia o céu róseo-alaranjado com tanta perfeição que é difícil dizer qual é qual. Becca tinha razão quanto a isso. O nascer do sol é, de fato, lindo.

— Então você é uma artista — ela diz. — Li sobre sua mostra na galeria.

— E eu vi suas fotos.

Após declararmos o óbvio, ambas somos pegas por um desconfortável silêncio. Finjo ajustar as mangas do robe. Becca brinca com a alça da câmera. Nós duas assistimos ao nascer do sol, que agora ganhou alguns matizes dourados.

— Nem acredito que estou de volta aqui — Becca finalmente diz. — Não acredito que *você* está de volta.

— Somos duas.

— Olha, me desculpe por ter agido de um jeito tão estranho ontem. Eu te vi no refeitório e fiquei muito abalada. Não sei por quê.

— Eu sei — respondo. — Me ver trouxe de volta um milhão de lembranças diferentes, e você não estava preparada para enfrentar algumas delas.

— Exatamente.

— Acontece comigo o tempo todo — admito. — Quase sem parar. Pra onde quer que eu olhe, uma lembrança parece estar à espreita.

— Suponho que Franny precisou de uma boa lábia para te persuadir a voltar.

Faço que sim, mesmo que não seja inteiramente verdade.

— Eu me ofereci — diz Becca. — Quer dizer, sabia que Franny ia me convidar. Não sei como ela conseguiu me rastrear durante uma das minhas raras passagens a Nova York e me convidou para almoçar. Assim que ela começou a falar sobre o Acampamento Nightingale, saquei o que ela tinha planejado. Então já me adiantei.

— Eu dei um pouco mais de trabalho.

— Eu não. Nos últimos três anos, minha vida se resume a uma mala. A chance de ficar no mesmo lugar por seis semanas definitivamente teve seu apelo.

Becca se deita na grama, como se quisesse provar que está mesmo relaxada.

— Nem me importo de ter que dividir uma cabana com três adolescentes. Vale a pena se eu puder colocar uma câmera em suas mãos e quem sabe inspirá-las um pouco. Além disso, isso aqui parece um retiro de férias depois de todos os horrores que vi.

Ela levanta o queixo para o sol e fecha os olhos. Sob essa luz cerrando suas pálpebras, noto que ela também é assombrada pelo desconhecido. A única diferença entre nós é que ela voltou ao Acampamento Nightingale para esquecer. Eu voltei para me lembrar.

– Ontem, quando te vi no refeitório, queria te perguntar uma coisa.

– Deixe-me adivinhar – diz Becca. – É sobre aquele verão.

Confirmo com um breve aceno de cabeça.

– Você se lembra bem?

– Do verão ou do...?

Ela não termina a frase. É quase como se tivesse medo de pronunciar a palavra final. Eu não tenho.

– Do desaparecimento – eu digo. – Você notou algo estranho na noite anterior? Ou talvez na manhã em que eu percebi que elas tinham sumido?

Outra lembrança retorna. Uma ruim. Eu na beira do lago, contando a Franny que as garotas tinham sumido enquanto as demais campistas se reuniam ao redor. Becca estava no meio da multidão, assistindo a tudo se desdobrar através da lente de sua câmera, o obturador estalando sem parar.

– Eu me lembro de você – ela diz. – Lembro que estava frenética e com medo.

– Fora isso, não se lembra de nada fora do comum?

– Não – a palavra sai muito rápido e muito aguda. Quase um ganido. – Nada.

– E você conhecia bem as garotas da minha cabana?

– Allison, Natalie e Vivian?

– Sim. Todas vocês passaram o verão anterior aqui. Pensei que se conheciam bem.

– Não. Na verdade, não.

– Nem mesmo Vivian? – lembro-me do aviso que Becca me deu na minha primeira manhã no acampamento. *Não se deixe enganar. Ela vai se virar contra você mais cedo ou mais tarde.* – Pensei que vocês duas já tinham sido amigas.

– Eu a conhecia, claro que sim – diz Becca. – Todas aqui conheciam Vivian. E todas tinham uma opinião a seu respeito.

– E qual era o consenso geral?

– Honestamente? Que ela era uma bela de uma vaca.

Eu me retraio diante de seu tom. É tão surpreendentemente áspero que nenhuma outra reação seria apropriada. Becca repara nisso e emenda:

– Desculpe. Isso foi cruel.

– Foi sim – concordo baixinho.

Espero que Becca vá suavizar um pouco o tom ou quem sabe reforçar o pedido de desculpas, mas, em vez disso, ela prossegue com ainda mais dureza. Sentando-se e endireitando os ombros, ela me encara, implacável, e diz:

– Ah, qual é, Emma! Não vem fingir pra cima de mim. Vivian não se torna automaticamente uma boa pessoa só por causa do que aconteceu com ela. Dentre todas as pessoas, você é quem mais deveria saber disso.

Ela se levanta, espana a poeira de sua bermuda e sai andando, em silêncio, sem olhar para trás. Eu permaneço onde estou, assimilando as duas verdades que Becca acabou de me revelar.

A primeira é que ela está certa. Vivian não era uma boa pessoa. Ter desaparecido não muda isso.

A segunda é que Becca se lembra de muito mais do que gostaria de admitir.

QUINZE ANOS ATRÁS

A praia do Acampamento Nightingale – uma combinação de areia e pedriscos espalhados décadas atrás ao longo de um trecho do Lago da Meia-Noite – era tão desconfortável quanto parecia ser. Nem mesmo estendendo duas toalhas, uma em cima da outra, dava para disfarçar pedras que espetavam por baixo. Ainda assim, sorri e tentei aguentar enquanto observava as campistas indo na ponta dos pés para a água.

Embora nós quatro tivéssemos vestido os trajes de banho, só Natalie e Allison entraram na água. Natalie nadou como a atleta natural que era, dando braçadas fortes e longas, facilmente alcançando a faixa de boias de espuma que delimitavam a área a partir de onde era proibido nadar. Allison era mais exibicionista, dando cambalhotas na água como em nado sincronizado.

Eu permaneci na margem, apreensiva em meu modesto maiô. Vivian, sentada atrás de mim, cobria meus ombros de protetor solar – a fragrância de coco era enjoativamente doce.

– Devia ser crime ser bonita como você é – ela disse.

– Não me acho bonita.

– Mas você é – disse Vivian. – Sua mãe nunca lhe disse isso?

– Minha mãe quase não lembra que eu existo. Mesma coisa com meu pai.

Vivian riu com simpatia.

– Parece até que estamos falando dos meus pais. Fico até surpresa por não ter morrido por negligência quando era recém-nascida. Mas minha irmã e eu aprendemos a cuidar de nós mesmas. Foi ela quem me fez perceber como eu era bonita. Agora farei o mesmo por você.

– Estou longe de ser bonita.

– Você *é* – insistiu Vivian. – E daqui a um ano ou dois, será linda. Pode escrever o que estou te falando. Você tem um namorado em casa?

Balancei a cabeça, negando, consciente de que eu era invisível para os garotos da minha vizinhança. Estava entre as últimas a despertar para a puberdade. Reta que nem uma caixa de papelão. E ninguém prestava atenção num papelão.

– Isso vai mudar – disse Vivian. – Você vai dar uns pegas em um cara gostosão que nem o Theo.

Ela gesticulou para o posto de salva-vidas a poucos metros de distância, onde Theo estava sentado, usando calções de banho vermelhos, o apito pendurado no seu pescoço, caindo bem no meio de seu peito. Toda vez que olhava para ele, o que eu fazia com bastante frequência, tentava não pensar naquela manhã no banheiro. Observando-o. Desejando-o. Mas era só nisso que eu conseguia pensar.

– Por que vocês não estão na água? – ele gritou para nós.

– Por nenhum motivo – Vivian respondeu.

– Eu não sei nadar – eu disse.

Um sorriso se espalhou pelo rosto de Theo.

– Que coincidência! Um dos meus objetivos hoje é ensinar alguém a nadar.

Ele pulou do posto de salva-vidas e, antes que eu pudesse protestar, pegou minha mão e me levou para a água. Fiz uma pausa quando meus pés tocaram o musgo nas pedras da borda do lago. Eram lisos demais e fiquei com medo de escorregar e afundar. A aparência suja da água também só me deixava mais ansiosa. Pedaços de coisas marrons flutuavam logo abaixo da superfície. Quando alguns tocaram meu tornozelo, recuei. Theo apertou ainda mais a minha mão.

– Relaxe. Um pouquinho de alga não faz mal a ninguém.

Ele me guiou mais para dentro no lago, a água subindo aos poucos contra mim. Nos joelhos. Então nas coxas. Logo eu tinha entrado até a cintura, o frio da água me deixando momentaneamente sem fôlego. Ou talvez não fosse a água. Talvez fosse o modo como os ombros largos de Theo brilhavam ao sol do final de junho. Ou a maneira como seu leve sorriso se ampliou quando dei outro passo espontâneo mais fundo na água.

– Excelente, Em – disse ele. – Você está indo bem. Só precisa relaxar mais. A água é sua amiga. Deixe-a te segurar.

Sem aviso, ele deslizou para trás de mim e me pegou nos braços. Um envolto nas minhas costas. O outro por baixo dos meus joelhos. As áreas onde a pele dele tocou a minha se tornaram instantaneamente quentes, como se uma corrente de eletricidade passasse por elas.

– Feche os olhos – ele instruiu.

Eu os fechei enquanto ele me abaixava no lago até que eu não sabia mais dizer a diferença entre seus braços e a água. Quando abri meus olhos, vi que ele estava de pé ao meu lado, de braços cruzados. Estava por conta própria, deixando a água me segurar.

Theo sorriu, com os olhos brilhando.

– Querida, você está boiando.

Nesse exato momento, começou uma gritaria. Água espalhada. Urgência e pânico. Algumas meninas mais no fundo davam berros agudos, agitando os braços, debatendo-se na água como patos incapazes de voar. Além delas, vi um par de mãos subindo e afundando na superfície do lago, balançando freneticamente, espirrando água para todos os lados. Um rosto veio à tona, puxou ar e afundou novamente.

Vivian.

Theo saiu do meu lado e nadou apressado em sua direção. Sem ele perto de mim, afundei na água, caindo até atingir o leito do lago. Comecei a me debater, guiada mais pelo instinto do que por qualquer outra coisa, batendo na água até que meu nariz e boca quebrassem a superfície. Continuei a remar e chutar até que, enfim, eu estava nadando.

Continuei nadando, olhando para o outro lado da água, para Vivian, ainda se agitando, e então para Natalie e Allison, que balançavam no lugar, congeladas de medo, os rostos de repente pálidos. Eu as observei assistir Theo enquanto ele alcançava Vivian e passava o braço em volta de sua cintura. Ele nadou sem parar até a margem, até que ambos estivessem de volta à praia pedregosa.

Vivian tossiu uma vez e uma bolha de água jorrou de sua garganta. Lágrimas escorriam pelas suas bochechas vermelhas.

– Eu-eu não sei o que aconteceu – ela disse, ofegante. – Eu afundei e não conseguia subir. Pensei que ia morrer.

– E iria, se eu não estivesse aqui – disse Theo, a raiva se mostrando por trás de sua exaustão. – Caramba, Viv, pensei que você sabia nadar.

Vivian se sentou e sacudiu a cabeça, ainda chorando.

– Eu quis tentar depois de te ver ensinando a Emma. Você fez parecer tão fácil.

A poucos metros deles, estava Becca, com a câmera pendurada no pescoço, apesar de estar vestindo maiô. Ela tirou uma foto de Vivian esparramada na praia. Então se virou para o lago, me localizando na multidão de campistas ainda atordoadas na água. Ela sorriu e articulou três palavras que, embora silenciosas, eram inconfundíveis.

Eu te avisei.

12.

Permaneço na praia até que o toque da alvorada ressoe do antigo alto-falante do prédio do refeitório. A música reverbera pelo lago, seu som deslizando sobre a superfície da água até se espalhar por toda a margem. O primeiro dia inteiro no acampamento começou.

Mais uma vez.

Em vez de lutar por espaço contra uma horda de garotas no banheiro, sigo para o refeitório, mesmo um pouco tímida por causa do meu robe úmido e dos chinelos. Está quase vazio, graças a Deus. Ninguém além de mim e da equipe da cozinha. Um deles — um cara com cabelo escuro e um cavanhaque torto — me examina por meio segundo antes de se virar.

Eu o ignoro e pego um *donut*, uma banana e uma xícara de café. A banana é consumida rapidamente. O *donut* nem tanto. Cada mordida traz um *flash* do olhar semicerrado de Vivian, os lábios franzidos. Sua desaprovação. Abaixo o *donut*, suspiro, levanto de novo e enfio o que sobrou na minha boca. Ajudo a descer com um gole de café, satisfeita por desafiá-la com quinze anos de atraso.

Volto para Corniso nadando contra a maré de campistas a caminho do refeitório. Todas elas acabaram de tomar banho, deixando um rastro de fragrâncias atrás de si. Talco. Hidratante. Xampu com aroma de morangos.

Um cheiro corta todos os outros. Algo marcante e floral. Perfume.

Mas não um perfume qualquer.

Obsession.

Vivian o usava, borrifava-o no pescoço e nos pulsos duas vezes por dia. Uma vez de manhã. Uma vez pela tarde. O perfume costumava preencher a cabana, permanecendo no ar muito tempo depois que ela saía.

Agora tenho a mesma sensação. De que ela está aqui, deixando apenas seu perfume no ar. Eu me viro e observo o fluxo de garotas, procurando por Vivian na multidão, mesmo sabendo que ela não está lá, mas olhando mesmo assim. Levo a mão à minha pulseira e bato no bico de prata de um dos berloques. Só por precaução.

As garotas avançam adiante, levando o perfume consigo. Fico para trás com uma sensação pegajosa na parte de trás do meu pescoço e sinto um arrepio quando passo em Corniso para pegar minhas roupas do dia. Farejo traços do perfume, mas não consigo detectar nada além do odor do desodorante de alguém.

No banheiro, vejo Miranda, Krystal e Sasha nas pias em meio às atrasadas. Miranda se olha no espelho, mexendo no cabelo. Ao seu lado, Sasha diz:

– Podemos ir agora? Estou *morrendo* de fome.

– Só um segundo – Miranda dá uma última ajeitada no cabelo. – Pronto. Agora podemos ir.

Eu lhes cumprimento ao passar por elas rumo aos chuveiros – todos estão ocupados, menos um. O boxe vazio é o último. Assim como os outros, é um cubículo de paredes de cedro e uma porta de vidro fumê. Um pontinho branco reluz no centro daquela porta. Atrás de mim, um pontinho igual pisca através de uma fenda na parede de cedro.

Alarmes disparam em minha mente, mas se acalmam um segundo depois, assim que entendo o que está acontecendo. O brilho branco é a luz do sol. Sua origem é uma fresta minúscula na parede do chuveiro. A mesma fresta pela qual espiei Theo quinze anos atrás.

Solto um suspiro, sentindo-me tola por não me dar conta disso antes e aliviada por não ser algo pior, como outra câmera. Uma já é o suficiente para me deixar seriamente paranoica. Tanto que considero a possibilidade de esperar até que outro boxe esteja livre. Decido ficar onde estou pela simples razão de que já estou lá dentro com a água ligada e, graças a uma manhã de uso intenso, ela não está esquentando muito.

Além disso, Vivian era a única pessoa que sabia sobre essa fresta. Ela mesma me disse.

Então fico onde estou, tomando banho o mais rápido possível. Passo xampu e condicionador nos meus cabelos e enxaguo depressa, fechando os olhos conforme a água com sabão escorre pelo meu rosto, desfrutando desse momento de cegueira temporária. Isso me permite fingir, só por um momento, que tenho 13 anos de novo e estou no Acampamento Nightingale pela primeira vez. Que Vivian, Natalie e Allison estão a salvo dentro de Corniso. Que os eventos de quinze anos atrás nunca aconteceram.

É um sentimento gostoso. E me faz querer permanecer mais tempo no chuveiro. Mas a água continua esfriando, passando de morninha para fresca demais. Em um minuto ou dois, estará gelada como o Lago da Meia-Noite.

Termino de enxaguar meus cabelos e abro os olhos.

O ponto de luz na porta desapareceu. Eu me viro, verificando freneticamente a parede do chuveiro atrás de mim. Nenhuma luz trespassa a fenda. Ela foi eclipsada por algo do lado de fora.

Não, não por algo. Por *alguém*.

Bem do outro lado da parede. Me observando.

Solto um gemido e abro a porta, agarrando a toalha e o roupão. No momento em que estou saindo do boxe, a luz reaparece, passando tanto pela parede quanto se refletindo na porta que balança aberta. Quem quer que estivesse lá, já se foi.

Isso não me impede de sair correndo do banheiro agora vazio, vestindo o roupão e o amarrando bem apertado em volta de mim, na esperança de flagrar quem quer que estivesse me espiando.

Não há ninguém do lado fora. Os arredores estão desertos. As pessoas mais próximas que vejo são duas campistas a uns cem metros de distância. Atrasadas para o café da manhã, elas correm para o refeitório, os rabos de cavalo balançando.

Só tem eu por aqui.

Só para garantir, dou a volta no prédio, rápida e desajeitadamente, mas não vejo nada. Ao retornar para o banheiro, começo a me perguntar se teria me enganado, se o que vi foi meramente alguém encostado no prédio, o que obviamente bloquearia a fresta na parede.

No entanto, essa explicação não faz muito sentido. Se não tivesse sido intencional, então a pessoa não teria fugido no momento em que percebi que ela estava lá. Ainda estaria aqui, sem dúvida se perguntando por que corri para fora do banheiro pingando, com restos de sabão na minha pele.

Então penso em outras possibilidades. Um pássaro voando baixo na frente dos banheiros. Ou talvez aquelas campistas atrasadas para o café da manhã que passaram correndo. Há também a chance de não ter sido nada. Tento estimar por quanto tempo a luz através da fresta foi bloqueada. Não foi muito tempo. Uma fração de segundo, no máximo. Fiquei de olhos fechados bem mais do que isso. Ao abri-los novamente, levaria um segundo ou dois para eles se ajustarem à penumbra do boxe do chuveiro. Talvez tenha sido só isso – minha visão se reajustando à realidade.

Conforme retorno para Corniso, já concluí que foi isso o que aconteceu. Um truque de luz. Uma breve ilusão de ótica.

Pelo menos é nisso que me forço a acreditar.

Mentindo para mim mesma.

É a única falsidade que me permito.

A primeira aula de pintura do verão é realizada ao ar livre, longe do prédio de artes e artesanatos e da multidão de campistas lá dentro. Apesar de me tranquilizar dizendo que nada de mais aconteceu, continuo abalada pela experiência do banho. Transpiro paranoia como suor frio, estou hiperalerta, até mesmo para o mais breve dos olhares.

Quando Sasha sugere que pintemos o lago, abraço a ideia. Isso acalma temporariamente a minha ansiedade e proporciona à dúzia de meninas que apareceu para a aula algo melhor para pintar do que a natureza-morta que eu tinha planejado.

Agora elas estão diante de seus cavaletes, que foram levados para o gramado atrás do chalé, de frente para o lago. Paletas em mãos, todas elas encaram suas telas em branco, um pouco nervosas, dedos brincando distraidamente com os pincéis no bolso de suas bermudas cargo. Também estou nervosa, não só por causa do estresse da manhã, mas porque a maneira como as meninas me encaram, esperando orientação, é intimidante. Marc estava certo. Estou definitivamente fora da minha zona de conforto.

Ajuda um pouco o fato de que as garotas de Corniso estão aqui, incluindo Krystal, com seu bloco de desenho e um conjunto de lápis de carvão. Elas são familiares o bastante para me dar o impulso de confiança de que preciso para começar a aula.

– A tarefa desta manhã é pintar o que vocês veem – anuncio. – Basta olhar para o lago e pintá-lo como só vocês o veem. Usem as cores que desejarem. Usem as técnicas que quiserem. Não é uma tarefa escolar. Vocês não serão avaliadas. A única pessoa a quem precisam agradar é a si mesmas.

Enquanto as garotas pintam, circulo entre elas, verificando seu progresso. Observá-las pintar me acalma. Algumas – como Sasha e suas linhas meticulosas – até se revelam promissoras. Outras, como as pinceladas provocativamente azuis de Miranda, nem tanto. Mas pelo menos estão pintando, que é mais do que eu fiz nos últimos seis meses.

Quando chego a Krystal, vejo que ela esboçou uma super-heroína em pé diante de um cavalete usando um traje supercolado ao corpo e uma capa esvoaçante. O rosto da heroína é o meu. Seu corpo musculoso definitivamente não é.

– Acho que vou chamá-la de Monet – diz Krystal. – Pintora de dia, combatente do crime à noite.

– Qual é o superpoder dela?

– Ainda não decidi.

– Tenho certeza de que vai pensar em algo.

A aula termina quando toca o sinal da hora do almoço lá no refeitório. As garotas largam os pincéis e saem correndo, deixando-me sozinha para recolher as telas e os cavaletes. Levo as telas primeiro, de duas em duas para não borrar a tinta ainda molhada, de volta ao prédio de artes e artesanatos. Então volto para recolher os cavaletes, encontrando-os já em processo de coleta.

O ajudante é o encarregado da manutenção, que eu vi consertando o telhado do prédio de artes e artesanatos quando cheguei. Ele veio do barracão de ferramentas na beira do gramado, deixando a porta aberta, oferecendo um vislumbre de um cortador de grama, um serrote e correntes penduradas na parede lá dentro.

– Achei que precisaria de uma mãozinha – diz ele, com uma voz rouca, engrossada por um traço de sotaque do Maine.

– Obrigada! – estendo-lhe a mão. – A propósito, me chamo Emma.

Em vez de apertar minha mão, o homem acena e diz:

– Eu sei.

Ele não me diz como sabe disso. E nem precisa. Ele esteve aqui quinze anos atrás, sabe o grosso dos acontecimentos.

– Você estava aqui antes, né? – digo. – Eu te reconheci quando cheguei.

– Sim – o homem dobra outro cavalete, colocando-o em uma pilha crescente deles.

– O que fez durante o tempo em que o acampamento esteve fechado?

– Eu não trabalho para o acampamento. Trabalho para a família. Não importa se o acampamento está aberto ou fechado, eu estou aqui.

– Entendi.

Não querendo me sentir inútil, desmonto o último cavalete restante e entrego para ele, que o acrescenta à pilha e pega todos de uma vez, carregando seis debaixo de cada braço. Impressionante, considerando que eu conseguiria carregar apenas um ou dois.

– Posso ajudar a carregar alguns? – digo.

– Já estão no jeito.

Saio de seu caminho, revelando vários respingos de tinta que maculam a grama. Branco e azul-cerúleo e alguns pontos aflitivos de carmesim que se assemelham a gotas de sangue. O encarregado da manutenção os vê e solta grunhidos de desaprovação.

– Suas meninas fizeram uma bagunça – ele diz.

– Acontece quando se está pintando. Você precisa ver meu estúdio.

Eu dou-lhe um sorriso, esperando que isso o tranquilize. Quando não funciona, tiro o pano pendurado no bolso de trás e dou umas batidinhas para limpar a grama.

– Isso deve resolver – digo, embora o resultado seja o oposto, só espalha a tinta em manchas maiores.

O homem grunhe de novo e diz:

– A Sra. Harris-White não gosta de bagunça.

Então ele sai, carregando os cavaletes como se não pesassem nada. Permaneço onde estou, tentando limpar mais um pouco a grama fofa. Quando percebo que não vai adiantar, simplesmente arranco as lâminas de grama da terra seca e as jogo no ar. Elas são engolfadas pela brisa fraca e espalhadas, rolando no vento e sobre o lago.

13.

Antes de ir almoçar, volto ao prédio de artes e artesanatos para revirar os suprimentos de Casey. Não acho o que procuro nas cestas de cola de madeira e marcadores coloridos, então vou até a estação de cerâmica de Paige. Um pedaço de argila úmida do tamanho de uma moeda jaz em uma das rodas de cerâmica. Perfeito para o meu plano.

– Você não deveria estar almoçando?

Eu me viro e dou de cara com Mindy na porta, braços cruzados, cabeça inclinada. Ela me dá um grande sorriso, além da medida, enquanto entra. Simpatia fingida.

Também sorrio. Também fingindo.

– Tinha algumas coisas para finalizar aqui.

– Você faz cerâmica também?

– Estava só admirando o que você fez com esse lugar – digo, curvando os dedos ao redor do pedaço de argila para escondê-lo dela. Prefiro não explicar a Mindy o que pretendo fazer com ele. Ela já é desconfiada o bastante. – Ficou incrível.

Mindy agradece com um aceno de cabeça.

– Foi muito trabalho e muito dinheiro.

– Dá para ver.

O elogio extra funciona. O sorriso forçado de Mindy se derrete em algo que quase se assemelha a uma expressão humana.

– Obrigada – ela diz. – E sinto muito por agir com tanta desconfiança. Estou apenas em alerta máximo agora que o acampamento está a todo vapor.

– Não se preocupe. Eu entendo.

– Tudo precisa transcorrer da maneira mais tranquila possível – Mindy acrescenta. – É por isso que seria melhor você estar no refeitório agora. Se as campistas não te virem lá, vão achar que também podem começar a pular o almoço. Nós lideramos pelo exemplo, Emma.

Primeiro, recebi um aviso do zelador. Agora estou recebendo um de Mindy. E definitivamente é um aviso. Tenho que pisar em ovos e não causar nenhum problema. Em resumo, fazer o oposto do que fiz da última vez que estive aqui.

– Claro – concordo. – Estou indo para lá agora.

É mentira. Mas uma mentira justificável.

Em vez de ir para o refeitório, vou até os banheiros.

Algumas garotas estão atrasadas e perambulam pela porta da frente, esperando as amigas para irem almoçar. Depois que todas se foram, sigo para a lateral do prédio, procurando a fresta na parede exterior. Quando a encontro, coloco um pouco de argila entre as duas tábuas, tapando a fenda.

A ironia do ato não me escapa. Quinze anos atrás, eu espiei através dessa mesma fresta, observando Theo sem o seu conhecimento ou consentimento. E por mais que queira culpar a juventude e a ingenuidade por isso, não posso. Eu tinha 13 anos. Idade suficiente para saber que espionar Theo era errado. Ainda assim, espionei do mesmo jeito.

Agora ninguém mais pode espiar lá dentro. Um ato de expiação cumprido. Restam muitos outros.

Quando finalmente chego ao refeitório, encontro Theo me esperando do lado de fora com uma cesta de vime a seus pés. É uma visão inesperada. E não consigo evitar o pensamento irracional de que a mera lembrança de minha transgressão do passado conjurou sua aparição. Que depois de todos esses anos ele acabou descobrindo que eu o espiei. Paro a alguns passos dele, preparando-me para o confronto. Em vez disso, Theo anuncia:

– Vou a um piquenique. Achei que gostaria de ir junto.

– Qual é a ocasião?

Ele indica as portas do refeitório.

– E alguém precisa de uma ocasião especial para fugir do horror que é servido aí dentro?

Ele diz isso com as sobrancelhas arqueadas, tentando transmitir leveza. Mas a tensão da noite passada ainda está presente. Theo também sente o mesmo, consigo notar na contração apreensiva nos cantos de seu sorriso. Um nó de culpa aperta meu peito. Agora não restam dúvidas de que ele me perdoou. Só não entendo por quê.

Ainda assim, um piquenique no almoço parece atraente. Especialmente porque Mindy não vai gostar da ideia nem um pouco.

— Conte comigo — eu digo. — Meu paladar agradece.

Theo pega a cesta e me guia para longe do refeitório. Em vez de ir para o declive gramado atrás do chalé, aonde achei que iríamos, ele me guia além das cabanas e dos banheiros, em direção à mata.

— Para onde está me levando?

Theo sorri para mim antes de entrar na floresta.

— Para um lugar especial.

Embora não haja uma trilha para seguir, ele anda com propósito, como se soubesse exatamente para onde está indo. Tento acompanhar seu ritmo, pisando em ramos caídos e triturando as folhas secas. A ideia de ser levada para a mata por Theo teria feito o meu coração de 13 anos de idade cantar. Mesmo agora meu pulso se acelera um pouco quando pondero a estranha possibilidade de que Theo possa estar interessado em mim. A jovem Emma certamente acharia que ele está. A Emma cínica e adulta duvida muito disso. Não tem como. Não depois de tudo o que fiz. Mesmo assim, aqui estamos nós, atravessando a floresta.

Acabamos chegando a uma pequena clareira tão inesperada que me forço a piscar só para ter certeza de que é real. A área é um pequeno círculo em que as folhas mortas e a vegetação rasteira foram retiradas e, em seu lugar, relva macia salpicada de flores silvestres. Um halo de luz do sol atravessa a aberturea na copa das árvores, iluminando as partículas de pólen que flutuam no ar, dando a impressão de que está nevando.

Uma mesa redonda está disposta bem no meio da clareira, semelhante a que Franny e eu almoçamos em sua fantástica estufa. E como naquela refeição de um mês atrás, Franny já está presente, sentada à mesa com um guardanapo no colo.

— Aí está você — diz ela com um sorriso caloroso. — E bem na hora. Estou faminta.

— Oi — cumprimento, esperando não parecer tão surpresa quanto me sinto. Minhas bochechas queimam; uma mistura de decepção por este piquenique não ser um gesto romântico da parte de Theo e embaraço por ter cogitado que poderia ser. Também sinto algo mais. Apreensão. A aparição-surpresa de Franny me diz que não se trata de um piquenique improvisado. Algo a mais está acontecendo.

Também não ajuda a presença de seis estátuas de mármore dispostas ao redor da clareira, quase embrenhadas nas árvores, tais quais testemunhas tácitas. Cada estátua é de uma mulher em diferentes estágios de seminudez.

Elas estão congeladas em poses nem um pouco naturais, com braços levantados, mãos abertas como se esperassem que pequenas aves pousassem em seus dedos finos. Outras carregam cestas transbordando de uvas e maçãs maduras, ramos de trigo.

— Bem-vinda ao jardim das esculturas — diz Franny. — Mais um dos caprichos de meu avô.

— É lindo — eu digo, mesmo que a verdade seja o oposto. Embora seja bonito de longe, a clareira emana uma vibração assustadora quando estou sentada em seu centro. As estátuas carregam as cicatrizes dos anos de exposição à ação do tempo. As dobras de suas togas estão incrustadas de sujeira. Algumas têm rachaduras subindo pelas laterais e lascas na pele lisa. O rosto de uma delas está manchado de musgo. Todas têm olhos em branco, como se tivessem sido cegadas. Punidas por ver algo que não deveriam ter visto.

— Não precisa ser educada — diz Theo ao colocar a cesta de piquenique sobre a mesa e começar a retirar seus itens. — É medonho, isso sim. Eu, pelo menos, acho. Odiava vir aqui quando era criança.

— Admito que não é para todos os gostos — diz Franny. — Mas meu avô se orgulhava dele. E por isso o conservamos.

Ela dá de ombros, impotente, chamando minha atenção para a estátua exatamente atrás de si. O rosto é belíssimo, com traços delicados e um queixo suave e elegante. No entanto, quem quer que a tenha esculpido adicionou uma camada extra de emoção ao rosto da estátua. Os olhos sem vida são mais largos do que deveriam ser, sob um par de sobrancelhas dramaticamente arqueadas. Os lábios que parecem um botão de rosa estão ligeiramente separados, ou maravilhados ou surpresos. Suspeito que seja o último caso. A estátua parece, por falta de definição melhor, assustada.

— O almoço está servido — Theo anuncia, desviando minha atenção da estátua para a mesa. Um prato com um sanduíche aberto de salmão defumado com *crème fraîche*, alcaparras e endro está à minha frente. Definitivamente não é o que está sendo servido aos demais no refeitório. Quando Theo me serve uma taça de prosecco, tomo um gole extralongo em uma tentativa de acalmar os nervos.

— Agora que estamos todos acomodados — diz Franny —, acho que é hora de revelar por que nós a trouxemos aqui sob circunstâncias tão misteriosas. Ponderei que seria uma boa ideia ter esta conversa em relativa privacidade.

– Esta conversa?

– Sim – diz Franny. – Tem um assunto importante que Theo e eu gostaríamos de discutir com você.

– Oh? – exclamo enquanto corto meu sanduíche, fingindo estar calma, quando estou tudo, menos isso. A apreensão me devora por dentro. – O que foi?

– A câmera do lado de fora da sua cabana – diz Franny.

Congelo, uma garfada de salmão defumado a meio caminho da minha boca.

– Sabemos que você já viu – diz Theo. – Assistimos à filmagem esta manhã.

– Para ser bem franca, esperávamos que não fosse notada – Franny acrescenta. – Mas agora que foi, espero que nos dê a chance de explicarmos por que está lá.

Repouso meu garfo no meu prato. Qualquer apetite que eu pudesse ter foi perdido.

– Certamente apreciaria uma explicação. Eu não vi nenhuma outra ao redor do acampamento.

– Porque é a única, querida – diz Franny.

– Há quanto tempo está lá?

– Desde a noite passada – diz Theo. – Ben a instalou durante a fogueira.

No início, o nome não me é familiar, mas logo me recordo do encarregado da manutenção. Não é de admirar que ele estivesse agindo de forma tão estranha quando me ajudou com os cavaletes.

– Por que ele a instalou lá?

– Para ficarmos de olho em Corniso, é claro – diz Franny.

Já que estamos no tópico de vigilância, sinto-me tentada a dizer que alguém pode ter me espiado tomando banho hoje de manhã, mas não falo, pois não tenho certeza absoluta. E também porque exigiria revelar como eu sei da fresta na parede do chuveiro. E essa é uma conversa que quero evitar a todo custo. Em vez disso, eu digo:

– Isso não responde à minha pergunta.

Mas, na verdade, responde. Só que é uma resposta não dita, deixada para eu inferir sozinha. A câmera está direcionada a Corniso porque eu estou ficando lá. Por isso foi instalada ontem à noite. Eles não sabiam qual cabana eu ocuparia até minha chegada.

Franny olha para mim do outro lado da mesa, com a cabeça inclinada, um brilho de preocupação em seus olhos verdes.

– Você está chateada. E provavelmente ofendida. Não posso culpá-la. Deveríamos ter lhe contado imediatamente.

O leve pulsar de uma dor de cabeça começa a latejar em minhas têmporas. Eu atribuo à confusão e muito prosecco sorvido rapidamente e ao estômago vazio. Mas Franny está certa. *Estou* chateada e ofendida.

– Ainda não me disse por que a câmera está lá – insisto. – Vocês estão me espionando?

– Isso é um jeito um pouco rude de se colocar. *Espionando*. – Franny estala os lábios em desgosto, como se a mera pronúncia da palavra azedasse sua língua. Ela toma um golinho de prosecco para tirar o gosto. – Prefiro pensar que está lá para sua própria proteção.

– De quê?

– De você mesma.

É Theo quem responde. O jeito como ele fala arranca o ar dos meus pulmões.

– Quando eu estava me preparando para reabrir o acampamento, checamos os antecedentes de todos que ficariam aqui durante o verão – Franny diz, exibindo mais gentileza do que seu filho. – Eu não achava necessário, mas meus advogados insistiram. Instrutoras. Pessoal da cozinha. Até as campistas. Não encontramos nada que despertasse preocupação. Exceto com você.

– Não estou entendendo – eu digo, quando na verdade entendo muito bem. Sei o que está por vir.

Franny me olha com uma expressão de dor e compaixão. Parece-me exagerada e não totalmente sincera. Como se ela quisesse me mostrar o quanto dói dizer tudo o que ela está prestes a dizer:

– Nós sabemos, Emma. Sabemos o que aconteceu com você depois que deixou o Acampamento Nightingale.

14.

Eu não falo sobre isso.

Nem mesmo com Marc.

As únicas outras pessoas que sabem o que aconteceu são meus pais, que estão muito satisfeitos em evitar discutir aqueles seis meses horríveis quando eu tinha 14 anos.

Ainda estava na escola quando começou. Uma novata desengonçada tentando desesperadamente se enturmar com as outras garotas do ensino médio. Não foi fácil. Não depois do que aconteceu naquele verão. Todo mundo sabia do desaparecimento no Acampamento Nightingale, o que atraiu o tipo de notoriedade que eu não queria. Minhas amigas começaram a se afastar de mim. Até mesmo Heather e Marissa. Minha vida se tornou uma espécie de confinamento na solitária. Passava os fins de semana enfiada no meu quarto. Comia sozinha na cantina da escola.

E quando parecia que a situação não podia ficar pior, eu vi as garotas e aí tudo realmente virou um inferno. Foi durante uma excursão da turma ao Metropolitan Museum of Art. Uma centena de alunas dando risadinhas pelos corredores em um desfile de saias xadrez e insegurança disfarçada de arrogância. Eu me separei do grupo na ala de pinturas europeias do século XIX, vagando pelo labirinto de galerias, deslumbrada com todos os Gauguins e Renoirs e Cézannes.

Uma das galerias estava vazia, exceto por três meninas em pé diante de uma obra de Gustave Courbet. *Jovens senhoras da aldeia*. Uma grande paisagem pintada sobretudo em tons de verdes e dourados e ocupada por quatro mulheres. Três delas parecem estar no final da adolescência, as jovens senhoras do título, elegantemente trajadas com seus vestidos vespertinos, boinas e guarda-sóis. A outra garota é mais nova. Uma camponesa. Descalça, lenço na cabeça, avental na cintura.

Eu olhei, mas não para a pintura. Estava mais interessada nas meninas que a analisavam. Elas usavam vestidos brancos. Lisos e simples. Estavam eretas e completamente imóveis, um conjunto tão equilibrado quanto as jovens mulheres que Courbet pintara. Parecia até que elas tinham acabado de sair da pintura e agora estavam curiosas para ver como a tela ficava sem elas.

É lindo, disse uma das garotas. *Você não acha, Em?*

Ela não se virou. E nem precisava. Eu sabia com cada fibra do meu ser que era Vivian, assim como sabia que as outras duas eram Natalie e Allison. Não me importava se elas eram fantasmas ou produtos da minha imaginação. Sua presença bastava para me aterrorizar.

Você parece surpresa, Vivian disse. *Aposto que nunca pensou que somos amantes das artes.*

Não tive culhões para responder. O medo me silenciou. Precisei reunir todas as minhas forças para conseguir dar um passo para trás, tentando estabelecer alguma distância entre nós. Uma vez que consegui dar aquele primeiro passo minúsculo, os demais se seguiram em rápida sucessão. Minhas pernas me impulsionaram para fora da galeria, os sapatos oxford batendo ruidosamente no chão de madeira. Assim que estava em segurança, arrisquei olhar para trás.

Vivian, Natalie e Allison ainda estavam lá, só que agora estavam de frente para mim. Antes que eu pudesse sair correndo de vez, Vivian piscou e me disse: *Nos vemos em breve.*

E foi o que aconteceu. Alguns dias depois, durante a matinê do musical *Jersey Boys*, para a qual minha mãe me arrastou durante um de seus raros rompantes de atenção. Quando ela saiu um minuto antes do intervalo para garantir um lugar privilegiado no bar do saguão, Vivian tomou seu lugar. As luzes se acenderam e lá estava ela, mais uma vez com o vestido branco.

Que droga de peça, ela disse.

Não ousei olhar para ela. Fiquei paralisada no meu lugar, olhos fixos no palco distante à minha frente. Vivian permaneceu onde estava, um borrão branco na minha visão periférica.

Você não é real. Minha voz era um murmúrio, tão baixa que ninguém mais poderia ouvir. *Você não existe.*

Sem essa, Em. Nós duas sabemos que você não acredita nisso.

Por que está fazendo isso?

Fazendo o quê?

Me assombrando.

Você sabe exatamente o porquê.

Vivian não parecia zangada quando disse isso. Não havia acusação em sua voz. Se muito, ela parecia triste. Tão avassaladoramente triste que um nó se formou em minha garganta. Eu resmunguei com os lábios trêmulos, lágrimas ardendo nos cantos dos meus olhos.

Poupe as lágrimas, Vivian disse. *Nós duas sabemos que são de crocodilo.*

Então ela foi embora. Esperei uns cinco minutos antes de ter coragem para sair do meu assento e ir ao banheiro feminino. Passei o segundo ato escondida em uma cabine. Ao fim do espetáculo, disse à minha mãe que não estava me sentindo bem. Ela estava tonta demais por causa das vodcas tônicas para perceber que eu estava mentindo.

As meninas apareciam com frequência depois disso. Via Natalie do outro lado da rua enquanto ia para a escola. Allison me encarava na cantina durante o almoço. Todas as três vagavam pelo departamento de lingerie da Macy's enquanto eu tentava escolher um sutiã para acomodar meus seios que desabrocharam subitamente. Nunca disse uma palavra sobre isso para ninguém. Temia que não acreditassem em mim.

Poderia ter continuado assim por meses se uma noite eu não tivesse acordado com Vivian sentada na beira da minha cama.

Estou curiosa, Em, ela disse. *Você realmente achou que poderia se safar impunemente?*

Acordei meus pais com os berros. Eles entraram em meu quarto e me encontraram encolhida debaixo das cobertas, completamente sozinha. Passei o resto da noite explicando que estava vendo as meninas, que elas estavam me assombrando, que eu estava com medo de que elas quisessem me fazer mal. Conversamos por horas, a maior parte do que eu dizia soava incoerente até mesmo para mim. Meus pais tentaram me convencer de que era apenas um pesadelo muito vívido. Mas eu sabia que não era.

Depois disso, recusei-me a sair do apartamento. Não ia para escola. Fingia estar doente. Passei três dias trancada no meu quarto, sem tomar banho nem escovar os dentes. Meus pais não tiveram escolha a não ser me levar a um psiquiatra, que declarou que a visão das meninas era na verdade uma série de alucinações.

Fui oficialmente diagnosticada com transtorno esquizofreniforme, uma prima próxima da esquizofrenia. O médico deixou claro que o que aconteceu no Acampamento Nightingale não foi o que causou o distúrbio, que o desequilíbrio químico sempre esteve lá, percorrendo as reentrâncias do meu cérebro. O desaparecimento das meninas apenas o libertou, como lava expelida de um vulcão há muito tempo adormecido.

O médico também enfatizou que o transtorno esquizofreniforme em geral é temporário, explicou que os pacientes que sofrem disso costumam melhorar com o tratamento adequado. E foi assim que passei seis meses em uma instituição de saúde mental especializada em tratamento de garotas adolescentes.

O local era limpo, confortável e profissional. Não havia episódios de ataques de insanidade. Nenhum drama ao estilo do filme *Garota, Interrompida*. Apenas um bando de garotas da minha idade fazendo o melhor que podiam para melhorar. E eu melhorei, graças a uma combinação de terapia, medicação e doses da boa e velha paciência.

Foi no hospital que comecei a pintar. Arteterapia. Fui colocada diante de uma tela em branco, enfiaram um pincel na minha mão e me orientaram a pintar o que eu estava sentindo. Dividi a tela com uma faixa de tinta azul. A instrutora, uma mulher espichada e magra de cabelos grisalhos e modos gentis, substituiu a tela por uma nova e me disse: *Pinte o que você vê, Emma.*

Eu pintei as meninas.

Vivian, Natalie, Allison.

Nessa ordem.

Foi muito diferente dos meus esforços posteriores. Era uma representação infantilizada e horrorosa. As meninas da pintura não tinham nenhuma semelhança com suas contrapartes da vida real. Eram rabiscos negros saindo de vestidos triangulares. Mas eu sabia quem elas eram, e para o meu processo de cura isso bastava.

Seis meses depois, tive alta, mas segui tomando o antipsicótico e indo à terapia uma vez por semana. Tomei os remédios por mais cinco anos. A terapia faço até hoje. As sessões me ajudam, embora não tanto quanto as sessões no hospital psiquiátrico com a atenciosa e infinitamente paciente Dra. Shively. No meu último dia lá, ela me presenteou com uma pulseira de berloques. Três pássaros delicados pendiam dela.

Considere isso como um talismã, ela disse enquanto a colocava em meu pulso. *Nunca subestime o poder do pensamento positivo. Se tiver outra alucinação, quero que toque essa pulseira e diga a si mesma que o que está vendo não é real, que não tem poder sobre você, que você é mais forte do que qualquer um pode imaginar.*

Em vez de voltar para a minha antiga escola particular, meus pais me transferiram para uma escola pública mais próxima. Fiz amigos. Me interessei de verdade por arte. Segui em frente.

Nunca mais vi as garotas.

Exceto nas minhas pinturas.

Achava que essa informação era particular. Que era meu segredo. Só meu. No entanto, Franny deu um jeito de descobrir. Não estou surpresa. Imagino que seu dinheiro possa abrir muitas portas. Agora ela e Theo olham para mim, curiosos, provavelmente se perguntando se estou prestes a surtar.

— Isso foi há muito tempo — eu digo.

— Claro que foi — diz Theo. Franny acrescenta:

— A última coisa que queremos é que você se sinta excluída, ou punida de alguma forma. É por isso que deveríamos ter te contado sobre a câmera antes de mais nada.

Não tenho a menor ideia do que eles querem que eu diga. Que é perdoável? Que é perfeitamente aceitável ser espionada por causa de uma crise que enfrentei quando ainda estava no colegial?

— Eu entendo — digo, com a voz entrecortada. — É melhor prevenir no que remediar. Afinal, não queremos outra encrenca em nossas mãos, não é mesmo?

Peço licença e me retiro da mesa, escapando por entre duas estátuas. Sinto ambas me observando quando passo por elas, com seus olhos brancos que nada veem mas que tudo sabem.

Theo me segue pela floresta. Ouço seus passos na vegetação rasteira atrás de mim, mais rápidos que os meus, mais familiarizados com o terreno. Acelero, apesar de já saber que ele vai me alcançar. Só quero que pelo menos se esforce para isso. Viro à esquerda de repente, tentando despistá-lo. Corto por dentro da área ainda intocada da floresta. Quando Theo me segue, tento despistá-lo de novo, dessa vez ziguezagueando mais para a esquerda. Ele me chama.

— Emma, não fique brava.

Faço outro desvio acentuado, seguindo em uma nova direção. Dessa vez, engancho meu pé direito numa raiz de árvore. Tropeço e saio cambaleando, tentando me endireitar antes de sucumbir à inevitável queda. Só meu orgulho que se fere no tombo. Caio de quatro, a queda é amortecida pelo tapete de folhas que reveste a terra macia e úmida. Ao me colocar de pé, vejo que estou em outra clareira. Em nada parecida com aquela bem-cuidada do jardim das esculturas. É mais escura, mais selvagem, falta pouco para se reunificar à floresta.

Giro lentamente, esquadrinhando os arredores, tentando me orientar. É quando percebo o relógio de sol no centro da clareira – um círculo de cobre sobre uma base de mármore. O tempo transformou o cobre em um azul-claro, destacando ainda mais os numerais romanos e a rosa dos ventos gravados na superfície. O centro do mostrador tem uma inscrição em latim.

Omnes vulnerant; ultima necat.

Lembro-me dessa frase das aulas de latim no ensino médio, não porque me destacasse na matéria. Na verdade, eu era péssima em latim. Mas me lembro do calafrio que me percorreu quando aprendi o seu significado.

Todas as horas ferem; a última mata.

Toco o relógio de sol, correndo meus dedos sobre as palavras quando Theo finalmente me alcança. Ele emerge das árvores, ligeiramente ofegante, o cabelo despenteado pela perseguição.

– Não quero falar com você – digo.

– Escute, você tem todo o direito de estar zangada. Nós deveríamos ter contado o que estávamos fazendo. Conduzimos a situação de uma maneira totalmente equivocada.

– Finalmente algo em que podemos concordar.

– Só quero me certificar de que você está melhor – diz ele. – Como seu amigo.

– Eu estou cem por cento melhor.

– Então peço desculpas, ok? Por mim e também por minha mãe.

O pedido de desculpas, mais forçado do que sincero, me irrita ainda mais.

– Se não confiam em mim, então por que é que me convidaram para voltar para cá?

– Porque minha mãe queria você aqui – diz Theo. – Só não sabíamos o que esperar. Quinze anos se passaram, Emma. As pessoas mudam. E não tínhamos ideia de como você estaria, ainda mais considerando o que aconteceu da última vez que esteve aqui. Era uma questão de segurança, não de confiança.

– Segurança? O que acha que vou fazer com essas meninas?

– Talvez a mesma coisa que você disse que eu tinha feito com Vivian, Allison e Natalie.

Cambaleio para trás e me agarro ao relógio de sol para me apoiar, sentindo a textura fria e suave do cobre sob meus dedos.

– Ah, então é por causa disso, não é? – eu digo. – A câmera. Revirar meus registros médicos. É porque te acusei de ter atacado as garotas anos atrás.

Theo passa a mão pelos cabelos, exasperado.

– Isso não poderia estar mais longe da verdade. Mas já que você tocou no assunto, preciso dizer que o que você fez naquela época foi horrível.

– Foi – eu admito. – E passei anos me torturando por isso. Mas eu era jovem e fiquei confusa e com medo.

– E você acha que eu não fiquei? – Theo dispara de volta. – Você precisava ter visto a maneira como a polícia me interrogou. Havia policiais, tropas estaduais, a porra do FBI veio ao chalé, exigindo que eu contasse a verdade. Eles me obrigaram a passar pelo detector de mentiras. Obrigaram Chet a passar também. Imagine um garoto de 10 anos ligado a um polígrafo. Ele chorou uma semana inteira depois disso. E tudo por causa do que você me acusou de ter feito.

Seu rosto estava vermelho, destacando ainda mais a cicatriz em sua bochecha. Ele está furioso, deixando bem claro o quanto agi mal com ele.

– Eu não sabia o que estava fazendo – digo.

– Não é essa a questão – diz Theo. – Nós éramos amigos, Em. Como pôde pensar que eu tive algo a ver com o que aconteceu com elas?

Olho para ele, estupefata. Só o fato de Theo me perguntar por que eu o acusei fez minha raiva se inflamar mais uma vez. Ele pode não ser o responsável pelo desaparecimento de Vivian e das outras, mas também não é completamente inocente. Nenhum de nós é.

– Você sabe exatamente por quê – respondo.

Então vou embora, deixando Theo sozinho na clareira. Após seguir por algumas direções erradas e sofrer outros ataques furtivos de raízes expostas das árvores, acho o caminho de volta para o acampamento. Marcho até as cabanas, fervilhando de ódio. Estou com raiva de Franny. Ainda com mais raiva de Theo. No entanto, reservo a maior parte da minha raiva a mim mesma por pensar que voltar para cá seria uma boa ideia.

De volta a Corniso, abro a porta. Lá dentro, algo salta do chão e sai voando. Vejo as formas escuras diante da janela, ouço as asas batendo.

Pássaros.

Três deles.

Corvos. Identifico pelas penas negras.

Eles voam frenéticos, batendo contra o teto, grasnando. Um deles se aproxima de mim. As garras roçam meu cabelo. Outra vem direto no meu rosto. Olhos negros me encarando. O bico afiado aberto. Eu me jogo no chão e cubro a cabeça. Os corvos continuam se debatendo. Continuam gritando. Continuam voando contra as paredes da cabana.

Eu rastejo no chão, alcançando a porta para escancará-la. O movimento espanta os pássaros na direção oposta. Para a janela, onde eles batem no vidro em uma série de bicadas aflitivas.

Rastejo em direção a eles, com a mão direita sobre os olhos, a esquerda levantada se agitando para espantá-los para o outro lado. A pulseira balança no meu pulso. Mais três pássaros em movimento. Dá certo. Um corvo vê a porta aberta e dispara através dela, seguido imediatamente por outro. O terceiro pássaro canta uma última vez, roçando as penas no teto. Então também voa para longe, deixando a cabana subitamente em silêncio.

Permaneço no chão, recuperando o fôlego e tentando me acalmar. Verifico toda a cabana, certificando-me de que não resta mais nenhum pássaro lá dentro esperando para atacar. Não que atacar fosse o objetivo deles. Só estavam presos e assustados. Deduzo que, curiosos e com fome, entraram pela janela. Uma vez lá dentro, não sabiam como sair e entraram em pânico.

Faz sentido. Eu sei como é.

Mas então me lembro dos pássaros batendo contra o vidro. Do barulho pavoroso. Eu me sento e olho para a janela.

Estava fechada o tempo todo.

15.

Fico uns dez minutos recolhendo todas as penas que os corvos deixaram para trás. Mais de uma dúzia espalhadas pelo chão e ainda mais espalhadas nas camas de Miranda e Sasha. Pelo menos não havia nenhuma titica de pássaro junto com as penas, o que já considero uma vitória.

Enquanto limpo, tento pensar nas maneiras como os pássaros poderiam ter entrado na cabana, mesmo com a janela fechada. Duas possibilidades me vêm à mente. A primeira é que entraram por algum buraco no telhado, escondido em algum canto difícil de detectar. A segunda, e mais lógica, é que alguma das meninas deixou a porta aberta e os pássaros voaram lá para dentro. Alguém veio e fechou a porta, sem perceber que estava trancando os pássaros em Corniso.

Mas enquanto jogo as penas atrás da cabana, uma terceira possibilidade me vem à cabeça – que alguém capturou os pássaros e os liberou lá dentro de propósito. Havia três deles, afinal, o mesmo número de berloques na minha pulseira, que são, eles próprios, simbólicos.

Balanço a cabeça enquanto recolho as penas. Não, não pode ser isso. Assim como a ideia de ser espionada no chuveiro, essa também é sinistra demais para ser sequer considerada. Além disso, quem faria tal coisa? E por quê? Assim como no caso da sombra no chuveiro, digo a mim mesma que a explicação mais inocente é também a mais lógica.

No entanto, assim que retorno para a cabana, não consigo me livrar da sensação de que algo não se encaixa. Entre a câmera, a sombra no banho e os pássaros, passei o dia inteiro no limite. Tanto que sinto a necessidade de sair um pouco da cabana. Quem sabe dar uma caminhada. Um pouco de exercício talvez seja exatamente o que preciso para afastar para longe esses pensamentos estranhos que estou tendo.

Abro o baú de nogueira para pegar minhas botas de caminhada e dou de cara com o pedaço de papel que Vivian escondia em seu próprio baú. Minhas mãos tremem quando eu o pego, e digo a mim mesma que é estresse residual de tudo o que aconteceu hoje. Mas eu sei a verdade.

Essa página me deixa nervosa. Assim como a fotografia que mais uma vez desliza de dentro dela.

Eu olho para a mulher na foto, sentindo outro arrepio de familiaridade quando olho em seus olhos. Isso me faz pensar no que essa mulher – Eleanor Auburn – estaria pensando quando a fotografia foi tirada. Será que estava como medo de enlouquecer? Será que estava vendo algo que não estava mesmo ali?

Deixo a foto de lado, e examino novamente o mapa que Vivian tinha desenhado. Escaneio a página inteira. O campo. O lago. A floresta grosseiramente desenhada na margem distante. No entanto, meu olhar sempre recai no pequeno X que deixou dois sulcos profundos no papel. Vivian o desenhou por algum motivo. Significa que algo está localizado lá.

Não tenho como saber a menos que vá conferir por conta própria, o que é exatamente o que pretendo fazer. Explorar a outra margem do lago vai ser como matar dois coelhos com uma cajadada só, pois vou sair da cabana, ao mesmo tempo em que começarei a buscar informações concretas.

Pego a mochila e começo a encher de suprimentos. Protetor solar e álcool em gel para mãos. Meu celular. Uma garrafa de água. Também enfio o mapa na mochila, que fecho quando saio da cabana. Ao sair, lanço um olhar desafiador à câmera, esperando que Theo e Franny vejam depois.

Antes de partir do acampamento, paro no refeitório para encher minha garrafa de água e pego uma barrinha de cereal com banana caso eu tenha fome. Duas mulheres e um homem estão lá fora; funcionários da cozinha aproveitando a pausa entre o almoço e o jantar, fumando à sombra do toldo. Uma delas acena para mim sem prestar atenção. O homem ao lado dela é o mesmo cara de cavanhaque que me encarou de manhã. A etiqueta em seu avental diz que o nome dele é Marvin.

Agora Marvin está atento ao lago. As aulas de natação da parte da tarde estão acontecendo e a margem está repleta de jovens em trajes de banho, alguns menores que outros. Ele me pega observando-o de olho nas meninas e exibe um sorriso tão asqueroso que me dá vontade de pegar o álcool em gel na mochila.

– Não é ilegal olhar – ele diz.

Com isso, Marvin pula para o topo da minha lista de suspeitos de tarados *voyeur*. Na verdade, ele é o único suspeito. E um bem fraco, para ser honesta. Marvin já estava trabalhando no refeitório antes de eu ir tomar banho. Por mais que exista uma chance de ter me seguido até lá, duvido que ele poderia ter feito isso sem que ninguém percebesse.

Além disso, é possível que ninguém estivesse me espiando.

Talvez.

– Pode não ser ilegal, Marvin – pronuncio seu nome com bastante ênfase para deixar bem claro que eu sei quem ele é. – Mas essas garotas têm idade para serem suas filhas.

Marvin joga fora a bituca de cigarro e volta para dentro. As mulheres começam a rir. Uma delas acena a cabeça para mim em um agradecimento silencioso.

Sigo em direção ao lago, a mochila pendurada em um dos ombros.

Vejo Miranda rodeando o posto de salva-vidas usando um biquíni modelado para expor a maior quantidade de pele possível permitida por lei.

O salva-vidas da tarde é Chet, o que explica a presença de Miranda por lá. Ele está inegavelmente bonito lá em cima, com seus óculos Ray-Ban e o apito. Miranda dá em cima dele rindo muito alto de algo que ele acabou de dizer, um dedo enrolando uma mecha de cabelo enquanto traça um círculo na areia com o dedão do pé. Pelo visto, já superou o coração partido por mensagem de texto. Melhor para ela que Mindy não a veja. Suspeito que flertar com Chet definitivamente não é uma demonstração do espírito do Acampamento Nightingale.

Perto dali, Sasha e Krystal estão largadas sobre a grande toalha de praia que estão compartilhando, ainda usando a bermuda e a camisa polo do acampamento, folheando preguiçosamente uma pilha de histórias em quadrinhos. Vou até elas, projetando minha sombra sobre a toalha.

– Vocês deixaram a porta da cabana aberta?

– Não – Sasha responde. – Insetos entrariam, e eles causam doenças.

– Nem mesmo um pouquinho?

– Não deixamos – responde Krystal. – Por quê?

Agora que já limpei as penas da cabana, não vejo razão para contar-lhes sobre os pássaros. Isso só deixaria Sasha mais encanada. Opto por uma mudança de assunto.

– Por que não estão nadando?

– Não quero – diz Krystal.

– Não sei – diz Sasha.

– Posso te ensinar algum dia, se você quiser.

Sasha franze o nariz, o que faz seus óculos se movimentarem.

— Nessa água suja? Não, obrigada.

— Aonde você vai? — Krystal pergunta, olhando para minha mochila.

— Passeio de canoa.

— Sozinha? — Sasha pergunta.

— Esse é o plano.

— Tem certeza de que é uma boa ideia? Todo ano, uma média de 87 pessoas morrem em acidentes de canoa e caiaque. Eu pesquisei.

— Eu nado bem. Acho que vai dar tudo certo.

— Acho que seria mais seguro ter alguém com você.

Ao lado dela, Krystal bate a revista em quadrinhos e suspira.

— O que a Miss Wikipédia aqui está tentando dizer é que nós queremos ir junto. Estamos entediadas e nunca andamos de canoa.

— Sim — confirma Sasha. — Foi isso que eu quis dizer.

— Acho que não é uma boa ideia. É um passeio longo, e depois vou fazer uma trilha.

— Eu também nunca fiz trilha — diz Krystal. — Por favor, podemos ir?

Sasha olha para mim com olhinhos pidões, piscando atrás dos óculos.

— Por favorzinho?

Meu plano era atravessar o lago, encontrar o local marcado no mapa de Vivian e prosseguir a partir daí. Sasha e Krystal só vão me atrasar. No entanto, o senso do dever me chama. Franny me contou que o propósito da reabertura do Acampamento Nightingale era proporcionar novas experiências às campistas. Isso continua valendo, por mais brava que eu esteja com Franny.

— Tudo bem — digo a elas. — Vistam o colete salva-vidas e me ajudem com a canoa.

As garotas seguem minhas instruções, pegam coletes sujos nos ganchos ao lado das canoas e os vestem. Então me ajudam a tirar uma canoa de cima dos cavaletes. É mais pesada do que parece e tão desajeitada que quase a derrubamos ao carregá-la para a beira do lago. Formamos um quadro lastimável carregando a canoa, Krystal segurando na frente e eu atrás. Sasha está no meio, escondida sob a canoa virada, só um par de perninhas com joelhos proeminentes saltitando em direção à água.

Nossos esforços são suficientes para desviar a atenção de Miranda de Chet. Ela vem até nós e diz:

— Aonde estão indo?

– Fazer canoagem – diz Sasha.

– E trilhas – acrescento, na esperança de que elas sejam desestimuladas pelo fato de que há mais esforço envolvido do que apenas remar pelo lago. Em vez disso, Miranda franze o cenho.

– Sem mim?

– Você quer vir junto?

– Não é que eu queira, mas...

Sua voz falha, a resposta fica inacabada, mas o que ela quer dizer está perfeitamente claro. Não quer ser a única que ficou para trás. Conheço bem esse sentimento.

– Vá se trocar – eu lhe digo. – Nós te esperamos.

Mais uma pessoa significa mais uma canoa. Então, enquanto Miranda corre de volta à cabana para buscar bermudas e um par de tênis, Krystal, Sasha e eu digladiamos com uma segunda canoa para leva-la à beira da água. Quando Miranda retorna, nós nos acomodamos, ela e Krystal em uma canoa, Sasha e eu na outra. Com os remos, empurramos as canoas e começamos a deslizar pelo lago.

O grosso das remadas no meu barco sobra para mim. Sento na parte de trás e remo alternando os lados. Sasha está sentada na parte dianteira com o remo sobre o colo e o mergulha na água sempre que eu preciso endireitar a rota.

– Qual é a profundidade dessa parte aqui? – ela pergunta.

– É bem profundo em alguns trechos.

– Uns trinta metros?

– Por aí.

Sasha arregala os olhos atrás dos óculos enquanto a mão livre inconscientemente se agarra ao colete salva-vidas.

– Você disse que nada bem, né?

– Sim. Embora não tão bem quanto algumas pessoas que conheço.

Demoramos meia hora para atravessar o lago. Diminuímos o ritmo quando a superfície da água fica mais escura devido ao reflexo irregular e hostil dos pinheiros altos ao longo da margem. Surgindo à superfície estão os restos de árvores submersas da época em que o vale foi inundado. Desfolhadas e com os galhos esbranquiçados pelo tempo, seus galhos parecem se esticar em busca do ar fresco que está além de seu alcance. É uma visão perturbadora... Todos aqueles galhos emaranhados, com peixes da cor da lama nadando por entre seus ramos. Como o lago está mais baixo por causa da seca, os galhos maiores raspam o fundo das canoas, como unhas arranhando a tampa de um caixão.

Mais árvores se projetam do lago à nossa frente, embora não seja muito apropriado chamá-las assim. Estão mais para fantasmas de árvores. Nuas e branqueadas pelo sol, presas num limbo entre a água e a terra. Despojadas de suas cascas, suas folhas, seus ramos, elas foram reduzidas a enormes gravetos tristonhos e quebradiços.

Depois de passar pelo cemitério de árvores, chegamos à beirada. Em vez da planície acolhedora sobre a qual o Acampamento Nightingale foi construído, a paisagem muda drasticamente – um aclive acentuado que segue até os picos arredondados mais ao longe. As árvores aqui se elevam sobre a água. Pinheiros, principalmente, cujos galhos se conectam formando uma parede verde pálida que farfalha ao sabor da brisa.

À nossa direita, uma pilha de pedregulhos está parcialmente fora da água. Eles parecem deslocados, como se tivessem rolado da montanha um por um e se acumulado ali. Além deles, há um penhasco desgastado pela erosão, com as marcas da sedimentação mineral expostas, tomado por trepadeiras persistentes. Arvores se enfileram no cume do penhasco, algumas inclinadas para a frente, como se estivessem prestes a pular.

– Estou vendo alguma coisa – diz Miranda, apontando para uma estrutura em ruínas mais afastada do lago.

Eu também vejo a construção com telhado e colunas de madeira, mas toda aberta nas laterais. É uma tenda. Ou melhor, costumava ser. Agora é um esqueleto de madeira podre, sendo lentamente devorado por ervas daninhas. As tábuas do assoalho estão vergadas. O telhado está ligeiramente torto. Embora não tenha certeza, desconfio que seja a estrutura marcada como uma cabana no mapa de Vivian.

Começo a remar em direção a ela. Miranda me segue. Em terra, saltamos das canoas, jogamos os remos no chão, tiramos os coletes salva-vidas. Então puxamos os barcos mais para terra para reduzir o risco de perdê-los. Pego minha mochila e tiro o mapa lá de dentro.

– O que é isso? – Sasha pergunta.

– Um mapa.

– E aonde ele leva?

– Ainda não sei.

Avalio a floresta à nossa frente. É densa, escura, um antro de silêncio e sombras. Agora que estamos do outro lado do lago, não faço ideia de como proceder. O mapa de Vivian não tem muitos detalhes e a precisão de seu registro é no mínimo questionável.

Passo o dedo do ponto que provavelmente-é-mas-pode-ser-que-não-seja a tenda até os triângulos irregulares nas proximidades. Deduzo que são as pedras. O que significa que precisamos seguir a nordeste até que as alcancemos. A partir daí, parece ser uma caminhada curta sentido norte até o X.

Agora que temos uma rota definida, abro o aplicativo de bússola que baixei na manhã que fui para o acampamento e vou girando até que aponte para o nordeste. Então apanho um punhado de flores silvestres e, com Miranda, Sasha, e Krystal a reboque, marcho para a floresta.

QUINZE ANOS ATRÁS

— Vamos — Vivian me chamou.
— Para onde?

Eu estava acomodada em meu beliche, lendo o exemplar de *Uma vida interrompida* que levei para o acampamento. Olhando por cima do livro, vi Vivian de pé junto à porta da cabana. Ela tinha amarrado um lenço vermelho no pescoço e usava o chapéu-panamá de Allison.

— Para uma aventura — ela disse. — Procurar o tesouro enterrado.

Fechei meu livro e me arrastei para fora da cama. Como se houvesse alguma dúvida de que eu não iria. No meu pouco tempo ali, já estava bem claro que o que Vivian queria, ela conseguia.

— Allison vai precisar do chapéu dela — eu disse. — Você sabe como ela é encucada com raios UV.

— Allison não vem. Nem Natalie. É só você e eu, garota.

Ela não se incomodou em me dizer aonde, exatamente, estávamos indo. E eu simplesmente deixei que ela liderasse o caminho. Primeiro até as canoas perto do píer, então através do Lago da Meia-Noite, enquanto eu lutava com o meu remo durante toda a travessia.

— Vou tentar a sorte e dizer que você nunca andou de canoa antes — disse Vivian.

— Já andei num barco a remo — respondi. — Isso conta?

— Depende. Foi em um lago?

— O lago do Central Park. Fui lá uma vez com Heather e Marissa.

Quase lhe contei que empurramos tanto o barco que Heather caiu no lago, mas então me lembrei de que a irmã de Vivian tinha se afogado. Vivian nunca me disse onde isso aconteceu. Ou como. Nem mesmo quando. Mas não queria correr o risco de trazer o assunto à tona, mesmo que numa conversa inocente. Fiquei quieta até chegarmos do outro lado, em uma área com bastante grama e repleta de lírios-tigre.

Vivian colheu lírios o bastante para fazer um buquê. Quando adentramos a mata, ela começou a arrancar as pétalas e soltá-las no chão.

– Sempre deixe uma trilha de migalhas de pão – ela disse. – Assim conseguirá achar o caminho de volta. Franny que me ensinou isso no meu primeiro verão aqui. Acho que ela ficou com medo de que eu me perdesse.

– Por quê?

– Porque eu perambulava demais por aí.

Não fiquei surpresa. A personalidade de Vivian era grande demais para caber nos limites da vida no acampamento, com todas aquelas aulas de tênis e sessões de artesanato. Comecei a reparar como ela cumprimentava todos com um suspiro entediado.

Ela jogou outra pétala e eu me virei para olhar o longo rastro atrás de nós, marcando nosso progresso. Era uma visão reconfortante. Como pequenas pegadas cor de tangerina que no fim das contas nos guiariam de volta para casa.

– Duas Verdades e Uma Mentira – disse Vivian enquanto arrancava outra pétala e a deixava flutuar até o chão. – Eu começo. Primeira: um cara uma vez me mostrou o pau no metrô. Segunda: eu tenho um frasco de uísque escondido debaixo do meu colchão. Terceira: eu não sei nadar.

– A segunda – eu disse. – Eu teria notado se você estivesse bebendo escondida.

Lembrei-me da minha mãe e de seu cheiro quando me cumprimentava depois da escola. A pastilha de hortelã que ela mastigava era quase inútil para disfarçar o bafo de vinho. E, mesmo se disfarçasse, eu já tinha me tornado especialista em perceber os seus olhos sombrios sempre que ela bebia demais.

– Olha só, que observadora – disse Vivian. – Por isso imaginei que você gostaria de ver o que vou te mostrar.

Chegamos a um grande carvalho, cujos galhos robustos se espraiavam criando um toldo de folhas sobre o terreno circundante. Um X tinha sido talhado na casca, grande e nítido, do mesmo modo que Vivian talhou seu nome na tampa do baú em Corniso. Havia uma pilha de folhas na base da árvore, camuflando algo escondido ali embaixo.

Vivian tirou as folhas de cima, expondo uma antiquíssima caixa de madeira. O tempo já desgastara a superfície da tampa, de modo que ela estava desprotegida à ação da água e da luz solar, causando danos à madeira, que estava manchada em alguns pontos, esbranquiçada em outros, resultando em um caleidoscópio de nódoas de diferentes cores.

– Legal, né? – Vivian disse. – É, tipo, um fóssil.

Passei os dedos pela tampa, sentindo alguns sulcos na madeira. A princípio, pensei que era só mais um produto da deterioração dos elementos, mas olhando mais de perto, notei duas letras gravadas. Estavam tão desgastadas que era difícil discerni-las. Só quando me inclinei para mais perto, e senti o odor de mofo e de madeira podre enchendo minhas narinas, consegui ler:

CC

– Onde você achou isso?
– Na beira do lago no verão passado, provavelmente trazido pela água.
– Enquanto você estava perambulando por aí?

Vivian sorriu, satisfeita consigo mesma.

– Claro. Só Deus sabe há quanto tempo estava lá. Trouxe para cá por precaução. Vá em frente, abra.

Levantei a tampa, a madeira estava tão úmida e estufada que eu temia que se desintegrasse em minhas mãos. O interior da caixa era forrado com um tecido que poderia ter sido um veludo verde. Não dava para ter certeza porque o tecido estava em farrapos – nada além de tiras escuras.

Dentro da caixa havia vários pares de tesouras. Bem antigas, os buracos para enfiar os dedos eram bem ornamentados e as lâminas afiladas como bicos de cegonha. Suspeitava que as tesouras eram de prata, embora estivessem bastante empretecidas. Os parafusos que as seguravam estavam emperrados de tanta ferrugem. Quando eu peguei um par e tentei forçá-las a abrir, nem se moveram. A idade e a falta de conservação tornaram-nas inúteis.

– De quem será que eram?
– Deviam ser de algum hospital ou algo assim. Tem um nome no fundo. – Vivian pegou a caixa e fechou a tampa, segurando-a fechada. Quando a virou, as tesouras chacoalharam lá dentro. Parecia barulho de vidro quebrado. – Tá vendo?

Gravado na parte inferior da caixa, em minúsculas letras desbotadas pelo tempo, quatro palavras: *Propriedade do Vale Pacífico*.

– Como será que isso chegou até aqui?
– Foi jogada no lago, provavelmente – Vivian deu de ombros. – Décadas atrás.

– Você perguntou a Franny sobre isso?

– De jeito nenhum. Quero manter em segredo. Ninguém mais sabe disso além de mim. E agora você.

– E por que está mostrando para mim?

Olhei para baixo, para a caixa, uma mecha de cabelo caiu no meu rosto. Vivian se inclinou para frente e a colocou atrás da minha orelha.

– Eu sou sua irmã mais velha neste verão, lembra? E é isso que as irmãs mais velhas fazem. Nós compartilhamos segredos. Coisas que ninguém mais sabe.

16.

Assumo a liderança na trilha pela floresta, tentando seguir uma linha reta, conferindo a bússola constantemente para me orientar. Quando não estou de olho no aplicativo, fico atenta ao ambiente ao redor, analisando possíveis lugares no mato onde alguém poderia estar escondido. Embora estejamos longe do acampamento, não consigo me livrar da sensação de que estou sendo vigiada. Cada arbusto parece suspeito. Desconfio de cada sombra que se estende pelo chão da floresta. Sempre que um pássaro pia nas árvores, preciso conter o impulso de me abaixar.

Contenha-se, Em, digo a mim mesma. *Vocês quatro estão sozinhas aqui.* Não sei se isso me faz sentir melhor ou pior.

Se as meninas notaram que estou assustadiça, não disseram nada. Krystal e Sasha seguem bem atrás de mim. De vez em quando, Sasha diz o nome das árvores que reconhece.

– Bordo-açucareiro. Faia-americana. Pinho-branco. Bétula.

Atrás delas vem Miranda, destacando as pétalas das flores que colhi e as jogando no chão em intervalos regulares para marcar o caminho.

– Por que tenho que fazer isso mesmo? – ela pergunta.

– Sempre deixe uma trilha de migalhas de pão – digo a ela. – Vai nos ajudar a achar o caminho de volta.

– De volta de *onde*? – Krystal pergunta.

– Vou saber quando encontrar.

O solo vai ficando mais elevado à medida que andamos, a princípio a inclinação é ligeira, disfarçada sob uma camada de folhas cor de âmbar que caiu no outono anterior. No entanto, à medida que sentimos o formigamento nas pernas e a respiração ficando mais difícil, percebemos que estamos em uma subida. E a paisagem logo se torna obviamente mais íngreme. Um aumento acentuado e constante que não pode ser evitado. Seguimos em frente com esforço, ombros curvados, pernas dobradas. Pelo caminho, agarramos os galhos finos para pegar impulso e também nos apoiarmos.

— Quero voltar — diz Krystal, ofegando as palavras.

— Eu também — diz Sasha.

— Eu avisei que ia fazer trilhas — faço questão de lembrá-las. — Vamos jogar Duas Verdades e Uma Mentira, mas só a parte da verdade. Digam-me, com toda honestidade, o que gostariam de estar fazendo daqui vinte anos.

Olho para trás, para Sasha, que perde o fôlego rapidamente.

— Você começa. Alguma ideia do que gostaria de fazer?

— Várias — ela diz com um cutucão nos óculos. — Ser professora. Cientista. Talvez astronauta, a menos que todos já estejam colonizando Marte. Eu gosto de ter opções.

— E você, Krystal?

Ela nem precisa pensar. A resposta é óbvia para todas nós.

— Trabalhar para a Marvel. Se possível, ilustrando as histórias da minha própria super-heroína. Algum roteiro bem legal que eu inventar.

— Por que você gosta tanto de histórias em quadrinhos? — Sasha pergunta.

— Não sei. Acho que porque a maioria dos super-heróis começa como pessoas comuns que nem a gente. Nerds e desajeitadas.

— Fale por você — Miranda entra na conversa.

— Que nem a gente, menos você — Krystal reformula, para aplacá-la. — Mas aí acontece algo que faz essas pessoas comuns perceberem que são mais fortes do que pensavam. Então elas acreditam que são capazes de fazer qualquer coisa. E o que elas escolhem fazer é ajudar as pessoas.

— Prefiro livros tradicionais — diz Miranda. — Você sabe, sem desenhos.

Ela ultrapassa Krystal e Sasha e agora caminha ao meu lado, a única de nós que não ficou abalada com a subida.

— Já pensou em se tornar escritora? — pergunto a ela. — Já que você gosta tanto de ler.

— Eu vou ser detetive policial que nem meu tio — Miranda diz. — Por que escrever sobre crimes se você pode solucioná-los na vida real?

— Hum, isso é o que chamam de super-herói — diz Krystal, sem esconder a satisfação.

Miranda avança até o fim da subida e espera impacientemente pelo restante de nós no ponto onde o terreno se torna mais plano. Uma vez lá, paramos para recuperar o fôlego e contemplar a paisagem. À nossa direita, vislumbramos o céu azul por entre a copa das árvores. Vou instintivamente nessa direção, seguindo a luz até chegarmos na beira de uma escarpa.

Além dela, um precipício, e, por um momento desorientado e atordoante, tenho a impressão de que vou cair. Eu me agarro à árvore mais próxima, me firmando, meus olhos fixos nos meus pés para me certificar de que permaneço em terra firme.

Quando as meninas chegam ao meu lado, uma delas – acho que é Miranda – dá um assobio de apreciação.

– *Ca-ra-ca* – diz Krystal, esticando a palavra em três sílabas. Ela parece estar mais do que impressionada. Admirada.

Olho para o horizonte, para ver o que elas veem. Percebo que estamos no topo do penhasco que eu tinha visto da canoa, com vista para o paredão de pedra. A vista dali é impressionante. Vemos o Lago da Meia-Noite abaixo de nós, refletindo os raios de sol. Dessa altura, dá para vê-lo por inteiro, seu formato de vírgula com a linha da margem curvando-se em direção à represa.

À nossa frente, ao longe, está o Acampamento Nightingale. Parece tão pequeno daqui, como uma miniatura colocada no centro de um ferrorama.

Enfio a mão no bolso e pego o mapa para dar uma olhada rápida. Vivian não desenhou nada que indicasse o penhasco onde estamos agora. Pelo que consigo deduzir de suas marcações grosseiras, estamos perto das pedras triangulares. Usando isso como parâmetro, dou as costas para o lago e aponto para o norte e vislumbro algumas rochas dentro da floresta densa.

Estou chegando perto. Do quê, ainda não tenho ideia.

As pedras no mapa de Vivian diferem muito das que vejo pessoalmente. Estas aqui são rochas imensas. Dezenas delas. E só ficam maiores à medida que nos aproximamos, seu peso é quase palpável, tão maciças que me espanto que a terra consiga suportá-las. Elas ocupam toda uma encosta acentuada, semelhante à que acabamos de subir. As garotas se espalham entre elas, escalando as pedras como crianças em um *playground*.

– Aposto que essas rochas costumavam fazer parte do pico da montanha – Sasha diz, enquanto trepa em uma pedra que tem duas vezes a sua altura. – Elas congelaram e despencaram, então as geleiras as trouxeram morro abaixo. Agora estão aqui.

Explicações geológicas à parte, as rochas me deixam inquieta. Elas me fazem lembrar dos rumores de sobreviventes da criação do Lago da Meia-Noite. Imagino-os espreitando ao redor desses pedregulhos nas noites de lua cheia, procurando por novas vítimas. Para afastar o desconforto, verifico a bússola e o mapa, certificando-me de que estamos onde deveríamos estar. Estamos.

– Ei, meninas – eu chamo. – Temos que continuar andando.

Eu me aperto para passar entre duas rochas e contorno uma outra. Bem nesse momento, avisto outra rocha mais acima. Muito maior do que as outras. Um monólito.

Quase dois andares mais alta, ela se eleva do chão tal qual uma enorme lápide. O lado para o qual estou de frente é praticamente plano. Um paredão de rocha. Uma grande fissura o atravessa na diagonal, alargando-se no topo. Uma árvore cresce dentro da fenda, com as raízes se desenrolando pela fachada da rocha, tentando alcançar o solo. De pé ao lado da árvore, olhando para os seus galhos, está Sasha.

Krystal também está lá em cima. Ela dá um passo em direção à borda e olha para mim.

– Oiê – ela diz.

– O que estão fazendo aí em cima?

– Explorando – diz Sasha.

– Preferiria que vocês ficassem aqui no chão – eu digo. – Onde está Miranda?

– Bem aqui.

A voz de Miranda emana do outro lado da gigantesca rocha. Parece distante, semelhante a um eco. Eu sigo o som de sua voz enquanto Sasha e Krystal descem pelo lado oposto do rochedo. Contorno o monólito com dificuldade, e então vejo outra grande rachadura em sua lateral. Essa corre em linha reta e é mais larga na parte de baixo, até se abrir completamente a uns trinta centímetros do chão, criando um buraco grande o suficiente para uma pessoa rastejar lá para dentro.

Ou, no caso de Miranda, rastejar para fora. Ela se coloca de pé, com os joelhos e os cotovelos sujos de lama.

– Queria ver o que tinha lá.

– Ursos ou cobras, provavelmente – diz Sasha.

– Exatamente – eu concordo. – Chega de explorar. Entendido?

– Sim, senhora – diz Krystal.

– Entendido – acrescenta Sasha.

Miranda põe as mãos na cintura, irritada.

– Ué, não foi pra isso que viemos aqui?

Não respondo. Estou muito ocupada olhando além dela, os olhos semicerrados de curiosidade, esticando o pescoço para ver melhor.

Atrás dela vejo o que aparecem ser ruínas. Consigo distinguir uma parede de pedra e uma viga de madeira bastante deteriorada apontando para o céu.

Começo a me aproximar cautelosamente, as garotas atrás de mim. Quando chego mais perto, vejo que são os restos do que deve ter sido um celeiro ou uma espécie de casa de fazenda. As paredes agora não passam de um amontoado de pedras, mas dá para perceber a fundação retangular da construção. Lá dentro, há vários tocos e tábuas de pinheiros que restaram do que sobrou do telhado e do piso.

Em um estado muito melhor, vejo próximo dali uma espécie de armazém subterrâneo, embutido na encosta. Não há telhado – apenas um monte ligeiramente arredondado de terra. A fachada é uma parede de pedra. No centro, há uma porta de madeira, fechada com força, o ferrolho enferrujado firmemente no lugar.

– Credo! – diz Sasha.

– Da hora! – diz Miranda.

– Ambos! – diz Krystal. – Parece algo saído de *O Senhor dos Anéis*.

Mas estou pensando em outro conto mais sinistro. Um sobre um vale inundado e um clã de sobreviventes escondidos na floresta com sede de vingança. Talvez haja um fundo de verdade na lenda que Casey me contou. Porque alguém morava nessas colinas. A fundação e o armazém comprovam isso. E, embora não haja evidências de são as mesmas pessoas da história de Casey, minha pele, no entanto, começa a ficar arrepiada. Calafrios sobem pelo meu braço.

– Acho melhor nós...

Voltarmos. Era o que eu pretendia dizer. Mas sou interrompida pela visão de um grande carvalho a uns cinquenta metros de distância. A árvore é grande, seus galhos grossos se espraiam pelos arredores. Em seu tronco, uma letra familiar.

X

Imediatamente, já sei que não é a mesma árvore a que Vivian me levou quinze anos atrás. Teria me lembrado da fundação desintegrada e do armazém subterrâneo. Não, essa é uma árvore diferente com um X diferente. No entanto, algo me diz que ambas as letras foram talhadas pela mesma mão.

– Não saiam daqui – digo às meninas. – Eu já volto.

– Podemos ver o que tem dentro da casa do hobbit? – Miranda pergunta.

— Não. Não quero que vão a lugar nenhum.

Elas ficam perambulando pelas ruínas da fundação enquanto eu corro até a árvore e começo a vasculhar os arredores de seu tronco. Vou pisando e batendo no chão até ouvir um som abafado e oco. Algo está lá embaixo.

Eu me ajoelho e começo a arrancar as ervas daninhas e a tirar as folhas mortas acumuladas há anos, até chegar ao solo. Esfrego as mãos para espalhar a terra. Encontro algo marrom e úmido.

Madeira. Uma tábua de pinho bastante manchada depois de mais de uma década enterrada. Tiro ainda mais sujeira antes de conseguir enfiar meus dedos no solo e soltar a tábua. Sua parte inferior está completamente tomada pelo mofo, pela lama, vários insetos correm agitados. Sob a tábua, alguém cavou um buraco do tamanho de uma caixa de sapatos. Dentro do buraco, há um saco plástico amarelo embrulhado firmemente em torno de um objeto retangular.

Desdobro o saco e percebo que há mais plástico. Um saco transparente daqueles usados para se guardar mantimentos no congelador, com fecho de ziploc. Através do plástico, vejo um borrão verde, lombada de couro, as bordas das páginas conservadas pela dupla camada de proteção.

Um livro. Visivelmente muito chique.

Confiro se há algo mais dentro do saco amarelo e acho outro saquinho de ziploc, amassado e contendo um único fio de cabelo. Eu o coloco no chão e cuidadosamente abro o outro saco, retirando o livro. Está estufado e bem mais maleável que o normal após quinze temporadas de congelamento e descongelamento. No entanto, ainda é possível abrir a capa e ver a primeira página, onde dou de cara com os riscos de uma caligrafia caótica.

A letra de Vivian, para ser exata.

— O que está fazendo aí? — Miranda pergunta.

Fecho o livro e o enfio na minha mochila, esperando que meu corpo tenha obstruído a visão das meninas.

— Nada — respondo. — Não é o que eu estava procurando. Vamos voltar.

Recoloco os sacos agora vazios de volta no buraco e o cubro novamente com a tábua. Chuto um pouco de terra e folhas sobre a madeira, mais por respeito a Vivian do que por cautela. Quero manter seu segredo em segurança. Porque seja lá o que estiver dentro deste livro, Vivian achou importante o bastante para escondê-lo aqui, do outro lado do lago, o mais longe possível de olhos curiosos e do Acampamento Nightingale.

QUINZE ANOS ATRÁS

— Duas Verdades e Uma Mentira — disse Vivian enquanto remávamos de volta para o acampamento. — Sua vez.

Mergulhei meu remo no lago, os braços extenuados do esforço de empurrá-los contra a água resistente. Vivian não era só mais velha que eu, também era mais forte. Cada remada que ela dava, me obrigava a remar com o dobro de empenho apenas para acompanhar seu ritmo. O que eu não conseguia. Como resultado, nossa canoa seguia meio torta pelo lago em vez de cruzá-lo numa linha reta.

— Tem que ser agora? — perguntei, arquejando.

— Não *tem* que ser — Vivian disse. — Assim como não *tenho* que contar a Allison e Natalie que você foi muito covarde para brincar hoje, embora eu provavelmente contarei.

Acreditei nela e por isso optei por jogar. Não que eu me importasse com o que Alisson e Natalie pensavam de mim. A única opinião que me importava era a de Vivian. E a última coisa que eu queria era que ela pensasse que eu era covarde.

— Primeira: uma vez minha mãe ficou tão bêbada que desmaiou no elevador do nosso prédio — comecei. — Segunda: nunca beijei um menino. Terceira: acho que Theo é o homem mais bonito que eu já vi.

— Você está *trapaceando* — Vivian protestou, com a voz bem aguda. — Nenhuma dessas é mentira.

Ela estava quase certa. Minha mãe tinha desmaiado *esperando* pelo elevador do edifício. Eu a encontrei caída de bruços no corredor, roncando baixinho, com uma pequena poça de baba se infiltrando no tapete.

— Mas vou deixar essa passar — disse Vivian enquanto tirava o remo da água e o apoiava no colo. — Só dessa vez. E só porque você errou na minha rodada.

— Duvido que errei — disse. — Tenho certeza de que você não tem um frasco de uísque embaixo da cama. Além disso, vi que você não sabe nadar.

— Tem certeza?

Vivian se levantou de repente, a canoa balançando quando ela tirou as roupas. Não usava roupa de banho por baixo, apenas o conjunto cor de pérola de sutiã e calcinha, deixando à mostra a pele macia e sedosa. Antes que eu pudesse proferir qualquer palavra de protesto, ela mergulhou no lago e balançou a canoa tão forte que pensei que eu ia cair também. Gritei e me agarrei às laterais do barco até parar de balançar.

Só depois notei Vivian cortando a água como uma faca cortando um tablete de manteiga. Braçadas rápidas, poderosas e elegantes. As costas bronzeadas se esticando conforme ela arqueava os braços pelas laterais e os mergulhava à sua frente. Os pés juntos batendo em golpes curtos e fortes. Os cabelos ondulando atrás de si. Uma sereia.

Quando ela finalmente voltou a superfície para respirar, estava a três metros da canoa.

— Peraí – eu disse. – Você sabe mesmo nadar?

Ela sorriu. Com malícia, astúcia, os lábios corados pelo brilho labial rosado.

— Dã – ela fez.

— Mas no outro dia...

Parei de falar quando Vivian mergulhou novamente e emergiu com a boca cheia de água, que esguichou para cima como uma fonte.

— Mas você disse para o Theo que não sabia nadar – argumentei.

— Você não pode acreditar em tudo que eu te digo, Em.

Lembrei-me do drama que foi aquele dia na prainha. O pânico. Vivian se debatendo. O terror estampado em seus olhos arregalados enquanto ela se debatia. Lembrei-me de Becca, a câmera mirando no caos, mas sua atenção voltada para mim.

Eu te avisei.

— Eu pensei que estava se afogando – eu disse. – Todos nós pensamos. Por que contar uma mentira dessas?

— Por que não?

— Porque não era um dos seus jogos estúpidos!

Vivian suspirou e começou a nadar de volta para a canoa.

— Tudo é um jogo, Em. Quer você saiba disso ou não. O que significa que às vezes uma mentira é mais do que apenas uma mentira. Às vezes é o único meio de vencer.

17.

O jantar é uma tortura, e não só por causa da comida previsivelmente horrorosa. Sanduíches de carne moída com molho aguado e batatas fritas. Apesar de não ter comido quase nada o dia inteiro, mal consigo olhar para as batatas, que brilham de tanto óleo. Só penso em voltar a Corniso e descobrir o que há no livro que Vivian tinha enterrado. E isso requer privacidade, artigo que anda em falta por aqui.

Pular o jantar para ler só deixaria as meninas ainda mais desconfiadas do que elas já estão. Na canoa, voltando para o acampamento, elas me bombardearam com perguntas sobre o mapa, as rochas, o motivo de termos ido tão longe do acampamento. Murmurei respostas vagas, que pouco apaziguaram sua curiosidade. Então eu me forço a aturar o jantar, atrasando a leitura do livro até que as meninas estejam na fogueira.

Vou com minha bandeja para o que já é conhecido como a mesa dos adultos. Ela está lotada essa noite, com todas as supervisoras e instrutoras presentes, incluindo Becca. Ela se sentou ligeiramente mais afastada das demais, com os olhos grudados no telefone. Tenho a impressão de que ela acha que não tem mais nada para me dizer. Eu penso o contrário.

Vou até o lado oposto da mesa, onde Casey está prestando atenção nas supervisoras que jogam Pegar, Casar ou Largar. Lembro bem desse jogo, pois há quinze anos brincava com Vivian, Natalie e Allison. Só que Vivian tinha dado um nome mais brutal: Trepar, Casar ou Matar.

Enquanto as supervisoras escolhem entre os homens do Acampamento Nightingale, olho furtivamente para Casey, como quem diz: *Esse não é o jogo mais besta e machista de todos os tempos?* No entanto, suspeito que Casey está ponderando suas escolhas, assim como eu intimamente também estou.

– Eu pegaria o Chet, largaria o zelador e casaria com o Theo – declara a supervisora chamada Kim ou Danica.

– Acho que, tecnicamente, ele é o encarregado da manutenção – diz outra.

– Zelador – Casey confirma. – Ele trabalha para a família há anos. É meio esquisitão, mas também é bem gostoso. Ele seria o meu Pegar.

Ambas as supervisoras parecem escandalizadas, olhando boquiabertas para Casey:

– Mais do que Chet e Theo?

– Estou sendo realista. Não há a menor chance de Mindy tirar os olhos de Chet – Casey me cutuca com um cotovelo –, e a Emma já jogou o laço no Theo.

– De jeito nenhum – eu digo. – Ele é todo seu, senhoras.

– Mas tá rolando um boato de que vocês dois fizeram um piquenique na floresta.

Do outro lado da mesa, Becca olha para cima, claramente surpresa. Ela me encara por um segundo antes de voltar a olhar para o telefone.

– Estávamos apenas colocando o assunto em dia. Fazia anos desde a última vez que nos vimos.

– Claro – Casey concorda, antes de se inclinar mais perto e sussurrar: – Pode me contar todos os detalhes sórdidos hoje mais tarde.

Do outro lado do refeitório, vejo Mindy entrar e vir direto para a nossa mesa. Ela está sorrindo, o que não necessariamente quer dizer que traz boas notícias. Eu me dou conta de que Mindy é o tipo de garota que empunha o sorriso como uma arma.

– Oi, Emma – ela diz sem nem uma pitada de simpatia. – Da próxima vez que decidir desaparecer uma tarde inteira, gostaria que avisasse alguém. Franny também. Ela ficou muito angustiada ao ouvir que você saiu com um grupo de campistas sem dizer a ninguém aonde estavam indo.

– Eu não sabia que isso era uma formalidade exigida.

– Não é – diz Mindy. – Mas certamente é uma cortesia de praxe.

– Fui fazer canoagem com as meninas da minha cabana, caso esteja mantendo um registro do meu paradeiro.

Presumo que Mindy saiba da câmera. E de todo o resto que diz respeito a mim. Especialmente quando ela diz:

– É muito perceptível quando um grupo de campistas desaparece. Como você bem sabe.

Ela fica lá, satisfeita consigo mesma, seu próximo passo premeditado, só esperando minha reação. Eu sei, porque foi tirado direitinho do livro de regras de Vivian. Mas eu opto por sair pela tangente.

– Sente-se conosco – eu convido com a voz alegre, superdiferente do meu tom natural. – Vem comer batata frita com a gente. Estão *tããão* gostosas.

Estendo uma batata frita para ela, está pingando óleo na ponta. Mindy olha, tentando disfarçar a repulsa velada. Suspeito que ela não consome gordura trans desde o colegial.

– Não, obrigada. Tenho que voltar para o chalé.

– Nem umazinha? – insisto. – Se é com as calorias que você está preocupada, relaxe. Você está... bem.

Mais à noite, espero as garotas irem para a fogueira antes de me acomodar no beliche comendo as escassas provisões da minha mochila. Roendo distraidamente a barra de granola, abro o livro que Vivian deixara para trás.

Na primeira página, vejo uma data manuscrita com sua letra.

O primeiro dia de acampamento. Quinze anos atrás.

É um diário.

O diário de Vivian.

Respiro fundo, solto o ar e começo a ler.

22 de junho

Bem, aqui estou eu, de volta ao Acampamento Nightmare por mais seis semanas. Não posso dizer que estou feliz por estar de volta, ao contrário do Senador e da Sra. Senador, que ficaram em ÊXTASE quando lhes disse que queria passar o verão aqui em vez de vadiar pela Europa com Brittney, Patricia e Kelly. Mal sabem eles que eu simplesmente adoraria estar em Amsterdã com aquelas vadias, sugando a boca de qualquer DJ cafajeste cheio de si só pela maconha.
Todo mundo pensa que adoro esse lugar. Nada poderia estar mais longe da verdade. Esse lugar me assusta, isso sim. Desde a primeira vez que vim pra cá. Tem algo errado aqui.
Mas é onde eu preciso estar. Só por mais um verão. É como dizem naqueles filmes de merda que O Senador gosta de assistir, tenho negócios inacabados. Mas será que vou acabar com tudo? Eis a grande questão que paira sobre este

verão. Antes de sair, perguntei ao livro idiota de respostas que a Katherine tanto amava. Todas as respostas diziam sim.

Enquanto isso, amanhã terei o prazer de ouvir F dar a porra daquele discurso pela enésima vez. É tão patético como ela tenta se misturar, parecer simples, quando todo mundo sabe que ela vale bilhões de dólares. Você não engana ninguém! Pelo menos não por muito tempo.

Nat e Ali estão aqui, é claro. A quarta campista ainda não chegou. Espero que o beliche de baixo fique vazio. Vai tornar tudo mais fácil para todas nós, mas principalmente para mim. Se não, eu me contentaria com Theodore. Eu dormiria em cima dele qualquer maldito dia da semana.

Meu Deus, como ele está lindo. Quer dizer, ele sempre está lindo. Mas eu estou falando LINDO. Digno mesmo de uma dúzia de pontos de exclamação. !!!!!!!!!!!!

Calma, Viv. Não se distraia com toda essa lindeza. Você está em uma missão. Theo não faz parte dela. A menos que seja necessário. Meu Bom Senhor Jesus, espero que seja necessário.

Atualização: Já passou da hora do jantar. A quarta campista não chegou. Tomara que nem chegue.

Atualização# 2: A quarta campista acabou de entrar. Uma novata. Hora de aterrorizá-la ou de ser amiga dela. Ainda não decidi o que vai ser.

---

23 de junho

Hoje mostrei para a Novata como as coisas funcionam por aqui. Alguém tinha que fazer. Este lugar não é para os fracos de coração.

A Novata tem um nome, a propósito. É Emma. Bonitinho, né? E ela também é. Tão jovem e inocente e assustada. Parece um gatinho recém-nascido. Ela me lembra de quando eu tinha essa idade, principalmente porque, debaixo daquela fachada de Meu Pequeno Pônei, aposto que tem uma bela de uma vaca em treinamento. Ela me enfrentou na noite passada, o que exigiu muita coragem da parte dela. Fiquei realmente impressionada. Ninguém nunca levantou um dedo para mim desde que Katherine morreu. Estava sentindo falta dessa sensação de ser colocada no meu devido lugar. É barra pesada ser a única fêmea alfa na matilha.

Mas, assim como a divina beleza de Theo, não posso deixar a Novata me distrair demais. Missão primeiro. Amizade depois. Você-sabe-quem aprendeu isso da pior maneira.
Pelo menos consegui caminhar um pouco depois das aulas de arco e flecha. Listei todos os lugares que ainda não olhei, incluindo o Grande C. Quase consegui entrar lá, se a Casey não tivesse me pegado rondando o lugar. Se fosse qualquer outra supervisora, eu teria tentado entrar mesmo assim. Mas com ela não dava. Ela tem uma devoção bizarra por esse lugar. Tipo, uma ex-campista voltando como supervisora por dois verões consecutivos? Não consigo pensar em nada mais patético.
Meu palpite é que ela é obcecada por Theo. É óbvio que ela morre de tesão por ele. Se joga em cima dele em toda oportunidade que tem. Ano passado ela me pegou flertando com Theo e ficou toda ressentida, como se fosse dona dele ou qualquer merda assim. Desde então, ela está doidinha para me expulsar. Daí a atenção redobrada que recebo durante a inspeção da cabana.
Como eu disse – patético.

---

24 de junho

Em sua segunda noite no acampamento, a coitada da Emma MENSTRUOU. PELA. PRIMEIRA. VEZ. Ela me acordou ontem à noite com sangue nos dedos que nem a Carrie, a estranha. Eu me senti tão mal por ela. Lembro de quando tive minha primeira menstruação. Foi terrível. Eu juro, só mantive a sanidade naquele momento por causa de Katherine, que já tinha passado por tudo isso na época. E onde estava a Sra. Senador, você pergunta? Estava fora, é claro. Ausente. Ela só ficou sabendo que eu tinha menstruado quando a empregada contou para ela, seis meses depois.
Então eu fiz por Em o que Kath fez por mim. O que significa, pensando na Carrie, que eu sou Sue Snell nesse cenário. Espere, na verdade acho que isso faz de mim a professora de ginástica. Não, eu me recuso a ser aquela chata. Fico com Sue.
Ela sobreviveu.

26 de junho

Quase me afoguei hoje à tarde.
Bem, fingi que me afogava, o que não é exatamente a mesma coisa. Não foi planejado. Decidi espontaneamente, de última hora. Ainda assim, mereço um Oscar pela minha atuação. Ou pelo menos um Globo de Ouro. Melhor Atuação de Afogamento por uma Campeã Regional dos cem Metros Nado Borboleta. Mas a parte de engolir a água do lago foi uma merda. Com certeza há algum micróbio aquático bizarro se revirando no meu estômago enquanto escrevo isso. Mas valeu a pena. Consegui a reação que esperava.
Já que estamos tocando no assunto de afogamento, vamos falar um segundo sobre o marido da Franny. Não é estranho que um cara que quase foi para as Olimpíadas tenha se afogado? Com certeza é estranho pra caramba.

———

28 de junho

Puta merda puta merda puta merda.
Consegui entrar no Grande C. Finalmente! Fui durante o almoço, quando sabia que todas as campistas e as supervisoras estariam no o refeitório e F e seu séquito estariam comendo no deque da parte de trás. Isso me daria tempo suficiente para entrar pela porta da frente sem que ninguém percebesse. E, uau, valeu a pena esperar. Eu sabia que F estava escondendo algo por lá. E, com certeza, ela estava. Várias coisas. Consegui roubar uma delas antes que Lottie me pegasse no escritório. Ela agiu como se estivesse tudo bem, mas eu acho que ela ficou puta da vida de me encontrar ali. E agora estou surtando porque ela vai contar para F. Sei que vai.
Porra, isso não é nada bom, diário.

Minha leitura é interrompida por uma batida repentina na porta da cabana. Caí tão fundo na toca de coelho dos pensamentos de Vivian que me desliguei do mundo real. Agora sou surpreendida, olhando por cima da página e respondendo com a voz trêmula:

— Quem é?
— Emma, é o Chet. Está tudo bem?

Fecho o diário e o escondo debaixo do travesseiro e dou um suspiro rápido e profundo para me acalmar antes de dizer:

– Sim, estou bem.

A porta é entreaberta, e Chet espia lá dentro, com o cabelo caindo no rosto. Ele a empurra um pouco mais e diz:

– Posso entrar?

– Fique à vontade.

Ele entra e se senta no meu baú de nogueira, com as pernas compridas estendidas, braços cruzados. Embora ele e Theo não sejam biologicamente ligados, os dois compartilham algumas características. Ambos têm uma estatura e um físico que faz tudo que eles vestem parecer feito sob medida. Ambos se movem com graça atlética. E ambos irradiam um ar descontraído, despreocupado, de quem nasceu na casa senhorial. Ou, no caso deles, adotados.

– Percebi que você não foi para a fogueira – diz Chet, e fiquei me perguntando se havia algo errado. – Depois do que aconteceu no almoço, sabe.

– Quem te enviou aqui? Sua mãe ou seu irmão?

– Nenhum deles, na verdade. Vim por conta própria. Queria esclarecer algumas coisas. Tanto sobre a câmera quanto pelo motivo de minha mãe ter te convidado para voltar. Foi tudo ideia minha.

Eu me sento, surpresa. E ainda ontem eu me perguntava se Chet se lembrava de mim. Era óbvio que sim.

– Eu tinha presumido que era tudo ideia da Franny.

– Tecnicamente, sim. Mas fui eu quem a incentivou.

Chet sorri para mim. E é um belo sorriso. Mais um traço que ele e o irmão têm em comum.

– A câmera foi apenas uma precaução. Theo e minha mãe não tiveram nada a ver com isso. Pensei que seria uma boa ideia monitorar sua cabana. Não que eu ache que algo ruim vai acontecer. Mas não custa estar preparado caso aconteça.

É uma maneira educada de dizer que ele também sabe do meu estado mental fragilizado após minha primeira estadia aqui. Nesse ritmo, até o final da semana será do conhecimento de todas as campistas e dos funcionários da cozinha.

– Por favor, não se ofenda – diz Chet. – Entendo que você tenha se sentido alvo de uma injustiça e peço desculpas. Em nome de todos nós. E se você quiser que a retire, pedirei a Ben que faça isso amanhã de manhã.

Estou tentada a exigir que ela seja desinstalada nesse exato momento. Mas, por mais bizarro que seja, também entendo a necessidade de precaução. Depois do que aconteceu no chuveiro hoje de manhã – ou, mais precisamente, do que *pode* ter acontecido – não é uma má ideia monitorar o acampamento.

– Pode deixar – eu lhe digo. – Por enquanto. E só se você me disser qual era sua intenção ao me convidar de volta para cá.

– Por causa do que você disse na época – diz Chet. – Sobre o Theo.

Ele nem precisa explicar. Sei que está se referindo ao que eu disse à polícia e nunca retirei, que Theo tinha algo a ver com o desaparecimento das meninas. Acabei me arrependendo de ambas as ações. Primeiro porque eu o culpei, e depois porque significaria admitir a todos que sou uma mentirosa.

Duas verdades que ainda não estou pronta para enfrentar.

– Não posso mudar o que fiz naquela época – digo. – Tudo o que posso fazer é dizer a você que eu lamento e me arrependo.

Chet levanta a mão para me interromper.

– Não disse à minha mãe que deveria convidá-la para retornar porque eu queria receber um pedido de desculpas. Eu o fiz porque sua presença aqui diz mais do que qualquer pedido de desculpas.

Então era por isso que Franny queria tanto que eu voltasse ao Acampamento Nightingale. Ela arquitetou isso como uma maneira de mostrar que o acampamento é um lugar seguro e feliz novamente. Na verdade, minha presença aqui é uma retratação silenciosa de tudo o que eu disse sobre Theo quinze anos atrás.

– Porque estou aqui de novo, isso significa que Theo é inocente – eu digo.

– Exatamente – Chet confirma. – Mas, além disso, é uma oportunidade de ter um encerramento.

– Foi por isso que eu decidi vir.

– Na verdade, estava falando de Theo. Pensei que ter você aqui daria a ele a chance de fazer as pazes. Que seria bom para ele. Deus sabe o quanto ele precisa disso.

– Por quê? – é a única coisa que me vem à cabeça. – Theo é lindo, rico e bem-sucedido. Do que mais ele poderia precisar?

– Theo não está tão bem resolvido quanto parece – diz Chet. – Ele passou por tempos difíceis depois do que aconteceu aqui. Não que eu possa culpá-lo. A polícia continuou a interrogá-lo. O pai de Vivian deu declarações horríveis a seu respeito, bem como a imprensa. E Theo não aguentou. Largou a escola. Começou a beber e a usar drogas. O fundo do poço foi no dia 4 de julho. Um ano depois do desaparecimento. Theo foi a uma festa em Newport, ficou chapado, pegou a Ferrari de um colega e a esmagou em uma árvore a mais ou menos dois quilômetros seguindo na estrada.

Estremeço, me lembrando da cicatriz na bochecha de Theo.

– Foi um milagre ele ter sobrevivido – continua Chet. – Theo teve muita sorte, eu acho. Mas a questão é: tenho certeza de que ele não planejou sobreviver à batida. Ele nunca admitiu que estava tentando se matar, mas essa é minha teoria. Por meses ele agiu como alguém que tinha desejos suicidas. A situação foi melhorando depois do acidente. Minha mãe certificou-se disso. Theo passou seis meses em reabilitação, voltou para Harvard, finalmente se tornou médico, embora dois anos mais tarde do que tinha planejado. Como tudo acabou voltando ao normal, nenhum de nós falou mais sobre essa época. Acho que minha mãe e Theo pensam que eu era novo demais para me lembrar. Mas eu lembro. É difícil esquecer quando você testemunha seu irmão passando por tudo isso.

Ele para de falar, respira fundo, solta um suspiro longo e triste.

– Eu sinto muito – eu digo, mesmo que não adiante de nada. Não muda o que aconteceu. Não é possível apagar a cicatriz pálida que agora marca a bochecha de Theo.

– Eu não sei por que você o acusou – diz Chet. – E também nem quero saber. O importante é que agora você acredita na inocência dele; caso contrário não estaria aqui. Não quero que se sinta mal.

Mas eu me sinto pior que mal. Uma vilã mesmo. Não consigo nem mesmo sustentar o olhar de Chet. Em vez disso, olho para o chão, muda e confusa.

– Não se torture com isso – ele diz, levantando-se para sair. – Essa é a última coisa que qualquer um de nós quer. É hora de deixar o passado no passado. É por isso que você está aqui. É por isso que estamos todos aqui. E espero que seja bom para nós.

18.

Aguardo uns cinco minutos para voltar a mergulhar no diário de Vivian depois que Chet sai da cabana. Ele permanece sob meu travesseiro enquanto conto os segundos. Não me preocupa o fato de que ele volte a me interromper mais uma vez. É mais um momento para assimilar tudo o que ele me disse sobre Theo. Por mais que tenha dito para não me torturar, não consigo.

Theo passou seis meses em reabilitação. Provavelmente no mesmo período em que eu estava tratando meus próprios problemas. Nossos primeiros anos depois do Acampamento Nightingale foram quase idênticos. A única diferença foram os demônios que enfrentamos.

O meu tinha a cara de Vivian.

O de Theo tinha a minha cara.

Repito, sei que não posso reparar o dano que causei a ele. Perdi essa oportunidade quinze anos atrás. Mas posso evitar danos futuros se descobrir mais a respeito do que aconteceu com Vivian, Natalie e Allison. Ele não terá mais suspeitas pairando sobre si. Estará livre.

E se isso acontecer com ele, também pode acontecer comigo.

Cinco minutos depois, pego o diário de Vivian debaixo do meu travesseiro, abro na página onde havia parado e mergulho uma vez mais.

29 de junho

No fim das contas eu estava certa. Lottie contou para F, que me chamou de lado depois do almoço e basicamente soltou os cachorros em cima de mim. Ameaçou ligar para O Senador, como se ele se importasse. Ela também disse que eu precisava respeitar limites pessoais. Minha vontade foi mandar ela enfiar no cu esses limites pessoais. Só não falei, porque preciso abaixar a cabeça. Não posso balançar o caldeirão até que seja a hora de entornar o caldo.

Então, para recapitular:
Más notícias: ela definitivamente suspeita de alguma coisa.
Boas notícias: falta pouco para descobrir seu segredinho sujo.

1º de julho

Estou pensando em contar para Emma.
Alguém precisa saber caso algo aconteça comigo.

---

2 de julho

Bem, foi uma droga.
Decidi não contar toda a verdade para Em sobre o que estou fazendo. É mais seguro para ela assim. Em vez disso, optei por dar indícios levando-a até meu esconderijo secreto na floresta. Você adivinhou, A CAIXA. O objeto que começou toda essa investigação quando eu a encontrei no verão passado. Imaginei que despertaria o interesse de Emma, caso o livro de respostas tivesse mentido e todos os sinais na verdade apontassem para mim levando um pé na bunda e sendo expulsa do acampamento. Assim, ela poderia continuar o que eu comecei, se estivesse tentada o bastante. E eu estava certa. A caixa despertou o interesse dela. Vi em seus olhos assim que ela a abriu.
Mas então as coisas ruins tiveram que acontecer. Sim, eu mostrei a ela que sei nadar. Pensei que ela deveria saber, por várias razões. Uma: Se, Deus me livre, meu corpo aparecer na prainha uma manhã, ela poderá dizer à polícia que eu sou uma excelente nadadora. Duas: ela precisa aprender a não confiar em tudo que todo mundo diz a ela. Duas Verdades e Uma Mentira não é apenas um jogo. Para a maioria das pessoas, é um estilo de vida. Três: mais cedo ou mais tarde, serei obrigada a partir seu coração. Melhor já começar com pequenas fissuras. Agora ela está chateada comigo. E com razão. Ela passou o resto do dia me ignorando. E isso doeu pra caramba. Há tanto que eu queria dizer a ela. Que a vida é dura. Que a melhor defesa é o ataque.
Sei que ela está magoada. Sei que ela acha que é a única cujos pais a ignoram. Mas ela devia ver como é ser largada em Nova York enquanto O Senador e a Sra. Senador vão para Washington DC dois meses depois que sua irmã morreu! Agora sim podemos falar de abandono.

Quanto ao falso afogamento, era algo que eu tinha que fazer. Com sorte, Em só vai ficar de cara fechada por um dia. Vou lhe dar flores amanhã e então ela vai voltar a me amar.

———

3 de julho

Fatos curiosos: em 1800, as mulheres poderiam ser enviadas para manicômios pelas seguintes razões:

Histeria   Egotismo
Vida imoral   Ninfomania
Ciúmes   Más companhias
Masturbação   Ler romances (!)
Levar um coice de cavalo na cabeça

Exceto pelo coice de cavalo, todas as mulheres que eu conheço poderiam ter sido declaradas insanas naquela época. Que é exatamente o que os homens queriam. Foi como conseguiram manter as mulheres submissas. Não gostou de algo que eles disseram? Bastava chamá-las de loucas e despachá-las para o manicômio. Não trepam o bastante com os maridos? Hospício nelas. Querem trepar demais? Hospício nelas. É doentio.
E não se atreva a pensar que as coisas mudaram muito, diário. Não mudaram, não. O Senador estava prontinho para me meter num hospício depois que Kath morreu. Como se fosse errado da minha parte chorar por ela. Como se o luto fosse uma doença mental.
De qualquer forma, essa é a lição que aprendi hoje. Toda mulher é louca. Aquelas que não conseguem disfarçar bem o bastante estão ferradas.

150.97768 WEST
164

Atualização: E agora eu estou fodida. Esqueci de te guardar, querido diário. Voltei da fogueira e peguei Natalie e Allison lendo você. O que não me surpreende. Elas estão tentando te espionar a semana inteira. E agora conseguiram. Tenho certeza de que ficaram pasmas. Graças a Deus, não escrevi que as coxas de Natalie estão tão grossas que ela parece uma lutadora de MMA

ou que Allison está tão pálida que poderia tranquilamente se passar por uma albina. Seria horrível se eles lessem tais coisas sobre si mesmas, certo?
E por mais tentada que eu esteja a deixá-lo aberto nesta página, para que elas possam fazer exatamente isso, decidi que é melhor te esconder. Você não está mais seguro aqui, baby.
Quanto menos elas souberem, melhor.

Atualização nº 2: Bem-vindo à sua nova casa, livrinho. Espero que não apodreça aqui. Desenhei um mapa para não esquecer onde você está.

———

4 de julho

Não posso escrever muito. Remar até aqui já levou metade da manhã. Remar de volta vai demorar ainda mais. F provavelmente já notou minha ausência. Ela tem espiões por toda parte. Tenho certeza de que mandou Casey me inspecionar com atenção redobrada todas as noites.
Mas isso não tem mais importância, não por muito tempo.
Porque. Eu. Encontrei.
A famosa peça-clichê que faltava para unir todas as pontas. Agora tudo faz sentido. Eu sei a verdade. Tudo o que preciso é expô-la.
Mas há um problema. Depois que te leram, querido diário, Natalie e Allison querem entrar nessa. E eu decidi que vou contar tudo para elas. Porque não vou conseguir fazer isso sem a ajuda delas. Pensei que podia, mas não é mais uma opção.
Sim, eu sei que podia simplesmente deixar tudo de lado, esquecer essa merda toda, passar meu verão, meu ano, o resto da minha vida maldita fingindo que nunca aconteceu. Uma pessoa sensata faria isso.
Mas aqui está o X da questão: alguns erros são tão terríveis que as pessoas culpadas devem ser responsabilizadas. Chame isso de justiça. Chame de vingança. Chame do que quiser. Eu não dou a mínima.
Tudo o que me importa é esse erro em particular. Que não pode ser ignorado. Que deve ser corrigido.
E eu sou a vaca que vai fazer isso.

Estou com medo.

19.

E é isso. O resto das páginas – mais de dois terços do diário – estão em branco. Eu folheio mesmo assim, só para me certificar de que não estou deixando nada passar. Não deixei. Está vazio.

Fecho o diário e suspiro. Ao terminar a leitura, fiquei me sentindo do mesmo jeito que me sentia após as alucinações em que Vivian me visitava. Confusa, atordoada, exaurida e amedrontada.

Vivian estava procurando algo, isso está mais do que claro. O que era – e o que ela finalmente encontrou – continua inapreensível, para minha frustração. Honestamente, a única certeza que tenho é que a folha em que Vivian desenhou o mapa foi arrancada do diário. Falta uma página entre o registro sobre sua nova localização e o que ela escreveu em 4 de julho. Pego o mapa na minha mochila e tento encaixá-lo na borda remanescente da página arrancada. São compatíveis.

Releio o diário inteiro, estudando cada página, analisando a estrutura gramatical de cada sentença, tentando elucidar. Não faz sentido, muito menos o porquê de Vivian, uma pessoa que raramente tinha papas na língua ao dizer o que estava pensando e sentindo, precisar guardar segredos. Então leio de novo, mas dessa vez do fim para o início, começando pela perturbadora frase final:

Estou com medo.

Essa é a que mais me confunde. De todas as miríades de emoções que Vivian demonstrou no curto tempo em que convivi com ela, o medo não era uma delas.

Viro para a página anterior. Essa entrada foi escrita na manhã de 4 de julho, provocando duas novas perguntas: quando ela escreveu aquela última frase e do que ela estava com medo?

Abraço o livro, frustrada, ansiosa por respostas que se recusam a se revelar.

– O que você descobriu, Viv? – murmuro, como se ela pudesse mesmo me responder.

A julgar pelas datas, deduzo que ela enterrou o livro em algum momento durante a noite de 3 de julho. Meu palpite é que ela escapou enquanto nós dormíamos. Nada fora do comum para Vivian. Ela já tinha feito isso na noite anterior.

Eu me lembro porque ainda estava brava por ela ter mentido sobre não saber nadar. Estava especialmente furiosa pela razão por que ela mentiu: porque Theo estava prestando muita atenção em mim. Ela o viu me pegar no colo, sussurrar palavras encorajadoras enquanto me ensinava a nadar e não aguentou. Por isso fingiu se afogar apenas para se tornar novamente o centro das atenções.

Eu a ignorei no resto daquela viagem de canoa de volta ao acampamento. E no resto da tarde. E no jantar, quando segui o seu conselho e cheguei tão atrasada que era a última da fila. Eu me sentei sozinha e peguei os restos do buffet, bolo de carne quase frio e purê de batatas tão seco que era quase uma crosta. Na fogueira, fiquei junto das garotas da minha idade, que nem ligavam para mim. Depois, fui para a cama cedo, fingindo estar dormindo enquanto as outras jogavam Duas Verdades e Uma Mentira sem mim.

Mais tarde, naquela noite, acordei e vi Vivian andando na ponta dos pés na cabana. Ela tentou ser sorrateira, mas o rangido da terceira tábua do assoalho a entregou. Eu sentei, com os olhos turvos.

Onde você foi?

Fui fazer xixi, disse Vivian. *Ou mijar é outra coisa que você desaprova?*

Ela não disse mais nada enquanto subia para sua cama no beliche. Mas na manhã seguinte, um punhado de pequenas flores estava ao lado do meu travesseiro, à direita. Não-me-esqueças, as pétalas eram de um azul delicado, no centro de cada uma delas havia um pistilo amarelo.

Guardei as flores no meu baú, dentro do exemplar de *Uma vida interrompida*. Embora ela nunca tivesse admitido que as colocou ali, sempre soube que eram de Vivian. Ela realmente me deu flores. E, exatamente como previu, reacendeu minha adoração por ela.

Volto para a página em que Vivian fez essa previsão, lendo febrilmente, mais uma vez me perguntando se meus sentimentos eram tão transparentes assim. Só depois de reler a passagem sobre seus próprios pais, acho a resposta: Vivian simplesmente sabia. Porque ela era como eu.

Negligenciada e solitária. Deleitava-se com qualquer migalha de atenção que recebia. Foi assim que anteviu que um punhado de não-me-esqueças colhidas apressadamente bastaria para me contentar.

Porque teria sido o suficiente para ela também.

Mais folhas. Mais páginas. Mais perguntas.

Volto para a entrada em que Vivian pondera sobre insanidade. De tudo o que ela escreveu, essa me atinge no fundo do âmago. Ao ler, tenho a impressão de que ela está falando diretamente para mim, como se já estivesse prevendo meu deslize para a loucura um ano antes de acontecer.

Mas por que ela procurou essa informação? E onde?

Tenho uma lembrança vívida desse dia. Fomos até a cidade no Ford verde-hortelã do acampamento, eu estava espremida entre Vivian e Theo, que dirigia com apenas uma mão no volante, as pernas bem abertas, de modo que sua coxa roçava toda hora na minha. Cada toque fazia meu coração estremecer como um pequeno pássaro preso em uma gaiola, tremulando contra as barras douradas. Eu não me importei quando Vivian disse que ia às compras e me deixou para trás, sozinha com Theo.

Eu viro para a próxima página, onde ela anotou aquele estranho conjunto de números.

150.97768 WEST
164

No começo, imagino que talvez sejam coordenadas de um mapa. Mas quando confiro no aplicativo da bússola, constato que 150 °C apontam para o sudeste. O que significa que não é isso. Apenas Vivian sabe o que é de fato. Mas tenho certeza de que ela anotou os números por alguma razão. Como tudo mais, tenho a sensação de que ela está me incentivando a seguir em frente, passo a passo, para achar o que ela descobriu todos esses anos atrás. Estou tirando uma foto dos números com o celular quando a porta de Corniso é aberta e Miranda, Krystal e Sasha entram. Sua presença repentina mais uma vez me faz enfiar desajeitadamente o livro debaixo do travesseiro. Não sou tão rápida dessa vez, e elas me pegam no ato.

– O que você está fazendo? – Sasha pergunta, olhando primeiro para a borda do livro despontando debaixo do meu travesseiro e, em seguida, para o telefone na minha mão.

— Nada.

— Claro — diz Miranda. — Você com certeza não está agindo como alguém que foi pego vendo pornografia.

— Não é pornô — faço uma pausa, para ver se as garotas acreditaram em mim. É evidente que não, então eu lhes digo a verdade, mas fora de qualquer contexto para evitar mais perguntas. — Estou tentando decifrar algo. Um código.

O rosto de Miranda se ilumina perante a ideia de resolver um mistério.

— Que tipo de código?

Checo a foto no meu celular e leio o número em voz alta.

— O que 150.97768 WEST significa para você?

— Fácil — diz Miranda. — É o Sistema Decimal de Dewey. Alguns livros tem esse número de chamada.

— Tem certeza?

— Hum, sim — ela olha para mim incrédula. — Tipo, eu passei metade da minha vida na biblioteca.

A biblioteca. Talvez tenha sido lá que Vivian foi quando alegou que ia fazer compras. Enquanto estava lá, ela encontrou um livro importante o bastante para anotar seu número de chamada no diário. Não restam dúvidas de que ela estava procurando alguma informação. Acho até que pode ter encontrado.

Lembro-me do que ela escreveu sobre ter invadido um lugar onde não deveria estar. O Grande C é o chalé. F é Franny. Bem simples. Mas Vivian cometeu a frustrante omissão de não mencionar exatamente o que encontrou por lá e o que conseguiu roubar.

Ainda assim, escreveu o suficiente para me arrepiar até o último fio de cabelo. Sinto um calafrio, pensando na reação de Franny ao pegá-la bisbilhotando. Não parece algo que Franny faria, o que me faz perguntar se Vivian estava sendo paranoica. Parece que sim, especialmente no trecho em que diz que queria compartilhar comigo o que estava fazendo, caso algo acontecesse com ela.

Falta pouco para descobrir seu segredinho sujo.

Que algo ruim aconteceu, é fato. Só não há provas nem evidência alguma que leve a Franny ou a algum segredo sombrio escondido a sete chaves. No entanto, os eventos estão conectados demais para ser mera coincidência. Esse parece mais um deles.

Eu sei a verdade.

A ideia de que eu posso estar chegando perto de descobrir o que aconteceu com as garotas deveria me excitar. Porém, sinto um aperto no fundo do peito, a preocupação me corrói por dentro. Presumo que Vivian tenha experimentado a mesmíssima sensação quando escreveu as suas últimas palavras no diário.

Estou com medo.

Eu também estou.

Porque é possível que eu tenha tropeçado em algo sinistro, até mesmo perigoso. Que depois de anos perguntando, estou prestes a encontrar as respostas.

Mas, acima de tudo, estou com medo de que, se continuar cavando, posso não gostar do que vou encontrar.

20.

Naquela noite, meus sonhos são assombrados por Vivian.

Mas são diferentes das alucinações da minha juventude. Não acho que ela está realmente ali, ressurgida do éter. Há uma qualidade cinematográfica neles – como se eu estivesse vendo um dos filmes *noir* a que meu pai ainda assiste nas tardes de domingo. Vivian em preto e branco, uma imagem expressionista. Primeiro correndo por uma floresta selvagem como uma das minhas pinturas. Então em uma ilha estéril, segurando uma tesoura. Finalmente em uma canoa, remando poderosamente rumo a uma cortina de neblina que se a envolve, revoltosa e faminta, finalmente a consumindo.

Desperto segurando minha pulseira de berloques quando o toque da alvorada reverbera pelo acampamento. Para minha surpresa, dormi a noite toda. Minhas pálpebras pestanejam, agitadas, tentando se ajustar à luz matinal. Antes mesmo de conseguir abrir os olhos totalmente, posso distinguir algo diante da única janela de Corniso.

Uma silhueta, escura como uma sombra.

Um grito fica preso na minha garganta, bloqueando momentaneamente minha respiração enquanto quem quer que esteja na janela foge. Não sei quem é. Tudo o que vejo é uma figura escura se afastando.

Somente quando a figura já se foi, engulo em seco, suprimindo o grito, forçando-o a voltar para dentro. Não quero acordar as meninas. Muito menos assustá-las. Quando percebo Sasha olhando para mim de sua cama no alto do outro beliche, noto que ela não viu que tinha alguém na janela. Ela só me vê sentando na cama, com o rosto tão branco quanto a fronha de algodão.

– Tive um pesadelo – digo a ela.

– Li que pesadelos podem ser causados por comer antes de dormir.

– Bom saber – digo, embora eu tenha certeza de que meus sonhos com Vivian foram causados por seu diário e não pelo pouco que eu comi na noite passada.

Quanto ao que vi na janela, tenho certeza de que não foi um sonho. Nem produto da minha imaginação ou efeito de um jogo de luz, como eu tentei me convencer a respeito do que aconteceu nos banheiros. Desta vez, não posso tentar me dissuadir, não importa o quanto eu gostaria.

Alguém estava *ali*.

Ainda sinto sua presença fantasmagórica do lado de fora da janela. Meus batimentos estão acelerados, zumbindo em resposta. Isso me diz que eu não me enganei sobre ontem.

Alguém estava me espiando no banho.

Assim como alguém prendeu aqueles corvos dentro da cabana.

E agora alguém estava me observando dormir.

Estremeço, horrorizada, minha pele toda arrepiada. Se as meninas não estivessem aqui, eu soltaria um grito só para me sentir melhor. Em vez disso, levanto da cama e vou para a porta.

— Onde você está indo? — Sasha sussurra.

— Banheiro.

Outra mentira. Contada para manter Sasha calma. Ao contrário de mim, cuja pulsação bate furiosa e o tremor persiste quando saio para verificar se consigo ver quem estava na janela. Mas já há dezenas de garotas saindo de suas cabanas, despertadas pelo toque da alvorada, iniciando o dia ainda meio grogues. Todas elas param quando me veem, algumas com expressão de curiosidade, outras com franca surpresa. Mais algumas campistas se juntam ao cortejo, tomadas pela mesma reação. Até Casey, quando passa com dois dedos pressionados nos lábios, já almejando o primeiro cigarro do dia.

Só então me cai a ficha de que elas não estão olhando para mim. Seus olhares estão fixos na cabana atrás de mim.

Eu me viro devagar, não tenho certeza se quero ver o que elas veem. Suas expressões — meio assustadas, meio chocadas — me dizem que não é nada bom. Mas a curiosidade me faz girar até que eu esteja de frente para Corniso.

A porta está suja de tinta. Vermelha. Ainda molhada. Escorrendo na madeira deixando um rastro semelhante ao de manchas de sangue. A tinta forma uma palavra escrita em letras grandes, maiúsculas, afiadas e tão penetrantes quanto uma faca perfurando minhas costelas.

MENTIROSA

Novamente Franny está diante de um refeitório cheio de campistas, embora dessa vez seja para dar um tipo diferente de discurso.

— Dizer que estou desapontada é um eufemismo — ela declara. — Estou devastada. Vandalismo de qualquer espécie não será tolerado no Acampamento Nightingale. Em circunstâncias normais, a culpada seria expulsa imediatamente. Mas considerando que vocês só estão aqui há poucos dias e talvez ainda não tenham compreendido as regras, quem pichou a porta de Corniso terá permissão para ficar se assumir seu ato agora. Caso contrário, se for pega mais tarde, será banida daqui para sempre. Então, por favor, se alguma de vocês for a responsável, declare agora, peça desculpas e deixaremos todo o incidente para trás.

O silêncio segue, interrompido por algumas tosses e um ou outro ruído das cadeiras na cafeteria. Nenhuma menina confessa. Não que eu esperasse que alguém se manifestasse. A maioria das adolescentes prefere morrer a admitir que fez algo errado.

Eu deveria saber.

De onde estou, perto da porta, examino a multidão. A maioria das meninas está de cabeça baixa em sinal de vergonha coletiva. As poucas que não, olham para frente com inocência estampada nos olhos arregalados, incluindo Krystal e Sasha. Miranda é a única garota de Corniso que parece brava com o incidente. Ela examina cada uma das meninas ao redor, tentando identificar a culpada.

De pé ao longo da parede estão Lottie, Theo, Chet e Mindy. Meu olhar cruza com o de Mindy e ela faz uma carranca para mim. Eu oficialmente arruinei sua meta de tudo funcionando sem problemas.

— Muito bem, então — diz Franny depois de esperar pelo que pareceu uma eternidade insuportável. — Minha decepção só aumenta. Depois do café da manhã, todas vocês voltarão para as cabanas. As aulas matinais estão canceladas enquanto nós resolvemos esse impasse.

Ela se retira do refeitório, seguida pelo restante da comitiva de ocupantes do chalé. Quando passam por nós, Lottie toca em meu ombro e diz:

— Emma, venha conosco, por favor.

Eu os sigo até o prédio de artes e artesanatos. Uma vez que todos estão lá dentro, Lottie fecha a porta. Estou ao lado dela, com o corpo tenso, resistindo à vontade de sair correndo. Não apenas da sala, mas do acampamento. Minha mão esquerda começou a tremer no momento em que vi a pichação na porta e não parou desde então. Os pássaros ao redor do meu pulso chacoalhando.

— Ora, que bela confusão — diz Franny. — Emma, você tem alguma ideia de quem pode ter feito isso?

A resposta óbvia seria "alguém nesta sala". A palavra pintada que neste momento está sendo apagada da porta de Corniso contém uma pista importante. Tirando Mindy, já menti para todos eles no passado. Sobre Theo. Sobre o que eu o acusei de ter feito. E embora nenhum deles tenha me chamado de mentirosa na minha cara, não ficaria nem um pouco surpresa se intimamente todos eles se sentissem assim. Tampouco os culparia.

No entanto, meu instinto me diz que nenhum deles é o responsável. Foram eles que me convidaram para voltar ao acampamento, afinal. E atos mesquinhos de vandalismo parece algo muito aquém de algum membro do clã Harris-White. Se eles quisessem se livrar de mim, simplesmente expressariam seu desejo.

— Eu não sei — pondero se devo contar sobre a pessoa que vi espiando na janela. Mas, não sei se é paranoia provocada pelo diário de Vivian, mas sinto que não posso confiar a verdade a ninguém. Não até conseguir entender o que está acontecendo. Há uma chance de que, considerando meu histórico, ninguém acredite que tem algo acontecendo a menos que eu reúna mais provas. — Eu só vi a pichação quando saí da cabana.

Franny se vira para o filho mais novo.

— Chet, você verificou a câmera?

— Sim — ele diz, tirando o cabelo da frente dos olhos. — Não há nada, o que é um grande sinal de alerta. O menor movimento aciona aquela câmera.

— Mas tinha que ter alguém fora da cabana — eu digo. — A porta não se pichou sozinha.

— A câmera está funcionando agora? — pergunta Franny, mantendo o tom de voz calmo para contrariar o meu crescente tom estridente.

— Sim — diz Chet. — O que significa que ou ela não funcionou direito durante a noite ou alguém a adulterou. Creio que não seria muito difícil usar uma escada para alcançar a câmera e colocar fita adesiva sobre o sensor.

— Mas o vídeo não registraria isso? — indaga Theo.

— Não necessariamente... — Chet responde com um aceno de cabeça. — A câmera está programada para ligar automaticamente às nove da noite e desligar às seis da manhã. Alguém poderia ter adulterado antes das nove e retirado a fita pouco antes das seis.

Franny então fixa seus olhos verdes em mim. Embora as atuais circunstâncias os tenham deixado um pouco nebulosos, ainda me sinto prisioneira deles.

– Emma, você contou a mais alguém sobre a câmera?

– Não. Mas isso não significa que as pessoas não saibam sobre ela. Se eu notei, outros provavelmente também notaram.

– Vamos focar na pichação – diz Theo. – Se pudermos descobrir de onde veio, talvez nos dê uma pista de quem fez isso.

– Emma é a pintora – Mindy abre a boca. – Ela é quem mais tem acesso a tintas.

– Tinta a óleo – eu intervenho, fulminando-a com o olhar. – E não foi esse o tipo de tinta usado na porta. Ela não escorre daquele jeito. Se tivesse que adivinhar, diria que é tinta acrílica.

– E para que é usada? – Theo pergunta.

Eu olho para o centro da sala, onde fica a estação de trabalho de Casey. Todos aqueles armários e cubículos cheios de suprimentos.

– Artesanato – eu digo.

Contorno uma das mesas circulares e vou até o gabinete na parede atrás dela. Abro as portas e vejo as garrafas de tinta plástica enfileiradas; elas são translúcidas, o que permite identificar as cores. Todas as garrafas estão cheias, exceto uma. Vermelho básico.

Ali perto há uma lata de lixo. Vou até ela e vejo um pincel de tamanho médio no fundo. As cerdas estão manchadas de tinta vermelha, ainda fresca.

– Viu? – digo. – Não é minha tinta. Nem meu pincel.

– Então alguém entrou aqui cedo esta manhã e usou a tinta – diz Theo.

– A porta fica trancada durante a noite – responde Lottie. – Pelo menos, deveria ficar. Talvez quem saiu por último esqueceu de checar.

– Ou tem uma chave – acrescenta Chet. Lottie sacode a cabeça.

As únicas pessoas que têm as chaves sou eu, Franny e Ben.

– Nem Lottie nem eu faríamos tal coisa – diz Franny. – E Ben estava chegando quando a pichação foi descoberta.

– Então, isso significa que a porta ficou destrancada – diz Theo.

– Talvez não – diz Mindy. – Ontem, enquanto todos estavam indo almoçar, peguei Emma bisbilhotando as estações de trabalho.

Todos os olhares se voltam para mim e eu desmonto perante o calor das acusações veladas. Dou um passo para trás, esbarro em uma cadeira de plástico, e caio sentada nela. Mindy me encara com o semblante triste e transtornado, como se quisesse mostrar o quanto a aflige ter de fazer tal acusação.

— Sério mesmo que você acha que fui eu quem fez isso? — eu digo. — Por que eu vandalizaria minha própria porta?

— Por que você fez um monte de outras coisas?

Embora seja Mindy que fale isso, suponho que em algum momento essa pergunta ocorreu a todos os presentes na sala. Eles podem não ter verbalizado como Mindy, mas se perguntaram do mesmo jeito. Está em cada mirada dos olhos verdes de Franny. Está na luz vermelha piscante da câmera quando entro em Corniso.

Tenho todos os motivos para acreditar que eles me perdoaram. Não quer dizer que qualquer um deles confie em mim. Exceto talvez por Theo, que diz:

— Se Emma diz que não fez isso, eu acredito nela. O que deveríamos fazer é nos perguntar por que alguém faria isso com ela.

Eu sei a resposta. Mas assim como aquela pergunta tácita, não posso dizer em voz alta. No entanto, está ali, visível no tremor das minhas mãos.

Alguém no acampamento sabe.

É por isso que fui espionada no chuveiro. Por isso que os três pássaros foram liberados na cabana. Por isso que havia alguém na janela e a porta foi pichada.

Foi a maneira de me dizer que eles sabem.

Não o que eu fiz para Theo.

Mas o que eu fiz para as meninas.

Essa constatação me mantém presa à cadeira, fragilizada, mesmo depois que todos começam a se retirar. Antes de sair, Theo olha para mim com preocupação genuína, suas bochechas coraram o suficiente para fazer sua cicatriz se destacar.

— Você está bem?

— Não — respondo.

Imagino Vivian, Natalie e Allison pintadas nas minhas telas, esperando que eu as cubra. Uma das razões pelas quais voltei aqui é por não poder continuar fazendo isso. Porque pensei que se descobrisse mais sobre o que aconteceu com elas, minha consciência ficaria limpa.

Mas agora não consigo me ver passando seis semanas inteiras nesse lugar. Quem quer que esteja me vigiando, não vai parar. E os lembretes só vão piorar, pois receio que pássaros presos e tinta na porta foi apenas o começo. Se houver respostas a serem encontradas, tenho de encontrá-las rapidamente.

– Eu preciso sair daqui. Nem que seja só um pouquinho.

– Aonde você quer ir? – Theo diz.

Penso no diário de Vivian e no número de chamada de um certo livro.

– À cidade – respondo.

QUINZE ANOS ATRÁS

O rádio, assim como o restante da caminhonete, já tinha visto dias melhores. A música fraca emitida pelos alto-falantes tocava com interferência e chiados. Não que isso importasse. A única estação de rádio em que Vivian e eu conseguimos sintonizar só tocava música *country*, as guitarras e os violões marcando a trilha sonora de nossa excursão além dos limites do Acampamento Nightingale.

— Então, por que mesmo que estamos fazendo isso? — Theo perguntou quando a caminhonete passou sob o arco do acampamento.

— Porque estou precisando de alguns produtos de higiene — disse Vivian. — Itens pessoais, de mulher.

— Isso é mais do que eu preciso saber — Theo balançou a cabeça, divertindo-se com a situação. — E você, Em?

— Estou indo só pelo passeio.

Era verdade. Foi tudo muito inesperado. Estava esperando pelas meninas em frente ao refeitório, com o pólen das não-me-esqueças de Vivian ainda nos dedos, quando Natalie e Allison chegaram.

— Vivian precisa de você — disse Allison.

— Por quê?

— Ela não disse.

— Onde ela está?

Natalie sacudiu a cabeça em direção ao prédio de artes e artesanatos, enquanto seguia refeitório adentro.

— Lá.

E foi lá que encontrei Vivian, Theo e a caminhonete verde-hortelã. Vivian já estava sentada lá dentro, tamborilando os dedos na base da janela aberta. Theo encostado na porta do lado do motorista, de braços cruzados.

— Ei, atrasada — disse ele. — Entre aí.

Eu me apertei entre os dois, sentindo o calor de seus corpos emanando para o meu conforme a caminhonete avançava pela estrada cheia de buracos. A perna de Theo continuamente roçando na minha, assim como o braço dele sempre que girava o volante. Os pelos de seu antebraço faziam cócegas na minha pele. A sensação me despertava um frio na barriga e fazia meu coração até doer, como se estivesse sendo preenchido além da capacidade, tornando-se muito grande para o meu peito magrelo.

Fiquei assim a viagem inteira até a cidade, cujo nome eu nem sabia, mas que podia ser qualquer cidade pequena de qualquer lugar do país. Havia uma avenida principal, lojas com fachadas antiquadas, bandeirolas vermelhas, brancas e azuis nas varandas. Passamos por uma praça com seu genérico memorial de guerra e uma faixa prometendo um desfile na manhã seguinte e fogos de artifício à noite.

Theo estacionou a caminhonete, e Vivian e eu saltamos rapidamente para fora, esticando as pernas, fingindo que a viagem foi desconfortável, um fardo. Melhor do que deixar Theo pensar que adorei cada um dos seus toques acidentais.

Depois de se alongar, Vivian começou a atravessar a rua, indo em direção a uma antiga drogaria na esquina.

– Vejo vocês em uma hora, bobões – ela anunciou.

– Uma *hora*? – Theo disse.

Vivian continuou andando.

– Pretendo aproveitar minha liberdade indo às compras. Talvez eu compre algo bonito para mim. Você e Emma aproveitem para almoçar ou algo assim.

Ela entrou na farmácia sem mais palavras. Pela vitrine, a vi parar diante de um mostruário de óculos de sol baratos perto da porta e experimentar um par com lentes em forma de coração.

– Bem, acho que somos só nós dois – disse Theo, virando-se para mim. – Está com fome?

Fomos até uma lanchonete que era elegante e bem limpa e nos acomodamos nos sofazinhos perto da janela. Theo pediu um *cheeseburger*, batatas fritas e um *milk-shake* de baunilha. Eu pedi o mesmo, menos o *milk-shake*, que Vivian nunca aprovaria nem em um milhão de anos.

Enquanto esperávamos a comida, fiquei olhando pela janela, observando os carros de passeio passando preguiçosamente pela rua, com as janelas abertas revelando crianças, cachorros, mães ocupadas atrás do volante.

Mesmo que ele estivesse do outro lado da mesa, eu não queria olhar demais para Theo, pois, cada vez que olhava para ele, me lembrava de sua imagem no chuveiro, molhado, lindo e alheio ao meu olhar curioso. Só de pensar nisso, senti o rubor de vergonha no rosto, um frio na barriga e um comichão entre minhas pernas. Será que Vivian sabia que era isso que aconteceria quando me incitou a espiar pela fresta entre as tábuas de cedro? Esperava que não. Caso contrário, seria cruel.

E Vivian não era cruel, embora às vezes desse a impressão de que era.

Ela era minha amiga. Minha irmã mais velha do acampamento de verão. Sentada ali com Theo, ouvindo os velhos *hits* tocados por uma *jukebox* lá no canto, entendi que aquela viagem toda foi um truque de Vivian para me deixar passar mais tempo sozinha com ele. Outro pedido de desculpas. E um bem melhor que flores.

– Está gostando do Acampamento Nightingale? – Theo perguntou quando a comida chegou.

– Estou adorando – disse, dando uma mordida de coelho em uma batata frita.

– Minha mãe vai ficar feliz ao saber disso.

– Você gosta de lá?

Theo deu uma mordida no hambúrguer e ficou com uma mancha de ketchup no canto da boca. Resisti ao desejo de retirá-la passando meu dedo.

– Também adoro. Infelizmente, parece que este vai ser meu último verão por lá, antes que os estágios tomem conta da minha vida. Faculdade sem dúvida mantém você ocupado. Especialmente para quem faz Medicina.

– Você vai ser médico?

– Esse é o plano. Pediatra.

– Isso é tão nobre – eu digo. – Acho lindo você querer ajudar as pessoas.

– E o que você quer ser?

– Acho que quero ser uma pintora.

Não sei por que eu disse isso. Certamente não tinha ambições artísticas. Nem sabia muito bem o que um pintor fazia. Mas parecia o tipo de profissão que Theo gostaria que uma mulher tivesse. Era adulto e sofisticado. Como nos filmes.

– Emma Davis, famosa pintora. Gostei. – Theo sorriu para mim e minhas pernas estremeceram. – Quem sabe um dia eu vá a um dos coquetéis de abertura de uma de suas exposições.

Em poucos segundos, vi todo o meu futuro mapeado. Nós manteríamos contato após o verão, trocando cartas que se tornariam mais significativas com o passar do tempo. Mais cedo ou mais tarde trocaríamos declarações de amor. Faríamos planos. Faríamos sexo pela primeira vez no meu aniversário de 18 anos, de preferência em um quarto à luz de velas em algum lugar exótico. Seríamos devotados um ao outro enquanto eu cursasse a escola de Belas Artes e ele completasse a residência. Então, nós nos casaríamos e seríamos o casal perfeito que todos invejam.

Por mais extravagante que fosse, disse a mim mesma que poderia se tornar realidade. Eu era madura para a minha idade, ou achava que era. Inteligente. Legal. Como Vivian. E eu sabia exatamente o que ela teria feito naquela situação.

Então, quando Theo foi tomar outro gole de seu *milk-shake*, eu fui mais rápida e me inclinei, levando os lábios ao seu canudo. Foi um movimento ousado. Tão diferente de mim. Corei, meu rosto ficou do mesmo tom de rosa-pêssego do brilho labial que deixei no canudinho de Theo.

Mas ainda havia mais ousadia a caminho. O tipo de atitude que eu jamais teria se tivesse pensado a respeito por uma fração de segundo. Mas eu não pensei. Simplesmente agi, fechando os olhos e me inclinando em direção à boca de Theo, o gosto de baunilha na minha língua se espalhando pelos meus lábios enquanto eu o beijava. Sua respiração estava quente. Seus lábios estavam frios. O calor e o frio fundiram-se em uma sensação doce e palpitante que inundou meu corpo.

Eu me afastei rapidamente, de olhos ainda fechados. Não queria olhar para Theo. Não queria ver a reação dele e quebrar o feitiço sob o qual eu estava. Ele o quebrou de qualquer forma, dizendo suavemente:

— Estou lisonjeado, Emma. Realmente estou. Mas...

— Eu só estava brincando — eu soltei, os olhos ainda apertados e o coração se contorcendo no peito. — Foi uma piadinha. Só isso.

Theo não disse nada, e foi por isso que me recostei no assento e me virei para a janela antes de abrir os olhos.

Vivian estava do outro lado do vidro, sua presença era uma indesejável surpresa. Ela estava na calçada, usando os óculos escuros da farmácia. Em formato de coração. As lentes escuras cromadas refletindo a lanchonete. Embora eu não pudesse ver seus olhos, o sorriso em seus lábios deixava claro que ela havia testemunhado tudo.

Eu não sabia se ela estava feliz ou se divertindo com o que tinha visto. Talvez as duas coisas. Assim como nos seus jogos de Duas Verdades e Uma Mentira, às vezes era difícil saber a diferença.

21.

Dei a desculpa de que precisava preencher a receita do meu antialérgico que tinha me esquecido de trazer para ir à cidade. Mais uma mentira. A essa altura, já tinha saltado do bonde da verdade há tempos. Mas, mais uma vez, considerei justificável, especialmente porque me deu a chance de retornar à Corniso e pegar minha mochila e o diário de Vivian. Quando fui lá, a pichação na porta já tinha sido completamente apagada. A única evidência era a área de madeira recém-limpa e o cheiro de aguarrás.

Agora Theo e eu vamos na mesma caminhonete verde-hortelã que tinha nos tirado do acampamento há quinze anos. No interior, reina o silêncio, o rádio aparentemente morreu anos atrás. Theo dirige com apenas uma mão no volante, o outro cotovelo dobrado sobre a janela aberta.

Minha janela também está abaixada. Observo a floresta quando saímos do Acampamento Nightingale, as árvores passando como um borrão, os raios de sol se filtrando pelos ramos.

A raiva que fiquei de Theo por causa da câmera do lado de fora da cabana já passou faz tempo. Meu silêncio não provém do ressentimento, mas da culpa. É a primeira vez que estamos sozinhos desde que soube do colapso dele, e não sei muito bem como agir. Há tanto que quero perguntar. Será que ele se sentiu completamente sozinho durante seus seis meses de reabilitação como eu me senti no hospital psiquiátrico? Será que ele pensa em mim toda vez que vê sua cicatriz no espelho? Mediante tais perguntas, o silêncio parece ser a melhor escolha.

A caminhonete passa por um grande buraco, e nós dois pulamos em direção ao centro do banco. Quando nossas pernas se tocam, eu rapidamente me afasto, quase atravessando a porta do passageiro.

– Desculpe – eu digo.

Mais uma onda de silêncio se segue. Tenso e palpável com todas as coisas não ditas. É demais para Theo, pois de repente ele diz:

– Podemos recomeçar?

Eu enrugo a testa, confusa.

— Você quer voltar para o acampamento?

— Quero voltar ao começo. Vamos começar de novo. Finja que é quinze anos atrás e você está chegando ao acampamento — Theo me oferece o mesmo sorriso levemente malicioso que me deu quando nos conhecemos. — Olá, sou o Theo.

Mais uma vez, ele me surpreende com sua capacidade de perdoar. Talvez toda a amargura e a raiva o deixaram no instante em que o carro se estraçalhou contra a árvore. Seja qual for a razão, Theo é uma pessoa melhor que eu. Minha reação padrão ao ser ferida é machucar de volta, como ele bem sabe.

— Sinta-se à vontade para jogar — ele insiste.

Adoraria mais do que tudo apagar boa parte do que aconteceu entre o passado e o presente. Voltar atrás, para uma época em que Vivian, Natalie e Allison ainda existiam; Theo ainda era o rapaz mais sonhador que já conheci, e eu era uma menina inocente, de joelhos ralados, nervosa com o acampamento. Mas o passado se apega ao presente. Todos esses erros e as humilhações nos seguindo enquanto marchamos inevitavelmente adiante. Não tem como ignorá-los.

— Obrigada por fazer isso — eu digo em vez de jogar. — Sei que é uma inconveniência.

Theo mantém os olhos na estrada, tentando esconder como eu o desapontei novamente.

— Não é nada. Eu precisava ir à cidade de qualquer maneira. Lottie me deu uma lista de itens para buscar na loja de ferragens. E o que Lottie exige, Lottie consegue. É ela quem realmente manda nesse lugar. Sempre foi.

Quando chegamos à cidade, vejo que ela continua praticamente igual, embora tenha perdido um pouco do charme. Nada de bandeirolas patrióticas nas varandas. Tapumes na frente da vitrine de algumas lojas comprometem o visual da avenida principal, e a lanchonete sumiu, substituída por um Dunkin' Donuts. A farmácia continua lá, mas agora faz parte de uma rede, com um letreiro vermelho instalado grosseiramente no exterior de tijolinhos do edifício original.

— Depois, acho que vou dar uma passadinha na biblioteca. Preciso de algum lugar com um bom Wi-Fi para responder alguns e-mails de trabalho — eu digo, tentando parecer despojada, como se tivesse acabado de pensar nisso.

Acho que funcionou, porque Theo não me questiona. Apenas diz:

– Claro, eu te encontro lá em uma hora.

Ele segue em câmera lenta na caminhonete, me observando. Isso não me dá escolha, a não ser entrar na farmácia. Como sei que vai parecer suspeito voltar sem uma sacolinha do lugar, passo alguns minutos olhando as prateleiras, procurando algo pequeno para comprar. Resolvo pegar um pacote com quatro carregadores de celular descartáveis. Um para mim e um para cada garota de Corniso. Franny nunca vai saber. Mesmo se souber, acho que não me importo.

No caixa, reparo num mostruário giratório de óculos de sol. Daqueles com um espelhinho na parte superior para que os clientes possam ver como ficam usando os óculos baratos. Dou uma girada, mal olhando para as imitações de Ray Ban e óculos aviadores, quando um modelo me chama atenção.

Plástico vermelho. Formato de coração.

Agarro os óculos de sol e os examino, me lembrando do par que Vivian usou durante todo o caminho de volta para o acampamento naquele verão longínquo. Passei toda a viagem tentando decifrar o que ela estaria pensando. Vivian quase não falou no percurso, preferindo olhar pela janela aberta com a brisa açoitando seu cabelo no rosto.

Experimento os óculos e levanto o rosto para o espelho do mostruário, checando como eles ficam em mim. Ficaram muito melhor em Vivian. Sem a menor sombra de dúvida. Em mim, eles ficam bobos. Eu pareço exatamente o que eu sou – uma mulher beirando os 30 usando uma armação barata feita para alguém com metade da minha idade.

Jogo os óculos de sol no balcão mesmo assim. Pago em dinheiro e enfio os carregadores descartáveis na minha mochila. Os óculos de sol já começo a usar assim que saio do estabelecimento, deslizando-os até a cabeça para manter meu cabelo no lugar. Acho que Vivian aprovaria.

Em seguida, vou para a biblioteca, que fica a um quarteirão da rua principal. Lá dentro, passo pelas escrivaninhas de madeira e pelos clientes de terceira idade nos computadores de mesa no meu caminho rumo ao balcão de referência. Uma amigável bibliotecária chamada Diana me indica a seção de não ficção e, em breve, estou analisando as prateleiras em busca do código 150.97768 WEST.

Para minha surpresa, ainda está lá, enfiado em uma prateleira de livros sobre doenças mentais e seus tratamentos. Se eu já não estivesse inquieta com o tema, certamente ficaria com o título.

Idade das Trevas: Mulheres e doenças mentais em 1800, de Amanda West.

A capa é dura. Letras pretas em um fundo branco. Bem a cara dos anos 1970, que é quando o livro foi publicado. É de uma editora universitária que eu nunca ouvi falar, o que torna ainda mais desconcertante como ou por que Vivian soube de sua existência.

Levo-o para um cantinho mais isolado e respiro fundo algumas vezes antes de abri-lo. Vivian leu este livro. Ela o segurou em suas mãos. Meros dias antes de desaparecer. Saber disso me faz querer colocá-lo de volta na prateleira, ir embora, encontrar Theo e voltar ao acampamento.

Mas não posso. Preciso abrir o livro e ver o que Vivian viu.

Então eu abro e logo na primeira página dou de cara com uma foto *vintage* de uma jovem presa em uma camisa de força. Suas pernas não passam de pele e osso, suas bochechas são fundas de tão magras e o cabelo é selvagem. No entanto, seus olhos brilham com desafio. Arregalados, do tamanho de uma grande moeda, eles encaram o fotógrafo como se o desafiasse a olhar para ela – mas olhar pra valer e entender sua situação.

É uma imagem perturbadora. Como um chute no estômago. Um suspiro chocado fica preso em minha garganta e começo a tossir.

Abaixo da foto, a legenda é tão triste quanto vaga. *Paciente desconhecida de manicômio, 1887.*

Viro a página, incapaz de olhar aquela imagem por mais tempo. Sou a pessoa mais recente a ver essa mulher sem nome e só consigo suportar sua visão por um breve período. Do meu jeito, também falhei com ela.

Percorrer o livro é um exercício de masoquismo. Há mais fotos, mais legendas revoltantes. Relatos de mulheres que foram internadas porque foram abusadas pelos maridos, rejeitadas pela família e pela sociedade. Há relatos de mulheres espancadas, submetidas a regime de fome, a banhos frios e esfregadas com escovas de arame na pele, privadas da luz do dia há meses.

Cada vez que me pego boquiaberta por um novo horror, percebo como sou sortuda. Se tivesse nascido cem anos antes, eu teria me tornado uma dessas mulheres. Incompreendida e sofredora. Na esperança de que alguém descobrisse por que minha mente me traiu e, assim, fosse capaz de consertá-la. A maioria dessas mulheres nunca gozou de tal destino. Eles sofreram em tristeza e confusão até o fim de seus dias, enquanto minha loucura era temporária. Ela me deixou.

A vergonha é outra história.

Depois de folhear o livro por meia hora torturante, finalmente chego à página 164. A página que Vivian anotou em seu diário. Contém outra foto, uma que preenche a maior parte da página. Como as demais imagens do livro, tem o mesmo tom sépia e a resolução precária de uma foto tirada há um século. Mas, ao contrário das imagens de mulheres anônimas presas entre as paredes de manicômios, essa fotografia mostra um homem em frente a uma ornamentada construção, de estilo vitoriano.

O homem é jovem, alto, robusto. Possui um bigode impecavelmente encerado e os olhos escuros tem um brilho de distinção. Uma das mãos agarra a lapela do paletó. A outra está no bolso do colete. Uma pose pomposa.

O prédio atrás dele tem três andares, feito de tijolinhos, com mansardas e um torreão semelhante a uma chaminé no telhado. As janelas são altas e arqueadas. Um galo dos ventos coroa o teto pontudo do torreão. Uma ala menos vistosa estende-se pelo lado esquerdo do edifício. Tem apenas um andar, sem janelas, grama irregular em vez de um gramado bem-cuidado.

Mesmo sem essa ala utilitária, há algo de errado com o lugar. Um emaranhado de hera morta acumulado num dos cantos. As janelas opacas refletindo o sol. Eu me lembro de uma pintura de Edward Hopper: *A casa ao largo da ferrovia*. Aquela que dizem ter inspirado a casa do filme *Psicose*. Todas as três estruturas emanam a mesma aura assombrada.

Abaixo da foto, a legenda indica: *Dr. Charles Cutler posa do lado de fora do Sanatório Vale Pacífico, cerca de 1898.*

O nome evoca uma lembrança de quinze anos atrás. Vivian e eu, sozinhas na floresta, lendo a pequena inscrição gravada no fundo de uma caixa apodrecida.

Vale Pacífico.

Lembro que fiquei curiosa a respeito disso. Vivian, obviamente, também ficou, porque ela veio aqui procurando mais informações. E o que ela descobriu foi que o Vale Pacífico tinha sido um manicômio.

Será que ela ficou tão abalada com essa descoberta quanto eu? Será que ela também ficou piscando em descrença diante da página à sua frente, tentando entender como uma caixa de tesouras de um manicômio foi parar nas margens do Lago da Meia-Noite? Será que seu coração disparou tanto quanto o meu? Ou será que suas pernas repentinamente começaram a bambear?

O choque é amenizado quando olho para o texto na página ao lado da foto. Alguém destacou dois parágrafos com caneta marca-texto. Vivian, provavelmente. Ela era o tipo de pessoa que não veria problema em rasurar um livro da biblioteca. Especialmente se encontrou algo importante.

No final do século XIX, uma crescente divisão foi surgindo em relação ao tratamento de mulheres com doenças mentais. Nas cidades do país, os manicômios permaneciam lotados de pacientes pobres e indigentes, que, apesar do crescente apelo por uma reforma do sistema, ainda viviam em condições deploráveis e eram submetidas a tratamentos severos por parte de equipes que careciam de treinamento e remuneração adequados. A situação era um tanto quanto diferente para as famílias abastadas, que procuravam pequenas instituições geridas por médicos empreendedores que abriam sanatórios pequenos e lucrativos que operavam sem controle ou assistência governamental. Esses retiros, como eram comumente conhecidos, em geral ficavam em propriedades rurais em áreas remotas o suficiente para os membros da família enviarem os parentes problemáticos livres do receio de fofocas ou escândalos. Como resultado, pagavam generosamente para ter essas ovelhas negras bem cuidadas e longe do convívio social.

Alguns médicos progressistas, chocados com a extrema diferença nos cuidados entre os ricos e os pobres, tentaram amenizar as diferenças, abrindo as portas de seus bucólicos retiros para as menos afortunadas. Por algum tempo, o Dr. Charles Cutler era uma visão comum nos manicômios de Nova York e Boston, onde procurava pacientes nas mais desafortunadas situações, tornava-se seu guardião legal e as levava para o Sanatório Vale Pacífico, um pequeno retiro ao norte do estado de Nova York. De acordo com o diário de um médico do notório manicômio da ilha Blackwell, em Nova York, o Dr. Cutler pretendia provar que um tratamento mais gentil poderia beneficiar todas as mulheres que sofriam de doenças mentais, e não apenas as ricas.

Embora eu tenha quase certeza de que eram esses dados que Vivian estava indicando em seu diário, não tenho ideia do que isso tem a ver com Franny. O mais provável é que não tenha. Então, por que Vivian estava tão convencida disso?

Pelo jeito, só há uma maneira de descobrir – preciso vasculhar o chalé. Vivian descobriu algo no escritório antes de Lottie aparecer e interrompê-la. O que quer que ela tenha encontrado a trouxe até aqui, a este mesmo livro nesta mesma biblioteca.

Sempre deixe uma trilha de migalhas de pão. Foi o que Vivian me disse. *Assim conseguirá achar o caminho de volta.*

Só não consigo deixar de pensar que a trilha que ela deixou para mim não será o suficiente. Vou precisar da mãozinha de um amigo.

Pego o celular e imediatamente ligo para Marc pelo FaceTime. Ele atende rápido, a voz quase abafada pela cacofonia na cozinha de seu bistrô. Atrás dele, um cozinheiro maneja uma frigideira que chia e espirra.

— Não é uma boa hora, eu sei — digo logo de cara.

— Correria do almoço — diz Marc. — Eu tenho exatamente um minuto.

Vou direto ao ponto.

— Lembra do bibliotecário que você namorou, o da Biblioteca Pública de Nova York?

— Billy? Claro. Ele era uma versão nerd do Matt Damon.

— Vocês dois ainda têm um contato amigável?

— Defina amigável.

— Ele tentaria obter uma ordem de restrição se te visse novamente?

— Ele me segue no Twitter — diz Marc. — Acho que isso não é algo do nível de ordem de restrição.

— Você acha que ele te ajudaria a fazer algumas pesquisas para a sua melhor amiga no mundo inteiro?

— Possivelmente. O que vamos pesquisar?

— Sanatório Vale Pacífico.

Marc pisca algumas vezes, sem dúvida se perguntando se me ouviu direito.

— Pelo visto, o acampamento não está indo muito bem.

Eu lhe conto por cima sobre Vivian, o diário, as pistas enigmáticas, o fato de que um manicômio, dentre todas as possibilidades, pode estar envolvido.

— Acho que Vivian encontrou algo antes de desaparecer, Marc. Algo que outra pessoa não queria que ela soubesse.

— Sobre um manicômio?

— Talvez — eu digo. — Para ter certeza, preciso saber mais sobre esse lugar.

Marc puxa o celular para perto de seu rosto até que tudo que eu consigo ver é um olho grande e semicerrado.

— Onde você está?

— Na biblioteca local.

— Bem, tem alguém aí te observando — Marc leva o telefone ainda mais para perto. — Um alguém *bem* gostoso.

Meus olhos vão para o canto inferior da minha tela, onde a minha própria imagem aparece num retângulo minúsculo. Um homem está de pé atrás de mim, a cerca de um metro, com os braços cruzados sobre o peito.

Theo.

— Preciso ir — digo a Marc antes de terminar a ligação, cuja imagem trava e me permite ter um vislumbre de um segundo de seu rosto, que está bastante preocupado. É o oposto da expressão de Theo. Quando eu finalmente me viro para ele, seu rosto é uma superfície plácida, ilegível.

— Está pronta para ir? — ele pergunta, com a voz tão vazia quanto suas feições. — Ou precisa de mais tempo?

— Não — eu respondo. — Tudo feito.

Recolho meus pertences, deixando o livro onde está. Seu conteúdo está impresso em minha memória.

Em nosso caminho para fora da biblioteca, eu puxo os óculos escuros sobre os olhos, protegendo-os não só do brilho do meio-dia, mas também do olhar inquisitivo de Theo. A expressão em seu rosto não mudou nem uma vez desde que ele me pegou falando com Marc. O mínimo que posso fazer é tentar ser compatível com ele no quesito neutralidade.

— Belos óculos de sol — ele diz assim que entramos na caminhonete.

— Obrigada — respondo, mesmo que não pareça um elogio.

E aqui estamos nós, voltando para o acampamento em um novo casulo de silêncio. Eu não sei isso que significa. Nada de bom, presumo. Theo sempre foi naturalmente comunicativo, sociável. Ou eu poderia simplesmente estar projetando, permitindo que as anotações do diário de Vivian entrem na minha psiquê, me deixando paranoica. Contudo, pensando bem, considerando o que aconteceu com ela, Natalie e Allison, talvez um pouco de paranoia não seja algo tão ruim.

Só quando o portão do acampamento surge à vista, Theo diz:

— Tem uma coisa que eu preciso te perguntar. Sobre aquele verão.

Eu já sei que ele vai falar sobre minha falsa acusação contra ele. É como um arame farpado esticado entre nós, invisível, ainda que seja profundamente doloroso sempre que um de nós esbarra nele. Em vez de responder, abro a janela e viro meu rosto para a brisa, deixando-a bagunçar meu cabelo como fez com o de Vivian.

— É sobre aquele dia que fomos para a cidade — ele continua.

Eu suspiro aliviada por não ter que falar sobre o motivo que me fez acusá-lo. Pelo menos por enquanto.

— O que tem ele?

— Bem, nós almoçamos naquela lanchonete e...

— Eu te beijei.

Theo ri com a lembrança. Eu não. É difícil rir de um dos momentos mais humilhantes da sua adolescência.

— Sim, isso mesmo. Você estava mentindo na ocasião? Sobre ter sido uma piada?

Em vez de perpetuar a mentira, arrastando-a para uma segunda década, eu só digo:

— Por quê?

— Porque, na época, eu não achei que estava. — Theo faz uma pausa, esfregando a barba levemente por fazer no queixo até reunir as palavras certas. — Mas fiquei lisonjeado. E quero que saiba que, se você fosse mais velha, eu provavelmente teria te beijado de volta.

A mesma ousadia que senti naquela lanchonete retornou do nada. Talvez sejam os óculos de sol. Eu me sinto diferente com eles. Mais assertiva. Menos receosa.

Eu me sinto, eu percebo, como Vivian.

— E agora? — eu digo.

Theo manobra a caminhonete até sua vaga atrás do prédio de artes e artesanatos. O veículo estremece ao parar, e ele diz:

— E agora o quê?

— Eu sou mais velha. Se eu te beijasse agora, você me beijaria de volta?

Um sorriso se espalha no rosto de Theo e, por uma fração de segundo, é como se nós fôssemos transportados de volta no tempo, todos aqueles anos ainda por serem descobertos e vivenciados. Ele tem 19 anos e é o homem mais bonito que eu já vi na minha vida. Eu tenho 13 anos e estou gamada, e cada vislumbre dele faz meu coração explodir como um bando de borboletas em revoada.

— Você terá que tentar de novo em algum momento e descobrir por si mesma.

Eu quero. Especialmente quando ele olha para mim, um brilho de flerte nos olhos, aquele sorriso se espalhando mais até os lábios dele se separarem, praticamente implorando para ser beijado. É o suficiente para eu me debruçar sobre o banco da caminhonete e fazer exatamente isso. No entanto, saio do carro, dizendo:

– Essa provavelmente não é a melhor ideia.

Theo – e a perspectiva de beijá-lo – é uma distração. E agora que estou perto de descobrir o que Vivian estava procurando, não posso me distrair.

Nem por Theo.

Nem pelo que fiz a ele.

E especialmente nem pelas mentiras que nós dois contamos, mas ainda não fomos corajosos o suficiente para admitir.

22.

Naquela noite, as meninas e eu jantamos em uma mesa de piquenique do lado de fora do refeitório. O acampamento todo ainda está em polvorosa com o caso da pichação na porta. Estão até chamando de Mentirão, dando ao incidente um ar digno de escândalo. Suponho que Casey, Becca e as outras supervisoras também estão comentando, e é por isso que acho ótimo jantar ao ar livre. Não estou no espírito de fofoca.

– Onde você foi esta tarde? – Sasha me pergunta.
– À cidade.
– Por quê?
– Por que você acha? – Miranda rebate. – Ela foi para fugir desse lugar.

Sasha espanta uma mosca zumbindo em torno de sua bandeja com bolo de carne tostado e purê de batatas empelotado.

– Você acha que foi uma das campistas que fez isso?
– Certamente não foi uma das supervisoras – diz Krystal.
– Algumas garotas estão dizendo que foi você que fez isso – Sasha me diz.
– Bem, elas estão erradas – eu respondo.

Do outro lado da mesa de piquenique, o rosto de Miranda se fecha numa carranca. Por um segundo, temo que ela vá irromper no refeitório e socar as campistas fofoqueiras. Ela seguramente parece pronta para uma briga.

– Por que Emma pintaria *mentirosa* na nossa porta?
– Por que alguém faria isso? – Sasha devolve a pergunta.

Miranda retruca antes que eu tenha a chance, dando uma resposta bem mais mordaz do que eu teria dado.

– Porque algumas meninas simplesmente são umas vacas.

Depois do jantar, as presenteio com os carregadores descartáveis.

– Apenas para emergências – digo, embora saiba que toda aquela bateria extra será desperdiçada com Snapchat, Candy Crush e com os adorados filmes de super-heróis de Krystal. Mas eles levantam o astral das meninas conforme nos dirigimos para a fogueira. Elas merecem, depois do que suportaram o dia todo.

O local da fogueira fica localizado nos limites do acampamento, o mais longe possível das cabanas quanto a propriedade permite. Trata-se de um prado redondo que parece ter sido esculpido na floresta como um daqueles círculos em plantações. Em seu centro fica a fogueira propriamente dita – um círculo dentro do círculo, formado por pedras da floresta dispostas ali há quase um século. O fogo já está ardendo quando chegamos, consumindo as toras em chamas dispostas em uma pirâmide, como uma tenda.

Nós quatro nos sentamos juntas em um dos bancos perto do fogo. Assamos *marshmallows* espetados em gravetos cortados com precisão pela lâmina afiada do canivete suíço de Chet, as extremidades pegajosas, as pontas incrustadas e chamuscadas.

– Você esteve aqui quando tinha a nossa idade, né? – Sasha pergunta.
– Sim.
– E tinha fogueiras?
– Claro – respondo, puxando um *marshmallow* recém-assado do meu graveto e o enfiando na boca. Embora o açúcar quente queime minha língua, não é uma sensação indesejável. Isso traz de volta lembranças boas e ruins.

Durante minha primeira estadia, encurtada pela tragédia, eu adorava as fogueiras. Elas eram quentes, poderosas, intimidadoras na medida certa. Era bom demais sentir o calor na minha pele e ver a maneira como o fogo que brilhava no centro era quase branco. Os troncos queimados estalavam e chiavam, como algo vivo, lutando contra as chamas até que finalmente desmoronavam em uma pilha de brasas, soltando pequenas fagulhas de fogo no ar.

– Por que deixou de gostar desse lugar? – indaga Miranda.
– Não foi do lugar que eu não gostei – digo a ela. – Foi do que aconteceu enquanto eu estava aqui.
– Alguém pichou a cabana naquela época também?
– Não – eu digo.
– Você viu fantasmas? – Sasha pergunta, os olhos brilhantes e arregalado atrás dos óculos. – Porque o Lago da Meia-Noite é assombrado, você sabe.

— Besteira — diz Krystal com uma fungada.

— Não é. As pessoas realmente acreditam nisso — diz Sasha. — Muitas pessoas. Especialmente quando aquelas garotas desapareceram.

Meu corpo se enrijece. As meninas. É a elas que Sasha está se referindo. Vivian, Natalie e Allison. Eu esperava que o desaparecimento delas passasse batido por esse novo grupo de campistas.

— Desapareceram de onde? — Krystal quer saber.

— Bem daqui — Sasha responde. — Foi por isso que o Acampamento Nightingale ficou tanto tempo fechado. Três campistas se esgueiraram para fora da cabana, se perderam na floresta e morreram ou algo assim. Agora seus espíritos vagam pela mata. Nas noites de lua cheia, elas podem ser vistas perambulando entre as árvores, tentando encontrar o caminho de volta para sua cabana.

Na verdade, era inevitável que as meninas desaparecidas de Corniso virassem lenda. Agora elas fazem parte do Acampamento Nightingale, como o vale inundado de Buchanan Harris e os aldeões submersos pela torrente de água. Eu imagino as campistas atuais sussurrando sobre elas à noite, amontoadas sob sacos de dormir, olhos nervosos checando a janela da cabana.

— Isso não é verdade — diz Krystal. — É só uma história boba para amedrontar as pessoas e elas não irem para a floresta. Que nem aquele filme besta do cara que fez O *sexto sentido*.

Miranda, para não ficar atrás, pega o telefone e o segura junto ao ouvido, fingindo atender uma ligação.

— São as assustadoras garotas fantasmas te ligando — ela diz para Sasha. — Elas disseram que você é uma péssima mentirosa.

Mais tarde, depois que as meninas já foram dormir, permaneço desperta na minha cama de baixo, irritada e inquieta. O calor é culpado em parte. A noite está quente e abafada, ainda mais sufocante pela falta de fluxo de ar dentro da cabana, pois insisti em manter a janela fechada e a porta trancada. Após os eventos da manhã, pareceu uma precaução necessária.

Essa é a outra razão pela qual não consigo dormir. Estou preocupada que quem quer que esteja me vigiando possa fazer mais uma aparição. Todavia, estou ainda mais preocupada com o que planeja fazer a seguir. Então fico de olho na janela, observando os clarões dos relâmpagos de alguma tempestade distante. Cada clarão ilumina a cabana em intervalos irregulares – uma luz estroboscópica que inunda as paredes com um branco incandescente.

Durante um dos clarões ofuscantes, vejo algo na janela.

Acho que vejo.

Porque o relâmpago é tão rápido que não tenho certeza. Tudo que tive foi o mais breve dos vislumbres. Meio vislumbre, na verdade. Apenas o suficiente para me deixar com a pulga atrás da orelha achando que tem alguém lá, de pé, imóvel, espiando a cabana.

Quero estar errada. Quero que sejam somente as sombras irregulares das árvores lá fora. Mas quando outro clarão estoura, emitindo um *flash* brilhante que dura alguns segundos, percebo que estou certa.

Tem mesmo alguém na janela.

Uma garota.

Não consigo ver seu rosto. O relâmpago a ilumina por trás, evidenciando apenas sua silhueta. No entanto, há algo de familiar nela. O formato do pescoço e dos ombros. O desalinho proposital dos cabelos. Sua postura.

Vivian

É ela. Tenho certeza.

Só que não é a Vivian que poderia existir hoje. É aquela que conheci quinze anos atrás, inalterada. A Vivian que me assombrou na minha juventude, levando-me a enterrá-la nas minhas pinturas várias e várias vezes. O mesmo vestido branco. Mesma postura sobrenatural. Ela traz no punho um buquê de não-me-esqueças que segura formalmente, como uma noiva de um filme mudo.

Minha mão direita voa primeiro para o meu peito, sentindo o medo martelando meu coração. Então voa para meu braço esquerdo, procurando a pulseira em volta do meu pulso. Eu dou um puxão forte.

– Sei que você não é real – sussurro.

Puxo com mais força, enterrando a pulseira em minha pele. Os berloques de pássaros se chocam – um tilintar mudo, quase abafado pelos meus sussurros em pânico.

– Você não tem poder sobre mim.

Mais um puxão. Mais cliques.

– Eu sou mais forte do que todo mundo imagina.

A pulseira quebra. Ouço o estalo do fecho, seguido pela sensação da corrente deslizando do meu pulso. Eu me atrapalho para não deixá-la cair, agarrando-a na palma da minha mão, cerrando os dedos ao seu redor.

Na janela, outro clarão pisca novamente. Uma explosão de luz ofuscante que rapidamente é engolida pela escuridão. Tudo que vejo lá fora são as árvores e uma lasca do lago à distância. Não há ninguém na janela.

A visão devia me trazer alívio. Mas com a pulseira agora arrebentada na minha mão, traz apenas mais medo.

Vivian vai voltar. Se não esta noite, em breve.

Eu sou mais forte do que todo mundo imagina, mentalizo, repetindo a frase como um mantra. *Eu sou mais forte do que todo mundo imagina. Eu sou forte. Eu...*

Quando finalmente adormeço, com o coração palpitando, o corpo rígido, a mão apertada ao redor da pulseira quebrada, a ladainha já mudou para algo menos reconfortante. Mais desesperado. As palavras ressoando em meu crânio.

Eu não estou ficando louca. Eu não estou ficando louca. Eu não estou ficando louca.

QUINZE ANOS ATRÁS

De manhã, em vez do toque da alvorada ressoando nos alto-falantes do telhado do refeitório, sou despertada por *The Star-Spangled Banner*, em homenagem ao Dia da Independência. Vivian dormiu durante todo o hino nacional. Quando subi até sua cama para acordá-la, ela bateu na minha mão e disse:

— Sai daqui, caralho!

Saí, fingindo não ter ficado magoada enquanto me dirigia aos banheiros para tomar banho e escovar os dentes. Depois, fui para o refeitório, onde os funcionários da cozinha prepararam um cardápio especial para o 4 de Julho: panquecas cobertas com listras de mirtilos, morangos e chantilly. Me disseram que elas se chamavam Panquecas da Liberdade. Eu chamei de ridículas.

Vivian não deu as caras no café da manhã, nem mesmo notoriamente atrasada. Sua ausência libertou Natalie para se servir de uma segunda porção de panquecas que ela consumiu sem preocupação, a calda de morango manchando o canto de sua boca como sangue de mentira.

Allison, por outro lado, não alterou sua rotina. Largou o garfo depois de três bocados, dizendo:

— Estou tão cheia. Por que sou tão ogra?

— Pode comer mais — eu a incentivei. — Não vou contar para Viv.

Ela olhou feio para mim.

— O que faz você pensar que Vivian tem alguma coisa a ver com o que eu como?

— Eu só pensei que...

— Que eu sou como você e faço tudo o que ela manda?

Olhei para o meu prato, mais envergonhada do que ofendida. Já tinha devorado dois terços das panquecas sem nem pensar duas vezes. No entanto, sabia que se Vivian estivesse ali, teria consumido somente o mesmo tanto que ela. Uma mordida ou cem, não importava.

— Desculpe — eu disse. — Não fiz de propósito. É só que...

Allison estendeu o braço e deu um tapinha na minha mão.

— Está tudo bem. *Eu* sinto muito. Vivian é muito persuasiva.

— E uma vaca — Natalie acrescentou enquanto passava uma das panquecas intocadas de Allison para seu próprio prato. — Nós entendemos.

— Quero dizer, somos amigas — explicou Allison. — Melhores amigas. Nós três. Mas há momentos em que ela age como...

— Uma *vaca* — completou Natalie, mais enfaticamente dessa vez. — Viv sabe disso. Caramba, ela mesma diria isso se estivesse aqui.

Minha mente voltou para o dia anterior. Vivian testemunhando minha tentativa desastrosa de beijar Theo. O sorriso malicioso em seus lábios depois. Ela ainda tinha que trazer o episódio à tona, o que me preocupava. Eu esperava alguma menção durante a fogueira ou logo antes de dormir. Mas ela não disse nada, e isso me fez pensar que ela estava guardando para um jogo posterior de Duas Verdades e Uma Mentira, quando poderia infligir mais dano emocional.

— E por que vocês aguentam isso? — perguntei.

Allison deu de ombros.

— Por que você aguenta?

— Porque gosto dela.

Mas era mais que isso. Ela era a garota mais velha que me acolheu sob sua asa e compartilhou seus segredos. Além disso, ela era legal. E durona. E muito mais esperta do que deixava transparecer. Para mim, isso era algo a que valia a pena me agarrar.

— Nós também gostamos dela — disse Natalie. — E Viv passou por maus bocados, sabe.

— Mas às vezes ela é tão cruel com vocês duas.

— É só o jeito dela. Estamos acostumadas. Nós a conhecemos há anos.

— A vida inteira — Natalie explicitou. — Nós sabíamos quem ela era e como ela era antes mesmo de nos tornarmos amigas. Sabe como é, mesma escola, mesmo bairro.

Allison concordou.

— Nós sabemos como lidar com ela.

— O que ela quer dizer — disse Natalie — é que quando Vivian está de mau humor, é melhor ficar fora do seu caminho até passar.

Passei o resto da manhã separada das garotas de Corniso graças a outra lição avançada de tiro com arco. Fui relegada ao prédio de artes e artesanatos, onde as outras meninas de 13 anos do acampamento e eu usávamos as prensas para decorar pulseiras de couro cru. Preferiria atirar flechas.

Depois fui para o almoço. Agora, Natalie e Allison também não se incomodaram em aparecer. Em vez de comer sozinha, recusei o sanduíche de presunto e queijo suíço do menu e fui para Corniso, procurar por elas. Para minha surpresa, eu as encontrei antes mesmo de alcançar a cabana. O rugido das vozes revelou que as três estavam lá dentro.

– Não venha nos falar sobre segredos! – ouvi Natalie gritar. – Especialmente quando você se recusa a nos dizer aonde foi esta manhã.

– Não importa para onde eu fui! – Vivian gritou de volta. – O que importa é que você mentiu.

– Já pedimos *desculpas* – Allison disse do modo mais dramático que conseguiu. – Já pedimos umas cem vezes.

– Isso não é suficiente, porra!

Abri a porta e vi Natalie sentada ombro a ombro com Allison na borda da cama dela. Vivian estava diante das duas, com o rosto corado, cabelos oleosos e sujos. Natalie estava com o peito estufado, como se estivesse bloqueando uma rival no campo de hóquei. Allison estava encolhida, o cabelo na frente do rosto, tentando esconder o que pareciam ser lágrimas. Todas as três olharam para mim quando eu entrei. A cabana mergulhou no silêncio.

– O que está acontecendo? – perguntei.

– Nada – respondeu Allison.

– É bobagem – disse Natalie.

Apenas Vivian admitiu a verdade óbvia.

– Emma, estamos no meio de uma discussão aqui. Precisamos resolver umas merdas. Volte mais tarde, ok?

Eu saí da cabana, fechando a porta atrás de mim e confinando a violenta tempestade que acontecia lá dentro. Pelo jeito, Vivian estava com um mau humor daqueles que Natalie e Allison tinham me avisado. Dessa vez, elas não puderam ficar fora do caminho.

Sem saber ao certo para onde ir, me virei para voltar para o centro do acampamento e dei de cara com Lottie, parada bem atrás de mim. Ela usava camisa xadrez por cima de uma camiseta branca. Seus longos cabelos estavam presos em uma trança que descia por suas costas. Assim como eu, ela estava perto o bastante para ouvir a comoção em Corniso, e sua expressão era de curiosa surpresa.

— Trancada para fora? — ela disse.
— Tipo isso.
— Logo mais elas vão deixar você voltar — ela olhava da porta da cabana para mim e vice-versa. — Primeira vez vivendo com um grupo de meninas?
Fiz que sim.
— Demora algum tempo para se acostumar. Eu também era filha única, então vir para cá foi um tremendo despertar.
— Você era campista aqui?
— Sim, à minha própria maneira — disse Lottie. — Mas o que eu aprendi é que todo verão há sempre uma briga ou duas nessas cabanas. É o que acontece quando temos de conviver tão próximas em um espaço apertado.
— Mas essa parece bem ruim — eu disse, surpresa com o quanto fiquei abalada vendo as garotas brigando. Não consigo parar de pensar nas bochechas muito vermelhas de Vivian ou nas lágrimas brilhando por trás do cabelo de Allison.
— Bem, sei de um lugar mais amigável aonde podemos ir.
Lottie colocou a mão no meu ombro, me afastando da cabana e do centro do acampamento. Para minha surpresa, fomos para o chalé, contornamos a lateral do prédio até os degraus que levavam ao deque traseiro. Lá em cima estava Franny, debruçada no parapeito, contemplando o lago.
— Emma — ela disse. — Que surpresa agradável.
— O drama está intenso em Corniso — explicou Lottie.
— Não me surpreende — Franny sacudiu a cabeça.
— Quer que eu interfira?
— Não — disse Franny. — Vai passar. Sempre passa.
Ela acenou para mim, me chamando para junto dela, e nós duas ficamos olhando para a água, o Lago da Meia-Noite se estendia diante de nós em todo seu esplendor, banhado pelo sol.
— Que vista deslumbrante — disse ela. — Faz você se sentir um pouquinho melhor, não é? Este lugar faz tudo ficar melhor. Era o que o meu pai costumava dizer. E ele aprendeu com o pai dele, então deve ser verdade.
Admirei o lago, com dificuldade para crer que toda aquela massa de água não existia cem anos antes. Tudo ao redor dele — árvores, rochas, a costa oposta brilhando ao longe — parecia que sempre estivera lá.
— Seu avô realmente fez o lago?
— Ele fez sim. Ele viu esta terra e sabia do que ela precisava: um lago. Como Deus não conseguiu colocar um aqui, ele o fez por conta própria.

Uma das primeiras pessoas a fazer isso, devo acrescentar – Franny inspirou profundamente, como se estivesse tentando consumir cada cheiro, visão e sensação que o lago fornecia. – E agora é seu para desfrutar como quiser. Você está aproveitando bastante aqui, não está, Emma?

Pensei que sim. Estava amando há dois dias, antes de Vivian me levar para o passeio na canoa até seu lugar secreto. Desde então, minha impressão do lugar tinha sido comprometida por fatores que eu não entendia muito bem. Vivian e seus humores. A aceitação cega de Natalie e Allison. Por que só de pensar em Theo meus joelhos ainda ficavam moles mesmo depois que me humilhei na frente dele.

Incapaz de deixar que Franny soubesse disso, simplesmente assenti.

– Maravilha – disse Franny, sorrindo com a minha resposta. – Agora tente esquecer o desentendimento na sua cabana. Não deixe que nada estrague esse lugar para você. Eu certamente não deixo. Não permito.

23.

Acordo com as primeiras luzes do amanhecer, meus dedos ainda enrolados ao redor da pulseira quebrada. Como passei a noite inteira tensa de preocupação, minha lombar, as costas e os ombros doem, uma dor latejante como um tambor em ação. Eu me arrasto para fora da cama, vou até o baú, pego meu maiô, a toalha, meu leal robe e os óculos escuros da farmácia. Assim que saio, dou uma conferida rápida na porta. Nenhuma nova pichação. Sinto-me grata por isso – por ora, ver Vivian novamente é a pior das minhas preocupações.

Depois disso, sigo sem muita vontade para os banheiros, onde visto o maiô, e então para o lago e finalmente estou na água, o que é um alívio, tanto que eu até suspiro quando estou totalmente submersa. Meu corpo parece se endireitar. Músculos se alongam. Membros se desenrolam. A dor diminui para um leve desconforto. Irritante, mas tolerável.

Em vez de nadar, eu me viro para cima e fico boiando na água, do jeito que Theo me ensinou. A manhã está nublada, as nuvens tão cinzentas quanto meu humor. Observo-as, procurando em vão prenúncios do nascer do sol. Algum tom de rosa. Um brilho amarelo. Qualquer distração para tirar minha mente de Vivian.

Sua aparição não deveria me surpreender. Honestamente, eu deveria ter esperado depois de três dias pensando nela sem parar. Agora que a vi, sei que ela vai voltar. Mais uma pessoa me vigiando.

Respiro fundo e afundo no lago. O céu incolor fica ondulante à medida que a água vai se colocando entre nós, formando uma película sobre meus olhos abertos, distorcendo minha visão. Afundo mais até ter certeza de que ninguém pode me ver. Nem mesmo Vivian.

Fico submersa por quase dois minutos inteiros. Quando meus pulmões começam a arder como fogo, meus membros involuntariamente se debatem para voltar à superfície. Quando emerjo, mais uma vez tenho a sensação de estar sendo observada. Meus músculos se contraem. Preparando-se para Vivian.

Na margem, alguém se senta perto da beira da água, me observando. Não é Vivian, graças a Deus. Nem Becca.

É Franny, sentada na mesma área gramada que Becca e eu ocupamos duas manhãs atrás. Ela ainda está de camisola, uma manta navajo enrolada nos ombros. Ela acena para mim enquanto nado de volta para a margem.

– Acordou cedo – ela diz. – Pensei que eu era a única que acordava com os pássaros por aqui.

Não digo nada enquanto me seco com a toalha, visto o robe e coloco os óculos escuros. Embora Franny pareça feliz em me ver, o sentimento não é mútuo. Vivian e seu diário estão muito frescos em meus pensamentos.

Falta pouco para descobrir seu segredinho sujo.

Essa frase, a câmera e a notável falta de apoio quando Mindy me acusou de vandalizar minha maldita porta me deixou em um estado de profunda desconfiança em relação a Franny. Estou debatendo internamente se devo ir embora quando Franny diz:

– Sei que ainda está chateada com o que aconteceu ontem. E com uma boa razão, suponho. Mas espero que isso não signifique que você não pode se sentar com uma velha mulher à procura de um pouco de companhia.

Ela dá um tapinha na grama ao seu lado – um gesto que aperta um pouco meu coração. Isso me faz refletir que posso perdoar a câmera e a falha em correr em minha defesa. Quanto ao diário de Vivian, digo a mim mesma que ela poderia muito bem estar mentindo sobre Franny guardar segredos. Que estava sendo dramática. Afinal de contas, esse era seu forte. Talvez o diário fosse apenas outra mentira.

Acabo intermediando um acordo entre minha mente desconfiada e meu coração mole. Então me sento ao lado de Franny, mas me recuso a dar trela para conversa. Por ora, é o melhor que posso fazer.

Franny parece intuir minhas regras tácitas e não insiste que eu diga por que estou acordada tão cedo. Ela simplesmente fala.

– Preciso dizer, Emma, estou com inveja da sua capacidade de nadar. Eu costumava passar tanto tempo nesse lago. Quando menina, ninguém conseguia me tirar da água. Do nascer ao pôr do sol, eu ficava o dia inteiro nele. Não mais, no entanto. Não depois do que aconteceu com Douglas.

Ela não precisa elaborar. É óbvio que está se referindo a Douglas White. Seu marido bem mais velho. O homem que morreu anos antes de ela adotar Theo e Chet. Outra passagem do diário de Vivian me vem aos pensamentos.

Não é estranho que um cara que quase foi para as Olimpíadas tenha se afogado?

Eu o afasto enquanto Franny continua falando.

– Agora que meus dias de natação acabaram, eu observo. Em vez de estar no lago, vejo tudo o que acontece nele. Dá uma nova perspectiva das coisas. Por exemplo, nesta manhã estou de olho naquele falcão.

Franny se inclina para trás, apoiando-se em um braço. O outro emerge de sua manta e aponta para um falcão circulando preguiçosamente o lago.

– Parece uma ave pescadora – diz ela. – Suspeito que viu algo de que gostou na água. Uma vez, anos atrás, dois falcões-peregrinos fizeram seu ninho bem do lado de fora da janela de nossa sala de estar no Harris. Chet era só um menino na época e, juro, ficou fascinado com aqueles pássaros. Ele ficava horas naquela janela, apenas observando, esperando os ovos chocarem. Logo, eles chocaram. Três filhotinhos. Eles eram tão pequenos. Pareciam bolinhas de algodão que grasnavam. Chet não cabia em si de felicidade. Ficou tão orgulhoso como se fossem seus próprios filhotes. Mas não durou muito tempo. A natureza pode decepcionar tão facilmente quanto encanta. Isso não foi exceção.

O falcão repentinamente mergulha em direção ao lago e, com asas bem abertas, rasga a água com suas garras. Quando levanta voo novamente, tem um peixe preso nas patas, que se debate, incapaz de escapar, não importa o quanto se contorça. A ave pesqueira se afasta, indo para o outro lado do lago, onde pode comer em paz.

– Por que você reabriu o acampamento?

A pergunta é tão súbita que até eu me surpreendendo. Mas Franny parecia estar esperando por ela. Ou pelo menos por uma pergunta similar. Ela faz uma pausa longa o suficiente para respirar fundo antes de responder:

– Porque era a hora, Emma. Quinze anos é muito tempo para um lugar ficar vazio.

– Então por que não fez isso antes?

– Não me sentia pronta, mesmo que o acampamento estivesse aqui esperando por mim.

– O que te convenceu de que estava?

Dessa vez, não há resposta imediata. Franny pondera a respeito, com os olhos fixos no lago, mandíbula contraída. Enfim, ela diz:

– Estou prestes a te contar algo, Emma. Algo pessoal, que pouquíssimas pessoas sabem, mas você deve prometer que não vai contar a nenhuma outra alma.

– Eu prometo. Não vou dizer uma palavra a ninguém.

– Estou morrendo, Emma.

Sinto meu coração se apertar novamente. Só que mais forte agora. Como se ele também tivesse sido agarrado pelas garras do falcão.

– Câncer de ovário – diz Franny. – Estágio quatro. Os médicos me deram oito meses. Isso foi há quatro. Tenho certeza que você consegue fazer as contas.

– Mas deve haver algo que você pode fazer para lutar contra isso.

A implicação está clara. Ela vale milhões. Com certeza alguém com tanto dinheiro pode procurar o melhor tratamento. Franny só balança a cabeça tristemente e diz:

– É tarde demais para todo o barulho. O câncer está muito espalhado. Qualquer tratamento seria apenas uma maneira de retardar o inevitável.

Fico atordoada com sua calma, a aceitação tão serena. Eu sou o exato oposto. Minha respiração fica entrecortada. Lágrimas queimam os cantos dos meus olhos, e seguro uma fungada. Assim como Vivian, agora sei um dos segredos de Franny. Só que não é nenhum podre. É triste e me faz pensar naquele relógio de sol escondido na floresta. A última hora realmente mata.

– Eu sinto muito, Franny. Sinto mesmo.

Ela dá um tapinha no meu joelho do jeito que minha avó costumava fazer.

– Não ouse sentir pena de mim, menina. Eu sei o quanto sou afortunada. Eu vivi uma vida longa, Emma. E boa. E isso deve ser o suficiente. E é. Mas há um episódio na minha vida que não foi afortunado.

– O que aconteceu aqui – eu digo.

– Isso me incomodou mais do que deixei transparecer para Theo e Chet – Franny diz.

– O que acha que aconteceu com elas? Com Vivian e as outras?

– Eu não sei, Emma. Realmente não faço ideia.

– Mas deve ter alguma teoria. Todo mundo tem.

– Teorias não importam – diz Franny. – Não é bom ruminar sobre o que aconteceu. O que está feito, está feito. Além disso, não gosto de me lembrar do quanto esse desaparecimento me custou, de tantas maneiras.

Consigo entender esse sentimento. O Acampamento Nightingale foi forçado a fechar. A reputação de Franny ficou manchada. A suspeita nunca deixou de fato de pairar sobre Theo. Depois, houve a questão das três diferentes ações judiciais movidas pelos pais de Vivian, Natalie e Allison, acusando o acampamento de negligência. Todas as três foram resolvidas imediatamente, por uma soma não revelada.

– Eu queria ter um último verão com tudo sendo do jeito que costumava ser – diz ela. – Foi por isso que reabri o acampamento. Pensei que se conseguisse fazer isso com sucesso, com uma nova missão, então poderia apaziguar a dor do que aconteceu quinze anos atrás. Um último verão glorioso aqui e então posso morrer como uma mulher satisfeita.

– É uma boa razão – eu digo.

– Acho que sim – respondeu Franny. – E certamente seria um pecado se algo acontecesse para estragar tudo.

A dor no meu coração se desvanece enquanto outra frase que Vivian escreveu em seu diário comanda meus pensamentos.

Ela definitivamente suspeita de alguma coisa.

– Tenho certeza de que não vai – tento parecer animada quando digo isso, esperando ter disfarçado o mal-estar repentino que me domina. – Todas com quem conversei estão se divertindo muito.

Franny desvia os olhos verdes da água e os fixa em mim, eles permanecem intocados pela doença. Continuam atentos, sondando, como se pudessem ler meus pensamentos.

– E você, Emma? Você está aproveitando seu tempo aqui?

– Estou – respondo, incapaz de sustentar seu olhar. – Muito.

– Que bom – diz Franny. – Fico muito satisfeita.

Sua voz não contém nem uma sugestão de prazer. É tão fria quanto a brisa leve que sopra sobre o lago e ondula a água. Puxo o robe e o ajeito em mim, procurando espantar o frio repentino, e olho para o chalé, onde Lottie surgiu no deque traseiro.

– Ah, aí está você – ela chama Franny. – Está tudo bem?

– Tudo bem, Lottie. Emma e eu estamos conversando sobre o acampamento.

– Não demore muito – diz Lottie. – Seu café da manhã está esfriando.

– É melhor você ir – digo a Franny. – E eu devia ir acordar as meninas em Corniso.

– Mas não terminei minha história sobre Chet e os falcões – Franny diz. – Agora que os ovos foram chocados, não falta muito. Chet estava obcecado pelos passarinhos, como eu disse. Passava todo seu tempo livre os observando. Acho que ele chegou mesmo a amar aqueles pássaros. Mas então aconteceu algo para o qual ele não estava preparado. Os filhotinhos ficaram famintos, e a mamãe falcão fez o que as mães fazem: ela os alimentou. Chet a viu sair do poleiro em nossa janela e voar para o céu, circulando, até que a presa apareceu. Era um pombo. Um pobre e desavisado pombo provavelmente a caminho do Central Park. Aquela mamãe falcão investiu e o arrebatou em pleno ar. Ela o trouxe de volta para o ninho em nossa janela e, sob o olhar atento de Chet, usou o bico afiado e curvo para rasgar aquele pombo e alimentar seus bebês, pedaço por pedaço.

Estremeço enquanto ela fala, imaginando as asas se debatendo e as penas macias flutuando no ar como neve.

– Ninguém pode culpar aquela mãe falcão – Franny prossegue com naturalidade. – Ela só estava fazendo o que precisava fazer. Cuidando da prole. Era o trabalho dela. Mas isso partiu o coração de Chet. Ele acompanhou aqueles filhotinhos tão de perto, desde o primeiro grasnado, e então eles mostraram sua verdadeira natureza. Parte de sua inocência foi tirada naquele dia. Não muito. Apenas um pouquinho. Mas foi uma parte dele que nunca mais voltaria. E apesar de não falarmos sobre os falcões, tenho certeza de que ele diria que se arrepende de tê-los observado tão de perto. Acho que diria que, se pudesse, não teria dado tanta atenção a eles.

Franny coloca-se de pé, com alguma dificuldade, o esforço deixando seu corpo trêmulo. O cobertor escorrega e eu dou uma olhada em seus braços finos. Puxando a manta em torno de si, ela diz:

– Tenha um bom dia, Emma.

Então se afasta, me deixando sozinha para processar a história de Chet e os falcões. Embora não creio que seja mentira, também não creio que seja inteiramente verdade.

Pode ter sido, eu percebo com outro calafrio que me faz apertar novamente o robe, uma ameaça.

24.

Estou distraída durante a aula matinal de pintura. As meninas organizaram seus cavaletes em um círculo em torno do habitual cenário de natureza-morta. Mesa. Vaso. Flores. Monitoro seu progresso com desinteresse, mais preocupada com a pulseira que já está de volta ao meu pulso. Consegui consertar o fecho com uma corda colorida da estação de artesanato de Casey – um quebra-galho temporário que, suspeito, não vai durar até o fim do dia, muito menos o resto do verão. Não se eu continuar torcendo a pulseira do jeito que estou.

As demais atividades se desenrolando pelo prédio só me deixam mais nervosa. Becca e suas fotógrafas iniciantes marchando em direção às árvores. Casey e suas artesãs fazendo colares com tiras de couro e miçangas. Todas essas garotas. Todos esses olhos curiosos. E um par deles sabe o que eu fiz há quinze anos. Um fato que, tenho certeza, será relembrado mais cedo do que tarde.

Dou outro puxão na pulseira ao me aproximar de Miranda, examinando o progresso de seu trabalho. Quando ela olha para meu pulso, tiro a mão da pulseira e olho pela janela.

Do prédio de artes e artesanatos, consigo ver o chalé, onde vários membros da família Harris-White vêm e vão. Vejo Mindy e Chet discutindo sobre alguma coisa enquanto vão para o refeitório, seguidos por Theo, que os ultrapassa em sua corrida matinal. Um minuto depois, vejo Lottie guiando Franny até o lago.

Neste exato momento, o chalé está vazio.

Ouço a história de Franny sussurrando em meu ouvido.

Ele os acompanhou tão de perto, e então eles mostraram sua verdadeira natureza.

Sei que devo prestar atenção a esse aviso. Isso não vai terminar bem. Mesmo se eu obtiver respostas, não há garantia de que minha consciência vai ficar livre da culpa. Mas se eu não tentar, nunca saberei. Não saber foi o que me trouxe até aqui. Não saber foi o que me fez ver Vivian durante todos esses anos. Foi por isso que a vi ontem à noite. Essa é minha única chance.

– Preciso resolver uma coisa – digo à turma. – Volto num instante. Continuem pintando.

Lá fora, dou uma passadinha em Corniso, pego meu celular e o carregador e vou meio correndo, meio andando até o chalé, dividida entre ser rápida e passar despercebida. Na verdade, preciso ser os dois.

No chalé, bato na porta vermelha da entrada, caso alguém tenha retornado enquanto eu passei na cabana. Os segundos passam e ninguém responde, então giro a maçaneta. Está destrancada.

Verifico se há alguém por perto vigiando. Não vejo ninguém. Rapidamente, me esgueiro para dentro na ponta dos pés e fecho a porta atrás de mim. Então atravesso o vestíbulo de entrada e a sala de estar antes de desviar para a esquerda e entrar no escritório.

O cômodo é aproximadamente do mesmo tamanho que Corniso, tem uma mesa no centro e estantes que vão do chão ao teto, onde estariam nossos beliches. A parede atrás da mesa está repleta de fotografias em porta-retratos. O lugar transmite uma atmosfera de negligência – como um museu com pouca verba para manutenção. Uma fina camada de poeira cobre a mesa e o abajur Tiffany. Há uma camada ainda mais espessa no telefone de disco, que parece intocado há anos.

Eu me agacho, procurando uma tomada nas paredes. Encontro uma atrás da mesa e conecto o carregador do telefone. Então vou para o meio do escritório, especulando por onde devo começar a procurar. É difícil decidir sem o diário de Vivian para me guiar. Lembro-me de uma passagem em que ela escreveu que tinha conseguido roubar algo do escritório, o que significa que pode haver várias pistas por aqui.

Vou até a estante à minha esquerda, que contém dezenas de volumes mofados sobre a natureza. *A origem das espécies*, de Darwin; *As Aves da América*, de Audubon. *Walden* de Thoreau. Pego um grosso livro roxo e examino sua capa. *Plantas venenosas da América do Norte*. Uma folheada rápida revela fotos de flores silvestres brancas, bagas vermelhas, cogumelos de um verde doentio. Duvido que era a esses livros que Vivian estava se referindo.

Vou para a mesa; não creio que o telefone, a lâmpada e o mata-borrão escondam algo, então me concentro nas três gavetas. A primeira tem suprimentos de papelaria, canetas e clipes de papel. Eu a fecho e passo para a do meio, que guarda uma pilha de pastas cheias de documentos, alguns já velhos e desgastados pelo tempo. Folheio todos eles. A maioria parecem ser recibos, demonstrativos financeiros, recibos antigos de outros verões. Nada sugestivo de um escândalo. Pelo menos nada que Vivian poderia descobrir durante uma breve espiada.

Na gaveta inferior, encontro uma caixa de madeira. É igual à que Vivian me mostrou em nosso passeio para o outro lado do lago, só que preservada. Mesmo tamanho. O mesmo peso. Até as iniciais esculpidas na tampa são as mesmas.

CC

Charles Cutler.
O nome me vem à lembrança sem aviso nem esforço. Bastou olhar para essas iniciais e pronto. Tiro a caixa de seu esconderijo e viro-a cuidadosamente. No fundo, quatro palavras familiares.
Propriedade do Vale Pacífico.
Eu viro a caixa de volta e a abro, revelando um forro de veludo verde. Aninhadas lá dentro, fotografias.
Antigas. Em preto e branco.
De mulheres com longos cabelos descendo pelas costas.
Todas na mesma pose que Eleanor Auburn, só que sem a escova de cabelo apertada nas mãos.
Foi aqui que Vivian pegou aquela foto. Não restam dúvidas. É apenas uma entre duas dúzias. Vou passando as fotos, cuja uniformidade é enervante. Mesma roupa. O mesmo fundo neutro. Os mesmos olhos escurecidos pelo desespero e pela impotência. Assim como na de Eleanor, o verso de cada foto tem um nome anotado.
Henrietta Golden. Lucille Tawny. Anya Flaxen.
Essas mulheres eram pacientes do Vale Pacífico. As desafortunadas pacientes a quem Charles Cutler resgatou de hospícios sórdidos e superlotados e trouxe para o Vale Pacífico. Só que me corrói por dentro a suspeita de que suas intenções não eram tão nobres assim. Um arrepio frio me desce pela espinha, cada vez mais gélido à medida que leio o nome de cada mulher até que eu esteja praticamente tonta.
Auburn. Golden. Tawny. Flaxen.
Acaju. Dourado. Cobre. Palha.

Não são sobrenomes.

São cores de cabelo em inglês.

Sou atropelada por uma avalanche de pensamentos diferentes, tudo eclodindo ao mesmo tempo no meu cérebro. As tesouras naquela caixa apodrecida. O som de vidro se quebrando quando Vivian virou a caixa. A montagem de *Sweeney Todd* a que assisti e fui engolida pela culpa ao ver a mãe de Allison em cena. Na peça, uma personagem foi enviada para um sanatório, onde ficou à mercê dos guardas que venderam seus cabelos para peruqueiros.

Era isso o que Charles Cutler estava fazendo. O que explica as longuíssimas madeixas dessas mulheres e por que seus sobrenomes não foram escritos, como se o único aspecto importante de sua identidade fosse a cor de seus cabelos.

Será que alguém sabia a que propósito elas estavam servindo?

Será que alguém sabia que elas não eram pacientes, mas *commodities*, mercadorias valiosas que certamente não viram um centavo do dinheiro que Charles Cutler recebeu dos peruqueiros? A ideia é tão triste e perturbadora que eu não percebo que alguém entrou no chalé até que uma voz ecoa no vestíbulo de entrada.

– Olá?

Devolvo as fotos de volta na caixa e rapidamente fecho a tampa. Os movimentos apressados fazem os berloques da minha pulseira balançarem. Pressiono o pulso contra o meu estômago para silenciá-los.

– Tem alguém aqui? – a voz chama.

– Eu – eu respondo, esperando que isso abafe o som da gaveta da mesa sendo fechada. – Emma Davis.

Fico pé atrás da mesa, e encontro Lottie na porta.

Ela está surpresa ao me ver. O sentimento é mútuo.

– Estou carregando meu telefone. Mindy disse que eu poderia fazer isso aqui se precisasse.

– Você tem sorte por Franny não estar aqui para te ver. Ela é rigorosa com essas coisas.

Lottie olha para trás, certificando-se de que Franny está, de fato, em outro lugar. Então ela entra no escritório com um brilho conspiratório nos olhos.

– É uma regra boba, se quiser saber minha opinião. Eu falei para ela que as meninas de hoje são diferentes do que eram naquela época.

Que não desgrudam dos telefones. Mas ela insistiu. Você sabe como ela pode ser teimosa quando quer.

Lottie se junta a mim atrás da mesa, e por um segundo que quase faz meu coração parar, acho que ela sabe o que eu estava fazendo. Eu me preparo para perguntas, talvez uma ameaça velada semelhante à que Franny fez de manhã. Em vez disso, ela se concentra nas fotografias penduradas atrás da mesa. Elas parecem ter sido dispostas em uma ordem aleatória. Fotos coloridas misturadas com fotos em preto e branco, formando uma colagem de imagens que ocupa toda a parede. Uma delas mostra um homem imponente na frente do que eu presumo ser o Lago da Meia-Noite. Uma data foi rabiscada às pressas na parte inferior da foto, no canto direito: 1903.

– Esse é o avô de Franny – diz Lottie. – Buchanan Harris em pessoa.

Ele é imenso, como muitos homens importantes da época também eram. Ombros largos. Barriga grande. Bochechas redondas e coradas. Ele parece mesmo o tipo de homem capaz de fazer uma fortuna extirpando as árvores da terra e depois gastar esse dinheiro criando um lago apenas para o seu bel-prazer.

Lottie aponta para uma mulher com cara de passarinho que também está na foto. Ela tem grandes olhos, lábios de boneca e é ofuscada por seu marido gigante.

– Essa é a avó de Franny.

– Ouvi dizer que ela se afogou – eu comento.

– Ela morreu no parto – Lottie responde. – Foi o marido de Franny quem se afogou.

– Como isso aconteceu?

– O afogamento? Foi antes do meu tempo. O que ouvi dizer é que Franny e Douglas foram dar um mergulho tarde da noite juntos, como sempre faziam. Nada de estranho até aí. Só que nessa noite em particular, Franny voltou sozinha. Ela estava histérica. Contando que Douglas mergulhou e não subiu mais. Que ela procurou e procurou, mas não conseguiu encontrá-lo. Todos saíram em barcos para procurar por ele. Seu corpo só foi encontrado na manhã seguinte, jogado pela água na margem do lago. Pobre homem. Este lugar com certeza já teve seu quinhão de tragédia.

Lottie passa para outra fotografia, também em preto e branco, que mostra uma jovem encostada em uma árvore, um par de binóculos pendurados no pescoço. Claramente Franny. Abaixo está outra foto dela, também batida no lago, mas agora em cores berrantes de um filme Kodachrome.

Ela está alguns anos mais velha nessa imagem, de pé no deque do chalé de costas para o lago. Outra garota está ao lado dela, sorridente.

– Aí está ela – diz Lottie. – Minha mãe.

Eu chego mais perto da foto, notando as semelhanças entre a mulher posando com Franny e a que está ao meu lado. Mesma pele clara. As mesmas sobrancelhas de Bette Davis. Mesmo rosto em formato de coração.

– Sua mãe conheceu Franny?

– Oh, sim – diz Lottie. – Elas cresceram juntas. Minha avó era a secretária pessoal da mãe de Franny. Antes disso, meu bisavô era o braço direito de Buchanan Harris. De fato, ele ajudou a criar o Lago da Meia-Noite. Quando Franny completou 18 anos, minha mãe se tornou sua secretária. Quando ela faleceu, Franny ofereceu o trabalho para mim.

– E é isso que você queria fazer?

Estou ciente de que a pergunta soa extremamente rude. Como se estivesse julgando Lottie. Na verdade, estou julgando Franny por perpetuar a tradição de Harris de usar gerações da mesma família para facilitar suas próprias vidas.

– Não exatamente – diz Lottie com um tato inflexível. – Eu estava investindo na carreira de atriz, o que significava que eu era garçonete. Quando minha mãe morreu e Franny me ofereceu o emprego, quase recusei. Mas então a realidade falou mais alto. Eu já estava na casa dos 30, ganhando uma miséria. E os Harris-White sempre foram tão bons comigo. Eu até os considero como minha família. Cresci com eles. Passei mais tempo aqui no lago do que Theo e Chet juntos. Então aceitei o convite de Franny e estou com ela desde então.

Há muito mais que eu quero perguntar. Se ela está feliz fazendo o mesmo que sua mãe fazia. Se a família a trata bem. E, sobretudo, se ela sabe por que Franny guarda fotos de pacientes de um manicômio em sua mesa.

– Acho que Casey aparece em uma delas... – Lottie diz, procurando mais abaixo na parede, em uma parte de fotos da fase áurea do Acampamento Nightingale. Grupos de meninas posando na quadra de tênis, alinhadas diante dos alvos, com arcos e flechas empunhados. – Ah! Bem aqui. Com Theo.

Ela aponta para uma foto dos dois nadando no lago. Theo mergulhado até a cintura, o apito de salva-vidas em volta do pescoço. Aninhada em seus braços – da mesma maneira que ele me embalou durante minha aula de natação – está Casey. Ela está mais magra na foto, com um brilho feliz e juvenil. Suspeito que foi tirada quando ela ainda era uma campista aqui.

Logo acima dessa foto há uma de duas garotas de camisa polo. Elas estão de olhos semicerrados por causa do sol. A sombra do fotógrafo aparece na parte de baixo da foto, como um fantasma despercebido à espreita.

Uma das garotas é Vivian. A outra é Rebecca Schoenfeld.

Meu coração para ao ver essa foto. Só por um segundo, mas, nesse momento sem pulso, encaro as duas que compartilham um momento de indubitável familiaridade. Sorrisos largos e francos. Braços magros sobre os ombros uma da outra. Os tênis Keds se tocando.

Não é uma foto de duas garotas que mal se conheciam. É uma foto de duas amigas.

– Eu vou indo – digo, pegando rapidamente meu telefone e o carregador. – Você não vai contar a Franny sobre isso, vai?

Lottie sacode a cabeça, negando.

– É melhor que Franny não saiba de certas coisas.

Ela também começa a sair, contornando a mesa e me dando cerca de dois segundos para levantar o celular e tirar uma foto do retrato de Vivian e Becca. Então saio apressada do escritório e do chalé. Na porta da frente, literalmente trombo com Theo, Chet e Mindy. Eu passo pelos irmãos. Primeiro Theo, então Chet, que agarra meu braço para me deter.

– Opa, opa, peraí – diz ele.

– Desculpe – eu digo, levantando o telefone. – Eu precisava de uma carguinha.

Passo por eles e vou para o centro do acampamento. As aulas da manhã terminaram e as campistas perambulam pelas cabanas, pelo refeitório e pelo prédio de artes e artesanatos. Quando entro em Corniso, encontro as meninas aproveitando a brecha para ler um pouco. Um gibi para Krystal, um livro de Agatha Christie para Miranda. Sasha folheia uma revista velha da *National Geographic*.

– Onde você foi? – diz Krystal. – Você sumiu.

– Desculpe. Tive um contratempo.

Eu me ajoelho diante do meu baú de nogueira e passo as mãos pela tampa, sentindo as saliências e reentrâncias dos nomes que foram talhados antes do meu.

– O que está fazendo? – Miranda pergunta.
– Procurando algo.
– O quê? – Sasha diz.

Eu me inclino para a direita, percorrendo os dedos pela lateral do baú. É aí que eu acho. Cinco letras minúsculas arranhadas na madeira, a poucos centímetros do chão.

BECCA

– Uma mentirosa – eu digo.

QUINZE ANOS ATRÁS

Fogueira. Quatro de julho.

Havia uma eletricidade no ar naquela noite. Uma combinação de calor, liberdade e o clima do feriado. A fogueira parecia mais alta, mais quente. Também notei que as garotas ao redor pareciam mais animadas, mais felizes. Até mesmo o meu grupo.

O que quer que tenha causado todo o drama em Corniso, já estava resolvido na hora do jantar. Vivian, Natalie e Allison riram e brincaram durante toda a refeição. Vivian não disse nada quando Natalie repetiu. Allison, surpreendentemente, limpou o prato. Eu estava tão aliviada por Franny estar certa. A tempestade tinha passado. Agora eu estava sentada no meio delas junto ao fogo, enquanto nos aquecíamos no calor alaranjado.

– Lamentamos pelo que aconteceu mais cedo – Vivian me disse. – Não foi nada.

– Nada – ecoou Allison.

– Absolutamente nada – confirmou Natalie.

Eu balancei a cabeça, em concordância, não porque acreditava nelas, mas porque eu não ligava. Tudo o que importava era que elas estavam comigo agora, no final do meu dia solitário.

– Vocês são melhores amigas – eu disse. – Eu compreendo.

As supervisoras nos entregaram velas *sparklers*, que acendemos nas fogueiras. Elas começaram a queimar e soltar as fagulhas brilhantes. Crepitantes. Quentes e luminosas.

Allison ficou de pé e começou a escrever seu nome no céu com a *sparkler*, Vivian fez o mesmo, com letras enormes, deixando um rastro de faíscas brancas.

Um estouro distante chamou nossa atenção, olhamos para o céu, onde uma chuva dourada de fogos de artifício se espalhava. Mais e mais vieram depois desse, pintando a noite de vermelho, depois amarelo, depois verde. Os fogos de artifício prometidos na cidade vizinha, e só nós no

Acampamento Nightingale também podíamos vê-los. Allison subiu em um dos bancos para ver melhor. Eu fiquei no chão mesmo e fui agradavelmente surpreendida quando Vivian me abraçou por trás e sussurrou no meu ouvido:

– É incrível, né?

Embora parecesse que ela estava falando sobre os fogos de artifício, eu sabia que ela estava se referindo a outra coisa. A nós. A esse lugar. A esse momento.

– Quero que você sempre se lembre disso – ela disse quando outra chuva de brilho explodiu no céu. – Prometa que vai se lembrar.

– Claro – eu disse.

– Você tem que prometer, Em. Prometa que nunca vai se esquecer.

– Eu prometo.

– Essa é minha irmãzinha.

Ela beijou o topo da minha cabeça e me soltou. Mantive os olhos no céu, fascinada pelas cores, como elas brilharam e se misturaram antes de desaparecer. Tentei contar as cores, mas sempre perdia a conta a cada nova explosão de brilho que irrompia ao longe. O grande final. Todas as cores se misturando até o céu ficar tão brilhante que eu tive de semicerrar os olhos.

Então acabou. As cores desapareceram, substituídas pelo céu negro pontilhado de estrelas.

– Que lindo! – eu disse, me virando para ver se Vivian concordava.

Mas não havia ninguém atrás de mim. Apenas uma fogueira reduzindo-se lentamente a brasas incandescentes.

Vivian tinha sumido.

25.

Eu falto à fogueira novamente, usando o cansaço como desculpa. Não é realmente uma mentira. Toda essa situação de estar sendo observada e de bisbilhotar no chalé me deixou exausta. Então visto roupas confortáveis – uma camiseta e um par de cuecas boxers que uso como shorts – e me espalho na minha cama do beliche. Digo às garotas para irem sem mim. Quando eles saem de Corniso, verifico o celular recém-carregado para ver se Marc me mandou alguma novidade sobre a pesquisa. Tudo que recebi foi uma mensagem de texto: **O Sr. Bibliotecário ainda é um fofo! Por que mesmo eu terminei com ele? Bjs**

Eu respondo: **Foco!**

Alguns minutos depois, saio e me dirijo a outra cabana. Carvalho-Dourado. Espero do lado de fora até um trio de campistas saírem, a caminho da fogueira. Becca é a última a emergir. Ela fica rígida ao me ver. Já sabe que há algo de errado.

– Vão na frente, meninas. Logo mais eu alcanço vocês – ela diz às suas campistas antes de se virar para mim e, com uma voz muito menos amistosa, dizer: – Precisa de alguma coisa, Emma?

– Que tal a verdade? – levanto meu telefone para lhe mostrar uma foto. Ela e Vivian, abraçadas, inseparáveis. – Gostaria de falar sobre essa época?

Becca faz que sim, contrai os lábios e volta para a cabana. Quando passa um minuto e ela não retorna, começo a pensar que ela simplesmente pretende me ignorar. Mas ela acaba saindo com uma bolsa de couro pendurada no ombro.

– Suprimentos – diz. – Acho que vamos precisar deles.

Cortamos entre as cabanas e seguimos para o lago. O crepúsculo já está cedendo lugar ao céu noturno, algumas poucas estrelas começam a despontar, a lua ainda está baixa no horizonte, começando a ascender.

Becca e eu nos sentamos nas rochas perto da beira da água, tão próximas que nossos joelhos quase se tocam. Ela abre a bolsa, retira uma garrafa de uísque e uma pasta grande. Abre a garrafa, leva aos lábios e toma um grande gole antes de passar para mim. Eu faço o mesmo, estremecendo ao sentir a bebida queimar minha garganta. Becca tira a garrafa das minhas mãos e a substitui pela pasta.

— O que é isso?

— Memórias — ela diz.

Abro a pasta e uma pilha de fotografias se espalha no meu colo.

— Você que tirou?

— Quinze anos atrás.

Começo a ver as fotos, maravilhada com seu talento, ainda tão jovem. As fotos são em preto e branco. Simples. Momentos espontâneos, capturados pelo olhar astuto de Becca, eternizados. Duas meninas abraçadas diante da fogueira, as silhuetas ressaltadas pelo suave jogo de luz e sombras das chamas. As pernas nuas de alguém jogando tênis, a saia branca esvoaçando, expondo as coxas pálidas. Uma garota nadando no Lago da Meia-Noite, a água até os ombros sardentos, os cabelos escorrendo tão lisos quanto a pele de um leão-marinho. Allison, percebo com um sobressalto. Ela está de perfil, olhando para algo ou alguém fora de quadro. Gotículas de água se agarram aos seus cílios.

A última fotografia é de Vivian, uma *sparkler* acesa em sua mão enquanto ela escreve seu nome com letras garrafais. Becca tinha ajustado a exposição do obturador, então as letras estavam visíveis. Finas barras brancas e brilhantes pairando no ar.

VIV

Quatro de julho. Quinze anos atrás. A noite em que elas desapareceram.

— Meu Deus — eu digo. — Essa pode ser...

— A última foto tirada dela? Eu acho que é.

Tal percepção pede mais um gole de uísque. Tomo um grande trago, seguido por uma sensação suave e entorpecedora que me ajuda a perguntar:

— O que aconteceu entre você e Vivian? Eu sei que você ficou com elas em Corniso no ano anterior à minha estadia no acampamento.

— Nós quatro temos uma história complicada. — Becca faz uma pausa e se corrige. — *Tivemos* uma história complicada. Mesmo fora daqui. Nós frequentávamos a mesma escola. O que não era incomum. Às vezes parecia que metade da nossa turma vinha para cá no verão.

— Acampamento das Vaquinhas Ricas — eu digo. — Era assim que chamávamos na minha escola.

— Malvado — diz Becca. — Mas preciso. Porque a maioria delas eram mesmo umas vacas. Vivian especialmente. Ela era a mandachuva, a abelha-rainha. As pessoas a amavam. As pessoas a odiavam. Vivian não se importava, contanto que fosse o centro das atenções. Mas eu vi um lado diferente dela.

— Então vocês eram amigas.

— Fomos melhores amigas. Pelo menos por um período. Eu gosto de pensar em Vivian como minha fase rebelde. Nós tínhamos 14 anos, revoltadas com o mundo, cansadas de sermos meninas e querendo desesperadamente virar mulheres. Viv principalmente. Ela era mestra em se meter em encrencas. Os moleques ricos faziam e pagavam todas as vontades dela. Cerveja. Maconha. Identidades falsas que ela usava para entrarmos em todas as baladas. Então, tudo parou de repente.

— Por quê?

— A resposta curta? Porque Vivian quis.

— E a resposta longa?

— Não tenho certeza — diz Becca. — Desconfio que foi porque ela passou por uma puta crise de identidade depois que a irmã morreu. Ela te contou algo sobre isso?

— Uma vez — eu digo. — Tive a sensação de que ela não gostava de tocar no assunto.

— Provavelmente porque foi uma morte muito besta.

— Ela se afogou, certo?

— Sim — Becca toma outro gole da garrafa antes de passá-la para mim. — Uma noite, no auge do inverno, Katherine, esse era o nome dela caso Viv não tenha te contado, ligou o foda-se e foi para o Central Park. O reservatório estava congelado. Katherine foi andar em cima dele. O gelo quebrou, ela caiu e não conseguiu voltar.

Fico ainda mais chocada com a lembrança de Vivian fingindo que se afogava. A irmã com certeza passou pela cabeça dela enquanto se debatia na água e gorgolejava por ajuda. Tudo para chamar a atenção de um menino. Que tipo de pessoa faz isso?

— A morte de Katherine deixou Vivian absolutamente devastada — diz Becca. — Eu lembro que fui correndo para o apartamento dela logo depois que soube o que tinha acontecido. Ela estava enlouquecida, Emma.

Berrando, batendo nas paredes, tremendo incontrolavelmente. Eu não conseguia desviar o olhar. Era feio e bonito ao mesmo tempo. Eu queria tirar uma foto disso, só para não esquecer. Sim, eu sei que é bizarro.

Mas não é. Pelo menos não tão estranho quanto fazer as mesmas três garotas desaparecerem continuamente sob camadas e camadas de tinta.

– Esse foi o começo do fim para nós duas – continua Becca. – Eu fiz o papel de melhor amiga e fui ao velório e ao funeral e fiquei ao lado dela quando voltou para a escola. Mas, mesmo assim, eu sabia que ela estava se afastando de mim e sendo atraída por elas.

– Elas?

– Allison e Natalie. Elas eram as melhores amigas de Katherine. As três estavam na mesma classe.

– Eu sempre pensei que elas eram da mesma idade que Vivian – eu digo.

– Vivian era um ano mais nova. Embora não parecesse pelo jeito como ela agia.

Becca se aproxima e pega a garrafa do meu colo. Escolhendo o veneno específico de que precisa para enfrentar essa conversa. Ela toma um gole longo e engole com certa dificuldade.

– Elas encontraram conforto uma nas outras. Suponho que esse foi o apelo. Francamente, antes de Katherine morrer, Viv nem queria saber delas. Você precisava ver o jeito como ela tirava sarro das duas sempre que nós cinco estávamos no seu apartamento. Nós éramos como facções em guerra, mesmo quando brincávamos de algo bobo como Verdade ou Desafio.

– Duas Verdades e Uma Mentira – eu digo. – Esse era o jogo que Vivian sempre escolhia.

– Não quando nós éramos amigas – diz Becca. – Eu acho que ela o adotou porque Katherine gostava de jogar. Vivian idolatrava a irmã. E quando ela morreu, acho que ela transferiu esses mesmos sentimentos para Natalie e Allison. Nem me espantei quando descobri que ficaríamos todas na mesma cabana aqui durante o verão. Eu já tinha presumido que isso aconteceria. Só não estava preparada para ser completamente excluída. Na frente delas, Vivian agia como se mal me conhecesse. Natalie e Allison consumiram sua atenção. Quando o acampamento chegou ao fim, mal estávamos falando uma com a outra. E continuou assim de volta à escola. Agora que tinha as duas, ela não precisava mais de mim. Quando o verão seguinte chegou, eu sabia que não ia ficar com elas. Tenho certeza que Vivian providenciou isso. Eu fui banida de Corniso e passada para a cabana ao lado.

Está completamente escuro agora. A noite cai sobre nós, assim como um prolongado silêncio em que Becca e eu simplesmente passamos a garrafa uma para a outra. O uísque está começando a subir. Quando olho para as estrelas, elas estão muito mais brilhantes do que deveriam estar. Ouço o som das garotas voltando da fogueira. Passos, vozes, algumas gargalhadas ecoando pelas cabanas.

— Por que você não me contou tudo isso na outra manhã? — pergunto. — Por que mentir?

— Porque não queria reviver tudo isso. E fico surpresa que você queira. Quer dizer, Vivian te tratou da mesma maneira, não foi?

Não respondo, prefiro tomar outro gole de uísque.

— Não foi uma pergunta difícil — Becca insiste.

Oh, mas é. Não leva em conta a maneira como eu havia tratado Vivian.

— Não — eu digo. — Não foi do mesmo jeito.

— Achei que não íamos mais mentir uma para o outra, Em — diz Becca. — Eu sei o que aconteceu logo antes das três desaparecerem. Eu estava na cabana ao lado de Corniso, lembra? As janelas estavam abertas. Eu ouvi cada palavra.

Meu coração falha no meu peito, pulando como um disco arranhado.

— Foi você, não foi? Você pichou a porta da cabana. E soltou as aves lá dentro. E está me vigiando.

Becca toma a garrafa das minhas mãos. Eu fui oficialmente interditada.

— Que porcaria é essa que você tá falando?

— Alguém está pregando peças em mim desde que cheguei aqui. A princípio, achei que era coisa da minha cabeça. Mas não. Está acontecendo de verdade. E é você que está fazendo isso.

— Eu não pichei sua porta — Becca responde, aborrecida. — Eu tenho absolutamente zero motivo para mexer com a sua cabeça.

— Por que eu deveria acreditar em você?

— Porque é a verdade. Não estou te julgando pelo que você disse para Vivian naquela noite. Na verdade, eu gostaria de ter dito metade daquilo. Ela definitivamente teve o que merecia.

Fico de pé, incrivelmente desequilibrada. Olho para a garrafa ainda na mão de Becca. Só sobrou um terço do uísque. Não faço ideia do quanto eu contribuí para esvaziá-la.

– Fique longe de mim pelo resto do verão. – Eu começo a ir embora, tentando arduamente me manter de pé enquanto falo olhando para trás: – E quanto ao que eu disse a Vivian naquela noite, não foi o que pareceu.

Só que foi. A maior parte. Becca só não tem o contexto.

Do que ela realmente ouviu naquela noite.

Por que isso aconteceu.

E como era muito pior do que ela poderia imaginar.

QUINZE ANOS ATRÁS

— Cadê a Viv? — perguntei a Natalie, que apenas deu de ombros em resposta. Allison fez o mesmo.

— Eu não sei.

— Ela estava bem aqui.

— E agora não está — disse Natalie. — Deve ter voltado para a cabana.

Vivian, no entanto, também não estava em Corniso, o que descobrimos pouco depois, assim que voltamos.

— Eu vou procurar por ela — anunciei.

— Talvez ela não queira ser encontrada — disse Natalie, enquanto se coçava depois de uma nova rodada de picadas de mosquito.

Fui mesmo assim até os banheiros, que era o único lugar lógico onde ela poderia estar. Quando tentei abrir a porta, vi que estava trancada. Estranho. Especialmente assim tão tarde. Dei a volta pela lateral do prédio, movida pela curiosidade. Quando cheguei à fresta nas tábuas, ouvi o som de água lá dentro.

O chuveiro.

Abafado pelo ruído da água corrente, havia outro barulho.

Gemidos.

Eu deveria ter ido embora. Eu sabia disso na ocasião. Deveria simplesmente ter virado as costas e voltado para Corniso. Mas não consegui resistir à tentação de espiar. Outra lição que Vivian me ensinou. Se você tem a oportunidade de olhar, seria uma boba por não aproveitar.

Então eu me inclinei para a fresta. E olhei.

O que eu vi foi Vivian. De frente para a parede do chuveiro, as mãos espalmadas, os seios pressionando a madeira. Theo atrás dela. Com as mãos sobre as dela. Quadris frenéticos, para frente e para trás. Rosto enterrado no seu pescoço, abafando seus grunhidos. A visão dos dois, fazendo algo de que eu só tinha ouvido falar, partiu meu coração em dois. Doeu tanto que até ouvi o som dele se partindo. Um som doentio e estridente. Como madeira estraçalhada por um machado.

Eu queria fugir, com medo de que Vivian e Theo pudessem ouvir também. Mas quando me virei, dei de cara com Casey, com um cigarro aceso nos lábios.

— Emma? — Cada sílaba saiu junto com uma baforada de fumaça. — Aconteceu alguma coisa?

Balancei a cabeça, negando, por mais que as lágrimas já tivessem começado a vazar dos meus olhos. O movimento as libertou e elas começaram a escorrer pelo meu rosto.

— Você está chorando — disse Casey.

— Não estou, não — eu menti. — Só... Eu só preciso ficar um pouco sozinha.

Saí correndo, não para a cabana, mas para o lago, cheguei tão perto da água que molhei meus tênis. Então chorei. Não sei por quanto tempo. Eu apenas chorei e chorei, as lágrimas caindo diretamente dos meus olhos na água, misturando-se com o Lago da Meia-Noite.

Depois de chorar até secar minhas lágrimas, voltei para Corniso, onde encontrei Vivian, Natalie e Allison sentadas em círculo no chão, bem no meio de uma partida de Duas Verdades e Uma Mentira. Na mão de Vivian estava o frasco de uísque sobre o qual ela havia me contado. Sua existência realmente não era mentira. Ela o levou aos lábios e bebeu bem devagar, como se para provar que fui uma tola por duvidar dela.

— Aí está ela — Vivian disse, segurando o frasco. — Quer um golinho?

Olhei para seu rabo de cavalo úmido, a pele rosada, o medalhão estúpido. E naquele momento eu a desprezei mais do que já tinha desprezado qualquer pessoa na minha vida inteira. Eu podia sentir o ódio fervilhando sob a minha pele. Queimando.

— Não — respondi.

Allison continuou com sua rodada que eu interrompi. Suas escolhas, como sempre, eram megalomaníacas ou ridículas.

— Uma: conheci Sir Andrew Lloyd Webber. Duas: eu não como pão há um ano. Três: acho que a versão da Madonna de "Don't Cry for Me Argentina" é melhor que a de Patti LuPone.

— A segunda — disse Vivian, tomando outro gole. — Não que eu me importe.

Allison deu um sorriso ensaiado, tentando não parecer ofendida.

– Correto. Comi panquecas hoje no café da manhã e minha mãe fez rabanadas para mim no dia que vim para o acampamento.

– Minha vez – eu anunciei. – Primeira: meu nome é Emma Davis. Segunda: estou passando o verão no Acampamento Nightingale. – Fiz uma pausa, pronta para a mentira. – Terceira: eu não acabei de ver Vivian e Theo transando no chuveiro.

Natalie levou a mão à boca escancarada. Allison deu um gritinho:

– Ai, meu Deus, Viv! É verdade?

Vivian permaneceu impassível, me encarando com um brilho sombrio no olhar.

– E é óbvio que isso te incomoda.

Eu me afastei, incapaz de suportar a dureza de seu olhar, e não disse nada. Vivian continuou falando.

– Eu sou a única que deveria estar incomodada com essa situação. Sabendo que você estava me espionando. Me observando enquanto eu fazia sexo, que nem uma pervertida. É isso que você é, Emma? Uma pervertida?

Sua calma foi a gota d'água. O tom lento com que ela falou. Tão deliberado, acentuado pela quantidade certa de desdém. Eu tinha certeza que ela fazia isso de propósito, só para acender o fusível que acabaria me fazendo explodir.

E eu dei o que ela queria.

– Você sabia que eu gostava dele! – eu gritei, as palavras jorrando, incontroláveis. – Você sabia e não suportou a ideia de ter alguém prestando mais atenção em mim do que em você. Então você transou com ele. Só porque podia.

– Theo? – Vivian riu. Uma risada curta e incrédula. Foi o som mais cruel que eu já ouvi. – Você realmente acha que o Theo está interessado em você? Tenha santa paciência, Em, você é só uma criançona.

– Melhor do que ser uma vadia que nem você.

– Eu sou uma vadia, mas é você que não se enxerga. Uma babaca completamente sem noção da realidade.

Se tivesse restado alguma lágrima no meu corpo, tenho certeza de que eu teria começado a chorar ali mesmo. Mas já tinha usado todas elas. Tudo o que pude fazer foi empurrá-la e ir para a cama. Deitei em posição fetal, de costas para elas, e fechei meus olhos, respirando fundo, tentando ignorar o horrível sentimento no meu peito oco.

As três não disseram mais nada depois disso. Foram fofocar no banheiro, poupando-me da humilhação de ter que ouvir os detalhes sórdidos. Adormeci pouco depois que elas saíram, meu cérebro e meu corpo chegando à decisão conjunta de que a inconsciência era o melhor remédio para a minha agonia.

Acordei no meio da noite com o rangido da terceira tábua do assoalho. Despertei e imediatamente me sentei na cama. As meninas passavam por mim, banhadas pelo luar cinzento que se derramava na cabana através da janela, a caminho da porta.

Allison primeiro.

Então Natalie.

E finalmente Vivian, que congelou quando me viu acordada, observando-as.

– Onde estão indo? – perguntei.

Vivian sorriu, embora não houvesse nenhum traço de alegria naquela ligeira inclinação de seus lábios. Em vez disso, percebi tristeza, arrependimento, a sugestão de um pedido de desculpas.

– Você é muito jovem para isso, Em.

Ela levantou o dedo indicador e o pressionou contra os lábios, conspirando comigo. Solicitando meu silêncio.

Eu recusei. Precisava ter a última palavra.

E então eu a pronunciei, seu eco azedo persistente no ar, fazendo Vivian sair de vez da cabana, fechando a porta atrás de si, desaparecendo para sempre.

26.

Estou bêbada quando retorno me esgueirando entre as cabanas. Ou melhor, tropeçando. A cada passo, o caminho de terra parece se deslocar sob meus pés. Eu compenso pisoteando, tentando mantê-lo no lugar, o que me deixa mais trôpega do que equilibrada. O resultado disso é tontura. Ou talvez a tontura seja mesmo por causa do uísque.

Tento retomar sobriedade enquanto tropeço. Todos os anos observando minha mãe me ensinaram alguns truques e utilizo todos eles. Bato nas bochechas. Chacoalho meus braços e respiro profundamente. Arregalo os olhos como se houvessem palitos invisíveis mantendo as pálpebras abertas.

Em vez de seguir direto para Corniso, continuo andando, puxada inconscientemente para outra direção. Passo pelas cabanas e vou até os banheiros. Mas não entro. Em vez disso, me encosto na parede externa, momentaneamente perdida. Fecho os olhos e me pergunto por que é que fui parar ali, para começo de conversa.

Só os abro porque sinto uma presença próxima, alarmantemente próxima e chegando cada vez mais perto. De rabo de olho, vejo alguém contornando a lateral dos banheiros. Uma silhueta. Escura e ágil. Meu corpo fica tenso. Eu quase grito, mas consigo me conter a tempo quando a sombra entra em foco.

Casey.

Verificando quem está ali enquanto esconde um cigarro que nem uma aluna do ensino médio.

– Você me assustou – ela diz antes de soltar um suspiro lânguido e profundo. – Pensei que fosse a Mindy.

Não digo nada.

Casey joga o cigarro fora e pisa nele.

– Você está bem?

– Estou bem sim – digo, sufocando uma risadinha, embora minha conversa com Becca tenha me deixado insuportavelmente triste. – Beeeem.

– Meu Deus, você está bêbada?

– Não estou, não – digo, falando igualzinho à minha mãe, as palavras arrastadas como se fossem uma só. *Numtônão*.

Casey balança a cabeça, em parte horrorizada, em parte achando graça.

– É melhor não deixar Mindy te ver assim. Ela vai surtar.

Ela sai. Eu fico ali, vagando pelo perímetro do prédio, o dedo indicador deslizando pelas tábuas de cedro. Então vejo a fresta. A lacuna entre as tábuas agora recheada de argila. E me lembro por que estou aqui: estou refazendo meus passos. Indo aos mesmos locais aonde fui depois que Vivian sumiu da fogueira. Quinze anos depois, ainda vejo ela e Theo juntos no chuveiro. Ainda sinto a mágoa que isso me causou. Um eco mudo de uma lembrança dolorosa.

Também sinto algo a mais. Um arrepio percorrendo meus braços, descendo pela minha nuca. Olho para trás, esperando dar de cara com Casey novamente. Ou pior, com Mindy.

Em vez disso, vejo Vivian.

Apenas um vislumbre quando ela contorna a esquina dos banheiros. Um vestígio de cabelo loiro. Um pedaço de vestido branco raspando a parede de cedro. Antes de desaparecer completamente, ela se vira e olha para mim da borda do prédio. Vejo sua testa lisa, os olhos escuros, o nariz arrebitado. É a mesma Vivian da qual me lembro do acampamento. A mesmo que me assombrou depois.

Instintivamente alcanço minha pulseira, sentindo apenas a pele do meu pulso onde os pássaros deveriam estar. Não está ali.

Eu verifico meu braço esquerdo, só para ter certeza. Nada. O pedaço de linha que usei para consertar a pulseira arrebentou. Agora ela está em algum lugar nas terras do Acampamento Nightingale.

O que significa que pode estar em qualquer lugar.

O que significa que eu a perdi.

Olho para o canto dos banheiros. Vivian ainda está ali olhando para mim.

Eu não estou ficando louca, penso. *Não estou*.

Esfrego a pele do meu pulso esquerdo, como se isso pudesse operar o mesmo efeito da pulseira. Não funciona. Vivian permanece onde está. Encarando. Muda. Continuo esfregando, a fricção aquecendo minha carne.

Não estou ficando louca.

Quero lhe dizer que ela não é real, que ela não tem poder sobre mim, que sou mais forte do que todo mundo imagina. Mas não consigo.

Não quando só Deus sabe onde está minha pulseira e Vivian está ali e o medo me consome como uma onda fria subindo pela minha espinha.
Então eu saio correndo.
Eu não estou ficando louca.
Para longe dos banheiros.
Eu não estou ficando louca.
De volta para Corniso.
Eu não estou.
Minha corrida é uma combinação instável de desequilíbrio, tropeços e quase tombos que, em última instância, me leva até a porta da cabana. Abro a porta com tudo, entro e a bato com força. Então desmorono contra a porta, sem fôlego e triste por ter perdido minha pulseira.
Sasha, Krystal e Miranda estão sentadas no chão, debruçadas sobre um livro. Minha chegada as pega de surpresa. Miranda fecha o livro rapidamente e tenta deslizá-lo para baixo do meu beliche, mas o gesto é muito óbvio. Vejo nitidamente o que elas estavam lendo. O diário de Vivian.
— Então, vocês sabem — digo, esbaforida após minha desajeitada fuga.
Não é uma pergunta. A culpa que arde nos olhos das meninas já me diz o que elas fizeram.
— Nós te procuramos no Google — Sasha diz, apontando para Miranda. — Foi ideia dela.
— Sinto muito — diz Miranda. — Você estava agindo de um jeito tão estranho nos últimos dois dias que tivemos que descobrir o porquê.
— Tudo bem. Mesmo. Tá tudo bem. Que bom que vocês sabem. Vocês merecem estar cientes do que aconteceu nesta cabana.
Exaustão, uísque e tristeza levam a melhor sobre mim, e eu me pego tombando para o lado. Como um marinheiro em um navio que balança. Ou minha mãe na véspera de Natal. Tento me endireitar, falho miseravelmente, então me sento na tampa do meu baú.
— Imagino que vocês queiram fazer perguntas — digo.
Sasha é a primeira. Claro. A insaciavelmente curiosa Sasha.
— Como elas eram?
— Como vocês três, mas também muito, muito diferentes.
— Para onde elas foram? — Krystal pergunta.
— Eu não sei.
No entanto, eu teria ido com elas. É uma das poucas certezas que tenho. Apesar da dolorosa traição de Vivian com Theo, eu ainda queria

sua aprovação. E se ela tivesse me chamado, eu a teria seguido de bom grado, marchando atrás delas pela escuridão.

— Mas essa não é toda a história — eu digo. — Tem mais. Detalhes que só eu sei.

Ver Vivian novamente mexeu com as minhas emoções. Eu quero rir. Eu quero chorar. Eu quero confessar. Em vez disso, eu digo:

— Duas Verdades e Uma mentira. Vamos jogar.

Eu escorrego do baú, me juntando a elas. É uma queda súbita e desajeitada que faz as três recuarem quando me estatelo no chão. Até Miranda, que eu pensei que era a mais valente do grupo.

— Uma: eu fui ao Louvre. Duas vezes. Duas: quinze anos atrás, três amigas minhas saíram desta cabana. Ninguém as viu novamente.

Eu paro, hesitante em falar em voz alta algo que evito dizer há quinze anos. Mas não importa o quanto eu queira ficar calada, a culpa me impele a continuar falando.

— Três: pouco antes de partirem, eu disse uma coisa. Algo de que me arrependo. Algo que me assombra desde então.

Tomara que nunca mais voltem.

A lembrança daquele momento chega sem aviso, como uma espada afiada lançada sobre mim, me rasgando, expondo meu coração frio.

— Eu disse que queria que elas nunca mais voltassem — confesso. — Bem na cara de Vivian. Foi a última coisa que eu disse para ela.

Lágrimas queimam nos cantos dos meus olhos — tristeza e culpa borbulham dentro de mim.

— Não significa que o que aconteceu com elas é culpa sua — diz Miranda — Foram apenas palavras, Emma. Você não as fez desaparecer.

Sasha concorda.

— Não foi sua culpa que elas não voltaram.

Eu olho para o chão, evitando a simpatia delas. Eu não mereço. Não quando ainda há mais para confessar. Mais segredos que escondi de todos.

— Mas elas *voltaram* — uma lágrima escapa, escorre por minha bochecha. — Mais tarde naquela noite. Só que não puderam entrar na cabana.

— Por quê? — Miranda pergunta.

Eu sei que deveria parar. Falei demais. Mas agora não tem mais volta. Estou cansada de omitir fatos, que é praticamente o mesmo que mentir. Quero falar a verdade. Talvez seja isso que finalmente vai me curar.

— Porque tranquei a porta depois que elas saíram.

Miranda perde o ar. Um suspiro mudo. Tentando esconder seu choque.
– Você as trancou para fora?

Eu confirmo com um aceno de cabeça, outra lágrima caindo. Ela traça o caminho da primeira, desviando somente quando chega à minha boca. Eu a sinto nos meus lábios. Salgada. Amarga.

– E eu me recusei a deixá-las entrar. Mesmo depois que elas bateram na porta. E sacudiram a maçaneta. E me imploraram para abrir.

Olho para a porta da cabana, me lembrando de sua aparência naquela noite. Pálida, iluminada pelo luar, a maçaneta balançando. Ouço o barulho do metal chacoalhando na madeira e alguém chamando meu nome do outro lado.

Emma.

Era Vivian.

Vamos, Em. Me deixa entrar.

Eu me encolhi na minha cama, me espremendo bem no canto. Puxei as cobertas e me aninhei embaixo delas, tentando afastar o som que vinha do outro lado da porta.

Emma, por favor.

Eu me escondi debaixo das cobertas, perdida na escuridão, ficando ali até a batida, o barulho, a própria Vivian desaparecer.

– Eu poderia ter deixado as meninas entrarem – admito. – Eu deveria ter deixado. Mas não deixei. Porque eu era jovem e burra e estava brava. Mas *se* eu tivesse deixado as garotas entrarem, todas as três ainda estariam aqui. E eu não estaria carregando essa sensação horrível de que eu as matei.

Mais duas lágrimas escorrem. Eu as limpo com o dorso da minha mão.

– Eu pinto as três. Todas elas. Todas as pinturas que fiz ao longo desses anos têm elas. Só que ninguém sabe que elas estão lá. Porque eu as cubro com camadas de tinta. E eu não sei por quê. Eu não consigo evitar. Mas não posso continuar a pintá-las. É loucura. *Eu sou* louca. Mas agora acho que se eu pudesse dar um jeito de descobrir o que aconteceu, então talvez eu conseguisse parar de pintar as três. O que significa que talvez eu tenha finalmente me perdoado.

Paro de falar e levanto o rosto. Sasha, Krystal e Miranda olham para mim, mudas e imóveis. Elas me encaram da mesma forma que uma criança olha para um estranho. Curiosas e inquietas.

– Me desculpem – eu digo. – Não estou me sentindo bem. Estarei melhor pela manhã.

Eu me levanto, tonta, balançando como uma árvore maltratada pela tempestade. As meninas deslizam para o lado, abrindo caminho para mim, e começam a se levantar. Eu gesticulo para que elas fiquem onde estão.

– Não me deixem estragar a noite de vocês. Continuem brincando.

Elas continuam. Porque estão nervosas. Porque estão com medo. Porque não sabem mais o que fazer, além de continuar jogando, para me agradar, esperando que eu desmaie, o que deve acontecer a qualquer momento.

– Mais uma rodada – diz Miranda, com determinação insuficiente para mascarar seu medo. – Eu começo.

Fecho os olhos e me arrasto para o colchão. Ou melhor, eles se fecham por conta própria, não importa o quanto eu tente mantê-los abertos. Estou muito cansada. Muito bêbada. Muito abalada emocionalmente pela minha confissão. Temporariamente cega, caio na cama, agarro meu travesseiro, me encosto na parede. Eu me deito em posição fetal, de costas para as meninas. Minha posição padrão de humilhação.

– Primeira: uma vez eu vomitei depois de andar no Cyclone em Coney Island. – Miranda diz baixinho, cautelosa, parando para ouvir se eu já adormeci. – Segunda: leio uns cem livros por ano.

O sono me domina imediatamente. É como um alçapão se abrindo sob meus pés. Caio de bom grado, mergulhando na inconsciência. Mas enquanto sou engolida, ainda consigo ouvir a voz fraca de Miranda, desvanecendo-se rapidamente.

– Terceira: estou preocupada com a Emma.

É assim que continua.
Você grita de novo.
E de novo.
Grita mesmo sem saber por quê. Embora lá no fundo você saiba. Porque não importa o quanto você tente, não consegue se livrar daqueles pensamentos terríveis demais para se pensar. Lá no fundo, você sabe que um deles é verdade.
Então grita mais uma vez, acordando o resto do acampamento. Mesmo de pé dentro do lago, a dez pés da margem, você sente uma onda de energia pulsante vindo em sua direção. É um choque repentino. Uma surpresa coletiva. Uma garça na margem também pressente e abre suas longas e elegantes asas. Ela voa, subindo alto, ao som de seus gritos.
A primeira pessoa que aparece é Franny. Ela irrompe no deque traseiro do chalé. Os gritos já deram a entender que algo está errado. Um rápido olhar para você na beira da água confirma a suspeita. Ela desce correndo os degraus de madeira, a bainha de sua camisola branca tremulando ao vento.
Chet é o próximo, com olhos sonolentos e os cabelos despenteados. Ele fica no deque, alarmado, com as mãos apertando a barra do parapeito. Theo vem em seguida, correndo sem parar, voando escada abaixo. Você vê que ele veste apenas uma cueca boxer e a visão de toda aquela pele exposta é obscena diante das circunstâncias. Você olha para longe, enjoada.
Mais gente vai aparecendo, campistas e supervisoras, imóveis em meio à névoa. Todas assustadas, desconcertadas e curiosas. Curiosas acima de tudo. A curiosidade delas é como uma rajada de vento gelado. E você as odeia só por isso. Odeia o anseio delas para descobrir algo que você já sabe, não

importa o quão terrível seja. Becca Schoenfeld está entre elas. De todas, ela é quem você mais odeia porque ela realmente tem a pachorra de registrar o que está acontecendo. Ela se acotovela na multidão até chegar na linha de frente com a câmera levantada. Quando dispara alguns cliques, o barulho do obturador atravessa o lago como uma pedra plana saltitando na superfície.

Franny, no entanto, é a única que vai em frente. Ela se aproxima da beira do lago, seus pés descalços quase tocando a água.

— Emma? O que está fazendo aqui? Você está machucada?

Você não responde. Não sabe como.

— Em? — É Theo, para quem você ainda não consegue olhar. — Saia da água.

— Volte para o chalé — Franny diz asperamente. — Eu cuido disso.

Ela entra no lago. Não aos trancos como você. Ela marcha. Levantando os joelhos, ajudando com os braços. A camisola se encharcando à medida que é sugada pela água. Então para a poucos metros de você, a cabeça inclinada em preocupação. Sua voz é baixa, tensa mas calma.

— Emma, qual é o problema?

— Elas sumiram — você diz.

— Quem?

— As outras garotas na cabana.

Franny engole em seco, e você vê a ondulação descendo pela curva graciosa de seu pescoço.

— Todas elas?

Quando você confirma com um aceno, o brilho em seus olhos verdes se obscurece.

Só então você percebe que é sério.

Tudo se desdobra rapidamente depois disso. Todos se espalham pelo acampamento, indo a todos os lugares em que você já olhou. A fogueira. Os banheiros. A cabana, onde Theo abre cada baú de nogueira com cautela, como se as meninas pudessem estar dentro deles, esperando para saltar como um daqueles brinquedos de mola.

A caçada não resulta em nada, o que não te surpreende. Você sabe o que está acontecendo. Sabia disso no momento em que acordou naquela cabana vazia e silenciosa.

Uma equipe de busca é organizada. Apenas um grupo pequeno — uma tentativa de todos fingirem que a situação não é tão extrema quanto temem que seja. Você insiste em ir junto, por mais que não esteja em condições de *andar pela floresta, chamando os nomes das meninas que podem ou não estar desaparecidas. Você marcha atrás de Theo, esforçando-se para acompanhá-lo, ignorando como o frio da água do lago permanece grudado em sua pele. Isso faz você tremer, apesar do fato de que a temperatura passa dos 32 °C e que sua pele está revestida por uma fina camada de suor. Procuram na floresta que flanqueia o acampamento. Primeiro de um lado, depois do outro. Enquanto marcha entre as árvores, você imagina Buchanan Harris fazendo a mesma coisa cem anos atrás. Abrindo caminho, armado apenas com um facão e um otimismo obstinado. É um pensamento estranho. Bobo também. No entanto, distrai sua mente dos seus pés cansados e dos membros doloridos e do fato de que um trio de garotas mortas pode estar esperando na próxima curva.*

Nenhuma garota aparece, viva ou morta. Não há vestígios delas. É como se nunca tivessem existido. Como se elas fossem um produto do imaginário do acampamento. Uma alucinação em massa.

Você retorna ao Acampamento Nightingale na hora almoço, todas as demais campistas estão no refeitório, pegando pratos com lamentáveis fatias de pizza encharcadas de óleo. Todas as cabeças se voltam na sua direção quando você entra no refeitório. Os olhares expressam uma variada gama de emoções. Esperança. Medo. Culpa. É essa última que te corrói enquanto se dirige à mesa da Franny. Aquece a nuca como uma queimadura solar.

– Alguma coisa? – Franny pergunta.

Theo balança a cabeça, negando. Algumas campistas começam a chorar, seus soluços quebrando a quietude do lugar. Você fica com ainda mais ódio. A maioria dessas garotas que estão chorando mal conhecia as desaparecidas. Você é quem deveria estar chorando. Mas então olha para Franny em busca de orientação. Ela não está chorando. Ela está calma em face dessa tempestade insondável.

– Acho que é hora de chamar a polícia – diz ela.

Meia hora depois, você ainda está no refeitório. As campistas chorosas e as supervisoras com olhos igualmente úmidos se retiraram. A equipe da cozinha também foi para fora. O lugar todo está vazio, exceto por você e um detetive da polícia cujo nome você já esqueceu.

– Então – ele diz – quantas meninas parecem estar desaparecidas?

Você repara na escolha de palavras. Parecem estar desaparecidas. Como se você estivesse inventando tudo aquilo. Como se ele não acreditasse em você.

– Creio que Franny já lhe contou tudo.

– Gostaria de ouvir de você – ele se recosta na cadeira, cruzando os braços. – Se você não se importar.
– Três – você diz.
– Todas estavam na mesma cabana?
– Sim.
– E você tem certeza de que procurou por elas em todos os lugares?
– Não em toda a propriedade – você diz. – Mas o acampamento inteiro foi vasculhado.

O detetive suspira, enfia a mão no paletó e tira uma caneta e uma caderneta.

– Vamos começar pelos seus nomes. Você hesita, porque identificá-los é tornar o sumiço real. Uma vez que você disser os nomes, elas serão conhecidas no mundo como pessoas desaparecidas. E você não crê que está pronta para isso. Então morde o interior da bochecha, protelando. O detetive, entretanto, te encara, a irritação denunciada pelo rosto ligeiramente ruborizado.

– Senhorita Davis?
– Certo – você diz. – Os nomes delas.
Respira fundo. Seu coração martelando tristemente no peito.
– Seus nomes são Sasha, Krystal e Miranda.

PARTE DOIS

E UMA MENTIRA

27.

O detetive anota o nome das meninas em sua caderneta, tornando, assim, oficial. Meu coração afunda dolorosamente no peito.

– Vamos voltar ao começo – diz ele. – De volta ao momento em que você percebeu que as meninas não estavam na cabana.

Por um estranho momento não tenho certeza de quem ele está falando. *Quais delas?* Eu quase digo.

Não consigo deixar de me sentir como aquela menina de 13 anos de idade se acovardando na presença de um detetive diferente me fazendo perguntas sobre um novo trio de garotas desaparecidas. É tudo tão parecido. O refeitório vazio e o homem da lei ligeiramente impaciente diante do meu pânico fervilhante. Além da minha idade e do novo grupo de pessoas desaparecidas, a única grande diferença é a caneca de café na minha frente. Da primeira vez foi suco de laranja.

Isso não está acontecendo.

É o que eu digo a mim mesma sentada rigidamente ali na cadeira de plástico da cafeteria, esperando que as paredes e o chão comecem a derreter. Como um sonho. Uma pintura salpicada de aguarrás. E quando tudo se dissolver eu estarei em outro lugar. De volta ao meu *loft*, talvez. Despertando em frente a uma tela em branco.

Mas as paredes e o chão não derretem. Nem o detetive, cujo nome de repente me vem à mente. Flynn. Detetive Nathan Flynn.

Isso não está acontecendo. De novo não.

Três meninas desaparecem da mesmíssima cabana, no mesmíssimo acampamento onde outras três meninas desapareceram quinze anos atrás? As probabilidades de isso acontecer são astronômicas. Tenho certeza de que Sasha, aquele pequeno poço de conhecimento, teria uma porcentagem na ponta da língua.

Ainda assim, não consigo acreditar. Mesmo que o chão e as paredes se recusem teimosamente a evaporar e o Detetive Flynn continue sentado diante de mim, e por mais que eu continue a examinar minhas mãos para me certificar de que são as mãos de uma mulher e não as de uma menina de 13 anos de idade.

Isso não está acontecendo.
Eu não estou ficando louca.

— Senhorita Davis, preciso que você se concentre, ok? — a voz do Detetive Flynn interrompe meu fluxo de pensamentos. — Entendo seu choque. Realmente entendo. Mas cada minuto que você gasta não respondendo a essas perguntas significa um minuto a mais que essas garotas ainda estão lá fora.

Isso basta para espantar a descrença persistente. Pelo menos por enquanto. Olho para ele, lutando contra as lágrimas, e digo:

— Qual foi mesmo a pergunta?
— Quando você percebeu que as garotas tinham sumido?
— Quando eu acordei.
— E que horas eram?

Penso no momento em que despertei na cabana. Foram poucas horas atrás, mas já parece uma eternidade.

— Pouco depois das 5.
— Você sempre acorda tão cedo assim?
— Normalmente não — eu digo. — Mas desde que estou aqui, sim.

Flynn registra isso. Não sei por quê.

— Então você acordou e viu que elas tinham ido embora. Então o que fez?
— Fui procurá-las.
— Onde?
— Em todo o acampamento — tomo um gole do café. Está morno, ligeiramente amargo. — Nos banheiros, no refeitório, no prédio de artes e artesanatos. Até nas outras cabanas.
— E não havia nenhum sinal delas?
— Não — digo, com a voz embargada. — Nada.

Flynn vira a página da caderneta, embora eu não tenha dito mais do que poucas frases.

— Por que você foi até o lago?

Sou novamente presa da confusão. Ele quer dizer agora? Quinze anos atrás?

— Eu não entendi a pergunta — digo.

— A Sra. Harris-White me disse que te encontraram no lago esta manhã. Depois que percebeu que as garotas da sua cabana estavam desaparecidas. Você achou que elas estariam lá?

Eu quase não me lembro daquele momento. Eu me lembro de ver o sol nascendo sobre o lago. Aquele primeiro rubor de luz do dia. Foi o que me atraiu para lá. Flynn persiste.

— Você tinha algum motivo para pensar que as meninas tivessem ido nadar?

— Elas não sabem nadar. Pelo menos eu acho que não sabem.

Eu lembro de uma delas me dizendo que não sabia. Krystal? Ou foi Sasha? Agora que penso nisso, não me lembro de ter visto nenhuma delas dentro d'água.

— Eu só pensei que elas poderiam estar lá – eu digo, enfim. – Na beira do lago.

— Do jeito que *você* estava na beira do lago?

— Eu não sei por que eu fiz isso.

O som da minha voz me faz estremecer. Eu pareço tão fraca, tão confusa. A dor cutuca minhas têmporas, é difícil pensar.

— A Sra. Harris-White também disse que você estava gritando.

Disso eu lembro. Na verdade, ainda posso ouvir meus gritos reverberando sobre a água. Ainda posso ver a garça alçando voo.

— Eu estava.

— Por quê?

— Porque eu estava com medo.

— Com medo?

— Você não estaria? Se você acordasse e todo mundo na sua cabana tivesse sumido?

— Eu ficaria preocupado – diz Flynn. – Não creio que eu gritaria.

— Bem, eu gritei.

Porque eu sabia o que estava acontecendo. Eu fui muito burra de ter voltado aqui, e agora tudo está se repetindo.

O Detetive Flynn vira uma nova página.

— Existe alguma chance de você ter gritado por outro motivo?

— Outro como?

— Eu não sei. Talvez por culpa.

Eu me remexo na cadeira, incomodada com o tom de Flynn. Detecto uma ponta de desconfiança, um pouco de suspeita.

— Culpa?
— Você sabe, por perdê-las quando elas estavam sob seus cuidados.
— Eu não perdi as meninas.
— Mas elas estavam sob seus cuidados, certo? Você era a supervisora delas aqui no acampamento.
— Instrutora — eu corrijo. — Eu disse a elas no dia em que chegamos ao acampamento que eu estava aqui para ser uma amiga e não uma figura de autoridade.
— E era o que você era? — Flynn diz. — Uma amiga, eu quero dizer.
— Sim.
— Então você gostava delas?
— Sim.
— E não teve problemas com elas? Desentendimentos ou brigas?
— *Não* — eu digo, enfatizando a palavra. — Já te falei, eu gostava delas.

Sinto-me cada vez mais impaciente e inquieta. Por que é que ele está perdendo todo esse tempo me fazendo essas perguntas quando as meninas ainda estão lá fora, talvez feridas, talvez perdidas para sempre? Por que ninguém parece estar procurando? Eu olho pela janela do refeitório e vejo algumas viaturas e um punhado de agentes das tropas estaduais perambulando do lado de fora.

— Tem alguém procurando por elas? — pergunto. — Vocês vão organizar um grupo de busca, né?
— Sim. Só precisamos de mais algumas informações suas.
— O que mais?
— Bem, para começar, há algum dado sobre as garotas que você acha que eu deveria saber? Algo sobre elas que poderia ajudar na busca?
— Hum, Krystal é escrito com um K. Caso isso ajude.
— Certamente ajudará.

Flynn é um tanto lacônico, e eu não consigo deixar de imaginar a foto de cada uma das meninas estampada na lateral de caixas de leite, um serviço público nobre que, na realidade, é horrível quando pensamos a respeito. Quem quer abrir a geladeira e dar de cara com o rosto de uma criança desaparecida?

— Mais alguma coisa? — Flynn pergunta.

Fecho os olhos, esfrego as têmporas. Minha cabeça está me matando.
— Deixe-me pensar — eu digo. — Sasha. Ela é tão inteligente. A desvantagem é que ela sabe tanto que fica um pouco assustada. Ela tem medo de ursos e de cobras.

Ocorre-me que Sasha pode estar com medo agora, onde quer que esteja. As outras também. Parte meu coração pensar nelas perdidas na floresta, apavoradas com tudo ao redor. Espero que pelo menos estejam todas juntas para que consigam apoiar uma a outra. Por favor, meu Deus, permita que elas estejam juntas.

Eu continuo falando, impelida pelo desejo de contar ao detetive tudo o que eu sei sobre as garotas.

— Miranda é a mais velha. E a mais valente. Seu tio é policial, eu acho. Ou talvez o pai dela fosse. Embora ela more com a avó. Pensando bem, ela nunca mencionou os pais.

Uma lembrança raia no meu cérebro, súbita como um trovão.

— Ela levou o telefone.

— Quem?

— Miranda. Quer dizer, não tenho certeza se levou com ela, mas não estava entre as suas coisas. Isso poderia ser usado para encontrá-la?

Flynn, que estava afundando na sua cadeira enquanto eu tagarelava, de repente se anima.

— Sim, definitivamente. Todos os celulares vêm com um GPS. Você sabe qual é a operadora?

— Não.

— Vou pedir que alguém entre em contato com a avó dela para perguntar – diz Flynn. – Agora vamos falar sobre por que você acha que as garotas sumiram.

— Eu não sei.

— Tem que haver uma razão, não acha? Por exemplo, talvez elas saíram porque estavam com raiva de você por algum motivo?

— Nada em que eu consiga pensar.

Mentira. Mais uma na recente trilha delas. Porque há algo que as faria querer deixar Corniso.

Eu.

O jeito como eu agi. Bêbada, chorando e ainda tocando meu pulso nu, que agora tem um vergão vermelho na área em que fiquei esfregando a pele continuamente. Eu não estava no meu perfeito juízo na noite passada, e isso as assustou. Eu vi em seus semblantes.

— Você acha que elas fugiram? – pergunto.

— Geralmente é o motivo mais lógico. Em média, mais de dois milhões de jovens fogem a cada ano. A grande maioria é rapidamente localizada e volta para casa.

Parece mais uma daquelas estatísticas que Sasha saberia de cor. Mas eu não acredito, nem por um segundo, que as três fugiram para ir embora de casa. Eles não deram nenhuma indicação de infelicidade em suas vidas em família.

– E se elas não o fizeram? – eu digo. – Qual seria outro motivo?

– Crime hediondo.

Flynn diz isso tão rápido que até perco o ar.

– Como sequestro?

– É uma possibilidade? Sim. É provável? Não. Menos de um por cento de todas as crianças desaparecidas são sequestradas por estranhos.

– E se o sequestrador não for um estranho?

Flynn vira rapidamente para outra página de sua caderneta, com a caneta pronta sobre o papel.

– Você sabe de alguém?

Eu sei. Talvez.

– Alguém falou com o pessoal da cozinha? – eu digo. – Outro dia, eu peguei um deles olhando para as campistas no lago. E não tinha nada de bom naquele olhar. Era asqueroso.

– Asqueroso?

– Como se ele não visse nada de mau em comer com os olhos uma garota de 16 anos.

– Então era um homem?

Eu confirmo vigorosamente.

– A etiqueta no avental dizia que seu nome era Marvin. Duas outras funcionárias da cozinha estavam presentes. Mulheres. Elas viram toda a cena.

– Vou garantir que sejam interrogados – diz Flynn, anotando tudo.

Ver sua caneta correndo sobre o papel é reconfortante. Significa que estou ajudando. Energizada, pego o café e tomo outro gole amargo.

– Vamos falar sobre quinze anos atrás – diz Flynn. – Fui informado de que você estava aqui quando outras três meninas desapareceram. Correto?

Olho para ele, um pouco desconfortável.

– Creio que você já sabe que sim.

– E você estava na mesma cabana que elas, não é?

Detecto mais suspeita em sua voz. Menos sutil dessa vez.

– Sim – eu digo, na defensiva. – Nenhuma delas, a propósito, estava entre a grande maioria que você afirma ter sido localizada e enviada de volta para casa.

– Estou ciente disso.

– Então por que está me fazendo essas perguntas?

Flynn finge não ouvir meu questionamento e prossegue.

– Retomando, uma colega campista disse que ouviu você e uma das garotas que desapareceu brigando naquela mesma noite.

Becca. Claro que ela contou à polícia o que ouviu. Mas não posso ficar brava com ela por isso. Eu teria feito o mesmo se os papéis estivessem invertidos.

– Foi uma discussão – retifico com a voz fraca. – Não uma briga.

– E qual foi o motivo dessa discussão?

– Eu, honestamente, não me lembro – digo, quando é claro que me lembro. Eu estava gritando com Vivian por causa de Theo. Uma garota besta brigando por causa da droga de um garoto.

– Como você mencionou, nenhuma dessas meninas foi vista novamente – diz Flynn. – Por que você acha que isso aconteceu?

– Eu não sou especialista em desaparecimentos.

– Mesmo assim está hesitante em pensar que esse trio atual de garotas desaparecidas fugiu.

– Porque eu as conheço. Elas não fariam algo assim.

– E as garotas que desapareceram quinze anos atrás? Você também as conhecia.

– Conhecia.

– Tão bem a ponto de ficar brava com elas.

– Com *uma* delas.

Pego o café e tomo outro gole, dessa vez para me dar forças.

– Talvez até com uma raiva movida pela violência.

Flynn me pega no meio do gole. O café para na minha garganta, me engasgando. Eu começo a tossir, tosses curtas e ásperas, babando café e saliva.

– O que você está querendo dizer? – consigo articular entre as tosses.

– Estou apenas sendo meticuloso, senhorita Davis.

– Talvez fosse melhor começar a procurar Miranda, Krystal e Sasha. Seja meticuloso com isso.

Olho de novo pela janela. Os agentes ainda estão lá, zanzando do lado de fora do refeitório. É como se estivessem montando guarda no lugar. Para não permitir que ninguém entre. Ou que ninguém saia.

Uma percepção sombria se abate sobre mim. Agora sei por que ninguém parece estar procurando as garotas. Por que o Detetive Flynn continua repisando meu relacionamento com todas elas. Eu deveria saber no momento em que acordei e vi que Miranda, Sasha e Krystal tinham sumido.

Eu sou suspeita.

A única suspeita.

— Eu não toquei nas garotas. Nem naquelas e muito menos nestas.

— Você há de convir que é muita coincidência — diz Flynn. — Quinze anos atrás, todas as garotas da sua cabana desapareceram no meio da noite. Todas elas, menos você. Agora aqui estamos nós, com todas as garotas de sua cabana mais uma vez desaparecendo durante a noite. Todos elas, menos você.

— Eu tinha 13 anos na primeira vez que isso aconteceu. De que tipo de violência você acha que uma garota de 13 anos é capaz?

— Eu tenho uma filha dessa idade — diz Flynn. — Você ficaria de queixo caído.

— E agora? — Pergunto, estremecendo diante do tom histérico de minha voz e da dor de cabeça que a acompanha. — Eu sou uma artista. Estou aqui para ensinar as meninas a pintar. Não tenho absolutamente motivo algum para machucar quem quer que seja.

Na minha cabeça, uma voz muito mais tranquila fala comigo. *Mantenha a calma, Emma. Pense claramente. Revise o que sabe.*

— E eu não sou a única que estava aqui na época — continuo. — Tem várias outras pessoas também.

Casey, por exemplo, apesar de duvidar que ela seria capaz de matar um mosquito muito menos ferir dois trios de meninas sem motivo aparente. Também tem Becca, que, definitivamente, tinha motivos para odiar Vivian, Natalie e Allison.

Penso em Theo. Lembro-me de sua imagem no banho com Vivian. Lembro-me de socar o seu peito. *Onde elas estão? O que você fez com elas?* Mas Theo tinha um álibi sólido quinze anos antes. Já Franny é um caso totalmente diferente. O diário de Vivian invade meus pensamentos.

Falta pouco para descobrir seu segredinho sujo.

Eu sei a verdade.

Estou com medo.

— Acho que você deveria falar com Franny — eu digo.

— Por quê?

— Vivian, uma das meninas que desapareceu há quinze anos, estava bisbilhotando pelo acampamento. Investigando.

— Investigando o quê? — Flynn pergunta, sua impaciência cada vez mais pronunciada.

Juro por Deus que é o que eu gostaria de saber. Embora Vivian tivesse deixado muitas pistas, não há nada para identificar o que, exatamente, Franny pode estar escondendo.

— Algo que Franny talvez quisesse manter em segredo.

— Alto lá, você está dizendo que acha que a Sra. Harris-White fez algo contra as garotas da sua cabana? Não apenas agora, mas também há quinze anos?

Soa ridículo. É ridículo. Mas é a única razão em que consigo pensar para explicar uma situação que desafia toda e qualquer lógica. Tudo o que descobri desde que voltei ao acampamento aponta para esse desfecho.

Vivian estava procurando algo, possivelmente relacionado ao Sanatório Vale Pacífico. Ela encontrou e recorreu à ajuda de Natalie e Allison. Todas as três desapareceram imediatamente. Não pode ser uma coincidência.

Agora estou de volta aqui, procurando o que Vivian estava procurando, e Miranda, Krystal e Sasha também desaparecem. Repito, estranho demais para ser mera coincidência.

É possível que Vivian tenha se deparado com algo que Franny estava desesperada para manter escondido. Talvez algo pelo qual valesse a pena matar. Agora eu talvez esteja prestes a descobrir o que é, e esse é outro aviso de Franny.

Aquela história sobre os falcões dispara em meu cérebro, suplantando todos os outros pensamentos desordenados. Foi por isso que ela me contou? Para me assustar a ponto de parar de procurar? Será que ela contou a mesma história para Vivian depois que ela foi pega no chalé?

— Faz mais sentido do que pensar que eu fiz — assevero.

— Você está falando de uma boa pessoa — Flynn abaixa a caderneta, pega um lenço e enxuga a testa. — Que inferno! Ela é a maior contribuinte de todo o condado. Toda essa terra? Imagine só a quantidade de impostos que ela paga por ano sobre a propriedade. E, mesmo assim, ela nunca reclamou. Nunca tentou pagar menos. Na verdade, ela doa quase o mesmo tanto para a caridade. Sabe o principal hospital do condado? Adivinha o nome de quem está no bendito prédio?

— Tudo o que sei é que não fui eu — reafirmo. — Nunca fui eu.

— Isso é o que você diz. Mas ninguém sabe o que aconteceu. Tudo o que temos é a sua palavra, que, com todo o respeito, é um tanto suspeita.

— Algo estranho está acontecendo aqui.

O detetive devolve o lenço ao bolso e me encara com expectativa.
— Você teria a bondade de ser um pouco mais clara?

Eu esperava que não chegasse a esse ponto. Que o Detetive Flynn aceitasse minha palavra como fato e começasse a investigar o que realmente aconteceu com Miranda, Krystal e Sasha. Mas agora não há escolha. Eu tenho de contar tudo a ele. Porque talvez tudo o que aconteceu — o chuveiro, os pássaros, o vulto na janela — não era dirigido para mim. Talvez tenha sido destinado a uma das garotas.

— Tem alguém me vigiando a semana inteira — eu digo. — Fui espionada no banho. Alguém colocou pássaros na cabana.

— Pássaros? — Flynn diz, mais uma vez pegando a caderneta.

— Corvos. Três deles. Certa manhã, acordei e vi alguém do lado de fora da janela. Eles vandalizaram o exterior da cabana.

— Quando foi isso?

— Dois dias atrás.

— Qual foi o vandalismo?

— Alguém pichou a porta. — Hesito antes de dizer o resto. — Escreveram a palavra "mentirosa".

As sobrancelhas de Flynn se arquearam. Exatamente a reação que eu esperava.

— Escolha interessante de palavra. Alguma razão por trás disso?

— Sim — eu digo, irritada. — Talvez certificar-se preventivamente de que ninguém acreditaria em mim.

— Ou talvez você tenha feito isso para desviar a suspeita de si mesma.

— Você acha que eu planejei sequestrar aquelas garotas?

— Isso faz tanto sentido quanto tudo o que você me disse até agora — Flynn joga na minha cara.

A dor de cabeça se inflama — um incêndio nas minhas têmporas.

Isso não está acontecendo.

Eu não estou ficando louca.

— Alguém estava nos observando — prossigo. — Alguém estava lá.

— É difícil acreditar em você sem nenhuma prova. E, no momento, não há nada que sustente sua versão dos fatos.

Algo passa pela minha cabeça. Algo sobre o qual eu estava muito chateada para evocar, até agora. Algo que provará a Flynn que ele está errado sobre mim.

— Há sim — rebato. — Uma câmera. Apontada bem para a porta da cabana.

28.

A cabana reluz em verde no monitor, graças à visão noturna da câmera. É um verde feio. Um tom que se torna ainda mais enjoativo com a posição da câmera. Em vez de um ângulo reto em direção à fachada de Corniso, está inclinada para baixo, como se fosse a visão aérea de um pássaro, um ângulo que desperta vertigem.

– A câmera é sensível ao movimento – Chet explica. – Começa a gravar somente quando o movimento é detectado e para quando a paisagem fica estática. Cada vez que faz uma gravação, um arquivo digital é salvo automaticamente. Por exemplo, essa é uma gravação da noite em que foi instalada.

Na tela, a porta está entreaberta. Foi o movimento que desencadeou a câmera. Na escuridão, consigo distinguir um pé e um pedaço verde de perna.

Chet se move para um segundo monitor – um dos três instalados lado a lado no porão do chalé. Embora a maior parte do espaço esteja ocupada com pilhas de caixas e móveis cobertos de teias de aranha, assim como Mindy previu no meu *tour* no dia de chegada, um dos cantos foi equipado com um revestimento em placa de gesso na parede e linóleo branco no piso. É aqui que os monitores ficam, dispostos sobre uma mesa de metal com duas torres de PC.

Chet está sentado em uma cadeira de escritório na frente da mesa. O restante de nós – Theo, Franny, Detetive Flynn e eu – estamos atrás dele.

– Tudo isso parece bastante elaborado para uma câmera em uma cabana – Flynn comenta.

– Era apenas uma câmera de teste – responde Chet. – Vamos instalar mais por todo o acampamento. Por razões de segurança. Pelo menos, era o plano.

Atrás dele, Franny se encolhe. Como o resto de nós, ela sabe que não haverá acampamento a menos que Krystal, Sasha e Miranda sejam encontradas até o fim do dia. Isso poderia muito bem acabar com seu sonho de um último verão glorioso.

— A câmera também pode ser configurada para fazer um registro ao vivo e constante. É o que vemos aqui. — Chet aponta para o terceiro monitor, uma visão diurna de Corniso.

— Normalmente, a transmissão ao vivo fica desativada porque não há ninguém para monitorar constantemente. Eu liguei enquanto estamos todos aqui, apenas para o caso de as meninas voltarem.

Olho para a tela, na esperança de ver Sasha, Krystal ou Miranda aparecendo, retornando de uma trilha prolongada, alheias de toda a preocupação que causaram. Em vez disso, vejo Casey passando, conduzindo um grupo de meninas em prantos de volta para as cabanas. Mindy vem atrás, ela dá um olhar fugaz à câmera ao passar.

— As gravações ficam armazenadas aqui — diz Chet, usando o mouse para abrir uma pasta de arquivos localizada no monitor central. Dentro há dezenas de arquivos digitais identificados apenas por uma série de números. — O nome dos arquivos corresponde ao dia, hora, minuto e segundo de cada gravação. Então, esse arquivo, 3006044833, significa que foi gravado em 30 de junho, às 4 horas, 48 minutos e 33 segundos da manhã.

Ele clica uma vez e a imagem congelada no primeiro monitor ganha vida. A porta se abre mais e eu me vejo deixando a cabana, saindo desajeitadamente do ângulo de visão da câmera. Eu me lembro bem daquele momento; estava indo ao banheiro ao raiar da manhã com a bexiga cheia e um turbilhão de lembranças.

— O que você estava fazendo de pé a essa hora? — Flynn questiona.

— Estava indo ao banheiro — respondo, eriçada. — Suponho que ainda não é ilegal.

— Há arquivos de ontem à noite? — Flynn pede Chet, que rola o mouse para baixo, verificando as pastas.

— Vários.

Flynn se vira para mim.

— Você disse que percebeu que as meninas tinham ido sumido por volta de cinco da manhã, certo?

— Sim — confirmo. — E elas estavam lá quando eu fui dormir.

— A que horas foi isso?

Balancei a cabeça, incapaz de me lembrar. Eu estava atordoada demais — pelo uísque, pelas lembranças — para saber que horas eram.

– Há um arquivo entre meia-noite e quatro – Chet anuncia. – Depois há três entre 4h30 e 5h30 desta manhã.

– Vamos vê-los – Flynn pede.

– Esse é um pouco depois de uma da manhã.

Chet clica no primeiro arquivo e Corniso aparece. Primeiro, sem movimento algum, e eu me pergunto o que teria disparado a câmera. Mas então algo aparece – um borrão verde-esbranquiçado bem no limite da tela. Uma mamãe cervo e dois filhotes entram no quadro, olhos emitindo um brilho verde-limão à medida que passam cuidadosamente na frente de Corniso. Leva vinte segundos para que eles cruzem o caminho diante da cabana. Assim que o segundo filhotinho sai de quadro, com a cauda branca tremulando, a câmera desliga.

– Isso é tudo nesse período – diz Chet. – Este é de cerca de cinco minutos antes das cinco.

Ele clica e o primeiro monitor ganha vida novamente. É a mesma visão de antes, sem o cervo mas com a porta da cabana se abrindo lentamente.

Miranda é a primeira a aparecer. Ela põe a cabeça para fora, olhando em ambas as direções, certificando-se de que a área está limpa. Então sai na ponta dos pés, usando a polo do acampamento e a bermuda cargo, segurando um objeto retangular. Seu celular.

Ela é seguida por Sasha e Krystal, e ficam bem juntas.

Krystal traz uma lanterna e uma revista em quadrinhos enrolada e enfiada no bolso de trás da bermuda. Consigo vislumbrar a borda do escudo do Capitão América estampada na capa. Sasha carrega uma garrafa de água, que derruba no chão ao fechar a porta da cabana.

A garrafa sai rolando, fora de quadro. Sasha corre atrás dela, desaparecendo por um segundo. Quando retorna, as três conferem a frente da porta da cabana, alheias à presença da câmera. Elas, enfim, seguem para a direita, indo em direção ao coração do acampamento, desaparecendo uma a uma.

Primeiro Miranda, depois Krystal e finalmente Sasha.

Faço uma nota mental da ordem em que eles partem, caso eu precise pintá-las algum dia. E me odeio por pensar isso.

– Essa gravação é de cinco minutos depois – diz Chet quando a tela escurece e ele abre o próximo arquivo.

Não preciso olhar para o monitor para saber o que ele mostra. Eu saindo da cabana com os pés descalços, vestindo uma camiseta e o par de boxers que usei para dormir na noite anterior. Eu paro na frente da porta, esfregando os braços para espantar o frio. Então sigo na direção oposta a das meninas, em direção aos banheiros. Embora eu saiba o que esperar, a filmagem é um soco no estômago.

Cinco minutos. Esse foi o pouco tempo que se passou entre a saída das garotas da cabana e eu percebendo que elas tinham ido embora.

Malditos cinco minutos.

Eu questiono cada pensamento e cada atitude que tive esta manhã. Se ao menos eu tivesse acordado antes. Se eu não tivesse perdido tanto tempo pensando nas razões pelas quais elas teriam ido embora. Se eu tivesse ido para o refeitório em vez de ter ido aos banheiros.

Em qualquer um desses cenários, eu poderia ter interceptado as garotas a caminho de onde quer que elas tenham ido. Eu poderia ter sido capaz de impedi-las.

Pior ainda é como isso só me faz parecer mais culpada. Eu saí meros cinco minutos depois que as meninas partiram. Por mais que tenha sido uma tremenda coincidência, não é o que parece. Parece intencional, parece que eu estava esperando para segui-las a uma distância segura. Não importa que eu fui na direção oposta. Porque no próximo vídeo – o último daquela atribulada hora pré-alvorada – eu sou vista passando por Corniso durante minha ronda pelas cabanas. Analiso minha imagem no monitor, observando minha mandíbula contraída e o vazio nos meus olhos. Eu sei que é preocupação, mas para os outros pode parecer raiva quando eu involuntariamente segui o mesmo caminho que as meninas tinham tomado.

— Eu estava procurando por elas – digo, antecipando qualquer pergunta dos outros. – Foi logo depois que acordei e percebi que elas tinham sumido. Eu procurei primeiro nos banheiros, depois olhei em volta das cabanas antes de ir para o outro lado do acampamento.

— Você já mencionou isso – diz o Detetive Flynn. – Mas, mais uma vez, não há como provar. Tudo o que este vídeo confirma é que você deixou a cabana pouco depois das garotas. E até agora ninguém conseguiu encontrá-las.

— Eu não fiz nada para aquelas meninas!

Olho para Chet, para Theo, para Franny, implorando silenciosamente que eles me apoiem, embora nenhum deles tenha motivo para isso. Não fico surpresa quando, em vez de sair em minha defesa, Franny diz:

— Normalmente, não me sentiria confortável em compartilhar isso. Todo mundo tem direito à privacidade, especialmente em relação aos incidentes do passado. Mas diante das atuais circunstâncias, eu sinto que devo. Emma, por favor, me perdoe.

Ela me dá um olhar que é um misto de desculpas e pena. Eu não quero nem uma nem outra. Então viro o rosto enquanto Franny diz:

— Anos atrás, a Srta. Davis passou por um tratamento psiquiátrico por causa de uma doença mental não divulgada.

Enquanto ela fala, olho para o terceiro monitor. A transmissão ao vivo do lado de fora da cabana. No momento, a área está vazia. Não há campistas. Nem Mindy nem Casey. Somente a porta da frente de Corniso naquele ângulo hitchcockiano.

— Descobrimos isso durante uma verificação de antecedentes – continua Franny. – Contrariando o conselho de nossos advogados, nós a convidamos para se juntar a nós nesse verão. Não achávamos que ela representava uma ameaça para si mesma ou para as campistas. No entanto, tomamos algumas precauções.

Flynn, provando que não seria enrolado por ninguém, diz:

— Por isso instalou a câmera.

— Sim – confirma Franny. – Só pensei que você deveria saber. Mostrar que estamos fazendo tudo o que está a nosso alcance para te ajudar em sua busca. Eu não quero insinuar de modo algum que acho que Emma esteja envolvida com esse desaparecimento.

No entanto, é exatamente o que ela está fazendo. Eu mantenho meu olhar fixo no monitor, sem vontade de desviar, porque sei que isso significaria encarar Franny novamente. E não tenho certeza de que consigo.

Uma garota aparece na tela, costas eretas, passos decididos. Ela sabe que a câmera está lá. A princípio, penso que é uma campista, talvez escapando de alguma cabana vizinha para dar uma conferida nas tropas estaduais circulando perto do refeitório.

Então eu vejo o cabelo loiro, o vestido branco, o medalhão no pescoço.

É Vivian.

Bem ali no monitor.

Perco o ar, estou em choque – solto um gemido áspero e rouco.

Chet é o primeiro a notar e diz:

— Emma? O que foi?

Minha mão treme quando aponto para o monitor. Vivian ainda está lá. Ela olha diretamente para a câmera e dá um sorriso de falsa modéstia. Como se soubesse que estou assistindo. Ela até acena para mim.

– Vocês estão vendo isso, né?
– Vendo o quê? – é Theo quem fala, com o cenho franzido, um médico preocupado.
– *Ela* – eu digo. – Em frente à Corniso.
Todos eles se voltam para o monitor, aglomerando-se em torno dele, bloqueando minha visão.
– Não tem ninguém ali – diz Theo.
– Você viu uma das garotas desaparecidas? – Flynn pergunta.
– Vivian. Eu vi Vivian.
Eu os acotovelo para recuperar minha visão da transmissão ao vivo. No monitor, só vejo Corniso. Vivian não está mais lá. Nem mais ninguém.
Eu digo a mim mesma: *Isso não está acontecendo.*
Eu digo a mim mesma: *Eu não estou ficando louca.*
É inútil. Pânico e medo já me dominaram, anestesiando meu corpo. Minha visão começa a escurecer, latejando até que eu não consiga enxergar mais nada. Jogo os braços para a frente, procurando algo em que me agarrar. Alguém me ampara. Theo. Ou talvez o Detetive Flynn.
Mas é tarde demais.
Meu braço escapa de suas mãos e eu caio, estatelando-me no chão do porão, desmaiada.

QUINZE ANOS ATRÁS

O moletom jaz sobre a mesa no prédio de artes e artesanatos, mangas estendidas. Do mesmo jeito que minha mãe dispunha as roupas sobre a cama quando queria que eu usasse, para que todo o conjunto se revelasse e me seduzisse a vesti-lo. Só que o caso dessa peça é diferente. Em vez de que usá-la, a polícia queria que eu a identificasse.

– Você reconhece isso? – perguntou uma agente das tropas estaduais com um sorriso caloroso e um ar, ou melhor, um tom maternal.

Fitei o moletom – branco com *Princeton* escrito na frente no laranja altivo do Tigre que era mascote da universidade – e assenti.

– É da Vivian.

– Tem certeza?

– Sim.

Ela o vestiu em uma das fogueiras. Lembrei porque eu brinquei que ficava parecendo um *marshmallow*. Ela disse que contanto que mantivesse os mosquitos longe, ela não estava nem aí para a moda.

A oficial olhou para seu colega do outro lado da mesa. Ele assentiu e rapidamente dobrou o moletom. Usava luvas de látex. Eu não conseguia entender por quê.

– Vocês pegaram essa blusa em Corniso? – perguntei.

A agente ignorou a pergunta.

– Vivian estava usando esse moletom quando a viu sair da cabana?

– Não.

– Pense bem. Não responda com pressa.

– Não preciso de mais tempo. Ela não estava usando.

Se eu pareci irritada, era mais do que justificável. As garotas estavam desaparecidas há mais de um dia, e todos já estavam perdendo as esperanças. Era perceptível em todo o acampamento. Era como um vazamento em uma banheira de água, drenando o precioso otimismo gota a gota. Na época, o prédio de artes e artesanatos foi ocupado pela polícia, que o transformou em uma central de operações para organizar grupos de busca, inscrever voluntários e, no meu caso, interrogar informalmente garotas de 13 anos.

Eu tinha passado uma hora lá na noite anterior, bombardeada por um par de detetives que se revezavam me fazendo perguntas. Um vaivém cansativo, meu pescoço doía de ficar olhando de um para o outro. Respondi à maioria das perguntas. Quando as meninas saíram. O que estavam vestindo. O que Vivian disse antes de sair da cabana. Quanto ao que eu lhe disse quando ela saiu e como eu não deixei que elas entrassem ao voltar, bem, isso não foi dito.

A vergonha era muito grande. A culpa era ainda maior.

Agora eu estava sendo submetida a uma nova rodada de perguntas, embora a agente demonstrasse muito mais paciência do que os detetives. Na verdade, ela parecia querer me abraçar e me acolher em seus peitos enormes, me dizendo que tudo ficaria bem.

– Eu acredito em você – ela disse.

– Onde você achou aquele moletom?

– Eu não tenho permissão para dizer.

Eu olhei para o outro lado da sala, onde o moletom dobrado estava sendo passado para outro oficial. Ele também usava luvas. As mãos brilhavam por causa do látex branco quando ele colocou o moletom dentro de uma caixa de provas de papelão. O medo inundou meu coração.

– Alguma das garotas tem segredos que poderiam ter compartilhado com você, mas não com as outras? – a agente perguntou.

– Eu não sei.

– Mas elas tinham segredos?

– É meio difícil falar algo em segredo se eu não sei a quem mais elas contaram.

Aquela atitude de vaquinha adolescente era intencional. Uma tentativa de limpar a expressão de pena do rosto da oficial. Eu não merecia sua pena. Em vez disso, no entanto, ela se inclinou mais para perto, agindo como a orientadora escolar que sempre nos dizia para pensar nela como uma amiga e não como uma figura de autoridade.

– Na maioria das vezes as adolescentes fogem porque estão encontrando alguém às escondidas – disse ela. – Um namorado. Ou um amante. Geralmente é alguém que os outros não aprovam. Um romance proibido. Alguma das garotas mencionou algo do gênero?

Eu não sabia o quanto deveria dizer, principalmente porque eu não sabia o que estava acontecendo.

— As garotas fugiram? É isso que você acha?

— Não sabemos, querida. Talvez. É por isso que precisamos da sua ajuda. Porque às vezes garotas fogem para encontrar um garoto que acaba as machucando. Não queremos que suas amigas se machuquem. Só queremos encontrá-las. Então, se você sabe de alguma coisa, qualquer coisa, eu ficaria muito grata se você me dissesse.

Pensei em *Uma vida interrompida*. Na adolescente encontrada morta em um campo. No vizinho tenebroso que a matou.

— Vivian *estava* se encontrando com alguém — eu disse.

Os olhos da agente se iluminaram momentaneamente antes de ela se recompor, forçando-se a conter a empolgação.

— Ela por acaso lhe disse quem era?

— Você acha que ele poderia ter feito alguma coisa para ela?

— Não saberemos até falarmos com ele.

Eu entendi isso como um sim. O que significava que eles pensavam que Vivian, Natalie e Allison estavam mais do que perdidas. Pensavam que estavam mortas. Assassinadas. Apenas três vidas interrompidas na floresta.

— Emma — a policial me chamou. — Se você sabe o nome dele, você precisa nos dizer.

Eu abri a boca. Meu coração trovejou tão forte que senti meus dentes vibrando.

— É o Theo — eu disse. — Theodore Harris-White.

Eu não acreditei, nem mesmo quando verbalizei seu nome. Por mais que eu quisesse. E eu queria acreditar que Theo tinha algo a ver com o desaparecimento das meninas, que ele era capaz de machucá-las. Porque ele já *tinha* machucado alguém.

Eu.

Ele partiu meu coração sem nem sequer perceber.

Essa era a minha chance de machucá-lo de volta.

— Tem certeza? — perguntou a policial.

Eu tentei me convencer de que não era a amargura do ciúme que comandava minhas ações. Que fazia todo sentido Theo estar envolvido. Uma vez que Vivian, Natalie e Allison voltaram e viram que a cabana estava trancada, deveriam ter procurado uma supervisora. Só que não o fizeram porque estavam fora há horas e tinham bebido. Ambas as transgressões resultariam na expulsão imediata do acampamento. Então elas tiveram de recorrer a uma figura de autoridade em quem podiam confiar: Theo. Agora elas estavam desaparecidas, presumivelmente mortas. Não podia ser mera coincidência.

Pelo menos foi a mentira que contei a mim mesma.

– Tenho certeza – confirmei.

Alguns minutos depois, fui autorizada a retornar a Corniso. Saí em meio ao burburinho no exterior do prédio de artes e artesanatos. Policiais e repórteres em plena atividade, o latido de cães farejadores à distância. Equipes de busca já começavam a revirar o acampamento, passando por mim, abrindo as portas das cabanas e procurando lá dentro, vasculhando cada esconderijo.

Quando me afastei, vi uma equipe de busca voltando de uma batida na floresta. A maioria deles eram moradores da cidade, que vieram ajudar com o que fosse necessário, mas vi alguns rostos familiares na multidão.

O funcionário da cozinha que havia empilhado as panquecas no meu prato no 4 de julho, que de repente parecia ter sido semanas atrás. O faz-tudo do acampamento que sempre parecia estar consertando alguma coisa.

E então vi Theo, usando jeans e uma camiseta toda manchada de suor. Seu cabelo estava todo desgrenhado e ele parecia exausto. Sua bochecha estava suja.

Eu avancei contra ele, sem saber o que pretendia fazer até estar bem na sua frente. Eu estava com raiva de Vivian e apavorada por ela, furiosa com Theo e apaixonada por ele. Então cerrei as mãos em punhos e soquei seu peito.

– Onde elas estão? – eu gritei. – O que você fez com elas?

Theo não se mexeu, não recuou.

Mais uma prova, na minha mente confusa, de que ele já tinha se preparado para uma surra de minhas pequenas mãos.

Que, no fundo, ele sabia que merecia isso.

29.

Isso não está acontecendo.
Eu não estou ficando louca.

As palavras pipocam no meu cérebro no momento em que recupero a consciência, fazendo-me levantar com tudo. Bato a cabeça em algo duro acima de mim. A dor pulsa na minha testa, juntando-se a outra, anteriormente despercebida na minha nuca.

– Opa – alguém diz. – Cuidado.

Um momento de pura confusão se passa antes que eu perceba onde estou. Acampamento Nightingale. Corniso. Aboletada na cama de baixo de um beliche, acabei de bater a cabeça na cama de cima. A pessoa que falou é Theo. Ele está sentado no meu baú com a revista *National Geographic* de Sasha, passando o tempo enquanto me esperava acordar.

Esfrego a cabeça, alternando a palma entre os dois pontos de dor. A da frente já está se amenizando. A de trás é o oposto. Só aumenta.

– Você teve uma queda e tanto no porão – diz Theo. – Eu consegui te amparar um pouco, mas mesmo assim você bateu a cabeça de mau jeito.

Deslizo da cama e fico de pé, me segurando no beliche de Miranda caso precise de apoio. Minhas pernas parecem de borracha, mas ainda fortes o suficiente para me sustentar em pé. Alguns pontos pretos, como os que turvaram minha visão no chalé, ainda persistem. Pisco até eles sumirem.

– Você precisa descansar – diz Theo.

Isso é impossível no momento. Não com ele aqui. Não quando meus membros formigam de ansiedade, doloridos e inquietos. Olho em volta da cabana e vejo que tudo continua do mesmo modo que estava essa manhã. A cama de Sasha ainda está meticulosamente arrumada. O ursinho de pelúcia de Krystal continua um calombo debaixo dos cobertores.

– Elas ainda estão desaparecidas, né?

Theo confirma com um aceno solene. Minhas pernas começam a tremer, me implorando para deitar novamente. Eu me seguro com mais força na borda da cama de Miranda e permaneço de pé.

— O Detetive Flynn deu a notícia às famílias. Ele perguntou se alguma delas tentou entrar em contato com a família. Ninguém tentou. A avó de Miranda nem sabia que ela tinha um celular, então ainda não sabemos qual é a operadora que ela usa.

— Flynn falou com a equipe da cozinha?

— Falou. Todos moram na cidade vizinha. São todos funcionários da cantina da escola secundária de lá. Satisfeitos por ter um emprego durante as férias de verão. Eles vêm juntos de van todos os dias antes do café da manhã e vão embora depois do jantar. Ninguém ficou para trás ontem à noite e ninguém chegou mais cedo hoje de manhã. Nem mesmo Marvin.

Todas as informações que dei a Flynn — todas as minhas tentativas de ajudar — não deram em nada. A decepção incha meu peito, apertando minha caixa torácica. Theo deixa a revista de lado e diz:

— Você quer falar sobre o que aconteceu lá no chalé?

— Na verdade não.

— Você disse que viu a Vivian.

Minha boca fica seca, dificultando a fala. Minha língua parece muito pegajosa e pesada para formar palavras. Theo me dá uma garrafa de água que estava ao seu lado e eu tomo uns golinhos.

— Eu vi — admito depois de limpar a garganta. — No monitor da transmissão ao vivo da cabana.

— Eu olhei, Emma. Não havia ninguém lá.

— Oh, eu sei. Foi só...

Não consigo achar um jeito adequado de descrever. Uma alucinação? Minha imaginação?

— Estresse — diz Theo. — Você está sob uma carga imensa.

— Mas eu já a vi antes. Quando era muito mais jovem. Foi por isso que fui parar no hospital psiquiátrico. Achei que ela tinha ido embora. Mas não. Ela continua aparecendo para mim. Aqui. Agora.

Theo inclina a cabeça, olhando para mim do mesmo jeito que, tenho certeza, olha para seus pacientes quando tem más notícias a dar.

— Conversei com minha mãe. Nós dois concordamos que foi errado te convidar para voltar, ainda que tenha sido com a melhor das intenções. De modo algum isso significa que achamos que o que está acontecendo é culpa sua. É nossa. Nós subestimamos o efeito que estar aqui teria sobre você.

— Você está me dizendo para ir embora do acampamento?

— Sim – diz Theo. – Acho que é melhor assim.

— Mas e as meninas?

— Há uma equipe de busca atrás delas neste exato momento. Eles se dividiram em dois grupos. Um está vasculhando a floresta à direita do acampamento e o outro está fazendo a mesma coisa à esquerda.

— Eu preciso participar – eu digo, cambaleando em direção à porta. – Eu quero ajudar.

Theo bloqueia meu caminho.

— Você não tem a menor condição de sair andando pela floresta.

— Mas eu preciso encontrá-las.

— Elas serão encontradas – diz Theo enquanto agarra meus braços, me segurando no lugar. – Eu prometo. O plano é adicionar mais rastreadores amanhã se necessário. Dentro de 24 horas, cada metro quadrado desta propriedade terá sido cuidadosamente vasculhado.

Eu não o relembro de que uma busca semelhante não teve resultado algum quinze anos atrás. Cada metro quadrado de terra também foi esquadrinhado. E só acharam um moletom.

— Eu vou ficar – insisto. – Não vou embora até que elas sejam encontradas.

Um estrondo ressoa à distância – um barulho profundo que ecoa pelo vale como um trovão. Um helicóptero se juntando à busca. O som é familiar para mim. Eu o ouvi muito há quinze anos. A cabana vibra conforme o helicóptero corta o céu num rasante, praticamente roçando as árvores. Theo faz uma careta quando ele passa.

— Minha mãe não confia em você, Em – ele diz, levantando a voz para competir com o helicóptero. – Eu também não tenho certeza se confio.

Eu falo mais alto também.

— Eu juro para você, não machuquei as meninas.

— Como você pode ter tanta certeza? Estava tão confusa na noite passada que eu duvido que se lembraria se tivesse feito algo.

O helicóptero se retira da área, indo para os arredores do lago. Sua partida mergulha a cabana no silêncio. Pairando na recém-recuperada quietude estão as palavras de Theo – e a acusação contida nelas.

— Do que está falando?

— Flynn conversou com as outras instrutoras — diz Theo. — Todas elas. Casey disse que te viu nos banheiros ontem à noite. Disse que você parecia bêbada. Quando conversamos com Becca, ela admitiu que vocês duas dividiram uma garrafa de uísque enquanto o resto de nós estava na fogueira.

— Sinto muito — digo, com a voz tão incrivelmente baixa que duvido que Theo possa ouvir.

— Então você estava bebendo ontem à noite?

Eu admito que sim.

— Meu Deus, Emma. Uma das campistas poderia ter te visto.

— Sinto muito — repito. — Foi uma estupidez, e foi errado, e eu não sou assim. Mas isso não significa que eu tenha feito algo contra as meninas. Você viu a filmagem da câmera. Viu que fui procurá-las.

— Ou segui-las. Não dá para ter certeza.

— Dá sim. Porque você me conhece. E sabe que eu não machucaria as garotas.

Ele não tem motivo para acreditar em mim. Não depois de todas as mentiras que contei. Uma palavra de Theo para a polícia poderia me empurrar para a mesma situação em que o coloquei quinze anos antes. O fato de que nossos papéis estão invertidos não passa batido para mim.

Inclino a cabeça e olho no fundo de seus olhos castanhos, querendo que ele me olhe de volta. Quero que ele me veja. Realmente me veja. Se ele fizer isso, talvez reconheça a garota que eu costumava ser. Não essa versão danificada de 28 anos de idade que muito provavelmente está perdendo a sanidade, mas a jovem de 13 anos que tinha adoração por ele.

— Por favor, acredite em mim — eu sussurro.

Um momento se passa. Um intervalo que dura apenas um segundo, mas que parece vários minutos. Nesse intervalo, quase posso sentir meu destino pendurado na balança. Então Theo sussurra de volta.

— Eu acredito.

Eu balanço a cabeça, incrivelmente grata, resistindo à vontade de chorar de alívio.

E então eu o beijo.

É uma surpresa para nós dois. Assim como da última vez, só que mais forte. Desta vez, não é ousadia que me impele a fazer isso. É desespero. O desaparecimento das meninas tirou meu chão, me deixou tão desamparada que agora eu quero mais do que tudo a distração que evitei no outro dia. Preciso de algo para tirar momentaneamente minha mente do que está acontecendo. Anseio por isso.

Theo permanece completamente imóvel, sem reação, enquanto continuo a pressionar meus lábios contra os seus. Mas logo está me beijando de volta, aumentando a intensidade. Eu me pressiono contra ele, minhas palmas no seu peito. Agora lhe acariciando em vez de agredi-lo. Theo me abraça apertado, me puxando ainda mais para perto. Eu sei como é. Sou uma distração para ele tanto quanto ele é para mim. Não me importo. Não quando seus lábios estão no meu pescoço e sua mão está deslizando por baixo da minha camiseta.

Mais barulhos do lado de fora da janela. Outro helicóptero se aproximando. Ou talvez seja o mesmo, fazendo outra ronda. Passa diretamente sobre Corniso, tão alto que não consigo ouvir mais nada além do estrondo de seus rotores. A janela chacoalha.

Em meio ao barulho, Theo me pega no colo e me leva até o meu beliche, colocando-me na cama. Ele tira a camisa, revelando mais cicatrizes. Uma dúzia, pelo menos, cruzando a pele do ombro até o umbigo, parecendo marcas de garras. Eu penso no acidente dele – metal retorcido, vidro quebrado, estilhaços perfurando a pele e quase atingindo o osso.

Eu causei essas cicatrizes.

Cada uma delas.

Agora Theo está em cima de mim, pesado, seguro e quente. Mas não posso deixar isso ir mais longe, dane-se a distração.

– Theo, pare.

Ele se afasta de mim, confusão evidente em seus olhos.

– O que foi?

– Eu não posso fazer isso. – Saio debaixo dele e vou para o outro lado da cabana, onde estou menos propensa a ceder à tentação de tocar suas cicatrizes, de traçar cada uma delas com meus dedos. – Não até te contar uma coisa.

Embora o helicóptero tenha se movido, ainda posso ouvi-lo sobrevoando o lago. Espero até que o som desapareça antes de dizer:

– Eu sei, Theo. Sobre você e Vivian.

– Não havia eu e Vivian.

– Não precisa mentir sobre isso. Não mais.

– Não estou mentindo. Do que você está falando?

– Eu te vi, Theo. Você e Vivian. No chuveiro. Eu te vi e aquilo partiu meu coração.

– Quando? – Theo diz.

– Na noite em que elas desapareceram.

Eu não preciso dizer mais nada. Theo entende o resto. Por que eu o acusei. Como essa acusação o perseguiu desde então. Ele se senta na cama, esfregando a mandíbula, os dedos roçando a barba por fazer.

Sempre pensei que contar toda a verdade faria eu me sentir melhor. Que esse alívio inundaria meu corpo da cabeça aos pés. E, no entanto, só me sinto culpada. E mesquinha. E insuportavelmente triste.

– Eu sinto muito – digo. – Eu era jovem e estúpida; estava preocupada com as garotas e de coração partido por sua causa. Então, quando aquela agente me perguntou se alguma delas tinha um namorado que ninguém mais sabia, eu disse a ela que você estava encontrando Vivian às escondidas.

– Mas eu não estava – ele responde.

– Theo, eu *vi* você.

– Você viu *alguém*. Só que não era eu. Sim, Vivian flertou e deixou claro que queria mais. Mas eu nunca me interessei.

Repasso aquele momento em minha mente. Ouvindo os gemidos abafados pela água do chuveiro. Espiando pela fresta entre as tábuas. Vendo Vivian encostada na parede, seu cabelo escorrendo pelo pescoço, molhado, os fios emaranhados. Theo atrás dela. Estocando o quadril contra ela. Rosto enterrado em seu pescoço.

Seu rosto.

Na verdade, não vi seu rosto.

Eu simplesmente presumi que era Theo porque eu o tinha visto no chuveiro antes.

– Tinha que ser você – eu digo. – Não podia ser mais ninguém. Você era o único homem em todo o acampamento.

Mal termino de pronunciar as palavras e sei que estou errada. Havia outro alguém aqui mais ou menos da mesma idade de Theo. Alguém que passou despercebido, simplesmente fazendo o seu trabalho, escondido bem à vista de todos.

– O zelador – eu digo.

– Ben – Theo diz o nome com uma bufada de repulsa. – E se ele fez algo assim naquela época, quem sabe o que pode ter feito agora.

30.

– Fale sobre as meninas – diz o Detetive Flynn. – As que desapareceram. Você teve alguma interação com elas?

– Devo ter visto alguma delas. Não me lembro se vi ou não, mas é provável que sim.

– Você teve alguma interação com *alguma* menina do acampamento?

– Não de propósito. Se eu precisava ir a algum lugar e elas estavam no meu caminho, eu pedia licença. Fora isso, ficava na minha.

Ele olha para nós sentado numa cadeira projetada para alguém com metade da sua idade, fitando nossos rostos. Primeiro o meu. Então o de Theo. E finalmente o do Detetive Flynn.

Estamos no prédio de artes e artesanatos, pois o refeitório está servindo o jantar para as campistas e instrutoras restantes. E as vi entrando desanimadas enquanto Theo e eu nos dirigíamos para o prédio ao lado. Algumas garotas ainda choravam. A maioria tinha expressões vazias e atordoadas, ocasionalmente pontuadas pela descrença. Eu vi nos olhos delas quando levantaram os rostos para o céu quando o helicóptero de busca fez outra passagem ensurdecedora pelo acampamento.

Então cá estamos, em um antigo estábulo de cavalos reformado para se assemelhar a uma floresta de contos de fadas, iluminada por lâmpadas fluorescentes que zumbem acima de nossas cabeças.

Estou ao lado de Theo, mas mantendo vários passos de distância entre nós. Ainda não confio totalmente nele e tenho certeza de que ele se sente da mesma maneira a meu respeito. Mas por enquanto, apesar do desconforto, somos aliados, unidos em nossa suspeita de um homem cujo nome completo eu só soube recentemente.

Ben Schumacher.

O encarregado da manutenção. O homem que fez sexo com Vivian. O mesmo homem que pode saber onde estão Miranda, Krystal e Sasha. Eu deixo Flynn conduzir a conversa, escolhendo ficar em silêncio, por mais que eu queira socar Ben Schumacher até ele me dizer onde elas estão e o que fez com elas.

Sem dúvida, ele parece capaz de fazer mal. Ele transpira dureza. Passou a maior parte da vida trabalhando ao ar livre, o que está evidente nos calos nas mãos e na pele queimada de sol. Também é grande. A robustez é notável por baixo da camisa de flanela e da camiseta branca.

– Onde você estava às cinco da manhã? – o Detetive Flynn pergunta a ele.

– Provavelmente na cozinha, me preparando para o trabalho.

Flynn indica a aliança de ouro na mão esquerda de Ben com um aceno de cabeça.

– Sua esposa pode confirmar isso?

– Espero que sim, considerando que ela estava na cozinha comigo. Embora ela só acorde pra valer depois da primeira xícara de café. – Ben ri. Nós não. Ele se recosta na cadeira e diz: – Por que está me fazendo essas perguntas?.

– Qual é o seu trabalho aqui? – Flynn diz, ignorando a questão dele.

– Zelador. Eu já te disse.

– Eu sei, mas o que especificamente você faz?

– Tudo o que precisa ser feito. Aparar o gramado. Consertos nos prédios.

– Então, seria manutenção geral?

– Sim. – Ben dá um meio sorriso perante a descrição do trabalho. – Manutenção geral.

– E há quanto tempo você trabalha no Acampamento Nightingale?

– Eu não trabalho aqui. Eu trabalho para a família. Às vezes, isso significa fazer alguns serviços no acampamento. Às vezes, não.

– Então há quanto tempo você trabalha para os Harris-White?

– Cerca de quinze anos.

– O que significa que o verão em que o Acampamento Nightingale foi fechado era o seu primeiro verão aqui?

– Isso mesmo – confirma Ben.

Flynn faz uma anotação na mesma caderneta em que anotou toda a minha informação inútil.

– Como você conseguiu o emprego?

– Eu já tinha terminado o ensino médio há um ano, estava procurando trabalho por aqui e nos arredores da cidade. Mal conseguia ganhar o suficiente para me virar. Então, quando eu fiquei sabendo que a Sra.

Harris-White estava procurando um zelador, eu agarrei a chance. Trabalho para eles desde então.

Flynn se volta para Theo para confirmar:

– É verdade – ele diz.

– Quinze anos é muito tempo trabalhando no mesmo lugar – Flynn diz a Ben. – Você gosta de trabalhar para os Harris-Whites?

– É um trabalho decente. Paga bem. Coloca um teto sobre a cabeça da minha família e comida em suas barrigas. Não tenho reclamações.

– E a família? Você gosta deles?

Ben encara Theo, sua expressão indecifrável.

– Como eu disse, não tenho reclamações.

– De volta às suas interações com as meninas no acampamento – diz Flynn. – Você tem certeza de que não houve contato com elas? Talvez você tenha feito algum trabalho em alguma cabana.

– Ele instalou a câmera do lado de fora de Corniso – diz Theo.

Flynn anota a informação em seu caderno.

– Como você sabe, Sr. Schumacher, essa é a cabana onde as meninas desaparecidas estavam hospedadas. Você por acaso as viu quando estava instalando a câmera?

– Não.

– E quanto à mais velha? Miranda. Ouvi dizer que outros funcionários do acampamento a notaram.

– Não eu – diz Ben. – Mantenho minha cabeça abaixada. Nada nesse acampamento é da minha conta.

– E quinze anos atrás? Você também agia assim naquela época?

– Sim.

Flynn vai anotar a resposta em sua caderneta, mas então faz uma pausa, a caneta a um milímetro da página.

– Vou te dar outra oportunidade de responder. Só para não perder tempo anotando algo que pode ser uma mentira.

– Por que acha que eu estou mentindo?

– Uma das garotas que desapareceu na época se chamava Vivian Hawthorne. Você provavelmente se lembra dela.

– Lembro que nunca foi encontrada.

– Fiquei sabendo que você poderia ter tido um relacionamento com a Srta. Hawthorne, o que seria o completo oposto de ficar na sua. E então, é verdade? Vocês dois tinham um relacionamento?

Eu espero uma negação, mas Ben nos lança um olhar desafiador com aquele meio sorriso que levanta o canto de seus lábios. E então ele diz:

– Sim. Embora não fosse exatamente o que poderia ser chamado de relacionamento.

– Era de natureza estritamente sexual? – questiona Flynn.

– Isso mesmo. Do tipo uma noite e nada mais.

O sorriso de Ben cresce, quase beirando a malícia. Mais uma vez, resisto ao desejo de dar um soco nele. Mas não consigo deixar de dizer:

– Ela só tinha 16 anos. Você sabe disso, né?

– E eu só tinha 19 anos – retruca Ben. – Essa diferença de idade não é um problema. Além disso, não era ilegal. Eu tenho três filhas hoje em dia, portanto conheço muito bem as leis sobre estupro de vulnerável.

– Mas você sabia que era uma má ideia – diz Flynn. – Caso contrário, teria contado a alguém sobre isso depois que a Srta. Hawthorne e as outras duas garotas de sua cabana desapareceram.

– Porque eu sabia que os policiais pensariam que eu tinha algo a ver com isso, que é exatamente o que está acontecendo agora, certo? Vocês todos estão parados aí pensando que eu tive algo a ver com o que aconteceu com aquelas pobres garotas.

– E você teve?

Ben se levanta de repente, derrubando a cadeira que sai derrapando pelo chão atrás dele. As veias incham em suas têmporas e suas mãos se fecham em punhos, como se ele estivesse prestes a pular em cima Flynn. Definitivamente parece tentado a fazer isso.

– Eu sou pai agora. Estaria enlouquecendo se minhas filhas estivessem desaparecidas. Me revira o estômago só de pensar nisso. Você deveria estar lá fora, procurando as meninas, em vez de ficar aqui me perguntando sobre a porcaria de uma merda que fiz há quinze anos.

Ele para, sem fôlego. Seu peito está ofegante e aos poucos vai abrindo os punhos. Com um cansaço resignado, Ben recupera a pequena cadeira e se senta novamente.

– Continue com suas malditas perguntas – ele diz. – Não tenho nada a esconder.

– Então vamos voltar a Vivian Hawthorne – Flynn diz. – Como tudo começou?

– Eu não sei. Só aconteceu.

– Você instigou?

– Claro que não – diz Ben. – Como eu disse, ficava na minha, não estava procurando encrenca. Mas eu a via circulando pelo acampamento. Era difícil não notar aquela garota.

– Você a achava atraente?

– Claro. Ela era gostosa e sabia que era. Mas havia algo a mais a respeito dela. Uma confiança. Era por isso que ela se destacava das outras meninas. Ela era diferente.

– Diferente como?

– A maioria das garotas eram arrogantes. Esnobes. Passavam por mim como eu se eu nem estivesse ali. Como se eu não existisse. Vivian não. No primeiro dia de acampamento, ela veio até mim e se apresentou. *Eu não me lembro de você do ano passado.* Foi o que ela me disse. Então me perguntou sobre o meu trabalho, há quanto tempo eu estava aqui. Amigavelmente. Achei legal que alguém como ela tivesse prestado atenção em mim.

Essa é a Vivian que eu conhecia. Uma mestra da sedução. Não importa se você era o faz-tudo do acampamento ou uma menina de 13 anos. Ela sabia exatamente o tipo de atenção de que você precisava antes mesmo que soubesse.

– Nós batemos papo algumas vezes nos primeiros dias de acampamento. Durante o almoço, ela vinha me ver enquanto eu trabalhava e a gente conversava por alguns minutos. A essa altura, eu já sabia o que ela queria. Ela não era tímida quanto a isso.

Flynn, que está escrevendo sem parar em sua caderneta, faz uma pausa para perguntar:

– Quantas vezes vocês dois tiveram relações sexuais?

– Uma vez.

– Você se lembra da data?

– Só porque era 4 de julho – diz Ben. – Eu fiquei trabalhando até tarde naquele dia, tentando ordenhar o dinheiro das horas extras que a Sra. Harris-White estava oferecendo. Todas as meninas estavam na fogueira e eu estava me preparando para ir para casa quando Vivian apareceu. Ela não disse nada. Apenas veio até mim e me beijou. Então se afastou, olhando por cima do ombro para se certificar de que eu a estava seguindo.

Ele não dá mais detalhes. Não que eu precise deles. Eu já sei o resto. O que eu não sei é o porquê.

– Naquele 4 de julho foi a noite em que a Srta. Hawthorne e as outras desapareceram – diz Flynn.

— Eu sei — Ben acena com a cabeça. — Não preciso de um lembrete.

— O que você fez depois que acabaram?

— Vivian saiu antes de mim. Lembro que ela estava com pressa de sair de lá. Ela disse que as pessoas começariam a perceber que ela tinha sumido. Então se vestiu e saiu.

— E foi a última vez que você a viu?

— Sim, senhor, foi — Ben faz uma pausa para coçar a parte de trás do pescoço, pensando um pouco melhor. — Meio que foi.

— Então você a viu novamente depois disso?

— Não ela — Ben esclareceu. — Algo que ela deixou para trás.

— Não compreendo — diz Flynn, falando por todos nós.

— Saí do banheiro pouco depois de Vivian. Ao voltar para casa, percebi que estava sem minhas chaves. As que eu uso no acampamento.

— E elas dão acesso a quê?

— Aos prédios do acampamento. O chalé, o refeitório, o barracão de ferramentas e os banheiros.

— As cabanas?

Ben nos oferece outro sorriso parcial.

— Aposto que você gostaria que fosse fácil assim, mas não. Às cabanas, não.

Flynn olha novamente para Theo em busca de confirmação, o que ele faz com um ligeiro aceno de cabeça e diz:

— Ele está dizendo a verdade.

— Achei que elas poderiam ter caído do meu bolso no banheiro — Ben continua. — Ou talvez em algum outro lugar. Quando cheguei para trabalhar na manhã seguinte, Vivian e as outras duas já tinham desaparecido. Na hora, ninguém parecia preocupado demais. Elas só estavam sumidas há algumas horas, e todos pensaram que voltariam mais cedo ou mais tarde. Então fui procurar as chaves e acabei as encontrando no barracão de ferramentas atrás do chalé. A porta estava aberta e as chaves ainda estavam na fechadura.

— E você acha que foi a Srta. Hawthorne que as deixou lá?

— Acho que sim. Acho que ela pegou as chaves do meu bolso quando estávamos no banheiro.

— E o que havia no barracão de ferramentas? — Flynn pergunta.

— Equipamento, principalmente. O cortador de grama. Correntes para por nos pneus no inverno. Esse tipo de coisa.

— Por que ela precisaria ir ao barracão de ferramentas?

Ben encolhe os ombros diante da pergunta.

— Eu não sei.

Mas eu sim. Vivian foi lá para pegar uma pá. A mesma que usou para cavar o buraco que acabaria escondendo seu diário.

— Você deveria ter nos contado — diz Theo. — Tudo isso. Mas você não contou, e agora minha família nunca mais poderá confiar em você.

Ben lhe dá um olhar duro. Em seus olhos queima o que só pode ser descrito como repulsa mal disfarçada.

— Não se atreva a me julgar, *Theodore* — diz ele, cuspindo o nome como se fosse algo que deixou um gosto ruim em sua boca. — Você se acha melhor do que eu? Só porque uma mulher rica te tirou de um orfanato? Isso só significa que você tem sorte.

O rosto de Theo fica sem cor. Eu não sei dizer se é por causa de choque ou raiva. Ele abre a boca para responder, mas é interrompido por um súbito barulho lá fora. Alguém gritando. A voz ecoa da direção do lago.

— Estou vendo alguma coisa!

Theo se vira para mim, em pânico.

— É o Chet.

Nós saímos correndo do prédio de artes e artesanatos, o Detetive Flynn na frente, surpreendentemente rápido. No refeitório, um monte de meninas empurra as portas para sair, agarrando-se umas às outras. Muitas choram de aflição, mesmo sem saber o que está acontecendo. Ninguém sabe além de Chet, que está na beira do lago, apontando para algo na água.

Uma canoa. À deriva.

Ela balança a uns cem metros da margem, num ângulo lateral, deixando claro que não tem ninguém guiando. Eu corro para o lago, entrando na água até que ela chegue aos meus joelhos, então me jogo e começo a nadar, dando braçadas fortes e rápidas em direção à canoa errante. Atrás de mim, outros me seguem. Theo e Chet. Tenho vislumbres dos dois por cima do meu ombro toda vez que levanto a cabeça para respirar.

Sou a primeira a chegar à canoa, logo seguida por Chet e depois por Theo.

Cada um de nós pega a borda do barco com uma mão e então começamos a nadar de volta à terra juntos. É uma viagem difícil e desajeitada. Meus dedos molhados ficam escorregando da borda da canoa e nossas braçadas estão fora de sincronia, de modo que o barco fica balançando de um lado para o outro enquanto nadamos.

Uma vez em águas rasas, nós três nos levantamos e arrastamos a canoa para a margem. Uma multidão já se reuniu ali. Detetive Flynn e Ben Schumacher A maioria das campistas é contida pelas supervisoras. Franny, Lottie e Mindy assistem a tudo do deque traseiro do chalé. Eu arrisco olhar para dentro da canoa, com as pernas trêmulas.

Está vazia.

Sem remos. Sem coletes salva-vidas. Certamente sem pessoas.

O único objeto lá dentro é um par de óculos, retorcido como um tecido amassado, uma das lentes trincada, cheia de rachaduras.

Flynn usa um lenço para retirá-los da canoa.

– Alguém os reconhece?

Eu olho para os quadrados vermelhos e, embora a visão deles devesse ter me feito cair de novo na inconsciência, eu ainda permaneço em pé. Até consigo acenar positivamente.

– Sasha – digo num fio de voz. – Eles são da Sasha.

31.

De volta a Corniso, me deito no beliche de baixo, tentando me recompor. Até agora, estou fazendo um trabalho de merda. Depois que a canoa foi encontrada, fui até o banheiro e vomitei. Depois passei meia hora chorando no chuveiro antes de vestir roupas secas. Agora abraço o ursinho de pelúcia de Krystal, enquanto o Detetive Flynn me agracia com outro olhar descrente.

– Muito interessante o que você fez lá – diz ele. – Sair nadando atrás da canoa daquele jeito.

– Você preferia deixá-la flutuando no lago?

Flynn permanece em pé no centro do cômodo. Algum tipo de jogo de poder, eu presumo. Para me mostrar quem está no comando aqui.

– Eu preferiria que você não interferisse e tivesse deixado a polícia recuperar as provas. Agora ela está contaminada por mais três pessoas.

– Sinto muito – eu digo, só porque é o que ele obviamente quer ouvir.

– Talvez você sinta, talvez não. Talvez tenha feito isso de propósito. Para cobrir impressões digitais ou comprometer evidências que tinha deixado para trás.

Flynn faz uma pausa, esperando não sei pelo quê. Uma confissão? Uma negação veemente? Em vez disso, eu digo:

– Isso é ridículo.

– É mesmo? Então, por favor, me explique isso.

Ele enfia a mão no bolso e tira um saco plástico transparente. Dentro há uma correntinha de prata da qual pendem três passarinhos.

Minha pulseira de berloques.

– Eu sei que é seu – diz Flynn. – Três pessoas confirmaram que te viram usando isso.

– Onde você achou?

– Na canoa.

Eu aperto o ursinho de pelúcia de Krystal para evitar um súbito ataque de náusea. A cabana gira. Sinto que vou vomitar de novo. Digo a mim mesma pela quinquagésima vez que isso não está acontecendo.

Mas está.

Aconteceu.

— Gostaria de explicar como essa pulseira foi parar lá na canoa? Sei que não estava no seu pulso quando você nadou até ela.

— Eu-eu perdi essa pulseira — o choque dificulta a articulação até mesmo das palavras mais simples — Ontem.

— Perdeu — diz Flynn. — Que conveniente.

— O fecho quebrou... — faço uma pausa, respiro, tento pensar em uma maneira de não parecer insana. — Eu consertei com um cordãozinho, mas ele arrebentou.

— E você não se lembra quando?

— Eu não percebi. Só vi mais tarde.

Paro de falar. Nada do que eu disser fará sentido para ele. Com certeza não faz sentido para mim. A pulseira estava lá. Até que não estava mais. Eu não sei quando ou onde ela caiu do meu pulso.

— Então, como você acha que foi parar na canoa? — Flynn continua.

— Talvez uma das garotas a encontrou e pegou, com a intenção de me devolver depois.

É uma apelação. Até eu percebo. Todavia, é a cadeia mais lógica de eventos. Miranda me viu torcendo a pulseira ontem durante a aula de pintura. Consigo facilmente imaginá-la avistando-a no chão, pegando e a guardando no bolso. A única outra explicação possível é que foi encontrada pela mesma pessoa responsável pelo desaparecimento das meninas.

— E se eu estiver sendo incriminada?

É mais uma tentativa desesperada de obter o apoio de Flynn do que um pensamento totalmente elaborado. No entanto, quanto mais penso nisso, mais sentido faz.

— Eu perdi a pulseira ontem, *antes* das meninas desaparecerem. E agora ela aparece na mesma canoa que os óculos quebrados de Sasha. Isso sim é conveniente. E se quem pegou as meninas deixou a pulseira na canoa de propósito só para me fazer parecer culpada?

— Acho que você está fazendo um ótimo trabalho sozinha.

— Eu não toquei nessas garotas! Quantas vezes tenho que dizer até que você acredite em mim?

— Eu adoraria acreditar em você — diz o Detetive Flynn. — Mas acontece que você é uma mulher difícil de se acreditar, Srta. Davis. Não com todo esse papo de ver pessoas que não estavam lá. Ou suas teorias da conspiração.

Essa manhã, você me disse que Francesca Harris-White tinha algo a ver com isso. Mas menos de uma hora atrás, você tinha certeza de que era o zelador.

– Talvez fosse.

Flynn sacode a cabeça.

– Conversamos com a esposa dele. Ela confirmou que ele estava na cozinha às cinco da manhã, exatamente onde ele disse que estava. E depois há todas as declarações que você deu há quinze anos sobre Theo Harris-White. Você não o acusou de machucar suas amigas naquela época?

Um forte rubor queima minhas bochechas.

– Sim.

– Suponho que você não acredita mais nisso agora.

– Não – admito, olhando para o chão.

– Seria interessante saber quando você parou de acreditar que ele era culpado e começou a achar que era inocente – Flynn prossegue. – Porque você nunca retirou a acusação. Oficialmente, o Sr. Harris-White ainda é suspeito daquele desaparecimento. Eu acho que vocês dois agora têm algo em comum.

Meu rosto queima de raiva. Parte dela é direcionada ao Detetive Flynn. O restante é reservado para mim e ao abominável comportamento que tive naquela época. De qualquer maneira, sei que não aguento ouvir as censuras de Flynn por nem mais um minuto.

– Você vai me acusar formalmente?

– Ainda não – responde Flynn. – As garotas não foram encontradas, mortas ou vivas. E uma pulseira não é suficiente para te acusar. Pelo menos, não enquanto a análise laboratorial não encontrar uma amostra de seu DNA nela.

– Então suma da minha frente até lá.

Não me arrependo do que disse, mesmo sabendo que só me faz parecer ainda mais culpada. Ocorre-me que alguns policiais encarariam isso como uma admissão de culpa. Flynn, no entanto, apenas levanta as mãos em um gesto de não-me-culpe e vai até a porta.

– Terminamos por aqui, pelo menos por ora – ele diz. – Mas vou ficar de olho em você, Srta. Davis.

Ele não será o único. Entre a câmera fora da cabana e Vivian na minha janela, já me acostumei a ser vigiada.

Quando o detetive abre a porta, o som dos barcos da polícia no lago invade o quarto. Eles chegaram logo após a descoberta da canoa. Enquanto isso, o helicóptero ainda está sobrevoando a área, sacudindo a cabana a cada passagem.

Não me lembro se o helicóptero chegou no primeiro dia ou no segundo há quinze anos. Os barcos e o grupo voluntário de busca foram os primeiros. Disso eu definitivamente me lembro. Todas aquelas pessoas taciturnas usando coletes cor de laranja marchando para o bosque. Todos aqueles barcos cruzando o lago, interrompendo as buscas aquáticas assim que o moletom de Vivian foi encontrado na floresta. Foi quando os cães farejadores foram trazidos, no segundo dia. Cada um cheirou um pedaço de roupa de cada uma das meninas, retiradas de seus baús, para absorver suas fragrâncias. A essa altura, Franny já havia decidido fechar o acampamento. Então, enquanto os cachorros latiam ao redor do lago, campistas histéricas eram colocadas em ônibus, ou acomodadas em SUVs com pais atordoados atrás dos volantes.

Eu não tive tanta sorte. Tive que passar mais um dia aqui. Para fins investigativos, me disseram. Mais 24 horas passadas encolhida neste mesmo beliche, me sentindo praticamente do mesmo jeito que me sinto agora.

O helicóptero acaba de passar novamente quando ouço uma batida na porta da cabana.

— Entre — eu digo, preocupada demais para me dar ao trabalho de ir abrir.

Um segundo depois, Becca enfia a cabeça na cabana. Uma surpresa, considerando o tom da nossa conversa noite passada. A princípio, imagino que ela veio prestar condolências. Viro o rosto assim que ela entra, já evitando o olhar com um misto de culpa e de desculpas que, tenho certeza, ela vai me dirigir. E me concentro na câmera em suas mãos.

— Se veio aqui para tirar mais fotos, pode dar meia volta e sair agora.

— Ouça, sei que está chateada porque eu disse ao policial que ficamos bêbadas noite passada. Me desculpe. Fiquei assustada com toda a situação e contei a verdade; não pensei que isso faria você parecer suspeita. Se serve de algum consolo, me fez parecer suspeita também.

— Até onde sei, todas as garotas da sua cabana estão presentes, sãs e salvas.

— Estou tentando te ajudar, Emma.

— Não preciso da sua ajuda.

— Eu acho que precisa — diz Becca. — Se você ouvisse o que estão falando de você lá fora. Todo mundo acha que você é a responsável.

Que você surtou e fez aquelas meninas desaparecerem da mesma maneira que Viv, Natalie e Allison sumiram.

– Até você?

Becca faz que sim.

– Até eu. Mentiras não adiantam de mais nada agora, certo? Mas então eu comecei a examinar algumas fotos que bati pelo acampamento esta manhã. Analisando para ver se teria acidentalmente capturado qualquer pista sobre o que pode ter acontecido.

– Eu não preciso que você banque a detetive por mim.

– É melhor do que o trabalho que você tem feito – Becca rebate. – Que, aliás, todos também sabem. Você não foi exatamente sutil ao bisbilhotar pelo acampamento e sair fazendo perguntas. Casey até me disse te viu se esgueirando para dentro do chalé ontem.

Claro que o Acampamento Nightingale é tão fofoqueiro agora quanto era há quinze anos. Talvez até mais. Só Deus sabe o que as supervisoras e as campistas estão falando a meu respeito. Provavelmente que sou obsessiva, maluca e que faço escolhas ruins. Que sou culpada.

– Eu não estava me esgueirando – protesto. – E suponho que encontrou algo interessante ou então não estaria aqui.

Becca se senta no chão ao lado do meu beliche e segura a câmera para me mostrar. Vejo na tela uma imagem que me mostra parada estupidamente no Lago da Meia-Noite e Franny indo atrás de mim. Mais uma vez, constato a fotógrafa talentosa que Becca é. Ela capturou o momento em toda a sua terrível clareza, até a água se infiltrando na barra da camisola de Franny.

Theo está no meio da foto, de pé, apenas de cueca boxer, entre o lago e o chalé. O rol de cicatrizes pálidas em seu peito, mais evidentes à luz da manhã, visíveis para todos. No entanto, nem reparei nelas. Eu tinha outras coisas em mente.

Além de Theo, o próprio chalé, seu deque traseiro ocupado por Chet e Mindy. Ele usando calção de corrida e uma camiseta. Ela com uma camisola de algodão surpreendentemente simples.

– Agora aqui está uma do ângulo inverso – diz Becca.

A próxima foto mostra a multidão de campistas atraídas para a beira da água pelos meus gritos. As garotas se abraçam, o medo começando a se mostrar em seus semblantes corados pelo sono.

– Eu as contei – diz Becca. – Setenta e cinco campistas, supervisoras e instrutoras. De um total de oitenta.

Eu faço as contas. Três das cinco pessoas ausentes na foto são Sasha, Miranda e Krystal, por razões óbvias. Eu sou outra porque, naquele momento, estava sendo retirada por Franny da água gelada do Lago da Meia-Noite. A quinta pessoa que falta é Becca, que estava tirando a foto.

– Acho que ainda não entendi aonde você está querendo chegar.

– Só uma pessoa em todo o acampamento não veio ver o que era – Becca responde. – Você não acha estranho?

Eu arranco a câmera de suas mãos e trago a tela para mais perto do meu rosto, tentando identificar quem mais pode estar faltando. Reconheço quase todas as meninas, seja das aulas de pintura ou por vê-las perambulando pelo acampamento. Localizo Roberta e Paige, capturadas no meio de uma troca de olhares preocupados. Vejo Kim, Danica e as outras três supervisoras. Cada uma delas amontoada junto das meninas de suas respectivas cabanas. Atrás delas está Casey, identificável pelos cabelos ruivos.

Volto para a foto anterior, e vejo a mim e Franny no lago.

Theo na grama, Chet e Mindy no chalé.

A única pessoa que está faltando é Lottie.

– Agora você viu? – Becca pergunta.

– Tem certeza de que ela não está lá? – escaneio a foto novamente, procurando em vão por qualquer sinal de Lottie atrás de Chet e Mindy. Não há nenhum.

– Absoluta. O que suscita a pergunta: por quê?

Nada do que penso faz sentido. Meus gritos foram altos o suficiente para trazer todo o acampamento para a beira do lago, o que torna impossível que Lottie não os tenha ouvido. Sim, há uma chance de que sua ausência seja completamente irrelevante. Talvez ela tenha sono pesado. Ou estava no chuveiro e o barulho da água abafou meus gritos.

Então penso na minha pulseira. Parece que ainda está em volta do meu pulso esquerdo. Uma sensação fantasma. A última vez que me lembro de ter notado sua presença foi quando eu estava no chalé, investigando o escritório.

Com Lottie.

Talvez tenha caído. Ou talvez ela a pegou enquanto eu estava absorta em todas aquelas velhas fotografias do Acampamento Nightingale.

Lembro-me do diário de Vivian, que a essa altura se tornou um tipo de Pedra de Roseta para tentar decifrar o que estava acontecendo há quinze anos. Vivian mencionou Lottie, mas apenas de passagem. Apenas aquela frase sobre ter sido flagrada no escritório por Lottie que contou tudo para Franny. Eu não dei muita atenção, principalmente porque estava distraída pelo *segredinho sujo de Franny*.

Mas agora eu me pergunto se essa breve menção teria um significado mais amplo, especialmente à luz do meu próprio encontro com Lottie no escritório. Ela discorreu longamente sobre as décadas de serviço que sua família presta ao clã Harris-White. Isso sugere uma devoção incomum, transmitida de geração a geração. Mas a que ponto poderia chegar um empregado tão devotado quanto Lottie?

O suficiente para agir se soubesse que Vivian estava perto de descobrir qual era o segredo obscuro de Franny? E então agir de novo ao perceber que eu estava prestes a descobrir também, só que dessa vez como um tipo de aviso macabro?

– Talvez – eu digo – Lottie não estava lá porque já sabia o que estava acontecendo.

QUINZE ANOS ATRÁS

Depois de atacar Theo, passei o resto do dia chorando na minha cama de baixo do beliche. Chorei tanto que, à noite, meu travesseiro ainda estava encharcado de lágrimas. A fronha, salgada e úmida, colada à minha bochecha quando olhei para ver quem abria a porta da cabana. Era Lottie, trazendo uma bandeja de comida do refeitório. Pizza. Salada de acompanhamento. Garrafa de suco.

— Você precisa comer alguma coisa, querida — ela disse.

— Não estou com fome — eu disse, mas na verdade estava superfaminta. Meu estômago doía me lembrando de que eu mal tinha comido desde que as garotas saíram da cabana.

— Ficar morrendo de fome não vai ajudar ninguém — disse Lottie ao colocar a bandeja sobre o baú. — Você precisa de uma boa refeição para estar pronta quando suas amigas retornarem.

— Você acha que elas vão mesmo voltar?

— Claro que vão.

— Então não vou comer até que elas voltem.

Lottie me deu um sorriso paciente.

— Vou deixar a bandeja aqui caso mude de ideia.

Depois que ela se foi, me aproximei da bandeja, cheirando a comida como um gato feroz. Ignorei a salada e fui direto para a pizza. Dei duas mordidas antes que a dor no meu estômago piorasse. Era uma dor mais intensa que a fome, apertava minhas vísceras e subia para o meu coração.

Culpa.

Por ter dito coisas horríveis para Vivian antes de ela sair.

Por trancar a porta antes que elas retornassem.

Por passar o dia inteiro tentando me convencer de que simplesmente forneci uma resposta para uma pergunta inocente da agente. Mas, lá no fundo, eu sabia a real. Ao dizer o nome de Theo, eu praticamente o acusei de ter feito mal a Vivian, Natalie e Allison. Tudo porque ele escolheu Vivian e não eu.

Não que tal escolha tivesse realmente que ser questionada. Eu era um nada, magricela e sem peito. Claro que Theo escolheria Vivian. E agora com certeza ele e todos os outros no acampamento me odiavam. Eu não podia culpá-los. Eu era quem mais me odiava.

Foi por isso que fiquei surpresa quando Franny veio a Corniso mais tarde naquela noite. Ela tinha passado a noite anterior lá, pois não queria que eu ficasse sozinha, ela entrou trazendo um saco de dormir, alguns lanchinhos e uma pilha de jogos de tabuleiro. Quando chegou a hora de dormir, Franny desenrolou o saco no chão, ao lado do meu beliche. E foi ali que ela dormiu, embalando meu sono cantando músicas dos Beatles com sua voz suave e gentil.

Agora ela estava de volta, a sacola com lanchinhos e jogos em uma mão e o saco de dormir enrolado na outra.

– Acabei de falar com seus pais pelo telefone – ela anunciou. – Eles estarão aqui amanhã de manhã para levá-la para casa. Então, vamos garantir que você repouse na sua última noite aqui.

Olhei para ela do meu travesseiro manchado de lágrimas, confusa.

– Você vai ficar aqui essa noite também?

– Claro que sim, minha querida. Não é bom você ficar aqui sozinha.

Ela jogou o saco de dormir no chão e começou a desenrolá-lo.

– Você não precisa dormir no chão novamente.

– Oh, claro que preciso – disse Franny. – Devemos manter as camas livres para quando suas amigas voltarem, o que pode ser a qualquer minuto.

Imaginei Vivian, Natalie e Allison escancarando a porta e entrando na cabana, sujas e exaustas, mas bem vivas. *Nós nos perdemos*, Vivian diria. *Porque a Allison aqui não sabe ler uma bússola*. Foi um pensamento tão reconfortante que olhei de relance para a porta, esperando que elas fizessem exatamente isso. Quando ninguém apareceu, comecei a chorar de novo, adicionando mais algumas lágrimas à fronha.

– Silêncio agora – disse Franny, inclinando-se para o meu lado. – Sem mais lágrimas por hoje, Emma.

– Elas sumiram há tanto tempo.

– Eu sei, mas não devemos perder a esperança. Jamais.

Ela esfregou minhas costas até eu me acalmar, sua palma deslizando macia e suave. Tentei me lembrar se minha mãe alguma vez já havia me tratado assim quando eu estava doente ou chateada. Não consegui me lembrar de nem uma única ocasião, o que me fez apreciar ainda mais o toque gentil de Franny.

– Emma, preciso saber de uma coisa – ela disse, sua voz era quase um sussurro. – Você não acha mesmo que Theo machucou suas amigas, acha?

Eu não disse nada. O medo me manteve em silêncio. Eu não conseguia retirar o que tinha dito à polícia. Não na ocasião. Sim, Theo estava bastante encrencado. Mas eu sabia que também estaria em apuros se admitisse que minha acusação era uma mentira.

E que eu tranquei Vivian, Natalie e Allison fora da cabana.

E que nós brigamos pouco antes de elas saírem.

Tantas mentiras. Cada uma delas pesando como uma pedra em meu peito, me puxando para baixo, tão pesado que eu mal podia respirar. Agora eu podia admitir tudo e me libertar ou acrescentar mais uma na esperança de um dia conseguir me acostumar com o peso.

– Emma? – disse Franny, dessa vez com mais insistência. – Você acha?

Permaneci em silêncio.

– Entendi.

Franny tirou a mão das minhas costas, mas não antes de eu sentir um tremor em seus dedos. Eles tamborilaram ao longo da minha espinha por um momento, e então se afastaram. Alguns segundos depois, Franny também tinha ido embora. Ela saiu sem dizer mais nem uma palavra. Passei o resto da noite sozinha, sem pregar os olhos deitada no meu beliche inferior, me perguntando que tipo de monstro eu tinha me tornado.

De manhã, foi Lottie quem bateu na porta de Corniso para avisar que meus pais haviam chegado para me levar para casa. Como não consegui dormir, fiz as malas horas antes, transferindo meus pertences do baú de nogueira para minha mala enquanto a alvorada raiava sobre o lago.

Carreguei a mala para fora da cabana, pelo acampamento que parecia uma cidade fantasma. O silêncio dominava as cabanas vazias e os prédios apagados – uma atmosfera sinistra quebrada pelo som do Volvo dos meus pais manobrando perto do refeitório. Minha mãe desceu do carro e abriu o porta-malas, dando um sorriso embaraçado para Lottie, como se eu estivesse sendo enviada de volta para casa depois de ir dormir fora e fazer xixi no meu saco de dormir.

– Franny pede desculpas por não poder se despedir – Lottie me disse, fingindo que nenhuma de nós duas sabia que era mentira. – Ela deseja a vocês uma boa viagem de volta para casa.

Ao longe, a porta da frente do chalé é aberta e Theo sai acompanhado por dois detetives que rapidamente se tornaram uma visão comum pelo acampamento. O modo como agarravam os cotovelos de Theo deixava claro que não era uma saída voluntária. Fiquei que nem uma boba do lado do carro, observando ele ser levado ao prédio de artes e artesanatos, decerto para mais um interrogatório. Theo me viu e me dirigiu um olhar suplicante, silenciosamente implorando que eu interviesse.

Foi minha última chance de contar a verdade.

Em vez disso, entrei no banco de trás do Volvo e pedi:

– Por favor, pai, vamos embora.

À medida que meu pai se afastava, a porta do chalé foi escancarada e, dessa vez, Chet saiu correndo, com o rosto cheio de lágrimas, disparando para o prédio de artes e artesanatos, gritando o nome de Theo. Lottie correu para interceptá-lo e levá-lo de volta para o chalé, gesticulando para que meu pai fosse embora antes que nós víssemos mais do que já tínhamos visto.

No entanto, continuei observando, me virando no assento para que pudesse olhar pela janela de trás. Continuei olhando enquanto Lottie, Chet, e os destroços silenciosos do Acampamento Nightingale desapareciam de vista.

32.

Quando Becca vai embora, permaneço encolhida no beliche, o urso de Krystal nos meus braços, tentando pensar no que devo fazer a respeito de Lottie. Contar a mais alguém, obviamente. Mas minhas opções são limitadas. O Detetive Flynn não confia em mim. Eu não confio em Franny. E até mesmo Theo teria dificuldade de acreditar na minha palavra acima da de uma mulher que está com sua família há décadas.

Olho pela janela, ponderando minhas opções enquanto observo o céu vespertino sucumbindo ao manto grosso da noite. A equipe de busca nos helicópteros começou a usar holofotes fazendo a varredura sobre a água. Quando ele passa em intervalos de cerca de quinze minutos, os holofotes iluminam as árvores do lado de fora da janela da cabana.

Estou assistindo ao jogo de luzes nas folhas quanto alguém bate na porta e entra um segundo depois. Mindy aparece com uma bandeja do refeitório.

— Trouxe o jantar – ela anuncia. Mas o que está na bandeja definitivamente não é comida da cafeteria. Esse jantar veio direto do chalé. Filé mignon ainda fumegante e batatas assadas temperadas com alecrim. O perfume preenche a cabana, deixando-a com um aroma de Dia de Ação de Graças.

— Não estou com fome – digo, embora em circunstâncias normais eu já estaria devorando o filé. Ainda mais considerando como o estresse e a porcaria de comida servida no refeitório conspiraram para eu não consumir quase nada desde que cheguei. Mas não consigo nem olhar para a refeição, muito menos comê-la. A ansiedade embrulha tanto meu estômago que temo que nunca mais vá desembrulhar.

— Também trouxe vinho – diz Mindy, levantando uma garrafa de *pinot noir*.

— Isso eu quero.

— Metade é pra mim – Mindy avisa. – Vou te falar, que dia! As campistas estão apavoradas, e o restante de nós está no limite tentando mantê-las calmas e ocupadas.

Ela coloca a bandeja sobre o baú que um dia foi de Allison e agora é de Sasha. Talvez. Ou talvez não pertença a mais ninguém. É como o ursinho de Krystal – temporariamente sem dona.

Pelo modo como Mindy simplesmente puxa a rolha do vinho, dá para perceber que a garrafa já foi aberta no chalé. Provavelmente para não permitir que eu tenha acesso ao saca-rolhas. Na bandeja, vejo que o garfo e a faca são de plástico. Quando Mindy serve o vinho, os copos também são de plástico. Isso reacende lembranças do hospital psiquiátrico, onde objetos afiados não eram permitidos.

– Tintim – Mindy diz ao me entregar um dos copos e dar uma batidinha do seu copo no meu. – Beba.

– Obedeço – virando o copo de uma vez antes de parar para respirar e perguntar:

– Por que o tratamento especial?

Mindy se senta na beira da cama de Krystal, me encarando.

– Foi ideia da Franny. Ela disse que você merecia algo legal, considerando todo o estresse que tem passado. Tem sido um dia difícil para todos nós, especialmente para você.

– Imagino que tenha algum outro motivo escondido.

– Acho que ela também imagina que seja uma boa ideia tomarmos vinho juntas e ficar à vontade uma com a outra, visto que fui incumbida de passar a noite aqui.

– Por quê?

– Pra ficar de olho em você, eu acho.

Ela não precisa dar mais detalhes. Ninguém confia em mim. Não quando Sasha, Krystal e Miranda continuam sumidas. Ainda estou sob suspeita até que elas sejam encontradas. *Se* forem encontradas. Daí a faca e os copos de plástico, no qual eu sirvo mais vinho.

Mindy observa enquanto eu o encho até a borda.

– Bem, pelo que vejo, temos duas opções aqui – eu digo. – Podemos nos sentar em silêncio e ignorar uma a outra ou podemos conversar.

– A segunda – Mindy escolhe. – Odeio silêncio demais.

Essa é exatamente a resposta que eu esperava, razão pela qual eu lhe dei a escolha – para parecer que foi ideia dela fofocar.

– Como está o clima no chalé? – pergunto. – O pessoal está lidando bem?

– Claro que não. Estão morrendo de preocupação. Principalmente Franny.

– E quanto a Lottie? – pergunto. – Ela sempre me pareceu alguém cabeça-fria. Aposto que isso ajuda num momento de crise.

– Não sei... Ela parece tão preocupada quanto todos nós.

– Não me surpreende. Imagino que ela seja muito devotada a Franny trabalhando para ela há tantos anos.

– É o que seria de se pensar. Mas também tenho a impressão de que para Lottie é só um emprego, sabe? Ela chega à cobertura de Franny de manhã e vai embora à noite como qualquer empregado faria. Pega atestados quando está doente, tem férias. Não creio que ela está feliz por ter que passar o verão aqui. Eu também não, mas cá estou, fazendo meu melhor para impressionar Franny.

– E como está se saindo?

Mindy se serve de mais vinho, enchendo o copo tanto quanto eu. Depois de tomar um gole generoso, ela diz:

– Você não gosta muito de mim, né?

– Você está me mantendo em prisão domiciliar. Então isso é definitivamente um não.

– Mesmo antes disso. Desde quando chegou ao acampamento. Tudo bem em admitir.

Eu fico quieta. O que, por si só, já é uma resposta.

– Eu sabia. Tava na cara – diz Mindy. – Conheci garotas como você na faculdade. Tão artísticas, tão mente aberta e tão rápidas em julgar pessoas como eu. Deixe-me adivinhar: você provavelmente olhou para mim e pensou que eu era só mais uma garota mimada de alguma irmandade estudantil que não mediu esforços para entrar na família Harris-White.

– E você não é?

– Uma garota de uma irmandade? Sim. E com orgulho. Assim como me orgulho do fato de ser bonita e charmosa o bastante para atrair a atenção de alguém como Chet Harris-White.

– Vou concordar que você é bonita – digo, afastando qualquer dissimulação de civilidade.

Talvez seja o vinho. Ou o espírito de Vivian pairando na cabana, pondo para fora as megeras que existem dentro de nós.

– Só para constar, Chet andou muito atrás de mim. E teve que ralar para me conquistar. Eu não tinha o menor interesse em namorar nenhum garoto rico e mimado.

– Ué, mas você também não é rica e mimada?

— Longe disso — diz Mindy. — Eu cresci numa fazenda. Aposto que essa você não imaginava!

Presumi que ela tinha nascido cheia de privilégios. Filha de algum procurador federal ou, talvez, de algum médico bam-bam-bam, como Natalie.

— Era uma fazenda de laticínios — ela me conta. — No meio do nada na Pensilvânia. Toda manhã, desde o jardim da infância até a faculdade, eu levantava antes do sol nascer para alimentar e ordenhar as vacas. Odiava cada minuto. Mas sabia que era esperta e sabia que era bonita. Duas coisas que toda mulher precisa ser para se dar bem nesse mundo. Dei duro nos estudos, socializei e fiz o meu melhor para fingir que minhas mãos não estavam sempre fedendo a leite cru e esterco de vaca. E valeu a pena. Representante de classe. Rainha do Baile. Oradora da turma. Quando fui para Yale, o fingimento continuou, mesmo depois que comecei a namorar Chet.

Mindy se encosta na cama, girando o vinho no copo de plástico. Ela cruza as pernas, ajeitando-se para ficar mais confortável. Desconfio que já está ficando bêbada. Que inveja.

— Estava tão nervosa na primeira vez que Chet me levou para conhecer Franny. Pensei que ela ia sacar assim que pusesse os olhos em mim. Sobretudo quando desci do carro e vi o nome deles naquele prédio. E então pegamos o elevador que levava direto para a cobertura. Franny nos esperava na estufa. Você viu aquele lugar?

— Vi. É impressionante.

— É *insano* — Mindy diz. — Mas o nervosismo diminuiu um pouco quando soube da verdade.

Ela toma um gole de vinho, me deixando na expectativa.

— Sobre o quê?

— Que nem de longe eles são tão ricos quanto parecem. Pelo menos, não mais. Franny vendeu o Harris há anos. Tudo o que ela tem agora é a cobertura e o Lago da Meia-Noite.

— Isso ainda me parece ser bastante riqueza.

— Oh, e é — Mindy concorda. — Mas agora são apenas alguns milhões e não, tipo, um bilhão.

— Como Franny perdeu tanto dinheiro?

— Por causa desse lugar — por mais que Mindy dê uma olhada geral nos limites apertados de Corniso, sei que ela está se referindo à propriedade.

O acampamento. O lago. A floresta. As garotas. – Restaurar uma reputação manchada pode custar muito caro. Para Franny, isso significou acordos com as famílias das garotas desaparecidas. Chet me disse que foi no mínimo dez milhões para cada uma. Imagino que tal dispêndio para Franny na verdade não foi nada. Ela gastou quase o mesmo tanto com uma porção de instituições de caridade para cair de novo nas graças das pessoas. E isso porque eu nem comecei a falar de Theo.

– O acidente – eu digo. – Chet me falou a respeito.

– O carro que ele destruiu foi troco de pão comparado com o que ela gastou para que ele fosse aceito de novo em Harvard. Eles não estavam muito inclinados a receber no campus alguém que foi acusado de assassinato. Sem ofensa.

Eu assinto em concordância, vendo relutantemente meu respeito por Mindy crescer ao constatar que ela não se intimida diante da minha má vontade.

– Não me ofendi.

– Chet me contou que Franny teve de pagar por um novo laboratório para que a faculdade se dispusesse a considerar a readmissão de Theo. Creio que foi mais ou menos nessa época que ela vendeu o Harris. Na minha opinião, deveria era ter vendido esse lugar. Chet me disse que tentou convencê-la a vender a terra ao redor do Lago da Meia-Noite, mas ela nem sequer quis ouvir falar disso. Então creio que a venda terá de esperar até…

Mindy se interrompe antes de deixar escapar que Franny está morrendo. Embora eu já saiba do câncer, admiro sua discrição. É legal ver que há alguns segredos da família que ela não está disposta a entregar.

– De todo modo, essa é a situação financeira deles – ela diz. – Cá entre nós, estou aliviada. Só de pensar em todo aquele dinheiro, ficava morrendo de medo. Não me entenda mal, ainda há muito. Mais do que minha família jamais teve, mas é menos intimidante. Quanto mais dinheiro, mais necessidade eu sentia de fingir. Ou seja, ainda vou me preocupar se minhas mãos ainda fedem a leite de vaca.

Mindy olha para as próprias mãos, inspecionando-as à luz da lanterna sobre o criado-mudo.

– Sinto muito por ter te julgado.

– Já estou acostumada. Só não conte para ninguém, muito menos ao Chet, ou à Franny. Por favor.

– Não vou contar.

– Obrigada. E, só para constar, não acho que você fez algo para aquelas meninas. Eu vi como você agia com elas. Era nítido que vocês gostavam umas das outras.

A menção à Miranda, Sasha e Krystal desencadeia outra onda de apreensão esmagadora sobre mim. Para combatê-la, tomo mais vinho.

– Espero que elas estejam bem – eu digo. – Preciso que estejam.

– Eu também – Mindy esvazia seu copo e o coloca sobre o criado-mudo, então engatinha para baixo das cobertas emboladas de Krystal. – Caso contrário, o nome Harris-White será arrastado para a lama mais uma vez. E, dessa vez, algo me diz que não haverá quem o resgate.

33.

Depois que a garrafa de vinho foi esvaziada e o filé e as batatas tinham esfriado há tempos, Mindy cai no sono.

Eu não.

Preocupação, medo e a perspectiva de outra visita de Vivian me mantêm desperta. Sempre que fecho os olhos, vejo os óculos entortados de Sasha e penso nela sozinha em algum lugar, tropeçando sem enxergar direito, possivelmente sangrando. Então eu os mantenho abertos e abraço o ursinho de pelúcia de Krystal, enquanto escuto Mindy roncando do outro lado do quarto. De vez em quando, seus roncos são abafados pelo helicóptero que sobrevoa o acampamento. Cada vez que o holofote passa pela cabana é uma atualização sobre o status da busca.

As garotas ainda estão desaparecidas.

É quase meia-noite quando o visor do meu telefone brilha na escuridão. Marc está ligando, o toque alto e insistente quebrando a quietude da cabana.

Mindy para de roncar abruptamente.

– Muito alto – ela diz, meio dormindo.

Eu silencio o telefone e sussurro:

– Desculpe. Volte a dormir.

O telefone vibra na minha mão. Marc mandou uma mensagem.

Encontrei uma coisa. ME LIGA!

Espero até que Mindy recomece a roncar antes de deslizar para fora da cama e ir na ponta dos pés até a porta. Agarro a maçaneta, prestes a abri-la, quando me dou conta de que não posso sair. Não com uma câmera apontada diretamente para a porta e um dos capangas do Detetive Flynn certamente sentado no porão do chalé monitorando as câmeras.

Em vez de arriscar levantar todos os tipos de bandeiras vermelhas, vou até a janela. Com cuidado, pego a lanterna do criado-mudo e a coloco sobre a cama de Miranda, onde não corro o risco de tropeçar nela ao voltar para dentro. Então abro a janela e o vidro com cuidado.

Olho para Mindy, certificando-me de que ela ainda está dormindo antes de subir no criado-mudo e passar minhas pernas para o lado de fora. Eu me viro, pressionando meu estômago no parapeito conforme vou descendo até o chão.

Para evitar completamente a câmera do lado de fora de Corniso, tenho de cortar por trás das cabanas no meu caminho rumo aos banheiros. Vou meio abaixada, tentando não ser notada por ninguém dentro das cabanas ou do lado de fora. A única ameaça real de ser avistada vem dos helicópteros e a droga de seus holofotes, que estão sobrevoando o acampamento e passam no minuto seguinte ao que saio. Me encosto na parede da cabana mais próxima, com as costas grudadas nela, braços estendidos ao longo do meu corpo. O holofote passa por mim, alheio à minha presença.

Permaneço imóvel até que o helicóptero esteja voando rente sobre o lago. Então eu corro, corro o mais rápido que posso para os banheiros, sentindo o telefone deslizando no meu bolso. Lá dentro, acendo as luzes e confiro cada uma das cabines e dos boxes de chuveiro. Assim como na minha busca pelas garotas hoje de manhã, elas estão vazias. A diferença é que agora estou aliviada por estar sozinha.

Entro em uma das cabines, fecho a porta e tranco para ter privacidade extra. Então pego o telefone e ligo para Marc. A conexão está fraca. Quando ele atende, suas palavras ficam travando.

— Billy e... encontramos... coisa.

Checo o telefone. Apenas uma barra de sinal. Isso não é nada bom. Subo no vaso sanitário, levantando o telefone na direção do teto, tentando conseguir um sinal melhor. Agora tem duas barras, a segunda piscante e instável. Fico em cima do vaso, com o corpo inclinado, o cotovelo esticado em direção ao teto. Funciona. A estática passou.

— O que você achou?

— Pouca coisa — Marc me diz. — Billy me falou que é difícil pesquisar um sanatório privado. Principalmente um tão pequeno e remoto. Ele acabou pesquisando em tudo quanto é lugar. Livros, jornais, registros históricos. Ele pediu a um amigo que pesquisasse os arquivos fotográficos da biblioteca e fez algumas ligações para a biblioteca de Syracuse.

Vou mandar por e-mail tudo o que ele achou. Não foi possível escanear algumas páginas porque eram muito antigas ou estavam em péssimo estado. Mas eu transcrevi o que havia nelas.

O som de papéis sendo remexidos ressoa pelo telefone, além de um chiado estridente.

– Billy encontrou algumas menções a um tal de Sr. C. Cutler do Vale Pacífico no livro-razão dos Hardiman Brothers, uma companhia de perucas em Lower East Side. Algum desses nomes é familiar?

– Charles Cutler – respondo. – Ele era o proprietário; vendia o cabelo das pacientes para peruqueiros.

– Isso parece uma história de Dickens – diz Marc. – E explica por que Hardiman Brothers pagou cinquenta dólares para ele em três ocasiões diferentes.

– Quando?

– A primeira vez em 1901. A segunda em 1902.

– Isso corrobora o que eu vi no livro que Vivian encontrou na biblioteca. Havia uma fotografia do lugar tirada em 1898.

– O livro mencionava quando foi fechado? – Marc questiona.

– Não. Por quê?

– Porque algo estranho aconteceu depois disso – mais chiados do lado da linha de Marc, seguidos de mais estática, o que me preocupa que o sinal esteja ficando pior. – Billy encontrou um artigo de jornal de 1904. Era sobre um homem chamado Helmut Schmidt, da cidade de Yonkers. Soa familiar?

– Nunca ouvi falar dele.

– Bem, Helmut era um imigrante alemão que passou dez anos no oeste. Quando retornou a Nova York, foi procurar sua irmã, Anya.

Aquele nome me *é* familiar. Havia uma fotografia de uma mulher chamada Anya guardada na caixa que encontrei no chalé. Eu até me lembro da cor de seu cabelo. *Flaxen*. Cor de palha.

– Helmut a descreveu como "frequentemente confusa e propensa à exasperação nervosa" – diz Marc. – Nós dois sabemos muito bem o que isso significa.

Bem até demais. Anya sofria de algum distúrbio mental que provavelmente ainda não tinha nome naquela época.

– Parece que, na ausência de Helmut, a condição de Anya piorou, até que ela foi internada na ilha de Blackwell. Ele foi procurá-la lá e foi informado de que ela tinha sido passada aos cuidados do Dr. Cutler e transferida para o...

– Vale Pacífico – eu completo.

– Bingo. E foi por isso que Helmut Schmidt então viajou para o norte do estado, até o Vale Pacífico, para buscar a irmã. Só que, chegando lá, ele não conseguiu encontrá-la e foi por isso que levou o caso à imprensa.

– Você está dizendo que o lugar não existia?

– Não – diz Marc. – Só estou dizendo que o lugar simplesmente desapareceu.

Essa palavra de novo. *Desapareceu.* Estou começando a odiar o som dela.

– Como é possível que um sanatório simplesmente desapareça?

– Ninguém sabe. Ou, mais provável, ninguém estava nem aí. Ainda mais porque o lugar ficava no meio do nada. E os que viviam mesmo que remotamente nos arredores não queriam nem saber do lugar. Tudo o que sabiam era que o sanatório era dirigido por um médico e sua esposa e que a propriedade tinha sido vendida um ano antes.

– E acaba por aí?

– Creio que sim. Billy não conseguiu achar mais nenhum artigo sobre Helmut Schmidt e a irmã. – ouço o barulho de chaves seguido de um clique. – Acabei de te enviar os arquivos.

O celular vibra na minha mão. Notificação de e-mail.

– Recebi – confirmo.

– Espero que ajude. – a voz de Marc fica sombria, prenunciando sua inquietação. – Estou preocupado com você, Em. Me promete que vai tomar cuidado.

– Eu prometo.

– Jura juradinho?

– Sim – confirmo e sorrio apesar de todo o medo, exaustão e preocupação. – Juro juradinho.

Encerro a ligação e confiro o e-mail. O primeiro item que Marc enviou são duas páginas escaneadas do mesmo livro que encontrei na biblioteca. Uma contém os parágrafos mencionando o Vale Pacífico, mas sem as partes destacadas pelo marca-texto de Vivian. A outra mostra uma fotografia de Charles Cutler posando orgulhosamente diante do manicômio.

Os demais arquivos são textos – páginas de livros de Psicologia, de revistas de Psiquiatria, uma tese de mestrado que menciona superficialmente o Vale Pacífico em uma seção sobre a história dos manicômios e dos tratamentos progressivos. Concluo que eles serviram de fonte um para o outro, porque as informações são praticamente idênticas.

O último arquivo que Marc enviou mostra uma série de imagens escaneadas de vários arquivos. A primeira é uma foto do agora familiar Charles Cutler em seus domínios, embora a legenda registre apenas Vale Pacífico, como se o lugar tivesse sido um spa, e não um sanatório. A segunda foto é um clique das dependências do manicômio – o prédio principal em estilo gótico com o torreão, o galo dos ventos e a ala utilitária se estendendo pela lateral. Mas é a terceira foto que faz meu coração disparar como se eu tivesse injetado cafeína na veia.

Meramente identificada como "entrada do Vale Pacífico", ela mostra um muro baixo de pedra com um portão de ferro forjado e uma arcada bastante ornamentada. Trata-se do mesmo portão e da arcada pela qual passei outro dia na caminhonete de Theo.

Os mesmíssimos que agora ornamentam o Acampamento Nightingale.

Meu sangue congela.

O Sanatório Vale Pacífico ficava aqui. Bem nesse pedaço de terra. O que explica porque Helmut Schmidt não conseguiu encontrá-lo. Quando ele veio procurar sua irmã, Buchanan Harris já tinha transformado a área no Lago da Meia-Noite.

Isso, eu percebo, é a informação que Vivian estava procurando. Foi por isso que ela invadiu o chalé para bisbilhotar o escritório. É por isso que ela estava tão preocupada que seu diário caísse em mãos erradas a ponto de remar até o outro lado do lago para escondê-lo.

E é por isso que ela estava tão assustada.

Porque ela descobriu que há um fundo de verdade nas lendas acerca do Lago da Meia-Noite. Só que não era um vilarejo de surdos ou uma colônia de leprosos, sepultados pela água.

Era um manicômio.

34.

Apesar da hora adiantada, o Acampamento Nightingale ainda fervilha de policiais. Eles estão no prédio de artes e artesanatos, visíveis pelas janelas iluminadas. Há mais deles do lado de fora, conversando enquanto bebericam café e fumam, esperando a chegada de más notícias. Um agente tem um cão farejador a seus pés. Tanto o homem quanto o cachorro levantam a cabeça quando passo correndo rumo ao chalé.

– Precisa de alguma coisa, querida? – o agente pergunta.

– Não de você – digo, emendando um sarcástico: – *querido*.

No chalé, esmurro a porta vermelha da entrada, sem nem tentar ser discreta sobre a minha chegada. Quero que a porra toda do lugar saiba que estou aqui. Continuo batendo por cerca de um minuto antes que a porta se abra, revelando Chet. Uma mecha de cabelo cai sobre seus olhos injetados. Ele a joga para trás e diz:

– Você não devia estar fora da sua cabana, Emma.

– Eu não ligo.

– Cadê Mindy?

– Dormindo.

– Cadê sua mãe?

A voz de Franny ecoa da sala de estar até a porta.

– Estou aqui, querida. Precisa de alguma coisa?

Empurro Chet e passo pelo vestíbulo de entrada e vou para a sala. Franny está lá, aninhada em sua manta navajo. As armas antigas na parede atrás dela ganham um novo e sinistro significado. Os rifles, as facas e a lança.

– Esta é com certeza uma agradável surpresa – Franny diz com falsa hospitalidade. Imagino que também não conseguiu dormir. Não com todos esses acontecimentos desagradáveis.

– Precisamos conversar – eu digo.

Chet se junta a nós na sala de estar. Ele toca meu ombro, tentando me conduzir à porta. Com um gesto, Franny pede que ele pare.

— Sobre o quê? — ela diz.

— O Sanatório Vale Pacífico. Sei que ficava nessas terras. Vivian também sabia.

É fácil entender por que ela foi procurar respostas. Ela ouviu a história sobre o Lago da Meia-Noite, possivelmente de Casey. Assim como eu, provavelmente achou que não passava de um conto de terror contado ao redor da fogueira. Mas então encontrou aquela velha caixa na beira da água, com as tesouras que tilintavam como cacos de vidro. Ela foi atrás de mais pistas. Procurou no chalé. Foi escondida à biblioteca. No fim, acabou percebendo que a lenda era parcialmente verdadeira. E se sentiu no dever de revelar a verdade. Suspeito que ela deve ter sentido uma afinidade com aquelas mulheres do manicômio, todas elas provavelmente afogadas, exatamente como sua irmã.

Manter esse segredo deve ter deixado Vivian tão solitária e amedrontada. Ela deu pistas disso no seu diário ao se referir a Natalie e Allison.

Quanto menos elas souberem, melhor.

Vivian não foi capaz de salvá-las. Assim como ela, as garotas sabiam demais depois que encontraram seu diário. Mas ela conseguiu me manter a salvo. Agora eu a entendo. Ela me tratou mal não por maldade, mas por misericórdia. Foi o jeito que ela encontrou de me proteger de qualquer perigo que sua descoberta acarretaria. Para me salvar, ela me forçou a odiá-la.

Funcionou.

— Ela só contou para Natalie e Allison — eu digo. — Então as três desapareceram. Duvido que seja coincidência.

Uma refinada xícara em um pires de porcelana estavam diante de Franny, com chá fumegante. Quando ela tenta pegá-la, a xícara treme tão violentamente no pires, que ela tem de devolvê-la à mesa, sem tomar nem um gole.

— Eu não sei o que você quer que eu diga.

— Você pode me contar o que aconteceu com aquele manicômio. Algo ruim, não foi? E todas aquelas pobres garotas lá, elas sofreram também.

Franny tenta puxar mais a manta ao seu redor, o tremor em suas mãos cada vez mais notório. As veias pulsando sob a pele branca quase translúcida. Chet acode e recoloca a manta em seus ombros.

— Já chega, Emma — ele rosna. — Volte para sua cabana.

Eu o ignoro.

– Sei que essas mulheres existiram. Eu vi as fotos.

Marcho até o escritório, seguindo direto para a gaveta de baixo da escrivaninha. Puxo com tudo para abri-la e vejo a familiar caixa de madeira bem onde a deixei. Eu a levo para a sala de estar e a jogo na mesa de centro.

– Essas garotas aqui! – abro a caixa e pego algumas fotos, segurando-as na frente da cara de Franny e de Chet, para que eles vejam seus rostos assustados. – Charles Cutler as obrigava a deixar o cabelo crescer, então cortava e o vendia. E depois elas desapareceram.

A expressão de Franny se suaviza, passando de medo para algo que se assemelha a pena.

– Oh, Emma. Coitadinha. Agora sei por que você anda tão aflita.

– Só me diga o que aconteceu com elas!

– Nada – Franny diz. – Absolutamente nada.

Analiso sua expressão, procurando indícios de que ela está mentindo. Não encontro nenhum.

– Não entendo – eu digo.

– Creio que eu deveria explicar.

É Lottie quem diz isso. Ela vem da cozinha vestindo um robe de seda sobre a camisola. Uma caneca de café nas mãos.

– Acho que seria o melhor – Franny concorda.

Lottie se senta perto dela e pega a caixa de madeira.

– Só agora me ocorreu, Emma, que você não deve saber meu nome de batismo.

– Não é Lottie?

– Não, minha querida – diz Lottie. – Esse é o apelido que Franny me deu quando eu era uma garotinha. Meu verdadeiro nome é Charlotte. Fui batizada em homenagem ao meu bisavô, Charles Cutler.

Eu vacilo por um momento, tentando entender.

– A mãe dele era insana – Lottie diz. – Minha trisavó. Charles viu o que a loucura fez com ela e decidiu devotar sua vida a ajudar pessoas que sofriam do mesmo mal. A princípio no manicômio da cidade de Nova York. Um lugar pavoroso. As mulheres eram submetidas a condições terríveis. Não melhoravam, apenas sofriam ainda mais. Então ele teve a ideia de criar o Vale Pacífico em um grande terreno que pertencia à família da minha trisavó. Um pequeno retiro privado para dezenas de mulheres.

Como pacientes, Charles escolheu os piores casos que acompanhara no sanatório imundo e superlotado. Mulheres loucas e muito pobres, sem condições de arcar com tratamento apropriado. Sozinhas. Sem amigos. Sem família. Ele as acolhia.

Lottie revira a caixa aberta, sorrindo ao olhar para as fotografias, como se elas retratassem velhas amigas. Ela pega uma delas e a admira. No verso, vejo as palavras *Juliet Irish Red*. Vermelho irlandês.

– Desde o início, foi uma luta. Por mais que ele e minha bisavó fossem os únicos empregados, o sanatório demandava muito dinheiro. As pacientes precisavam de comida, roupas, remédios. Para cobrir as despesas, ele teve a ideia de vender o cabelo das pacientes – com o consentimento delas, é claro. Isso segurou as pontas por mais ou menos um ano, mas Charles sabia que o Vale Pacífico teria de fechar as portas mais cedo ou mais tarde. Seu nobre experimento tinha falhado.

Ela pega mais duas fotos. *Lucille Tawny* e *Henrietta Golden*.

– Mas ele era um homem esperto, Emma – diz Lottie. – Nesse fracasso, viu uma oportunidade. Ele sabia que um velho amigo estava procurando uma grande propriedade para um refúgio particular. Um barão da madeira milionário chamado Buchanan Harris. Meu bisavô ofereceu a terra por um preço abaixo do mercado se ganhasse um posto na companhia do Sr. Harris. Aquele foi o início de uma relação entre nossas famílias que perdura até hoje.

– Mas o que aconteceu com o Vale Pacífico?

– Permaneceu aberto enquanto meu avô preparava a construção da represa que criaria o Lago da Meia-Noite – Franny explica.

– Durante aquele período, Charles Cutler encontrou novas instituições para as mulheres sob seus cuidados – Lottie acrescenta. – Nenhuma delas retornou aos brutais manicômios na cidade. Meu bisavô certificou-se disso. Ele era um bom homem, Emma. Ele se preocupava imensamente com aquelas mulheres. E é por isso que ainda tenho essas fotografias. Elas são o bem mais valioso da minha família.

Minhas pernas ficam bambas e me surpreendo por elas ainda conseguirem me suportar. Elas estão sem ação, assim como o restante de mim. Fiquei tão focada em descobrir os podres secretos de Franny que nunca parei para pensar que Vivian podia estar errada.

– Então isso não teve nada a ver com o que aconteceu com Vivian e as outras?

— Nem um pouco — diz Franny.

— Então por que guardaram esse segredo?

— Não guardamos — diz Lottie. — Não é segredo. Apenas uma história antiga, que foi distorcida ao longo dos anos.

— Sabemos das histórias que as campistas contam sobre o Lago da Meia-Noite. — Franny acrescenta. — Toda essa bobagem sobre maldições, aldeões afogados e fantasmas. As pessoas sempre preferem o drama à verdade. Se Vivian quisesse saber mais a respeito, era só perguntar.

Concordo, me sentindo subitamente humilhada. É um sentimento tão ruim quanto o que experimentei quando Vivian me jogou para escanteio pouco antes de desaparecer. Quase pior. Mais uma vez, acusei alguém da família Harris-White de ter cometido uma atrocidade.

— Sinto muito — digo, consciente de que um mero pedido de desculpas não chega nem perto de ser adequado. — Eu estou indo embora.

— Emma, espere — Franny diz. — Por favor, fique. Tome um chá para se acalmar.

Saio devagar da sala, incapaz de aceitar mais um gesto de gentileza da parte dela. No vestíbulo de entrada, começo a correr, fugindo pela porta da frente sem nem fechá-la ao sair. Continuo correndo, passo pelos guardas no prédio de artes e artesanatos, passo pelas cabanas quietas. Até chegar aos banheiros, onde planejo me esconder dentro de um dos boxes dos chuveiros e fingir que não estou chorando lágrimas de vergonha.

Paro quando reparo em uma garota perto dos banheiros. Sua rigidez me chama a atenção. E também seu vestido branco fulgurante à luz do luar.

Vivian.

Está parada em meio às árvores que circundam o acampamento, a poucos metros da linha onde o bosque termina e a grama começa. Ela não diz nada. Só observa.

Não estou surpresa por vê-la. Não depois do dia que tive. Na realidade, até esperava por isso. Nem levo a mão à pulseira que não está mais em meu pulso.

Esse encontro era inevitável.

Em vez de falar, Vivian simplesmente me dá as costas e se embrenha na floresta, a barra de seu vestido branco rastejando no chão. Também começo a andar. Não para me afastar, mas para entrar na mata. Atraída contra minha própria vontade pelo reaparecimento de Vivian. Cruzo o limiar que separa o acampamento da floresta. O ponto sem retorno.

As folhas estalam e os gravetos se quebram sob meus pés; o ramo de uma árvore próxima, fino e retorcido como os dedos de uma bruxa, se enrosca em meus cabelos e repuxa meu couro cabeludo. Dói, mas sigo em frente, dizendo a mim mesma que é o que preciso fazer. Que é perfeitamente normal.

– Não estou ficando louca – murmuro para mim mesma. – Não estou ficando louca.

Mas estou. Ah, se estou.

35.

Sigo Vivian até o jardim das esculturas, onde ela se senta na mesma cadeira que Franny ocupou dias antes. As estátuas nos observam com seus olhos inexpressivos.

– Quanto tempo, Em – Vivian diz enquanto me aproximo cautelosamente, parando entre duas estátuas. – Sentiu minha falta?

Recupero minha voz, embora esteja baixa e entrecortada, vacilante como um ratinho.

– Você não é real. Você não tem poder sobre mim.

Vivian se recosta na cadeira e cruza as pernas, com as mãos elegantemente entrelaçadas sobre o joelho. É um gesto tão feminino, ainda mais vindo dela.

– Então por que está aqui? Não mandei você vir atrás de mim. Você continua me seguindo que nem um cachorrinho perdido.

– Por que você voltou? Eu estava indo muito bem sem você. Há anos.

– Oh, pintando nosso retrato e então nos cobrindo de tinta? É a esse "muito bem" que você se refere? Se for, detesto ser estraga-prazeres, amiguinha, mas você não está nada bem. Fala sério, desaparecer uma vez devia ser o bastante, mas não! Você faz a gente desaparecer sem parar.

– Não faço mais. Eu parei.

– Você fez uma *pausa* – Vivian me corrige. – Há uma diferença.

– Então é por isso que você está aqui? Porque parei de te pintar.

Foi assim que a mantive no cabresto todos esses anos. Retratando-a. Acobertando-a. Fazendo isso de novo. E de novo. Agora que jurei que não faria mais isso, ela está de volta, demandando minha atenção.

– Isso não tem a ver comigo – Vivian replica. – É tudo coisa sua, meu amorzinho.

– Então por que só vejo você e não...

– Natalie e Allison? – Vivian deixa escapar uma risada de escárnio. – Ah, qual é, Em?! Nós duas sabemos que você não dava a mínima para elas.

— Isso não é verdade.

— Você mal as conhecia.

Vivian se levanta, e meu coração para por um segundo, achando que ela vai avançar para me agarrar. No entanto, ela começa a vaguear por entre as estátuas, acariciando-as como se fossem amantes. Roçando os dedos em seus braços, deslizando as mãos no pescoço.

— Eu as conhecia tão bem quanto te conhecia.

— É mesmo? Quando foi que você teve uma conversa só com uma delas? Só vocês?

Eu tive. Sei que tive. Mas procurando na memória, não consigo me lembrar de nenhuma.

— Pensando bem, acho que você nem sequer falava com elas quando eu não estava por perto — diz Vivian. — E se falava era sempre a meu respeito.

Ela tem razão. É verdade.

— Não era minha culpa — digo. — Você fez questão de garantir que eu me comportasse desse jeito.

Vivian era onipresente. Ela mandava na cabana como a rainha manda na colmeia. O restante de nós éramos somente as operárias, zunindo ao seu redor, atendendo às suas necessidades, seus caprichos, seus interesses.

— É por isso que você não está vendo Natalie e Allison agora — Vivian diz. — Eu sou o quebra-cabeça que você ainda está tentando resolver.

— Você vai embora se eu conseguir?

Vivian para diante de uma escultura de uma mulher carregando um jarro no ombro, com uma túnica transpassada no peito.

— Depende. Você quer que eu vá embora?

Sim. E tomara que nunca mais volte.

Eu não digo isso. Não posso. Não essa frase. Então penso nela. Um sussurro mental que se espalha pela clareira, esparso como neblina. Mas Vivian ouve. Sei pelo sorriso cruel que ela dá.

— Ora, ora, *isso* nos remete aos velhos tempos — ela diz. — Você certamente realizou seu desejo, não?

Minha vontade é sair correndo, mas a culpa me impede. É uma sensação entorpecente. Uma paralisia relâmpago. A esta altura, já estou acostumada. De tempos em tempos sou tomada por ela nos últimos quinze anos.

— Sinto muito pelo que disse.

Vivian dá de ombros.

– Claro. Não importa. Isso não muda nada entre nós.

– Eu quero fazer o que é certo.

– Oh, eu sei. Foi por isso que você voltou para cá, né? Para tentar descobrir o que aconteceu. Para sair xeretando por aí exatamente como eu fiz. E o resultado: olha só o que aconteceu com suas novas melhores amigas.

A menção às novas garotas me pega de guarda baixa e, por um milissegundo, me pergunto como ela poderia saber delas. Então me dou conta.

Ela não é real.

Ela não tem poder sobre mim.

Eu sou mais forte do que todos imaginam.

Forte o bastante para entender que Vivian não é um fantasma me assombrando. Nem uma alucinação. Ela sou eu. Um fragmento do meu cérebro estressado tentando lidar com o que está acontecendo. É por isso que a encaro e digo:

– Você sabe onde elas estão, não sabe? Você sabe onde posso encontrá-las.

– Não posso te falar isso.

– Por que não?

– Porque eu não sou real – Vivian diz. – É o seu lema, certo? Que eu não tenho poder sobre você.

– Só me diga.

Vivian vai até outra estátua e a abraça por trás, repousando o queixo sobre o delicado ombro de mármore.

– Vamos fazer uma brincadeira, Emma. Duas Verdades e Uma Mentira. Uma: tudo o que você precisa saber já está em sua posse.

– Só me diga onde elas estão.

Ela então se apoia no outro ombro da estátua, inclinando a cabeça com falso recato.

– Dois: a questão não é onde encontrá-las, mas onde encontrar-nos. Incluindo a mim, Natalie e Allison.

– Vivian, por favor.

– Três – ela continua. – Como estamos aqui, não cabe a mim falar. Mas posso te dizer o seguinte: se você nos encontrar, talvez, só talvez, eu vá embora e nunca mais volte.

Ela se esconde atrás da estátua, temporariamente eclipsada pela escultura. Espero que ela reapareça do outro lado, mas quando um minuto se passa e ela continua oculta, dou alguns passos vacilantes em direção a ela.

– Vivian? – eu a chamo. – Viv?

Ela não responde. Não resta vestígio algum de sua presença. Continuo a me aproximar, agora mais depressa. Quando a alcanço, olho ao redor do ombro de mármore.

Nada.

Vivian se foi.

Mas suas últimas palavras pairam no ar, flanando no meio da clareira como a luz do luar. Aquelas três afirmações. Duas verdades e uma mentira. Não tenho ideia quanto às duas primeiras. Como tudo o que Vivian dizia quando estava viva, é difícil discernir o que é verdadeiro e o que é falso.

Quanto à terceira afirmação, espero que não seja mentira.

Quero que seja verdade. Cada palavra.

36.

Retorno à Corniso do mesmo jeito que saí: ziguezagueando ao redor das cabanas para não ser vista. O helicóptero parece ter encerrado as buscas noturnas, bem como os barcos. Dou uma conferida no lago e não vejo nenhum sinal de atividade na água, que parece um espelho negro refletindo o céu estrelado. Já a câmera é outra história; sei que ela permanece sempre vigilante, e é por isso que deslizo por trás da cabana e me esgueiro lá para dentro pela janela aberta.

Os roncos de Mindy me dizem que ela continua dormindo. Ótimo. Assim não preciso explicar onde estava e aonde vou. Procurar as garotas.

Os dois trios delas.

As palavras de Vivian – minhas palavras – me assombram enquanto contorno o criado-mudo com cautela.

A questão não é onde encontrá-las e sim onde encontrar-nos.

Algo que Miranda disse me vem à mente. Ouvi o que ela falou quando estava quase caindo no sono.

Estou preocupada com Emma.

Foi essa preocupação que a induziu à ação. Impetuosa, confiante Miranda. Amante de histórias de mistério e futura detetive. Assim como Vivian, liderando outras garotas mata adentro em busca de respostas.

Então me lembro da insinuação brincalhona de Vivian, de que eu finalmente me livraria dela se descobrisse o que aconteceu com as três. Talvez ela tenha razão. Talvez o único jeito de me libertar da culpa seja descobrindo a verdade.

Tomara que nunca mais voltem.

Caramba, que ódio de mim por dizer isso, por mais que eu não tivesse como saber que se tornaria verdade. Natalie e Allison já estavam do lado de fora quando eu proferi essas palavras. Vivian tinha razão quanto a isso – eu realmente não falava muito com elas. Mais um arrependimento. Deveria ter prestado mais atenção às duas. Tê-las tratado como os indivíduos que eram e não como parte da comitiva de Vivian. Ao mesmo tempo, sou grata por não terem ouvido o que eu disse a Vivian. Que aquelas não foram minhas últimas palavras também para elas.

Entro na cabana na ponta dos pés, tomando cuidado para não pisar naquela tábua que range, e mais uma lembrança de algo que Vivian disse me vem à mente.

Tudo o que você precisa saber já está em sua posse.

Sei ao que ela está se referindo. Ao mapa.

Foi por isso que elas voltaram à cabana e deram de cara com a porta trancada. Vivian precisava do mapa que tinha desenhado para localizar o local onde seu diário estava escondido. Ela ainda achava que havia algo de sinistro por trás da criação do lago e do fim do Vale Pacífico. Suspeito que ela estava planejando usar isso para expor o que quer que ela achou que tinha descoberto sobre Franny e a família Harris.

Silenciosamente, abro meu baú e pego a lanterna. Então reviro lá dentro, procurando o mapa. Não está lá.

As garotas devem ter pegado, sustentando minha teoria de que foram atrás de suas antecessoras.

Mais uma esperança. De que estou certa. De que não é tarde demais.

Enquanto Mindy continua roncando, escapo de novo pela janela. Logo estou correndo através de uma faixa de árvores à beira do lago. Junto à água, viro à esquerda, em direção ao píer e às canoas. Encabeçando o declive do gramado, o chalé se eleva portentoso e sombrio. Apenas uma janela está iluminada. A do segundo andar. Que tem vista para o Lago da Meia-Noite.

Cinco minutos depois, lá estou eu, em uma canoa. Remo com força e agilidade, torcendo para que os helicópteros e os barcos de busca não retornem até que eu alcance o outro lado. Estou com o telefone no meu colo, usando o aplicativo da bússola e olho para ela a cada poucos segundos, para me manter no rumo certo, certificando-me de que estou cruzando o lago em uma linha reta.

Sei que estou perto da margem mais distante quando ouço arranhões sinistros no fundo da canoa. Galhos de árvores submersas; anunciando sua presença. Acendo a lanterna e sou saudada por dezenas de árvores elevando-se do lago. À luz da lanterna, elas têm um cinza fantasmagórico, da mesma cor de ossos.

Encaixo a lanterna entre o pescoço e o ombro e inclino a cabeça para mantê-la no lugar. Então termino de remar, usando os remos para me empurrar para longe das árvores submersas ou, quando a colisão for inevitável, amortecer o impacto. Logo, já passei das árvores e estou perto do outro lado do lago. O facho da lanterna faz um rasante na margem, iluminando os grandes pinheiros do lado de lá. Dois cervos na margem da água ficam imóveis à luz da lanterna antes de fugirem batendo os cascos. Pontinhos cinzentos flutuam para o facho, insetos atraídos pela luz. Direciono o barco para a esquerda e remo paralelamente à margem, a lanterna apontada para a terra à minha direita iluminando mais árvores, mais insetos, o borrão branco de uma coruja alçando voo. Por fim, ilumina uma estrutura de madeira sem qualquer chance de ser reparada.

A tenda.

Conduzo a canoa até a margem e salto para fora dela antes mesmo que esteja completamente parada. Enfio o celular de volta no bolso e aponto a lanterna para a floresta. Respiro fundo, tentando me concentrar, tentando rememorar aquela primeira excursão e como chegamos até o local marcado com X no diário de Vivian. Não lembro exatamente o quanto nos embrenhamos na mata nem como chegamos até lá.

Vasculho o chão à procura de pegadas ou quaisquer indícios que tenhamos deixado para trás. Só vejo terra, folhas mortas, aguilhões secos dos pinheiros. Mas então o facho ilumina algo esbranquiçado. Chego mais perto e vejo borrões coloridos – tons vibrantes de amarelos, azuis e vermelhos.

É uma página de um gibi. Capitão América, em todo o seu heroísmo patriótico, lutando em várias sequências de quadrinhos de ação. Uma pequena pedra repousa sobre a página, mantendo-a onde está.

As garotas passaram por aqui. E recentemente.

A página não está ali por acaso. É a trilha de migalhas de pão que elas deixaram, marcando o caminho de volta para o lago e para a canoa. Piso na folha, aperto a lanterna na minha mão e, assim como as meninas antes de mim, desapareço floresta adentro.

37.

A floresta à noite não é silenciosa. Longe disso. Percebo que é repleta de sons vívidos à medida que avanço pela mata. Grilos cricrilando e sapos coaxando competem com os gorjeios dos pássaros noturnos farfalhando os pinheiros. Receio que outros sons estejam sendo abafados. Passos na vegetação rasteira, o estalo de ramos partidos quando alguém se aproxima.

Embora não haja razão para crer que fui seguida até aqui, não posso ignorar a possibilidade. Já fui vigiada o bastante para não ficar atenta.

Mantenho a lanterna apontada para o chão, iluminando poucos metros à minha frente, vasculhando a área à procura de outra página arrancada do gibi de Krystal. Encontro uma onde o chão começa a ficar mais íngreme. Também está debaixo de uma rocha. Assim como outra uns cinquenta metros adiante.

Passo por mais cinco páginas conforme a encosta fica mais inclinada. Quem diria, o Capitão América me guiando para o alto e avante. Outra página aguarda no fim da elevação, onde o solo volta a ficar plano. Ela mostra o Capitão América rechaçando tiros com o escudo levantado. No balão de diálogo sobre sua cabeça, lê-se "eu me recuso a desistir".

Paro só para girar e conferir os arredores, direcionando a lanterna às bétulas ao meu redor, conferindo-lhes um brilho esbranquiçado. A minha direita, vejo faixas de céu estrelado. Agora estou no alto do penhasco, a pouquíssimos metros do desfiladeiro que cai diretamente no lago. Viro à esquerda e me aproximo da linha de pedregulhos que pontuam outra elevação íngreme.

Capitão América também está lá, acima de vários pedregulhos, mantido no lugar por pedras pequeninas. Escalo por elas até alcançar a monumental rocha. O monólito. Aponto a lanterna para cima na colina, ajustando o ângulo para ter uma visão melhor do caminho em frente.

Nem sinal das garotas. Nem o Capitão América vejo mais. Só mais pedregulhos, mais árvores, só mais terra cobertas de folhas, num aclive cada vez mais pronunciado.

A floresta ao meu redor continua a rumorejar. Fecho os olhos, tentando neutralizar o barulho e realmente ouvir.

É então que ouço algo, uma batida surda que ecoa uma, duas vezes.

– Meninas? – eu grito, o eco da minha voz ressoando atrás de mim. – São vocês?

O barulho cessa, exceto pelo ruído de algum animal fugindo assustado à minha direita. Nesse bendito momento de silêncio, ouço uma resposta abafada.

– Emma?

Miranda. Tenho certeza. E pelo som, está perto. Maravilhosamente, tentadoramente perto.

– Sou eu – grito de volta. – Onde vocês estão?

– Na casa do hobbit.

– Estamos presas – outro alguém diz. Krystal, eu acho.

Miranda acrescenta mais uma palavra desesperada:

– *Depressa*.

Corro adiante, a lanterna presa em meu pulso. Salto sobre raízes das árvores, me esquivo de pedras. Na pressa, tropeço num galho caído e caio de quatro. Nessa mesma posição, engatinho pela encosta, enfiando os dedos na terra, batendo os pés para pegar mais impulso.

Não diminuo o ritmo, nem mesmo quando a fundação de pedra em ruínas do antigo celeiro surge à vista. Em vez disso, vou mais depressa, colocando-me em pé novamente e correndo na direção do armazém subterrâneo embutido na terra. Na porta, alguém trancou o ferrolho centenário, prendendo as garotas lá dentro e rolou um pedregulho da altura do meu joelho na frente dela por precaução.

Outro baque ecoa do lado de dentro do armazém subterrâneo. A porta treme.

– Você ainda está aí? – Miranda grita. – Precisamos dar o fora dessa merda de lugar.

– Um segundo!

Bato na porta, anunciando minha presença, antes de dar um empurrão fenomenal no ferrolho, que raspa na porta e cede um pouco, permitindo que Miranda abra uma fresta antes de ser bloqueada pelo pedregulho. Um fedor pesado e rançoso emana lá de dentro. Um misto de terra úmida, suor e urina que faz meu estômago revirar. Miranda enfia o rosto na fresta; vejo o olho roxo, uma narina suja de sangue, o lábio cortado, buscando ar fresco.

– Ajude a gente – ela diz, dando outro chacoalhão desesperado na porta. – Por que ainda não abriu?

– Continua bloqueada – eu explico. – Estou tentando. Como estão Krystal e Sasha?

– Péssimas. Todas nós estamos. *Por favor*, nos tire daqui.

– Só mais um minuto. Eu prometo.

Agacho, espalmo as mãos no pedregulho e empurro. É tão pesado que mal consigo movê-lo. Tento mais uma vez, dessa vez, até chegar a ranger os dentes e grunhir com o esforço. A rocha não sai do lugar.

Usando a lanterna, esquadrinho o solo, à procura de qualquer coisa que possa ser útil. Agarro uma pedra arredondada que deve ter despencado de um rochedo nas proximidades. Então acho um galho grosso, quase do meu tamanho. Parece sólido o bastante para ser usado como alavanca. Assim espero.

Empurro uma extremidade do galho bem embaixo do pedregulho e posiciono a rocha sob ele, a alguns metros de distância, antes de agarrar a outra extremidade do galho e empurrar para baixo. Dá certo! A pedra começa a rolar só um pouquinho. Largo o galho e corro para o pedregulho, empurrando de novo, aproveitando o embalo, até que saia da frente da porta.

– Liberada!

A porta é aberta e as garotas irrompem lá de dentro. Suadas e sujas de terra, elas inspiram o ar fresco e olham bestificadas para o céu. Sem os óculos, Sasha é forçada a estreitar os olhos. Seu nariz está inchado e brutalmente arroxeado. Manchas cor de ferrugem escorrem de seu nariz até o pescoço. Sangue seco.

– Sério mesmo que já é noite? – ela diz com um distanciamento quase clínico. Choque, com uma pontada de fome e desidratação decerto falam mais alto.

Em vez de abraçá-la, passo as mãos em seus braços, verificando se estão feridas. Me sinto idiota por não ter trazido comida. Ou água. Ou uma merda de um kit de primeiros socorros. Tudo o que posso fazer é usar a barra da minha camiseta para limpar um pouco do sangue no rosto de Sasha.

– Há quanto tempo estamos aqui? – Miranda pergunta, enquanto se espreguiça no chão, com os braços e as pernas bem abertos e esticados, suspirando de alívio. – Meu telefone morreu antes do meio-dia.

– Quase um dia inteiro.

– Maldição! – as pernas de Krystal bambeiam ao ouvir a resposta. Ela cambaleia por um segundo antes de cair de bunda ao lado de Miranda.

– Digam-me o que aconteceu – peço. – Desde o momento em que saíram da cabana.

– Viemos aqui procurar suas amigas – diz Krystal. – Foi ideia da Miranda.

Miranda se senta no chão, cansada demais para ficar envergonhada.

– Eu só queria ajudar. Você estava tão chateada ontem à noite. Sabia que você precisava saber o que tinha acontecido. E como foi aqui que você encontrou o diário, pensei que poderíamos achar mais pistas.

– Por que não disseram nada?

– Porque sabíamos que você não permitiria que viéssemos remando até aqui sozinhas.

Termino de limpar o rosto de Sasha. O sangue seco deixa uma mancha vermelho-escuro na minha blusa.

– Vocês vieram até aqui e depois?

– Alguém nos atacou – Miranda relata, o medo superando a exaustão e lágrimas se formando no canto dos olhos.

– Quem?

– Nenhuma de nós conseguiu ver direito.

– Miranda e Krystal entraram – diz Sasha, indicando o armazém subterrâneo. – Eu não queria e por isso fiquei aqui fora. Mas então alguém surgiu do nada.

Ela se desmancha em soluços, seguidos por mais palavras que se atropelam, deixando para trás aquele tom clínico.

– Me deram um soco, meus óculos caíram e eu não consegui ver quem era e então me empurraram para dentro e bateram a porta.

Alguém seguiu as meninas até aqui e as atacou; então as deixou presas em vez de matá-las de uma vez. Não faz sentido.

A menos que quem quer que tenha feito isso as quisesse vivas. O que significa que podem estar de volta a qualquer minuto. O medo toma conta de mim. Pego o celular para ver se consigo chamar a polícia. Não tem sinal. O que explica por que Miranda já não fez isso quando foi capturada.

– Precisamos ir – digo às garotas. – Agora. Sei que estão cansadas, mas acham que conseguem correr?

Mirando coloca-se de pé e me olha preocupada.

– Por que precisamos correr?

– Porque ainda estão em perigo. Todas nós estamos.

Um facho de luz me acerta o rosto. Uma lanterna. Brilhante o bastante para me silenciar e me cegar. Levo a mão aos olhos para protegê-los do clarão. Atrás dele consigo distinguir uma silhueta. Alta. Masculina. O brilho começa a ficar menos intenso. Minha visão está embaçada, os olhos estão se ajustando. Quando eles recuperam o foco, vejo Theo, de lanterna em mãos, vindo em nossa direção.

– Emma? – ele diz. – O que está fazendo aqui?

38.

Ver Theo aqui é como um miniterremoto. O chão sob meus pés treme. Só que na verdade quem está tremendo sou eu. Um abalo sísmico em meu corpo que sou incapaz de controlar.

Porque sua presença não pode ser um acidente.

Ele está aqui por um motivo.

– O que está acontecendo? – ele pergunta.

– Eu poderia te perguntar a mesma coisa – digo com um nó na garganta. – Mas acho que eu já sei.

Ele voltou por causa das garotas.

Ele as atacou, deixou-as trancadas e esperou até a calada da noite para poder retornar. Uma cadeia de eventos que, suspeito, aconteceu quinze anos atrás com um trio diferente.

Minha acusação, apesar de declarada pelos motivos errados como foi, podia estar correta. Verdade disfarçada de mentira.

Odeio pensar assim. De todos no acampamento, ele é o único que eu verdadeiramente esperava que fosse inocente. Mas a suspeita se recusa a ir embora, tão incontrolável quanto o tremor no corpo exausto.

Eu me posiciono diante das garotas, um escudo entre elas e Theo e seja lá o que ele possa tentar fazer. Com a mão trêmula, agarro com firmeza a alça da lanterna no meu pulso. Embora não seja lá uma arma, vai ter que servir como uma. Se chegarmos a esse ponto. Espero desesperadamente que não.

– Miranda – digo com toda a calma que consigo manejar –, tem uma canoa na beira da água, no mesmo lugar em que paramos no outro dia. Leve Sasha e Krystal até lá o mais rápido que puder. Se Sasha tiver dificuldades, talvez você tenha de carregá-la. Acha que consegue fazer isso?

– Por quê? – Miranda diz. – O que está acontecendo?

– Apenas responda à questão. Sim ou não?

A resposta de Miranda está encharcada de medo.
– Sim.
– Ótimo. Quando chegar à canoa, reme para atravessar o lago. Não espere por mim. Nem um segundo sequer. Apenas reme o mais rápido que puder de volta ao acampamento.

Theo aponta a lanterna para meu rosto de novo.
– Emma, é melhor você se afastar dessas garotas. Deixe-me checar se elas estão machucadas.

Eu o ignoro.
– Miranda, você me entendeu?
– Sim – ela repete, agora com mais firmeza, já se preparando para a corrida.
– Ótimo. Agora vá. *Depressa!*

Essa última palavra – e o desespero com que a pronunciei – faz as garotas dispararem. Miranda corre alucinada, arrastando Sasha atrás de si. Krystal segue atrás, mais lenta, mas tão determinada quanto.

Theo se precipita para impedi-las, mas eu me lanço à sua frente, lanterna levantada, ameaçando atacar. Ele para quando estou a dois passos de distância e abaixa sua lanterna. Ele levanta as mãos, palmas abertas. Eu não abaixo a minha lanterna. Preciso mantê-lo assim por tempo o suficiente para garantir alguma vantagem às garotas.

– Não se atreva a ir atrás delas – aviso.
– Emma, não entendo o que está acontecendo.
– Pare de mentir! – eu grito. – Você sabe exatamente o que está acontecendo. O que planejava fazer com essas garotas?
– Eu? – Theo arregala os olhos. – O que você planejava fazer com elas? Eu te segui até aqui, Em. Eu observava do chalé quando você pegou aquela canoa e remou pelo lago.

É outra mentira. Tem de ser.
– Se pensou que eu era culpada, por que não chamou a polícia?
– Porque – diz Theo – eu queria estar errado.

Como eu queria. Toda a culpa que senti por acusá-lo. Toda aquela vergonha e remorso. Por nada.

– Preciso saber porque você fez isso – digo. – Tanto agora como antes.
– Eu não...

Levanto a lanterna mais alto, Theo recua.
– Ei, vamos conversar sobre isso – ele diz. – Sem a lanterna.

– Acho que você era louco pela Vivian – digo a ele. – Você queria ficar com ela, e ela te rejeitou. Você ficou furioso. Então desapareceu com ela. Natalie e Allison também.

– Você está errada, Emma. Sobre tudo.

Theo dá um passo em minha direção. Fico onde estou, tentando não demonstrar medo. Mesmo assim, estou com a mão trêmula, o facho de luz da lanterna treme.

– Como você se safou disso uma vez, pensou que poderia se safar de novo. Só que, dessa vez, tentou me fazer parecer culpada. Por isso jogou minha pulseira na canoa, para se garantir.

– Você está descompensada, Emma – ele diz, escolhendo as palavras cuidadosamente, para não me ofender. – Você precisa de ajuda. Então, que tal largar essa lanterna e vir comigo? Não vou te machucar. Prometo.

Theo arrisca dar mais um passo. Dessa vez, dou um passo para trás.

– Estou farta de ouvir suas mentiras – eu respondo.

– Não é mentira. Eu quero te ajudar. – repetimos os mesmos passos. Ele para a frente. Eu para trás.

– Você poderia ter me ajudado quinze anos atrás se tivesse admitido o que fez.

Se Theo tivesse se entregado, talvez eu não teria me sentido tão culpada sobre o que aconteceu.

Talvez eu não teria tido alucinações com as garotas.

Talvez eu teria sido normal.

– Em vez disso, passei quinze anos me culpando pelo que aconteceu com elas – eu digo. – E me culpei por te causar tanta dor.

Outro passo para Theo.

– Eu não te culpo, Emma – ele diz. – Isso não é sua culpa. Você está doente.

Outro passo para mim.

– Pare de falar isso!

– Mas é verdade, Em. Você sabe que é.

Em vez de dar um passo adiante, Theo dá dois. Vou para trás, primeiro bem devagar e então me viro e saio correndo. Theo me persegue e me alcança em segundos. Ele agarra meu braço e me puxa. Eu grito, e o eco reverbera pela floresta escura. Ouço o eco enquanto levanto a lanterna e desfiro um golpe contra a cabeça de Theo. A pancada é fraca, só o suficiente para desconcertá-lo e ele me soltar.

Dou um empurrão e ele perde o equilíbrio. Então eu volto a correr, dessa vez na direção oposta. No caminho por onde eu vim, de volta ao lago.

— Emma! — Theo grita atrás de mim. — Não!

Continuo correndo. Meu coração está martelando. Meus ouvidos latejam. As árvores e as rochas parecem avançar sobre mim de todos os lados. Eu me esquivo de algumas, trombo em outras. Mas não paro. Não posso.

Porque Theo também já voltou a correr. Suas passadas ecoam atrás de mim na mata, na cola das minhas. Ele vai me alcançar antes do que imagino.

Correr mais rápido que ele não é uma opção. Preciso me esconder.

Algo subitamente se assoma diante de mim na escuridão.

O monólito.

Corro em sua direção, dando uma guinada à direita até que chego à sua encosta noroeste. Aponto a lanterna para o paredão de pedra e vejo a fissura que se abre a uns trinta centímetros do chão.

A caverna em que Miranda rastejou para dentro.

Me abaixo de quatro ali na frente e ilumino o interior com a lanterna. Vejo as paredes de pedra, o chão sujo, uma reentrância escura que se estende por alguns metros pelo solo. Um sopro de ar frio vem lá de dentro e, mesmo sem querer, eu estremeço.

A voz de Theo ecoa de algum ponto ali perto. *Muito* perto.

— Emma? Sei que está aqui. Sai daí.

Apago a lanterna, e me deito de barriga no chão para rastejar para dentro da caverna, receando que talvez não consiga passar. Consigo. Mas por pouco. Sobra pouco mais de quinze centímetros de espaço acima de mim e um pouco menos de cada lado.

Uma claridade emana do lado de fora da caverna. A lanterna de Theo. Ele chegou à rocha.

Eu prendo a respiração ao deslizar ainda mais. O piso da caverna é irregular, como se eu estivesse descendo pela beira de uma colina.

Um raio de luz irradia perto de boca da caverna. Ouço o barulho dos passos de Theo, o som da sua respiração pesada.

— Emma? — ele chama. — Você está aqui?

Vou ainda mais para longe, imaginando qual seria a extensão da caverna, esperando que seja profunda o bastante para escapar do facho de luz da lanterna de Theo caso ele a aponte lá para dentro.

— Emma, por favor, saia.

Theo está bem diante da caverna agora. Vejo a ponta de seus sapatos, os pés virados na direção oposta. Continuo a deslizar mais fundo, mais rápido agora, rezando para que ele não me ouça. Sinto a água pingando das paredes da caverna. Ouço o barulho da lama esguichando embaixo de mim, gorgolejando entre meus dedos.

Ainda estou deslizando, embora agora não seja por escolha. É porque a lama e a inclinação do túnel se tornam muito mais íngremes. Afundo os joelhos e as minhas palmas na lama, esperando que funcionem como freios, mas só escorrego ainda mais.

Logo estou escorregando muito rápido, sem controle, meu queixo vai deixando um sulco na lama. Quando consigo acender a lanterna que ainda está presa ao meu pulso, tudo o que vejo é o cinza das pedras, o marrom da lama e o caminho surpreendentemente longo que acabei de percorrer.

E então o chão abaixo de mim de repente desaparece e estou no meio do ar. Caindo. Me debatendo impotente.

Meus gritos são engolidos pelos seus próprios ecos que reverberam pela caverna enquanto eu mergulho no nada.

39.

A água amortece minha queda.

Caio bem no meio dela, pega de surpresa, incapaz de fechar a boca antes de submergir. O líquido me invade, me engasga enquanto continuo caindo, um salto mortal nas profundezas, a luz da lanterna deixando um rastro na água, revelando sujeiras, algas, um peixe nadando para longe de mim.

Quando finalmente chego ao fundo, é com um baque suave e não com o impacto matador que eu esperava. Ainda assim, é um choque para meu sistema nervoso. Tomo impulso no fundo, a água ainda arranhando a minha garganta, estou sufocando. Engasgo, tusso e as borbulhas de ar se espalham diante do meu rosto. Estou chegando à superfície, minha cabeça emerge, um monte de água escorrendo das minhas narinas. Tusso várias vezes, cuspindo água. Então respiro. Inspirações longas e lentas no ar úmido e subterrâneo.

Milagrosamente, a lanterna ainda pende do meu pulso, bato os braços para me manter flutuando no mesmo lugar, tentando ver o que há nos arredores. Estou em uma caverna, quase do mesmo tamanho do refeitório do Acampamento Nightingale. O facho da lanterna se estende pela água escura, rochas úmidas, uma faixa de terra semisseca ao redor da piscina natural em forma de meia-lua. Quase metade da caverna é ocupada pela lagoa, que não é muito maior que uma piscina de quintal. Aponto a lanterna para cima e vejo o domo de pedra com estalactites. O formato da caverna me faz pensar em um estômago. Caí na barriga de uma besta.

Noto uma cavidade escura no canto onde a parede de pedra encontra o teto da caverna. O lugar de onde caí. Balanço a lanterna para cima e para baixo, tentando mensurar o tanto que caí. Parecem ser cerca de três metros.

Nado até a pequena porção de terra junto à água. O solo aqui é coberto de cascalhos, palidamente iluminado pela luz da lanterna. Puxo meu corpo para fora da água e desabo na margem, exausta e ofegante.

Enfio a mão no bolso, otimista, procurando o telefone. Ainda está lá. Melhor ainda, até funciona. Obrigada, capinha à prova d'água. Não tem nem uma barrinha de sinal, no entanto.

Não que eu estivesse esperando ter sinal abaixo da terra, ainda assim tento ligar para o 911, vai que algum pequeno milagre aconteça. Não acontece. Não estou surpresa.

Lembro-me do que o Detetive Flynn disse sobre rastrear a localização de alguém usando o GPS em seus telefones. Não posso deixar de pensar se isso também vale para quem está perdido no subsolo. Duvido. Mesmo se for possível, provavelmente levaria horas, talvez dias para que descobrissem minha localização exata.

Se quiser sair daqui, terá de ser por conta própria. Ilumino toda a extensão do paredão de pedra até o buraco acima de mim. É bem íngreme. Não chega a ser 90 °C, mas está quase lá. Antes de tentar escalar, faço uma varredura na caverna, procurando outra saída. Aponto a lanterna para todos os cantos, para cada fenda escura que encontro, mas não vejo nada além de água, rochas e becos sem saídas.

Escalar o paredão de pedra é minha única alternativa. Desesperada, corro em direção à parede, sem parar para procurar pontos aos quais possa me segurar.

Simplesmente salto na parede, me agarrando à rocha, procurando saliências. Consigo escalar cerca de um metro antes de perder a pegada e cair com tudo no chão da caverna.

Tento de novo, dessa vez consigo subir cerca de 1,20 metro antes de cair de novo. Dessa vez caio bem em cima do cóccix. Sinto o choque da dor aguda irradiar pelas minhas costas e fico momentaneamente paralisada.

Mesmo assim faço uma terceira tentativa, agora com mais cautela, tentando decifrar os melhores pontos para me segurar e a direção certa pela qual subir. Dá certo. Estou subindo cada vez mais alto. Um metro e oitenta. Dois metros.

Quando estou a cerca de trinta centímetros do túnel que leva para o lado de fora, percebo que não há nada onde me segurar.

Estico o braço direito, tateando a rocha lisa e escorregadia com a palma da mão. Meu braço esquerdo, que sustenta todo o peso, começa a ceder.

Meu corpo pende. Por um segundo, balanço contra a parede da caverna e então mergulho de volta à terra, amortecendo o impacto da aterrissagem com os pés, mas meu tornozelo direito falseia e torce. Tenho a impressão de que escuto um estalo. Ou talvez seja só a minha imaginação à medida que eu colapso numa onda aguda de dor.

Grito, na esperança de que isso faça a dor passar. Não adianta. A dor não para. O grito também não. Olho para meu tornozelo e para meu pé, inclinado em um ângulo que jamais deveria estar. Não tenho como escalar.

É quando me dou conta.

Estou presa.

Ninguém sabe que estou aqui.

Agora estou perdida que nem Vivian, Natalie e Allison.

40.

A bateria da lanterna acaba pouco depois das 4 horas da manhã. Sei que horas são porque checo o telefone assim que o último lampejo se apaga completamente. Me arrependo de ter olhado, apesar de me sentir reconfortada pelo brilho azul da tela. O tempo continua a passar em um ritmo agonizante. Parece que cada minuto dura muito mais aqui embaixo, estendendo-se de tal modo que cada hora passada parecem três.

Tentando preservar o máximo de bateria possível, desligo o telefone e o coloco de volta no bolso. Então fico lá numa escuridão tão densa que parece a morte. Nada além de breu vazio.

Começo a tremer, percebendo como está gelado aqui. A piscina natural de água fria não ajuda em nada. Muito menos minhas roupas molhadas, coladas em minha pele grudenta. Meu corpo treme. Estou batendo os dentes.

Mesmo assim, nada disso me impede de cair no sono ao me ajeitar num dos cantos da caverna, puxando os joelhos para junto do peito. Cada piscadela na escuridão termina comigo adormecendo só para acordar soltando um uivo desconcertante após um espasmo de dor.

Estou além dos limites da exaustão, se é que isso é possível. Não consigo me lembrar de quando foi a última vez que dormi. Acho que foi essa manhã, quando acordei dentro de Corniso. Ligo meu telefone e checo o horário mais uma vez.

Quatro e meia.

Merda.

Não tem sinal em lugar algum.

Puta merda.

Desligo o telefone e conto os segundos em voz alta, ouvindo o eco de minha voz na câmara da caverna.

– Um, dois, três.

Ao piscar, mantenho os olhos fechados.

– Quatro, cinco, seis.

De repente me sinto cansada demais para falar. Mas a contagem continua, agora mentalmente.

Sete, oito, nove.

E então eu durmo. Por quanto tempo, não sei dizer. Acordo com outra pontada de dor, retomando a contagem com os lábios ressecados.

– Dez.

Abro os olhos com tudo, a visão borrada focando na imagem de Vivian em minha frente. Ela está deitada no chão da caverna, cabeça apoiada nos cotovelos dobrados. É a posição em que ela gosta de jogar Duas Verdades e Uma Mentira. Ela diz que a postura relaxada torna mais difícil identificar quando ela está mentindo.

– Você acordou – ela diz. – Finalmente.

– Por quanto tempo eu dormi? – pergunto, já nem tentando mais mandá-la embora com a força de vontade.

– Uma hora mais ou menos.

– Você estava aqui o tempo todo?

– Indo e voltando. Aposto que você achou que se livraria de mim.

– Com certeza eu gostaria – não há razão para mentir para ela. Ela não é real.

– Bem, mas não vai – Vivian abre os braços, deleitando-se em tirar sarro de mim. – Surpresa!

– Você deve estar achando tudo isso muito divertido – digo ao me sentar e alongar o pescoço até estalar. – Agora também sou uma garota perdida.

– Você acha que vai morrer aqui?

– Provavelmente.

– Que droga – Vivian diz com um suspiro. – Pelo menos acho que isso nos deixa quite.

– Eu queria que você voltasse – digo. – Não queria que nada disso acontecesse. E eu lamento. Assim como lamento ter trancado a porta da cabana. O que fiz foi horrível e me arrependo disso todos os dias. Essa é a verdade. Chega de mentiras.

– Eu provavelmente teria feito o mesmo – Vivian admite. – É por isso que sempre gostei de você, Em. Nós duas fomos as filhas da puta que precisávamos ser.

– Isso significa que ainda seríamos amigas se você não tivesse desaparecido?

Vivian retorce uma mecha de cabelo ao redor do dedo, pensando a respeito.

– Talvez. Seria bem intenso e dramático. Uma quase enlouquecendo a outra, mas também teriam sido bons tempos. Você seria minha madrinha de casamento. Encheria a cara comigo depois do meu inevitável divórcio.

Ela sorri para mim. Seu sorriso gentil. Aquele que me fez pensar em Vivian como uma potencial irmã mais velha. Sinto falta dessa Vivian. Estou de luto por ela.

– Viv, o que aconteceu com vocês naquela noite? Foi o Theo?
– Não acredito que ainda não descobriu. Deixei tantas pistas, Em.
– Por que não pode simplesmente me contar?
– Porque é algo que você tem de descobrir por conta própria – Vivian responde. – O problema é que você está se deixando cegar pelo passado. Tudo o que você precisa saber está bem diante dos seus olhos. Você só precisa enxergar.

Ela aponta para o outro lado da caverna, onde um rastro de luz serpenteia ao longo da parede de rocha, circundada por muitas outras pedras, sobre as quais a luz tremula como ondas, fazendo o topo da caverna parecer uma discoteca.

Então a ficha cai. Consigo *ver*.

A escuridão se foi, substituída por uma claridade morna que se irradia por toda a caverna, vindo, provavelmente, da piscina natural ali no meio. A luz é de um dourado intenso com tons de rosa, que faz a água brilhar como se fosse a jacuzzi de um hotel. Confiro o telefone e vejo que são 6 horas. O sol está nascendo.

A presença da luz significa uma coisa: há uma saída da caverna.

– Vivian, acho que eu consigo sair!

Ela não está mais lá. Não que realmente estivesse. Mas dessa vez não há uma presença pairando no ar, não havia a sensação de que ela poderia retornar a qualquer momento.

Talvez Vivian tenha ido para sempre.

Eu me levanto e vou mancando até a beira da água. A luz parece mais brilhante à minha direita. O brilho não diluído sugere um caminho em linha reta da caverna para o mundo exterior. Muito provavelmente um túnel submerso conectando a caverna ao lago.

Deslizo de volta para a piscina e encaro a luz. Através da água, vejo um círculo brilhante quase do mesmo tamanho do túnel pelo qual entrei.

Se for da mesma largura por toda a extensão, acho que consigo nadar e sair da caverna.

Dou algumas voltas na piscina, para me aquecer enquanto testo meu tornozelo machucado. Dói, é claro. Também está inchado, o que limita meus movimentos. Preciso lutar contra os dois. Não tenho escolha.

Devidamente aquecida, alinho meu corpo com a entrada. Começo a tremer de novo, dessa vez mais por nervosismo do que pelo frio da água. Estou morrendo de medo e queria encontrar outra saída, mas não há. A única saída é encarar o túnel.

Respiro fundo. Deslizo para baixo d'água, olhando fixamente para a luz a rósea-dourada e começo a nadar em direção a ela.

41.

Nadar.

É tudo o que preciso fazer.

Nadar e tentar não pensar no quanto meu tornozelo dói.

Ou que o túnel pode estar se estreitando lentamente sobre mim.

Ou que ainda não cheguei nem a um quarto do caminho.

Tudo o que tenho a fazer é nadar. O mais rápido e o mais forte possível. Na direção da luz, como a garotinha daquele filme que me dava pesadelos quando eu tinha 9 anos.

Nadar.

Sem pensar naquele filme e no seu palhaço bizarro e no chuvisco da TV, nem em como o lodo da água do lago turva minha visão e faz meus olhos arderem.

Apenas nadar.

Sem pensar em como o túnel realmente está ficando menor nem em como meus ombros estão raspando as paredes, soltando musgos e algas que turvam ainda mais minha visão.

Apenas nadar, porra.

Sem pensar nas algas nem no túnel que está encolhendo nem em como cada movimento do meu pé direito dispara uma dor berrante pelo meu tornozelo ou em como a pressão está crescendo no meu peito como um balão prestes a estourar.

Nado em direção à luz, que me cega, cujo brilho me obriga a fechar os olhos. Meus pulmões gritam. Meu tornozelo grita. Estou prestes a me desfazer em um grito.

Mas então o túnel termina, escorregando por meus ombros como um vestido que teve o zíper aberto. Abro os olhos e vejo água por todos os lados. Nada de caverna. Nada de paredes. Apenas o lago abençoado reluzindo à luz da aurora.

Disparo para a superfície; ofegando, puxando o ar precioso até a dor nos meus pulmões diminuir. Meu tornozelo ainda dói, bem como meus braços exaustos e moles. Mesmo assim, ainda tenho forças para boiar e manter a cabeça acima da água. Talvez consiga nadar de volta para o acampamento depois de descansar um pouco.

Com sorte, isso não será necessário. Com sorte, já estão me procurando.

Sem dúvida, ouço o barulho distante de uma lancha. Giro na água até conseguir ver – um barco branco, um dos que normalmente ficam atracados na doca do Acampamento Nightingale. Chet está no timão, conduzindo a pequena lancha pelo lago.

Levanto o braço e aceno para ele. Com o pouco ar que tenho nos pulmões, grito seu nome.

– Chet!

Ele me vê, a surpresa evidente em seu rosto ao me ver flutuando no lago. Ele desliga o motor, pega um remo de madeira e começa a remar em minha direção.

– Emma? Meu Deus, estamos procurando por você em toda parte.

Paro de nadar. Ele continua remando. Finalmente nos encontramos e eu me agarro à lateral do barco. Com a ajuda de Chet, subo a bordo e me estatelo no chão, arquejando, cansada demais para me mexer.

– Vocês encontraram as garotas? – pergunto, ofegando as palavras, ainda tentando recuperar o fôlego.

– Hoje de manhã. Elas estão desidratadas, famintas e em choque, mas vão ficar bem. A última notícia que tive é que Theo estava levando-as ao hospital.

Eu me sento, alarmada.

– Theo voltou para o acampamento?

– Sim – Chet diz. – Ele falou que te viu com as garotas e que você o atacou antes de sumir na floresta.

– Ele está mentindo.

– Isso é loucura, Emma. Você sabe disso, não sabe?

Continuo falando. Dando asas à loucura.

– Ele machucou aquelas garotas, Chet. Ele não pode ficar perto delas. Temos que chamar a polícia.

Pego o telefone, surpreendentemente intacto no meu bolso e ainda funcionando. Tem até um pouco de bateria. Começo a discar 911 mas sou interrompida por uma sombra cruzando a tela.

O reflexo de Chet, distorcido como numa casa dos espelhos. Pelo reflexo, também vejo que está empunhando o remo. Um rápido vislumbre da madeira passando pela tela segundos antes de Chet me golpear na parte de trás da cabeça.

Por uma fração de segundo, tudo para. Meu coração. Meu cérebro. Meus pulmões, meus olhos e meus ouvidos. Como se meu corpo precisasse de um momento para assimilar o que estava acontecendo para saber como reagir.

Naquele milésimo de tempo, concluo que é assim que a morte deve ser. Não o cair em um torpor profundo ou uma caminhada lenta rumo à luz incandescente. Apenas uma suspensão repentina.

Mas então vem a dor. Atingindo cada nervo. Lancinante. Inundando cada parte do meu ser, dizendo que ainda estou viva.

Os mortos não sentem esse tipo de dor. Dói tanto que até os invejo. A angústia se apodera de mim, deixando-me completamente impotente. Minha visão fica borrada. Minha cabeça lateja. Eu arroto um grunhido de surpresa enquanto o telefone me escapa das mãos e eu caio no piso da lancha.

42.

Caio no chão do barco. Sinto as fibras de vidro arranhando minha bochecha, sinto o fedor de peixe, ouço o eco da água abaixo.

O barco está se movendo agora. O motor externo zunindo como um ruído branco. Respingos ocasionais molham meu rosto.

Caí de lado, com o braço esquerdo debaixo do corpo, o direito meio retorcido. Meu olho esquerdo está fechado, comprimido do jeito que está contra o chão. A pálpebra do meu olho direito está pestanejando e o céu e as nuvens tremulam como num filme antigo. Em vez de respirar, hiperventilo – respirações curtas, ofegantes, que expiram o ar tão rápido quanto eu consigo inspirar.

Ainda sinto dor, mas não é mais tão intensa. Um latejar constante em vez de uma ressonância aguda. Fico surpresa ao constatar que consigo me mexer se realmente me concentrar nisso. O braço direito todo retorcido ainda dobra. Ambas as pernas esticam. Balanço meus dedos, maravilhada com o desempenho.

A clareza de raciocínio é outra surpresa. Sei o que está acontecendo. Não estou desorientada, surda ou cega. Deduzo que Chet não pôs toda a força no golpe que me desferiu com aquele remo. Ou então eu sou muito sortuda. Seja lá o que for, aceito de bom grado. Quando o som do motor para e o barco vai mais devagar, consigo me virar e deitar de barriga para cima, feliz por perceber que o olho esquerdo também está funcionando. Vejo Chet de pé olhando para mim. Com o remo em mãos, embora ele vacile entre empunhá-lo e soltá-lo.

– Não acredito que você teve a coragem de voltar aqui, Emma. Por mais que tenha sido minha ideia, ainda assim fiquei surpreso. Não me entenda mal. Fiquei feliz por você ter voltado. Só não imaginei que seria tão estúpida.

– Por que... – faço uma pausa e engulo em seco, na esperança de conseguir articular as palavras. Cada sílaba é um esforço tremendo. – Por que me pedir para voltar?

– Porque achei que seria engraçado – Chet responde. – Sabia que você era louca. Theo me contou tudo. E eu queria ver até onde iria sua loucura. Sabe como é, encurralar alguns pássaros na cabana. Uma pinturinha na sua porta e uma aparição na janela. Uma espiada no chuveiro.

Chet faz uma pausa e me dá uma piscadela que faz meu estômago revirar.

– Mas nunca imaginei que você abraçaria a causa. Pensei que daria muito mais trabalho fazer você parecer culpada. Mas todo aquele papo sobre ter visto Vivian? Só aquilo já fez todo mundo pensar que você tinha surtado.

– Mas *por quê*?

– Porque era por isso que eu queria que você voltasse. Para que as garotas da sua cabana desaparecessem e eu te colocasse na cena do crime. Joguei algo que te pertence em uma canoa junto de um par de óculos quebrados e deixei à deriva. A propósito, aquela sua pulseira funcionou direitinho. Quando a arranquei do seu pulso lá fora do chalé, sabia que seria perfeita.

Ele abre um grande sorriso. É o sorriso de um homem louco. Alguém muito mais louco do que eu jamais fui.

– Depois disso, só tive que deletar os vídeos de segurança que me mostravam perto de sua cabana e mudar o nome daquele em que você aparece saindo de Corniso ontem de manhã. Vou te contar um segredinho, Em: as garotas não saíram na surdina cinco minutos antes de você acordar. Elas tinham saído há pelo menos uma hora.

Tento me sentar, me apoio nos cotovelos. Estou tremendo bastante, mas enrijeço o corpo para me firmar. O ligeiro movimento me tira do torpor e me dá um pouco de ânimo. Ouço a força recém-encontrada em minha voz quando digo:

– Todo esse esforço. Não consigo entender por quê.

– Porque você quase destruiu a nossa vida – Chet rebate, quase rosnando. – Especialmente a de Theo. Tanto que ele até tentou se matar. Tá vendo o quanto você fodeu com ele, Emma?! Quando você destruiu a reputação dele, também destruiu a nossa. Quando fui pra Yale, metade da faculdade nem falava comigo. Eles me viam como o moleque cujo irmão se safou das acusações de assassinato porque a família era podre de rica. E nós nem somos. Não mais. Tudo o que nos restou foi o apartamento da minha mãe e esse maldito lago.

Embora minha cabeça esteja estourando de dor, finalmente entendo. Essa é sua vingança.

Uma tentativa de me fazer parecer tão culpada quanto eu fiz Theo parecer. Ele quer que eu viva sob a mesma aura de suspeita. A ponto de perder tudo.

– Não queria te matar, Emma. Preferia infinitamente te ver sofrendo pelos próximos quinze anos, mas o plano mudou. E a culpa é sua. Ninguém mandou você libertar aquelas garotas. Agora não tenho escolha a não ser fazer você desaparecer.

Chet me agarra pela gola da camiseta e me levanta do chão. Não resisto. Nem consigo. Tudo o que consigo é oscilar precariamente enquanto ele me põe na beira do barco. O movimento dispara uma onda de adrenalina em mim.

Agora que não estou mais no chão, vejo que estamos em uma parte do lago que não reconheço. Um tipo de enseada. As árvores se amontoam na margem, circundando a água como paredes de uma fortaleza. Luzes silenciosas se infiltram por elas, pouco fazendo para dissipar a neblina que se espalha sobre a água.

Há algum objeto no meio da névoa, despontando para fora da água a poucos metros do barco.

Um galo dos ventos.

É o mesmo que vi em fotos, encarapitado no topo do Sanatório do Vale Pacífico. Só que agora suas bordas estão enferrujadas e encrustadas de craca. E o manicômio sobre o qual ele jaz está submerso pelo Lago da Meia-Noite. Espio dentro da água e consigo vislumbrar o telhado cheio de lama.

Ainda está aqui. Bem ali onde sempre esteve. Só que agora coberto pelo lago. Aquela parte da história de Casey é verdade.

– Tinha um pressentimento de que você o reconheceria – Chet diz. – Você saber disso foi outra surpresa. Emma xeretinha andou fazendo a lição de casa.

Julgando pelo anel de lama seca ao longo da margem, suspeito que o lago geralmente é alto o bastante para cobrir completamente o galo dos ventos. Só está visível agora por causa da atual seca.

– Encontrei esse lugar quando era adolescente – Chet diz. – Ninguém mais sabe que ainda está aqui. Nem minha mãe. Nem Lottie. Acho que elas pensam que o velho Buchanan Harris tirou isso daqui quando comprou a terra. Em vez disso, ele apenas inundou o lugar do jeito que estava. E agora ninguém vai saber que deve te procurar aqui.

Meu coração dispara, sinto o sangue subir à cabeça, me deixando em alerta e também com medo. Em vez de silenciar, o medo atiça minha voz.

– Não faça isso, Chet. Ainda não é tarde demais.

– Eu acho que é, Em.

– As garotas não te viram. Elas me disseram. Se quiser que eu diga à polícia que fiz isso, eu digo.

Palavras são a minha única defesa. Não tenho força para enfrentá-lo. Mesmo se tivesse, eu não seria páreo para outro golpe do remo.

– Ninguém vai saber o que você fez. Só eu e você. E não vou contar a ninguém. Vou assumir a culpa. Vou me declarar culpada.

Chet transfere o remo de uma mão para outra. Acho que estou conseguindo convencê-lo.

– Você quer me ver sofrer, não quer? Então. Imagine só o quanto vou sofrer na prisão.

Uma lembrança me cruza a memória imediatamente. De quando deixei o Acampamento Nightingale há quinze anos. Chet estava lá, gritando o nome do irmão, com o rosto cheio de lágrimas. Talvez aquele tenha sido o momento em que ele decidiu que se vingaria. Se foi, preciso lembrá-lo do menino que ele era antes disso.

– Você não é um assassino. Você é uma pessoa boa demais para isso. Fui eu quem fiz algo ruim. Não seja como eu. Não se torne alguém que você não é.

Chet ergue o remo, pronto para desferir outro golpe. Avanço antes que ele ataque, me jogando em cima dele. Não sei de onde veio aquela força. Uma energia reprimida inflamada pelo terror e pelo desespero. Chet cambaleia e tropeça em um dos assentos do bote, se desequilibra e cai para trás, soltando o remo que se estatela no chão. Tento apanhá-lo, mas ele é mais rápido. Ele agarra o remo com uma das mãos e me acerta com as costas da outra.

Sinto a ardência e a dor na bochecha, mas o golpe também dispara uma última fagulha de adrenalina em mim. O suficiente para me encorajar a cambalear para a frente do barco e rastejar até a proa.

Atrás de mim, Chet está de pé, empunhando o remo.

Ele o ergue. E se prepara para desferir o golpe final.

Fecho os olhos, gritando, aguardando o estouro contra meu crânio.

Em vez disso, um tiro ressoa, disparado do outro lado da enseada.

Abro os olhos a tempo de ver o remo explodir em milhares de estilhaços. Fecho de novo quando os pedaços de madeira começam acertar meu rosto. Recuo, tentando me desviar.

O barco inclina. Eu também. Perco o equilíbrio e caio por cima da lateral da lancha. No Lago da Meia-Noite.

43.

Minha queda na água é breve. Somente um mergulho rápido e desorientado antes de me chocar contra algo poucos metros abaixo da superfície. Madeira, eu penso. Escorregadia, coberta por musgo e algas e pelas águas centenárias do lago. Um telhado.

Quando me dou conta de onde estou, a madeira debaixo de mim cede. E lá estou eu caindo de novo. Ainda debaixo d'água, mas agora cercada por paredes, enclausurada dentro delas.

O Sanatório Vale Pacífico.

O telhado cedeu e estou caindo lá dentro. Já me preparo para a colisão. Mas ela não acontece. Em vez disso, mal toco o chão e estou boiando para cima. Raios pálidos de luz se infiltram pelas cortinas de algas nas janelas. Tem claridade o suficiente para eu conseguir ver um cômodo vazio cheio de lama. Todo azulejado – paredes, teto, moldura da porta. A porta se desprendeu das dobradiças e está caída, revelando um pequeno corredor, escadas, mais claridade. Nado nessa direção, me esforçando para conseguir atravessar a porta, o corredor, descer os degraus.

No térreo, a porta de entrada parece uma bocarra aberta. A porta mesmo está caída no chão, misturando-se com o fundo do lago. À minha esquerda, uma sala de estar. Há um buraco na parede onde os tijolos e o piso e o que restou do papel de parede ruíram e se decompõem. Um peixe robalo-riscado nada pelo cômodo. Nado pela abertura da porta, indo para o lado de fora, embora seja tudo parte do mesmo cenário subaquático.

Sinto a dor pulsando em meu corpo. Meus pulmões ardendo. Preciso de ar. Preciso dormir. Começo a nadar para cima quando algo me chama a atenção.

Um crânio.

De um tom de branco lavado. Sem a mandíbula.

As órbitas viradas na direção do céu. Espalhados ao redor, mais ossos. Uma dúzia, pelo menos.

Consigo distinguir o arco das costelas, dedos dobrados, um outro crânio a poucos metros do primeiro.

As garotas.

Sei porque aninhado entre os ossos, quase sem brilho em meio ao lodo, vejo uma corrente com um medalhão de coração, com uma pequenina esmeralda no centro.

Há alguma coisa atrás de mim na água. Sinto mais do que consigo ver de fato – uma movimentação no lago. Um braço me enlaça pela cintura. Então sou puxada para cima, para longe das garotas, em direção à superfície da água.

Pouco depois estamos emergindo do Lago da Meia-Noite. Vejo o céu, as árvores, o outro barco a motor do acampamento não muito longe dali. Dentro dele, o Detetive Flynn, com a arma apontada para Chet, que solta o remo estraçalhado.

E então vejo Theo. Nadando ao meu lado, com o braço ainda em minha cintura, água espirrando em seu queixo.

– Você está bem? – ele pergunta.

Penso em Vivian, Natalie e Allison bem abaixo de nós. Penso em todos os anos que elas passaram lá no fundo, esperando que eu as encontrasse.

Então, quando Theo pergunta de novo se estou bem, só consigo balançar a cabeça e soltar um gemido. E, então, não seguro mais as lágrimas.

44.

Sentada no banco da frente da viatura do Detetive Flynn, vejo o hospital ficando para trás pelo retrovisor. No fim das contas, estou mais machucada e abatida do que pensei inicialmente. O diagnóstico do médico foi alarmante. Traumatismo craniano por causa do remo. Torção no tornozelo por causa da queda. Lacerações, desidratação, dor de cabeça persistente. Acabei passando dois dias no hospital. As garotas também estavam lá; dividi o quarto com Miranda e passamos o tempo todo reclamando de nosso estado lastimável, rindo do ridículo de toda a situação e fofocando sobre o enfermeiro gato do turno da manhã.

Visitantes entravam e saiam. Sasha e Krystal no quarto ao lado, a avó de Miranda — um turbilhão de culpa católica e abraços asfixiantes.

Becca deu uma passada e trouxe um livro de fotografias de Ansel Adams, e Casey veio se desculpar por sempre ter pensado que eu tinha machucado as garotas de Corniso. Marc chegou com uma pilha de revistas de fofoca e a novidade de que tinha reatado com Billy, o bibliotecário.

Até meus pais vieram da Flórida, uma atitude que me comoveu mais do que eu imaginava.

Planejamos voltar para Manhattan esta tarde. Marc vai com a gente. Vai ser uma corrida interessante para todas as partes envolvidas.

Por ora, penso, tenho assuntos pendentes a tratar, como bem me lembra o Detetive Flynn.

— Eis o que provavelmente aconteceu — ele diz. — Com base no que ela escreveu no diário, Vivian, assim como você, tirou as piores conclusões sobre o Vale Pacífico, Charles Cutler e Buchanan Harris. Ela encontrou a localização do manicômio e levou Allison e Natalie consigo para provar sua existência. Pelo que você descreveu, decerto é bem fácil se perder lá dentro. Elas entraram na água, nadaram ao redor dos destroços e não conseguiram voltar. Afogamento acidental.

Só porque eu já tinha deduzido exatamente isso, não torna nem um pouco mais fácil lidar com os fatos. Não agora que sei que Vivian morreu do mesmo jeito que a irmã. É trágico demais para entender.

– Então não há nenhum indício de que Chet as matou? – pergunto, sabendo que é impossível. Flynn nega.

– Ele jura que não matou as garotas. Não tenho motivos para duvidar. Ele tinha somente 10 anos na época. Além disso, ainda há uma boa quantidade de ossos no fundo do lago. Vai levar algum tempo para encontrar todos. Até lá, não podemos afirmar com certeza que são suas amigas que estão lá.

Mas eu já sei. Foi Vivian, Natalie e Allison que eu vi nas profundezas do lago. Não preciso de nenhuma outra prova além do medalhão. Só de pensar nisso, sinto o luto oprimindo meu peito. Uma sensação comum nos últimos dois dias.

– Quanto ao segundo grupo de garotas de Corniso, Chet alega que não tinha intenção de feri-las – Flynn explica. – Me parece que ele não tinha premeditado o que faria. Acho que ele foi movido pela raiva e pelo calor do momento, sem pensar nas consequências.

– Onde ele está agora?

– Por enquanto, na prisão do condado. Ele planeja se declarar culpado de todas as acusações amanhã. Então provavelmente será transferido para uma instituição psiquiátrica por tempo indeterminado.

Sinto alívio ao ouvir isso. Quero que Chet receba a ajuda de que precisa. Afinal, também sei o que é ter sede de vingança. Assim como Chet, senti esse desejo ardendo dentro de mim. Ele queimou a nós dois.

Mas eu me curei. Não completamente, mas estou definitivamente trabalhando nisso.

– E acho que lhe devo desculpas – Flynn diz. – Por não acreditar em você.

– Você só estava fazendo seu trabalho.

– Mas deveria ter te dados mais ouvidos. Me precipitei ao achar que você era a culpada só porque era a explicação mais fácil. Por isso, peço desculpas.

– Aceitas.

Dirigimos em silêncio até alcançarmos o portão de ferro forjado do Acampamento Nightingale. Quando me endireito no assento, Flynn olha na minha direção e pergunta:

— Nervosa por estar de volta?

— Não tanto quanto achei que estaria — respondo.

Avistar os arredores do acampamento me traz à tona um rolo compressor de emoções. Tristeza e arrependimento, amor e desgosto. E um alívio brutal. Do tipo que sentimos quando descobrimos toda a verdade sobre algo. O cônjuge traidor revelado. Um diagnóstico oficial. Ter a verdade revelada significa que você finalmente começa a sair debaixo de tudo isso.

Flynn manobra o carro até o coração do acampamento. Está tão vazio e silencioso quanto na manhã em que acordei e fui procurar as garotas que tinham sumido de Corniso. Dessa vez, por um bom motivo. Todas as campistas, supervisoras e instrutoras foram mandadas de volta para casa. O Acampamento Nightingale fechou mais cedo. Dessa vez pra valer.

Por mais triste que seja, sei que é melhor assim. Há muita tragédia associada ao lugar. Além do mais, Franny já teve de lidar com mais do que o suficiente. Lottie me espera do lado de fora quando o sedã estaciona em frente ao chalé. Como estou zonza por causa dos analgésicos e meu tornozelo está enfaixado com um quilômetro de bandagem, ela precisa me ajudar a sair do carro. Antes de soltar minha mão, ela dá um aperto gentil, sinal de que não há ressentimentos sobre o que eu disse. Sou grata por seu perdão.

Flynn aperta a buzina e acena para mim. Então vai embora, manobrando o carro rumo à saída do acampamento enquanto Lottie me guia até o chalé. Lá dentro, nem sinal de Mindy. Não estou surpresa. Quando me visitou no hospital, Casey mencionou que ela estava retornando para a fazenda da família. E me contou isso com satisfação, como se Mindy tivesse recebido exatamente o que merecia. Se isso significa algo melhor do que ficar com Chet, então sou obrigada a concordar.

— Receio que não há muito tempo — Lottie diz. — Franny dispõe de apenas alguns minutos e então teremos de ir. O pessoal da cadeia é bem estrito com o horário de visita.

— Entendo.

Sou conduzida ao deque traseiro, onde Franny repousa em sua cadeira com o rosto virado para o sol. Ela me cumprimenta calorosa, apertando minha mão e sorrindo como se os anos de acusações e más ações entre nós não fossem nada. Talvez agora não sejam mesmo. Talvez agora estejamos quites.

— Emma querida. Que bom te ver recuperada e na ativa de novo — ela aponta para o chão, perto de sua cadeira, onde estão minha mala e a caixa com o material de pintura. – Está tudo ali. Fiz questão de conferir se Lottie tinha empacotado tudo. Faltam apenas dois itens: o diário de Vivian, que a polícia levou, e a fotografia que ela pegou do chalé. Lottie merecia ficar com ela, não acha?

– Eu não poderia estar mais de acordo.

– Tem certeza de que não quer dar uma última olhada em Corniso? – Franny pergunta. – Para certificar-se de que não esquecemos nada?

– Não – eu digo. – Está tudo bem.

Corniso é o último lugar onde quero estar. Tem lembranças demais. Boas e ruins. Com tudo o que aconteceu – e tudo o que agora eu sei –, não estou pronta para enfrentá-las. A visão daqueles nomes talhados nos baús e o rangido daquela terceira tábua no assoalho provavelmente seriam demais para mim.

Franny me olha de um jeito como se entendesse completamente.

– Sinto muito por não visitá-la no hospital. Diante das circunstâncias, achei que seria mais prudente manter distância.

– Você não tem que se desculpar por nada – eu lhe digo, com sinceridade.

– Tenho sim. O que Chet fez é indefensável. Lamento profunda e verdadeiramente por toda a dor que ele te causou. A você e às outras garotas de Corniso. E, por favor, acredite quando digo que não sabia o que ele tinha planejado. Se soubesse, jamais teria pedido que você voltasse.

– Eu acredito em você – digo. – E te perdoo. Não que você tenha feito algo de errado. Você sempre foi extremamente gentil comigo, Franny. Sou eu que deveria estar implorando seu perdão.

– Eu já te perdoei. Há muito, muito tempo.

– Mas eu não merecia.

– Merecia – Franny afirma. – Porque vi bondade em você, mesmo que nem você achasse que havia, eu vi. E, falando em perdão, creio que há mais alguém que gostaria de dar uma palavrinha ou duas contigo a esse respeito.

Ela estica a mão, pedindo auxílio para se levantar da cadeira. Eu acudo e gentilmente lhe ajudo a colocar-se de pé.

Amparamo-nos uma à outra, cambaleando em dupla até o parapeito do deque. Lá embaixo, o Lago da Meia-Noite, lindo como sempre. E, sentado no gramado, contemplando a massa de água, vejo Theo.

– Vá em frente – Franny incita. – Vocês dois têm muito a conversar.

A princípio, não digo nada a Theo. Simplesmente me sento a seu lado na grama, olhando para o lago. Theo não fala comigo, por razões óbvias. Eu o acusei duas vezes. Se alguém merece o seu silêncio, sou eu.

De canto de olho, espio seu perfil, analisando a cicatriz em sua bochecha e a marca em sua testa – um hematoma de um roxo intenso onde eu o acertei com a lanterna. Quanta dor eu causei a ele. Mesmo deixando de lado todas as ações de Chet, ele tem todo o direito de me odiar.

Mesmo assim, Theo garantiu que eu saísse viva do lago. O Detetive Flynn não parava de falar na rapidez com que Theo mergulhou na água atrás de mim. Zero hesitação. Foi assim que ele descreveu. Uma dívida que nunca poderei pagar devidamente. Poderia ficar sentada aqui agradecendo Theo por horas, implorando seu perdão ou pedindo desculpas até perder a conta. Mas não. Em vez disso, estendo a mão e digo:

– Oi! Meu nome é Emma.

Theo finalmente reconhece minha presença e se vira para mim. Apertando minha mão, ele responde:

– O meu é Theo. Prazer em te conhecer.

Ele não precisa dizer mais nada.

Theo se mexe ao meu lado e tira algo do bolso e põe na minha mão. Não preciso olhar para saber que é minha pulseira de berloques. Sinto a corrente enrolada na minha palma, o peso dos três passarinhos.

– Achei que gostaria de reaver isso – Theo diz, acrescentando com um sorriso: –, embora a gente tenha acabado de se conhecer.

Fecho a mão sobre a pulseira. Eu a tenho há tanto tempo; ela foi minha devotada companheira por mais da metade da minha vida. Mas agora é hora de dizer adeus. Agora que sei a verdade, não preciso mais dela.

– Obrigada, eu agradeço. Mas...

– Mas o quê?

– Mas acho que já superei. Além do mais, sei o lugar ideal para ela.

Sem pensar duas vezes, jogo a pulseira para o alto, os três passarinhos finalmente alçando voo. Fecho os olhos antes que ela conclua sua trajetória. Não quero a lembrança de tê-la visto desaparecer. Em vez disso, apenas ouço, pegando a mão de Theo enquanto a pulseira cai com um baque quase surdo nas profundezas do Lago da Meia-Noite.

É assim que termina.

Franny falece em uma noite abafada no fim de setembro. Ela não morre no lago, mas no quarto de sua cobertura no Harris. Theo e Lottie estão com ela. De acordo com Theo, suas últimas palavras foram "Estou pronta".

Uma semana depois, você vai ao funeral dela em uma segunda-feira abençoada com um belo sol de verão. Você imagina que Franny teria gostado disso. Depois da missa, você e Theo vão fazer uma caminhada pelo Central Park. Vocês não se veem desde o Acampamento Nightingale. Com tudo o que estava acontecendo, ambos concordaram que um pouco de espaço seria necessário.

Agora uma miríade de emoções não ditas paira sobre o reencontro. Há luto, é claro. E alegria por vermos um ao outro. E outro sentimento estranho – trepidação. Vocês não sabem que tipo de relação vão ter daqui em diante. Especialmente quando Theo diz, no meio do caminho:

– Estou indo embora na semana que vem.

Você para de repente.

– Para onde?

– África – Theo diz. – Me inscrevi para outra missão com os Médicos Sem Fronteiras. Um ano. Acho que vai ser bom para mim dar um tempo de tudo por aqui. Preciso pensar no que fazer.

Você compreende e até admite que parece uma boa ideia. E então o deseja tudo de bom.

– Quando eu voltar, adoraria sair para jantar – ele acrescenta.

– Você quer dizer tipo um encontro?

– Pensei em uma refeição casual entre dois amigos que têm o hábito de acusar um ao outro de coisas horríveis – Theo responde. – Mas acho que gosto mais da ideia de um encontro.

— Eu também — você concorda.

Naquela noite, você começa a pintar de novo. Sente essa necessidade depois de passar horas deitada acordada pensando sobre as mudanças de estação e a passagem do tempo. Você se levanta da cama, fica de pé diante da tela branca e então se dá conta do que precisa fazer: pintar não o que você vê, mas o que você viu.

Pinta as garotas na mesma ordem. Sempre.
Vivian primeiro.
Depois Natalie.
Então Allison.

Você as cobre com formas sinuosas em tons variados de azul e verde e marrom. Musgo e azul-cobalto, cinza-prateado e pinheiros. Enche a tela de algas, plantas aquáticas, árvores submersas cujos galhos retorcidos se projetam para a superfície. Você pinta um edifício coroado por um galo dos ventos submerso nas profundezas geladas, escuro e vazio, esperando que alguém o encontre.

Quando a tela está completa, você pinta outra. Então outra. E mais outra. Pinturas ousadas de paredes e de alicerces escondidos sob a água, engolfados pela vegetação, perdidos no tempo. Cada vez que faz as pinturas sobre as garotas é como um funeral. Você pinta sem parar por semanas. Seu pulso dói. Seus dedos não se desenrolam, mesmo quando não está mais segurando um pincel. Quando adormece, sonha com as cores da tela.

Seu terapeuta diz que o que você está fazendo é saudável. Que está elaborando seus sentimentos, lidando com o luto.

Em janeiro, já completou 21 pinturas. A série submersa.

Você as mostra para Randall, que fica em êxtase. Boquiaberto diante de cada tela. Maravilhado em como você se superou.

Uma nova exposição na galeria é planejada, rapidamente organizada por Randall para capitalizar toda a publicidade em torno do Lago da Meia-Noite. É marcada para março. O burburinho cresce depressa. O The New Yorker publica uma matéria com seu perfil. Seus pais estão se planejando para vir.

Na manhã da abertura, você recebe uma ligação do Detetive Nathan Flynn. Ele conta o que você sempre soube: os ossos descobertos na água pertencem a Natalie e Allison.

— E quanto a Vivian? — você pergunta.
— Boa pergunta — Flynn responde.

Ele diz que nenhum dos ossos deu análise compatível, e que o crânio de Natalie e Allison tinham fraturas que indicavam que possivelmente tinham sido golpeadas com a pá encontrada perto dos ossos.

Acrescenta que correntes e tijolos também tinham sido descobertos, sugestivo de que os dois corpos foram afundados de propósito.

Ele conta que a mecha de cabelo na sacola plástica que você encontrou enterrada com o diário de Vivian na verdade são fios de poliéster, usados na confecção de perucas, e que a mesma sacola continha traços de um material laminado e adesivo que costumava ser usado para falsificar identidades.

– O que está insinuando? – você pergunta.

– Exatamente o que está pensando – ele diz.

Você se lembra das últimas palavras que Vivian lhe disse, quando bateu na porta trancada de Corniso.

Vamos, Em. Abre. Me deixa entrar.

Me.

Foi isso que ela disse.

Não "deixa a gente entrar".

O que significa que ela estava sozinha.

Você desliga o telefone com um embrulho nas entranhas.

A conversa te deixa tão atônita que você quase desiste de ir à abertura da exposição. Só Marc consegue te convencer a não dar para trás. E te impele a cumprir todas as etapas para ficar pronta. Banho. Um elegante vestido azul. Sapatos de salto pretos com solas vermelhas.

Na galeria, você constata que Randall mais uma vez fez tudo que era possível. Beberica vinho enquanto vê canapés de camarão flutuando em bandejas prateadas e conversa com o cara da Christie, a mulher do Times, a atriz da TV que ajudou a deslanchar sua carreira. Sasha, Krystal e Miranda comparecem. Marc tira uma foto de vocês quatro diante da maior pintura, a nº 6, que é tão enorme quanto o próprio Lago da Meia-Noite.

Mais tarde, você está diante daquela mesmíssima tela quando uma mulher se aproxima e para ao seu lado.

– É adorável – ela diz, com os olhos fixos na pintura. – Tão lindamente estranha. Quem é a artista?

– Sou eu.

Você olha para ela e vislumbra o cabelo vermelho, uma figura arrasadora, postura régia. Suas roupas são despojadamente elegantes. Vestido preto.

Luvas pretas. Chapéu preto de aba mole e um trench coat da Burberry. Você imagina que deve ser uma modelo.

Mas então reconhece o nariz arrebitado e o sorriso cruel e suas pernas falseiam.

— Vivian?

Ela continua contemplando a pintura, falando num sussurro calmo que só vocês duas podem ouvir.

— Duas Verdades e Uma Mentira, Emma. Está pronta para jogar?

Você quer dizer não. Mas tem que dizer sim.

— Uma: Allison e Natalie estavam com minha irmã na noite em que ela morreu — ela começa. — Elas a desafiaram a andar sobre o reservatório congelado, viram quando ela caiu e se afogou. Mesmo assim, não contaram para ninguém. Mas eu tinha minhas suspeitas. Sabia que Katherine não faria algo tão perigoso a menos que tivesse sido coagida. Então me tornei amiga delas, ganhei sua confiança, fingi que também confiava nelas. Foi assim que descobri a verdade, incitando-as a me contarem no dia 4 de julho. Elas juraram que tentaram ajudar Katherine. Eu sabia que estavam mentindo. Até que, enfim, eu fingi estar me afogando na frente de todo mundo. Enquanto me debatia naquela água, Theo foi o único que tentou me ajudar. Natalie e Allison não fizeram nada. Ficaram só observando, do mesmo jeito que ficaram observando Katherine se afogar.

Você se lembra do dia em que voltou para a cabana e pegou as garotas brigando. Agora se dá conta de que entrou bem no meio da confissão delas. E por mais amigáveis que elas tivessem se mostrado mais tarde, nada entre elas estava bem.

— Duas: desde que eu suspeitei do que Natalie e Alisson tinham feito, passei um ano fazendo pesquisas e planejamentos. Descobri a história do Lago da Meia-Noite. Encontrei um lugar que ninguém mais conhecia: um manicômio alagado. Deixei uma blusa na mata para confundir a equipe de busca. Trepei com o zelador e roubei a chave do barracão de ferramentas. Então levei Allison e Natalie àquele lugar isolado no lago onde ninguém nunca iria procurar. E fiz com elas o mesmo que elas fizeram com minha irmã.

Agora você compreende que não interpretou direito o diário. Ela não procurava o Vale Pacífico para provar que ele existia, mas sim porque era o melhor lugar para esconder seu crime.

Pensa na pá roubada do barracão de ferramentas. Pensa nos crânios fraturados repousando no leito do lago. Lembra-se do medalhão que agora

sabe que Vivian deixou cair na água porque, assim como você com a pulseira, não precisava mais dele.
— Três: Vivian está morta.
Sua boca está tão seca com o choque que você nem sabe se vai conseguir falar. Mas fala, conseguindo articular uma espécie de grasnado:
— A terceira.
— Errado — ela diz. — Vivian morreu há quinze anos. Deixe-a descansar em paz, Em.
Ela deixa a galeria rapidamente, os saltos de suas botas ecoando pelo piso. Você vai atrás dela, bem mais devagar, suas pernas ainda estão vacilantes. Na rua, avista um carro comum se afastando da calçada. Os vidros escuros não permitem uma boa visão do interior. Não há mais ninguém no quarteirão. É só você e o seu coração palpitante.
De volta à galeria, murmura as despedidas a Marc, Randall e todos os outros. Alega que não está se sentindo bem. Culpa o camarão que nem sequer tocou.
Em casa, no seu estúdio, você pinta a noite toda, até o amanhecer. Pinta até ouvir o barulho do caminhão recolhendo o lixo, até o sol raiar alto sobre os prédios do outro lado da rua. Quando para, está diante da tela finalizada.
Um retrato de Vivian.
Não como ela era então, mas como é agora. O nariz. O queixo. Os olhos que você pintou azuis como a meia-noite. Ela te olha de volta com um indício de sorriso brincando nos lábios.
É a última vez que você a pintará. Sabe disso com uma certeza que toma conta de cada fibra do seu ser.
Em poucas horas, quando a delegacia abrir, você despachará a tela para o Detetive Flynn, com um bilhete dizendo que Vivian está viva e foi vista pela última vez em Manhattan. E pedindo que a pintura seja liberada para a mídia, que pode utilizá-la como bem entender.
Você vai expor quem ela é, sua aparência e o que ela fez. Não vai escondê-la sob camadas e camadas de tinta.
Recusa-se a acobertá-la.
O tempo das mentiras acabou.

AGRADECIMENTOS

Preciso agradecer às diversas pessoas que me ajudaram na escrita e na publicação deste livro, começando com minha fabulosa editora americana, Maya Ziv, cujo gentil encorajamento me ajudou a transformar este livro de uma lagarta desajeitada a algo semelhante a uma borboleta. Agradeço também a Madeline Newquist, por manter tudo nos trilhos; Andrea Monagle, por seus olhos de águia; e ao time dos sonhos do marketing e da publicidade formado por Emily Canders, Abigail Endler e Elina Vaysbeyn.

No Reino Unido, devo agradecer ao meu time dos sonhos na terra da Rainha: Gillian Green, Stephenie Naulls e Joanna Bennett. (Com meus melhores cumprimentos a Emily Yau.)

Agradeço também a todos na Aevitas Creative Management, especialmente minha agente, Michelle Brower, que me aguentou todos esses anos, e Chelsey Heller, que continua fazendo um trabalho estelar na frente internacional.

Também não poderia deixar de agradecer a Stephen King, por sua generosidade; a Taylor Swift, de cuja letra de "Sad Beautiful Tragic" não tenho vergonha de admitir que bebi; a Joan Lindsay e a Peter Weir, cujo *Picnic at Hanging Rock* foi a inspiração inicial deste livro; a Sarah Dutton, por ser uma excelente leitora e uma amiga ainda melhor; e às famílias Ritter e Livio, por demonstrarem tanto orgulho de mim.

Por fim, eu poderia agradecer a Mike Livio até o fim dos tempos e ainda não seria suficiente. Jamais teria conseguido fazer isso sem sua paciência, calma e mão firme.

Este livro foi composto com tipografia Electra Std e impresso em papel Off-White 70 g/m² na gráfica Rede.